9・11倶楽部

9・11倶楽部

馳星周

文藝春秋

9・11倶楽部

Calligraphy Hiroyoshi Suzuki. Cover Illustration Sho Nagai. Photographs Miki Fukano. Design Kentaro Ishizaki

初出誌　「別册文藝春秋」266号～275号

1

交通事故にあった老人を病院に搬送し、署に戻る途中、車載端末に予告指令が入った。

「大久保二丁目、ただいま緊急入電中――」

機関員の田中が欠伸《あくび》を嚙み殺しながらステアリングを叩いた。

「二丁目か……おれたちにまわってきそうだな。今日、五件目ですよ、これで。昼飯を食う暇もない」

「しょうがないだろう。今日は厄日だ」

助手席の山岡がヘルメットを被り直している。わたしはストレッチャーに腰掛けたまま、ぼんやりと機材が揃っているかどうかを視認した。救急車は明治通りを職安通りとの交差点に向かって走っている。新宿消防署大久保出張所までは目と鼻の先だ。朝から休む暇もなく駆り出され、やっと一休みできるかと思っていたところだった。

「新宿区大久保二丁目三〇で怪我人発生」

山岡が車載端末の子機に手を伸ばした。

「こちら大久保二号車。ただいま、大久保二丁目付近を走行中。直ちに現場に向かいます」

「二号車、了解。通報は子供からのもので要領を得ないが、いたずらではなさそうだ。現場に到着したら状況報告を頼む」

「了解」

山岡が本部と話している間に、田中がサイレンを鳴らし、マイクに向かってがなり立てた。

「緊急車両が通行します。右折車線をあけてください」

わたしは手すりを摑んだ。田中は運転が荒い。初めて組んだ時に額を壁にぶつけた記憶はまだ生々しかった。

サイレンを鳴らしても、田中ががなり立てても、対向車線を走る車はスピードを緩めようとしない。職安通りとの交差点の手前でスピードを緩めながら、田中は怒鳴りはじめた。

「緊急車両が通行します。止まりなさい!!」

彼の剣幕におそれをなしたのか、対向車線の流れが止まった。その隙を見逃さず、田中は救急車を右折させた。

「まったく、てめえが救急車に乗る時を考えてみろってんだ」

田中はマイクを叩きつけるようにして元に戻した。田中は機関員——運転手であって救急救命士ではない。血の気が多すぎるのは救命士にとって致命的だが、機関員としては頼もしい方だった。

「二の三〇というと、夫婦木《めおとぎ》神社の辺りだな」

わたしは言った。

「この先を右折しますか」

田中が応じる。この辺りの地理は頭に叩き込んでいるはずだ。

「おまえに任せる」

「了解、隊長」

わたしは山岡に目配せし、子機を受け取った。

「こちら大久保二号車。もっと詳しい情報は入らないのか？」

「若い女性が道ばたで倒れているそうだ」

「脈拍は？」

「言っただろう。通報者は子供なんだ。状況を把握しようと質問しても、泣きじゃくっているだけだ」

「了解。間もなく現場に到着する」

救急車は狭い路地を疾走していた。前方を年寄りが漕ぐ自転車が塞いでいた。

「緊急車両です。道をあけてください」

田中の代わりに山岡がマイクを握った。山岡の声は田中のそれよりずっとソフトだった。老人は慌てて自転車を降り、脇にどいた。

「それじゃ通れねえよ」

救急車のスピードを落としながら田中が毒づく。わたしの視線がなければ、クラクションを鳴らしていただろう。老人と自転車の脇をなんとか通り抜け、大久保通りを右折する。すぐ先の路地を左に入ると、夫婦木神社が見えてくる。

「大久保二号車、現場付近に到着。患者はどの辺りにいるんだ？」

わたしは子機に向かって叫ぶように言った。

「わからん。通報者との連絡が途切れてしまった。その辺りを探してみてくれ」

「了解」わたしは通話を止めた。「しょうがない、この辺りをゆっくり流せ」

田中に命じ、救急鞄に手を伸ばした。倒れているという女性がどういう状況にあるのかは一切不明だ。できるかぎりの支度をしておくにかぎる。

夫婦木神社を通りすぎた先の路地を左折した直後、田中と山岡が同時に叫んだ。

「あそこだ！」

道の左端に少女が倒れていた。スカートから伸びた脚が血の気を失っている。

「急げ。田中は本部に連絡を入れろ」

わたしは車内の壁からバックボードを外し、救急鞄をひっつかんで救急車から飛び降りた。

「救急隊です。大丈夫ですか？」

少女に声をかけながら走る。少女の反応は皆無だった。少女に屈みこみ、呼吸と脈を確かめる。弱々しくはあったが、彼女は息をしていた。唇が青い。過去の経験が貧血だと告げる。

少女は今どきの若い娘には珍しく、可憐という言葉が似合う顔立ちをしていた。見る者によっては薄幸という言葉を思い浮かべるかもしれない。頼りなげで儚《はかな》い。手も脚もすらりと長いが、健康的と見なされるには細すぎた。

手早く血圧を測った。予想どおり数字が小さい。オキシメーターを取り出す。血中酸素の量も少なめだった。

「酸素だ。酸素を持ってこい。聞こえるか、君？　意識はあるかい？」

少女の眼球がかすかに動いた。

「もう大丈夫だからね。安心して、身体から力を抜いて――田中、ストレッチャーだ」

酸素ボンベを運んできた山岡と入れ違いに、わたしは救急車に戻った。子機を摑み、本部と連絡を取る。

「患者を発見。年齢、十五歳前後の少女。かすかだが意識もある。外傷はなし――」

脈拍数と血圧、血中酸素濃度を告げる。

「貧血みたいだな……どう思います」

今日の担当指導医はまだ若い医者だった。経験不足の医者は、腹の底で小馬鹿にしつつ経験豊富な現場の救命士にすべてを投げ出すことが多い。

「おそらく。指示をお願いします」

「酸素マスクをつけて、最寄りの病院に搬送してください」

「それだけ？」

「死にかけてるわけじゃないんでしょう？」

わたしは子機を架台に戻した。役に立たない医者より、なにもゆるされない救命士という存在に歯嚙みする。

車載端末を使って、最寄りの救急病院を探した。救急車の外では、田中と山岡が少女をバックボードに載せている。モニタに現れるボタンを指で押していると、くぐもった悲鳴のような音が聞こえた。

「どうした？」

端末の操作をやめ、外に視線を向ける——息を飲む。田中と山岡が数人の少年に囲まれていた。六人——みな、少女と同じ年頃か、幾分若い。ふたりがナイフを、もうひとりが鉄パイプのようなものを握っている。田中が腹部を押さえて呻いていた。

「エミカを放せ」

だれかが叫んだ。エミカというのは少女のことなのだろう。わたしは子機を摑み、押し殺した声を送り込んだ。

「妨害行為発生。警察を——」

「そこまでだよ、おっさん」

脇腹に固いものを感じてわたしは口を閉ざした。田中たちを取り囲んでいるのと似た年頃の少年がわたしにナイフを突きつけていた。後ろから乗りこんできたのだろう。端末の操作と外の騒動に注意を向けていて、まったく気づかなかった。

また、くぐもった悲鳴が聞こえた。視線が外に向こうとする。だが、わたしの意識は少年が握ったナイフに釘付けだった。ナイフは小振りだが、ナイフを握る少年の手は大きく、ごつごつしていた。少年自身も大柄で、耳や鼻といったパーツも大雑把だった。ただ、細められた目がナイフと同じ剣呑《けんのん》な光を放っている。目の前の少年も、外で倒れていた少女と同じ、儚さを思わせる白い肌の持ち主だった。白人のがさつな肌ではなく、黄色人種の滑らかな肌を持ちながら、抜けるように白いのだ。

「なにが目的だ？」

「動くなよ。動くと刺しちゃうぞ」

少年は歌うように言った。言葉にかすかな方言の名残がある。どこの方言なのかはわからなかった。

「あの少女は君たちの知り合いか？　病院に運ばなければ、大変なことになるかもしれないんだぞ」

「あいつは大丈夫だよ――おい、急げ」

少年は外に声をかけた。それにつられてわたしも外を見る。少年たちがこちらに向かってくる。田中と山岡は路上に倒れていた。ひとりの少年が、ストレッチャーに横たわっていた少女の顔を覗きこんでいる。

少年たちが救急車に乗りこんできた。てんでに車内を漁り、備品や薬品を外に運び出していく。

「なにをしてるんだ!?」

「ここは大久保だぜ、おっさん。すぐそこは歌舞伎町だし、なんだって金になる」

「彼女を病院に運ばせてくれ」

「どうせいつもの貧血だろう。生理になるとぶっ倒れるんだよ。病院に行くまでもない」

「貧血を馬鹿にしてると、後で痛い目を見るぞ。そんなに頻繁に倒れるなら、ちゃんと検査をしておいた方がいい」

「余計なお世話だ」少年のナイフのような目が冷たい煌《きら》めきを放った。「お節介を焼いて死ぬやつ、たくさんいるだろう？　おっさんもその口か？」

「おれは救急救命士だ。それ以上でもそれ以下でもない。あのふたりを殺したのか？」

わたしは何度も生唾を飲みこみながら言った。少年はせせら笑った。

「こんなせこい盗みで殺しまでやるかよ」

口を開くのはわたしと目の前の少年だけだった。他の少年たちは黙々と盗みを続けている。ほんのわずかの間に、救急車は空っぽになっていた。壁に打ちつけてある酸素吸入器まで取り外されている。

大久保界隈で救命士をやっていると、いろんな場面に出くわす。おカマ同士の痴話喧嘩が殺し合いになった場面に行き当たったこともあるし、父親に夜毎おかされた挙げ句、切迫流産で死にかけた娘を助けたこともある。その娘は退院した後、父親を刺し殺して自殺した。

だが、わたしの眼前で繰り広げられているのは、そんな経験も凌駕する異常な光景だった。十二歳から十五、六歳までの少年たちが救急車を荒らしている。彼らは統制のとれた狼の群れのようだった。ボスの命令一下、獲物に飛びかかり、首に食らいつき、一片たりとも逃さず肉を食らいつくす。一昔前に流行《はや》った、ストリートギャングを真似た非行少年たちとは似て非なる空気が漂っている。あの非行少年たちは野良犬の集まりだった。キャンキャン吠えたてて他人を威嚇することしかできないのだ。だが、目の前の少年たちは無言で人を威圧する。

気がつくと、車内に残っているのはわたしとナイフのような目をした少年だけだった。エミカと呼ばれた少女も姿を消し、田中と山岡が路上に打ち捨てられたマネキン人形のように転がっている。

「そろそろ警察が来るな。じゃ、元気で、おっさん」

「おれは殴らないのか？」

「あのふたりの手当てをする人間が必要だろう？」

少年はナイフの切っ先をわたしに向けたまま後ずさった。ナイフのように光る目は剣呑だが、野良犬のような似非《えせ》ギャングたちとは違って他人を思いやる心は残っているようだった。

「ビタミンBと鉄分だ」

「なんだって？」

わたしの声に、少年の動きが止まった。

「貧血を予防するにはビタミンBと鉄分をたっぷりとる。まあ、食事に気をつけろということだ。彼女に伝えてくれ」

少年は瞬時、口を開けたまま身動《みじろ》ぎもしなかった。だが、すぐに破顔して踵《きびす》を返した。

「伝えておくよ、おっさん。あんたみたいなお人好し、久しぶりに見たわ」

少年は救急車から飛び降りると、美しいフォームで走り出した。

2

新宿署で事情聴取を受け、解放されたのが午後五時だった。いったん、大久保出張所に戻り、所長に事後報告をして帰途についた。

田中と山岡は腹部に鉄パイプで殴打を受けただけの軽傷だったが、大事を取って一晩だけ入院することになっていた。収容されたのは都立大久保病院だ。わたしはふたりを見舞った。

「とんだ災難でしたよ。山岡さんが厄日だって言ってたけど、そのとおり。なんなんですか、あのガキどもは？」

田中は苦虫を嚙みつぶしたような顔でベッドに横たわっている。山岡はその隣のベッドで医学書に目を通していた。山岡は身内の言葉で「免取り」と呼ばれる若手だ。叩き上げの救命士とは違って、大学を出、国家試験に合格した近頃流行りの救命士で、将来的には夜学に通って医師免許を取りたいと願っている。

「警察の話だと、最近、あの辺りで頻繁に事件を繰り返している窃盗グループだそうだ。十代の子供たちばかりのグループだってことしかわかっていないらしいがな。明日あたり、おまえたちのところにも事情聴取に来ると言っていたぞ」

「明日、自分は非番です」

山岡が言った。

「なら、自宅に来るんだろう」

わたしの言葉に山岡は舌打ちし、ベッドを降りて病室を出て行った。

「どうしたんだ、あいつ？」

わたしは空いたベッドに腰を降ろした。

「殴られたことがかなりショックみたいですよ。大学出の免取りだから」

田中の声には揶揄と、いくばくかの嫉妬が混じっていた。

「おまえだってまだ若いんだ。現場で殴られたことなんかないだろう」

「一度、歌舞伎町で酔っぱらいに殴られたことがありますよ。ストレッチャーに乗せようとしたら、いきなり頭突き食らって。鼻の骨折れたんだよな、あの時は」

田中は鼻の頭を指先で掻いた。すでに退屈に倦《う》んでいるのだろう。

「織田隊長なんか、長いから、いろんな経験あるんでしょうね」

「ああ、あるよ」

わたしは腰をあげた。

「もう帰るんすか？」

「今日はくたくただ」

この先田中が発するだろう質問に答えるのが億劫だった。だから、わたしは逃げ出す。田中たち若い世代は知らないのだ。殴られるよりもっと悲惨な状況があることを。だが、それを滔々と語ったところで意味はない。あの記憶は実際にあれを経験した者でなければ決して共有できない類のものだし、経験せずに済むのならそれに越したことはなかった。

話し足りなそうな田中をベッドに残して、わたしは病室を後にした。

＊　＊　＊

歌舞伎町は目覚めつつあった。薄暮の中でネオンが弱々しく瞬き、寝ぼけ眼の住人たちが通りを行き交っている。あと一時間もすればネオンは煌々と輝くようになり、酒や女を求めるよそ者たちが通りを埋め尽くすようになる。

まっすぐ家に帰るつもりだったのだが、空腹に耐えられなくなって、わたしは酒屋が経営している立ち飲みカウンターに陣取った。酒屋の店内で缶詰を見繕い、コップ酒で貪り食らう。こんな食生活を続けていては体によくないということはわかっていても、手軽さはなによりの友だった。

　ある程度腹が満たされたところで、わたしは区役所通りを横切った。コップ二杯の冷や酒のせいで、家に帰る気持ちは完全に失せてしまっていた。いや、酒のせいだけではない。エミカという少女とナイフのような目をした少年のせいでもある。とりわけ、エミカという少女のことが気になった。ただの貧血ならそれほどの問題はないが、なにかの病気をかかえているのなら病院で検査を受けた方がいい。

　若い世代は体の不調を軽く見がちだ。わたしもかつてはそうだった。彼らの前に広がっているのは薔薇色の未来だ。暗い影は目映《まばゆ》い光に追い払われてしまう。なのになぜ、あの少年の目は暗いのだろう。ナイフのように剣呑な光を湛えているのだろう。

　たまに寄るゴールデン街の飲み屋で焼酎を飲んだ。常連の酔漢たちとは交わらず、ただひとりグラスを傾け続ける。酒の肴は腕時計だ。秒針を眺めながらグラスに口をつけ、自分で決めた時間ごとにお代わりをする。なにが楽しいのかと問われたら、わたしは絶句するほかない。いつからか、こういう飲み方しかできなくなったのだ。

　午後十一時きっかりに店を出た。後は新宿駅で電車に乗り、三鷹のマンションまで帰るだけだ。人ごみの中を歩くのは億劫だった。わたしは区役所通りに向かう代わりに、花園神社の方向に足を向けた。遠回りになるが、人の数はこちらの方が圧倒的に少ない。五月の夜の風がかすかに湿りながらわたしの頰をなぶっていく。

　マンモス交番の前を通りすぎ、靖国通りの手前まで来た時に、暗がりから影が躍り出てきた。昼間の少年だった。ナイフは手にしておらず、ナイフのようだった目も悲しげに曇っている。

「なんの用だ？」

　わたしは乱暴に言った。酒が恐怖をどこかに追いやっている。

「仲間が、ゴールデン街の飲み屋に入ってくあんたを見たって……だから、出てくるまで待ってた」

「なんの用だと訊いたんだ」

わたしの語調に少年は目を伏せた。まるでらしくない。

「警察にエミカのこと話したのか？」

「もちろん。君たちをかばい立てする理由はおれにはない」

「まったく、馬鹿なやつらだよ。あれほど名前を呼び合うなって言ってるのに……」

「用がないなら帰るぞ」

「エミカがまた具合が悪くなってるんだ」

少年の脇を通りすぎようとして、わたしは足を止めた。

「彼女が？」少年が頷く。「病院には？」

「病院には行けないんだ。来て、診てくれないか？」

「おれが？　おれは医者じゃないぞ。ただの救命士だ」

「でも、あんたは昼間、あんな目に遭ったのにエミカのことを気遣ってくれた」

「仕事だからだ」

「頼むよ」少年はわたしのジャケットの袖を握った。「あんたしかいないんだ。たまたまエミカの具合が悪くなったら、あんたが近くにいた。偶然じゃないだろう？　神様がエミカのためにあんたを寄こしてくれたんだ」

少年の瞳にゴールデン街のネオンが映りこんでいる。虹彩が原色に彩られ、幻想的に輝いていた。わたしはその目に魅入られた。

「神様なんか信じてるのか？」

「エミカは信じてる」

少年は呟くように言った。途方にくれているようにも見え、わたしは狼狽した。

「彼女はどこにいるんだ？」

「こっちだよ」

少年は白い歯を見せ、わたしの腕を取って歩きはじめた。

＊　＊　＊

案内されたのは抜弁天近くのマンションだった。築年数は相当古いらしく、白いはずの外壁が東京の夜空にすっかり溶けこんでいる。六階建てだがエレベーターはなく、少年は狭い階段を駆けあがっていく。

「部屋は何階なんだ？」

わたしは喘いだ。

「六階だよ。急いで」

すでに少年はわたしの視界からは消えていた。軽快な足音が正確なリズムを刻んでいるのが聞こえるだけだった。仕事柄、普段から身体は鍛えている。だが、アルコールが入ると、鍛えた身体も年相応の無様なそれに堕落していくのだ。六階に辿り着いた時にはわたしはたっぷり汗をかいていた。

少年は廊下の一番奥の部屋の前でわたしを待っていた。苛立ちを隠しきれず、右足で貧乏揺すりを繰り返していた。わたしを見るなり、ドアを開けて部屋の中に駆け込んでいく。

開いたままのドアをくぐると、玄関には無数のスニーカーが乱雑に転がっていた。どの靴もよく使い込まれて黒ずんでいる。このマンションの外壁とそっくりだった。なんとか隙間を見つけて、わたしは部屋にあがりこんだ。中学や高校の部室を思わせる甘酸っぱい匂いが鼻腔を満たしていく。玄関のすぐ先が八畳ほどのリビングダイニングで、昼間、救急車を襲った少年たちのうちの三人が、床に直に腰を降ろしてテレビを眺めていた。わたしには一瞥《いちべつ》をくれただけで、六つの瞳はすぐにテレビに吸い寄せられていった。テレビ画面が流しているのは安っぽいドラマだった。部屋の隅には丸めた寝袋がいくつも転がっている。

部屋の右側はキッチンで、左にひとつ、奥にふたつドアがあった。奥の左側のドアが開いていた。

「エミカはあそこか？」

わたしは少年たちに訊いた。少年たちはテレビを見たまま頷いた。わたしはリビングを横切り、奥の部屋に入った。四畳半の部屋にシングルのパイプベッドがあり、ベッドを四人の少年が囲んでいた。ベッドに横たわっているのはエミカだ。ナイフの目をした少年はエミカの枕元に屈みこんでいる。

「救命士を連れてきたぞ、エミカ。もう、大丈夫だからな」

エミカは虚ろな目を天井に向けていた。意識はあるようだった。

「どいてくれ」

わたしは少年たちをかき分け、ナイフの目をした少年の横に立った。

「どんな具合？」

エミカに話しかける。

「吐き気があって……起きてると目眩《めまい》がするの」

エミカの唇はわななくように動いた。言葉には少年と同じ方言の名残がある。相変わらず、どこの方言なのかは想像もつかなかった。

「ちょっと外してくれないか？」

わたしは少年たちに言った。少年の目がまたナイフのように鋭くなった。なるほど、ここにいる少年たちやエミカを守る役目は彼が担っているのだ。

「彼女は年頃の娘だ。同世代の男には聞かれたくない話もある。心配することはなにもない。それでも不安なら、ドアを開けたままにしておけばいい」

できるだけ穏やかな声を出した。少年は頷き、他の少年たちを促して部屋を出て行った。

「体温計があったら持ってきてくれ」

わたしは少年の背中に声をかけた。

「買ってこさせる」

「だったら、少し待ってくれ。他に薬や何かを頼むことになるから、二度手間だ」

「わかったよ。早くエミカを楽にしてやってくれ」

わたしは少年の声に耳を傾けながら、エミカの額に左手を乗せ、首筋に右の人差し指を当てた。エミカは一瞬、身体を顫《ふる》わせたが、わたしのなすがままになっていた。

若干の発熱、脈は速い。ジャケットの胸ポケットに刺してあるペンライトを取りだし、エミカの眼球を照らした。目に力はないが、特に変わったこともない。

これ以上、わたしにできることはなかった。医者にかかるべきなのだ。

「生理の最中かい？」

わたしの問いかけにエミカは頷いた。

「出血はいつも多い方？」

またエミカが頷く。

「今回は特に多い？」

今度はエミカは首を振った。

「生理の時にはいつも貧血を起こすのかな？」

「冬は大丈夫なんだけど、夏が近くなってくると……」

もともと食が細いのだろう。細い手足がそれを物語っている。わたしは部屋の外に声をかけてあの少年を呼んだ。財布から一万円札を出し、手渡す。

「体温計と血圧計、トウキシャクヤクサンという漢方薬、それにビタミンB群と書かれたやつと、鉄分を含んでるサプリメント、栄養ドリンクを適当に買ってきてくれないか」

「トウキ……？」

わたしはいつも持ち歩いているメモ帳の一部を引きちぎり、当帰芍薬散と書き記して少年に渡した。貧血改善を謳う市販薬はあるが、実際にはほとんど効き目がない。気休めにしか過ぎないが、彼らがわたしに期待しているのも気休めなのだ。

「それだけで良くなるのかよ？」

「おれにできることはこれぐらいだ。病院に行けばちゃんとした薬を処方してもらえる」

「病院には行けないんだよ」

「ああ、忘れていたが、胃薬も買ってきてくれ。漢方がいい」

「わかった」

少年は肩をいからせて出ていった。

「君たちはここで一緒に暮らしてるのかい？」

わたしは少女に訊いた。少女は頷いたが、閉じられた口にはかたくななにかが宿っていた。

「エミカという名前はどんな字を書くんだ？」

「笑うに加える」

少女は気怠《けだる》そうに答えた。

「笑加か。いい名前だ。みんなの親は？」

「……彼が話しちゃだめだって」

少女は寝返りを打った。わたしの視線から逃れようとしている。わたしは粗末な部屋を見渡した。古いマンションとはいえ、新宿までは徒歩圏内だ。それなりの家賃を取られるだろう。いや、それよりも子供だけではマンションを借りることができない。この少年たちの保護者はなにをしているのだろう。どこにいるのだろう。

「彼の名前は？」

「アキラ……明るいっていう字を書くのよ」

「明が君たちを守っているのかな」

「わたしと明で……」

「盗みで金を稼いでいるわけだ」

「違うわ」

笑加は語調を荒らげ、その直後、苦しそうに咳き込んだ。すぐに隣の部屋にいた少年たちの気配が濃密になる。わたしが笑加を傷つけたりしないか見張っているのだ。その絆は兄弟のものとは思えない。かといって、ただの友達のものでもない。なにかに例えるなら、やはり狼の群れだ。ボスを筆頭に、互いに協力しあいながら生きている。

「普段はみんなアルバイトしてるの。歌舞伎町なら、ちょっと年齢がいってなくてもいろんな仕事があるから……」

「盗みは君のためだな。君を医者に診せようとしてるんだろう。歌舞伎町や大久保には中国人の闇医者がいる。でも、彼らは高い」

笑加は答えなかった。わたしに背を向けて壁を睨んでいる。

「親の健康保険を使えば、ずっと安く診察を受けられる」

「親も健康保険を持ってなかったら？」

笑加は壁を睨み続けている。それ以上問いかける言葉が見つからず、わたしも天井を睨んだ。

＊　＊　＊

十分ほどで買い物に出かけていた少年が戻ってきた。体温は三十七度二分、血圧はかなり低かった。

「最後に食事を摂ったのは？　なにを食べた？」

わたしは笑加に訊いた。わたしの背後には明が陣取っている。

「朝だよ。トースト一枚と簡単なサラダ、それに牛乳一杯」

答えたのは明だった。

「まず、食事を摂ろう」

「食べたくないわ」

「食べなきゃ、薬も飲めない」

わたしは笑加の部屋を出た。リビングは少年たちの体熱と吐き出す息でむっとするほど温まり、よどんでいた。テレビを見ていた三人は相変わらずテレビと睨めっこをしている。明と一緒に笑加の部屋にいた連中は小声で言葉をかわしていた。

少年たちの間を縫い、わたしは冷蔵庫をあけた。冷蔵庫は年代物だった。清涼飲料水以外、ろくな食材はない。ほうれん草とレタス、トマト、豚バラ肉。調味料は中華系のものが多かった。冷凍庫に凍らせた米飯があった。

「料理はだれがするんだ？」

わたしは振り返った。少年たちは互いに顔を見合わせ、やがて、青いＴシャツを着た小太りの少年が手をあげた。

「ぼくだけど……」

「名前は？」

小太りの少年は笑加の部屋に視線を走らせた。なにごとも明の許可がおりないといけないらしい。

「言っちゃだめなことになってるんだ」

「おれは明と笑加の名前を知ってる。君の名前も知りたい」

「教えてやっていいぞ」

明が笑加の部屋の戸口から顔を覗かせた。

「タツアキ……辰年の辰に四季の秋」

「辰秋、お粥は作れるか？」

辰秋は心細そうに頷いた。

「笑加のために作ってやってくれ」

辰秋にそう命じ、わたしは明に顎をしゃくった。断りもせず、笑加の隣の部屋のドアを開ける。六畳の部屋に二段ベッドがふたつ、並んでいた。ベッドの他にはなにもない部屋だった。ベッドの縁に各人の衣類が無造作に吊されている。

「なんだよ？　おっさんにできることはもうないんだろう？　だったら帰っていいぜ」

後からついてきた明が戸口で仁王立ちになっている。

「みんなの親は？」

「いきなり保護者きどりかよ。やめてくれよな」

「みんな、まだ中学生だろう？　なかには小学生もいるんじゃないか？　家出だかなんだか知らないが、なにかが起こったあとじゃ取り返しがつかなくなるぞ」

明は悪意に満ちた笑みを浮かべた。

「あんたには関係ないだろう」

「笑加を病院に連れていかなきゃだめだ。ただの鉄分不足による貧血ならいいが、もしかするともっと重い病気かもしれない。そうだったら、市販の薬は効かない。医者が処方した薬が必要になるんだ。笑加が死んだら、君が責任を取るのか？」

「死ぬだって？　馬鹿なこと言うなよ」

威勢のいい言葉とは裏腹に、明は目を伏せた。笑加が心配なのだ。だから、赤の他人のわたしに縋った。おそらく、明たちは他者を拒絶して生きている。余計なお節介が彼らの絆にとっては致命的な打撃になる可能性が高いからだ。だれかのお節介で警官や役人がやって来る。その瞬間、彼らの共同生活は終わりを告げてしまう。新宿の人ごみの中に埋没していれば、子供とはいえ日々の糧《かて》を稼ぐことに苦労はしないだろう。だが、お節介な人間の目にとまった途端、すべては崩壊する。彼らの絆は内的には強いが外的には脆弱に過ぎる。

「可能性がゼロとは言えない。これだけ頻繁に倒れるのはおかしいんだ」

「病院には行けないんだ」

「笑加の親は健康保険を持ってないそうだな。君の親も同じか？」

「あんたの知ったことじゃない」

明は叫ぶように言った。わたしは首を振った。

「別に君たちの生活を邪魔しようと思っているわけじゃない。彼女のことが心配なだけだ。笑加だけは家に帰してやれ」

　いきなり、明の身体から力が抜けた。やるせない視線がわたしを射抜く。

「帰ってくれよ。頼む。呼んだのはこっちだから、勝手なのはわかってるけど」

「そのままおれが警察に行ったらどうする」

「あんたはそんなことしないよ」

　明は狼狽していた。

「一週間待ってやる。それでも、笑加が病院に行けないようなら、その時は――」

「好きにしろよ」

　投げやりに言って、明はわたしに背を向けた。他の少年たちに声をかけることもなく笑加の部屋に消えていく。後に残されたわたしはリビングに陣取る少年たちの非難の視線を一身に浴びた。彼らの視線や態度は敵意に満ちていた。ボスが襲いかからないから我慢しているのだ。田中や山岡を殴り倒したように、彼らは他人に暴力をふるうことを厭《いと》わない。

　わたしはリビングを横切り、靴を履いて部屋を出た。廊下の壁にメモ帳を押しつけ、貧血予防に効果がありそうな食材と、料理のレシピを思いつくままに書き殴り、郵便受けに入れて帰途についた。

　酔いはすっかり冷めていた。

3

　翌日からの二日は忙しさのため少年たちのことを考えている暇もなかった。交通事故、脳卒中、心筋梗塞、早産に酔っぱらいの喧嘩。新宿界隈を管轄にする救急救命隊には眠る暇もない。シフトが終わるころには身も心もくたくたで、三鷹のマンションに直帰しては泥のような眠りを貪った。

　非番の日の朝、わたしは糊でくっつけられたような瞼をなんとかこじ開け、大雑把にシャワーを浴びて抜弁天に向かった。理性は放っておけと告げてくる。他人に関わりあってろくな思いをしたことはない。たとえ笑加が重い病気で遅かれ早かれ死んでしまうのだとしても、責任は彼女の親にある。だが、どうにも落ち着かなかった。

　滅多に使わない車を彼らのマンションの近くに停め、コンビニで買ってきたサンドウィッチを腹に詰め込む。缶コーヒーを飲み干したころ、辰秋と名乗った小太りな少年と、テレビを眺めていた三人組がマンションから出てきた。マンション脇に置いてあった自転車にそれぞれが跨り、歌舞伎町の方角に漕ぎだしていく。自転車は中古で買ったのか、それとも盗んできたのか、どれもくたびれたママチャリだった。

　少年たちはゆるやかな坂をのぼり、抜弁天の交差点を明治通りの方に曲がった。談笑しあいながら漕いでいるため、スピードは遅い。車で尾行するには遅すぎるのだが、かといって徒歩で後を追いかけるには速すぎる。わたしは後続車を気にかけながら慎重に運転した。バックミラーに後続車が映るたびに路肩に車を停め、追い越させてから再び発進する。早朝で良かった。これが真っ昼間なら尾行はずっと難しいものになっていただろう。

　少年たちは明治通りを突っ切って進んでいく。区役所通りの入口で、辰秋が三人と別れて通りを入っていく。他の三人はまだ職安通りを直進していた。わたしは迷うことなく三人を追った。ふたりは明や辰秋と同年配だが、もうひとりは十二、三歳にしか見えない。あのグループの中で一番御しやすいだろう。年を取れば取るほど、人はずる賢く、かたくなになっていく。

　次の交差点で年配の方の少年たちが左折していった。わたしが目をつけた少年は、車線の切れ目を狙って職安通りを横切った。ドン・キホーテの先の路地を右折していく。わたしは胸を撫で下ろした。この辺りの路地は一方通行が多い。少年の入っていった路地は進入可能だった。

少年は二百メートルほど先のラブホテルの駐車場に自転車ごと入って行った。それで彼の仕事がわかった。ラブホテルの清掃だ。まともな職種なら彼のような子供を雇うことはない。だが、ラブホテルなら充分にあり得た。逆にいえば、子供は賃金を低く抑えられる恰好の労働力だ。

彼の入って行ったラブホテルの名前を脳裏に刻んで、わたしは車を大久保通りに進めた。彼のあのホテルでの仕事が終わるのは二、三時間後だろう。大久保通りでコインパーキングを見つけ、徒歩でラブホテルの近くまで戻った。五月にしてはぎらついた陽射しが街を焙ろうと舌なめずりしている。

今日は暑くなりそうだった。

＊　＊　＊

十時を少しまわったところで少年が自転車に跨って駐車場から出てきた。わたしは偶然を装って少年に近づいた。

「よお」

声をかけると少年は神経質な瞬きを繰り返した。はじめはわたしが認識できなかったらしい。だが、すぐに腰を浮かせ、自転車を漕ごうとした。わたしはハンドルを摑み、彼の目的を阻止した。

「こんなところでアルバイトしてるのか」

わざとらしくラブホテルを眺め回す。少年は俯《うつむ》いた。

「笑加の調子はどうだ？　あれから具合が悪くなったっていうことは？」

「……おじさんが選んでくれた薬がいいみたい。笑加、元気だよ」

少年は俯いたままで言った。明や笑加にある訛りの兆候は感じられない口調だった。もちろん、明のような挑戦的な態度も皆無だ。

「君の名前は？」

少年は目を伏せたままわたしを一瞥した。幼い瞳の奥に明らかな狼狽が見える。

「明兄ちゃんが、名前を人に教えちゃだめだって……」

「辰秋の時はいいって言ってたじゃないか。おれは笑加の面倒を見たんだから、他人じゃない。他の人と同じにしなくてもいいんだよ」

少年は迷っていた。だが、わたしの言葉に対抗できるだけの論理を構築することができなかったのだろう、肩を落とし、口を開いた。

「ヒロシ」

「字は？」

「さんずいに告げるって書くやつ」

「浩か、年はいくつだ？」

「……十二歳。ねえ、警察に連れて行くの？」

少年はやっとわたしの顔をまともに見た。あどけなさとしたたかさが入り混じった表情だったが、今はあどけなさが勝っている。

「警察？　行くわけないさ。明がそんなことを言ったのか？」

浩は頷いた。

「おじさんが警察に行くかもしれないから気をつけろって」

「そんなことはしないよ。安心しろ」

わたしは浩の頭を撫でた。浩はおずおずと笑った。どこか卑屈で、人に捨てられた犬を思い起こさせた。実際に親に捨てられたのかもしれない。歌舞伎町は何でもありの街だ。親に捨てられた子供たちが肩を寄せ合ってひっそり暮らしていたとしても、だれも気にしない。わたしのような馬鹿者か、お節介な連中だけが彼らの存在に気づくのだ。

「途中まで送るよ。変な大人に気づかれて、警察に行かれたら困るからな」

「ぼくはひとりでも大丈夫だよ」

「明に気をつけろって言われたんだろう？」

浩は唇を尖らせたが、わたしの歩調にあわせて自転車を漕ぎ始めた。

「腹は減ってないか？」

浩の目尻が痙攣した。一仕事を終えた後だ。若い肉体はエネルギーを欲している。

「なにか奢《おご》ってくれるの？」

「コンビニで弁当かサンドウィッチでも買おうか。なにがいい？」

「焼肉重」

そう言う浩の声には、やっと少年らしい朗らかさが加わった。わたしはコンビニで焼肉重と飲み物を買ってやった。浩はコンビニの前の歩道に腰を降ろし、焼肉重を頬張った。

「浩のお父さんとお母さんはどこにいるんだ？」

頃合いを見計らって訊ねると、浩の箸が動きを止めた。わたしの顔と焼肉重の間を何度も視線が往復する。焼肉重はまだ半分以上残っていた。

「本当に警察には行かない？」

「ああ、約束する。君たちのことが心配なだけだ」

「国に帰ったよ」

「国？」

「そう」浩は話しながら、これまでよりゆっくりと焼肉重を頬張った。「強制送還って、おじさん、知ってる？」

わたしは頷きながら唇を舐めた。そういうことだったのか。

「都知事がね、ぼくたちの親を追い出しちゃったんだって。明兄ちゃんが言ってる」

一昨年から繰り広げられている都による新宿浄化作戦だ。あれのおかげで一時は歌舞伎町もひっそりと静まり返っていた。都の意向は歌舞伎町から犯罪者を一掃することだったが、まじめに働いている外国人たちも居場所を失ってこの街から出て行ったのだ。もちろん、彼らも不法入国、不法就労という罪を犯してはいるが、その働きぶり、暮らしぶりは日本人となんら変わりない。

「みんなそうなのか……明や笑加の親も？」

少年は頷いた。

「中国に帰るより、日本にいた方がいいからって、残されたんだ。必ずまた日本に来るからって。でも……」

「でも？」

「そんなの無理だって、明兄ちゃんは言うよ。強制送還された人は、もう、日本には戻って来れないって」

「そんなことはないさ……」

そう言いながら、ある可能性に気づいてわたしは言葉を失った。浩は焼肉重をつついている。焼肉を隅におしやり、タレの付いたご飯を食べている。肉は一番最後に食べるつもりなのだ。

「浩のお父さんとお母さんはどれぐらい前に日本に来たんだ？」

「えーっと……ぼくが生まれる一年ぐらい前かな」

つまり、浩は日本で生まれた。おそらく、明や笑加、他の少年たちも同じだろう。不法入国した外国人たちが日本で知り合い、恋に落ち、子をなしたのだ。当然、その子供に戸籍は与えられない。

「他のみんなも日本で生まれた中国人なのか？」

「マレーシアの子もいるよ。みんな中華系だけど。ぼくの本当の名前はチョン・ホーっていうんだ。張り紙の張っていうのが名字。でも、日本風に張本浩って名前にしたんだって」

明や笑加の言葉の端に感じる方言のようなものは中国語の名残なのかもしれない。浩は最後の飯粒を丁寧に箸ですくい上げ、最後に、残しておいた焼肉に食らいついた。

「おじさん、ご馳走様。ありがとう」浩は空になった容器を丁寧にビニール袋に入れ、コンビニのゴミ箱に捨てた。「そうだ。おじさんの名前は？」

「織田だよ」

「織田さん、本当に警察には行かないよね？　ぼく、明兄ちゃんたちと離ればなれになるの嫌だ」

「警察には行かない。約束するよ」

「ありがとう」

浩は満面の笑みを浮かべ、自転車に跨った。子供らしい素直さを露《あら》わにして、わたしに対する警戒心はとっくに消えている。それに引き換え、わたしはきっと暗い表情を浮かべているに違いない。親もなく、戸籍もなく、健康保険も持たない子供たちの共同生活。いずれ破綻するのは目に見えている。

浩は腰をあげて自転車を漕いでいた。その後ろ姿はあっという間に遠ざかっていった。

＊　＊　＊

歌舞伎町をあてもなくぶらつき、やがて自転車で街を流している二人組の警官を見つけた。浩がこの場にいたら慌てふためいただろう。手を振る前に、向こうもこちらに気づいた。大森巡査長は爽やかな笑みを浮かべ、相棒の若い警官になにかを話しかける。話が終わると、大森巡査長は自転車を降りてスタンドを立てた。

「今日は非番かい、織田隊長」

「ええ……大森さんを捜してたんですよ」

大森巡査長は歌舞伎町交番に勤務するベテランの警察官だった。歌舞伎町に配属されてすでに二十年。この街の変遷をその目で見つめてきた。

「非番の昼間に歌舞伎町にいるなんて、どんな用事だい？」

「戸籍のない子っていうのは、この街にはどれぐらいいるんですかね」

わたしは無意識に声を低めていた。

「戸籍がない……あれかな、不法入国の外国人の子供？」

「そうです。昨日、病院に運んだ少女がそれで。ちょっと気になったものだから」

大森巡査長は眉間に皺を寄せた。

「いるよ、そりゃ。一時は歌舞伎町と大久保界隈だけで百人ぐらいいたんじゃないかな。長くとどまってる外国人が多くなったからね」

「一時は？」

「うん。例の浄化作戦がはじまってからずいぶん数が減ったよ。おれはそういう子たちは見て見ぬふりをしてたんだけどね。学校にも行けないし、年くってもろくな仕事がない。いずれ犯罪者になるのはわかってるから、なにか対策を立てなきゃならんとは思ってたんだが」

大森巡査長は煙草を取りだし、わたしに勧めてきた。わたしは一本受け取り、巡査長のライターで火をつけた。巡査長も自分の煙草に火をつけ、細く長い煙を吐き出す。どこまでも古くさいタイプの人間だった。

「そういう子たちは絶対に戸籍をもらえないんですか？」

「親のどっちかが日本人ならともかく、両親が外国人、しかも不法入国だったら難しいだろうねえ。おれも専門家じゃないから詳しいところはわからないけど、保護されたら両親の国に強制送還ってところじゃないかな。母国に帰れば、戸籍はもらえるだろう」

わたしは立て続けに煙草を吸った。明たちの親は、子供を母国に連れ帰るのが嫌で日本に残したのだ。再び日本に舞い戻ることを夢見て、子供と再会することを夢見て日々を送っているのだろう。明たちがまだ見ぬ故国に帰ることはないのだ。彼らは日本で生まれ、日本で育った。血筋はどうあれ、基本的には日本人と変わらない。それでも、日本は父母の血に重きを置き、生地主義は採らないのだ。

「今はどれぐらいいるんですかね？」

「歌舞伎町にはほとんどおらんだろう。浄化作戦で労働ビザを持ってない外国人は軒並み強制送還を食らうか、他の街に逃げていったからなあ」

なるほど、明たちは大森巡査長の目からも逃れて生きている。猫科の野生動物のような敏捷性と、狼たちの共同作業でもってしたたかに日々を過ごしているのだ。

「大概の親は、子供を連れて国に帰ったんでしょうね」

「そりゃそうだろう。日本に子供だけ置いていくなんて、そりゃ、捨て子と同じだ」

「わかりました。ありがとうございます」

「これぐらいのことでいいなら、いつでもお安いご用さ。しかし、織田隊長、あんたも大久保出張所勤務、長くなったね」

「大森さんに比べれば、まだひよっこですよ」

「もう十一年になるのかね、あの事件から」

「まだ十一年しか経ってないんですよ」

大森巡査長の呟きに応じて、わたしは煙草を足元に投げ、靴底で踏みにじった。目を開けていてもあの時の阿鼻叫喚の地獄絵図が浮かびあがる。苦悶に満ちた妻の横顔が浮かびあがる。途方に暮れたような息子の顔がよみがえる。あの頃、わたしは消防士だった。あの事件の後で救命士に鞍替えした。

「それじゃまた。どうせ、急病人が出ればすぐに顔を合わせるでしょうけど」

「そうだね。夜勤の時は特にごたごたが多いから」

大森巡査長はわたしの捨てた吸い殻を拾いあげ、自分の分と一緒に携帯灰皿に入れた。わたしは気恥ずかしくなり、巡査長に背中を向けた。巡査長の相棒が欠伸《あくび》を嚙み殺していた。

＊　＊　＊

三鷹の部屋に戻って昼寝をし、夕方、何本か電話をかけた。日が沈んでから再び新宿に舞い戻った。今度は歌舞伎町ではなく、西口の高級ホテルだ。

バーのカウンターには、すでに前園秀樹の大きな背中があった。カクテルグラスを口に運ぶ合間にナッツ類を貪り食っている。わたしは彼の堅い肩を叩いた。童顔と相まって、その巨軀は脂肪の塊と思われがちだが、実際にはスーツの下で分厚い筋肉が眠っている。

「織田さん――」前園は慌ててストゥールから腰をあげ、バランスを崩してカウンターに両手を突いた。「お久しぶりです」

それでも、挨拶だけは忘れない。前園は変わってはいなかった。

「また一回り大きくなったんじゃないですか、前園さん。まだラグビーをやってるんですか？」

「ラグビー人口は少ないですからね。試合がある度に呼び出されて。しかし、本当に久しぶりです。あれからもう十一年ですか……」

「先生がまだあそこの病院にいるとは思いませんでした。駄目もとで電話をかけてみたんです」

「独立する甲斐性もないし、大学病院に戻るというのもいまひとつ踏ん切りがつきませんでね」

「それで、週末にラグビーをしながら勤務医か。気楽でいいじゃないですか」

わたしは前園の左隣に腰を降ろし、気取った顔つきのバーテンに生ビールを注文した。前園はカクテルグラスの中身を一気に飲み干し、新たにダイキリを注文した。

「織田さん、少しやつれて見えますね。休みはちゃんと取ってるんですか？」

わたしの横顔をプロの視線が舐めていく。前園は目白にある大手総合病院で内科医を務めている。元はといえば東京医大付属病院で将来を嘱望されていたのだが、大学病院にありがちな権力闘争に嫌気が差して野に下った男だ。前園とは十一年前に知り合った。オウム真理教が引き起こした地下鉄サリン事件。あの時、緊急に駆り出された指導医のひとりが前園だった。大惨事の原因がなにかもわからず、現場からの報告に右往左往するだけの医師がほとんどだった中で、前園は毅然としていた。被害者の状態が、松本サリン事件の被害者の症状に似ていると気づき、信州大学に連絡を取って治療法を聞きだしたのも彼だった。

彼が信州大学と連絡を取り合っている間、わたしは霞ケ関駅で途方に暮れていた。次から次へと運び出されてくる患者を目の前にして、無力感に苛《さいな》まれることしかできなかった。わたしはあの頃は救命士ではなく、消防士だった。だが、人手が足りないということで救急車の運転を命じられた。救急車の数は絶対的に少なく、原因不明の急患を受け入れる病院の数も絶対的に少なかった。なんとか搬送先を見つけ、また地下鉄駅に戻れば、倍以上に患者が増えている。

地下鉄に乗っていた乗客だけではなく、何人かの同僚も倒れていた。情報がなにもなかったためにサリンを浴びた患者に接触し、サリンを吸いこんでしまったのだ。
治療方法がわかったそうだ——隊長が無線を握りしめながら叫んだ瞬間は、今でも色濃く脳裏に刻み込まれている。その治療方法を見つけてくれたのが前園なのだ。騒動が収まった後、わたしは個人として前園のもとを訪れ、謝意を告げた。前園は恐縮していたが、わたしの素性を知って表情を曇らせた。

もう十一年が経ったという人間がほとんどだ。だが、わたしにはまだ十一年にすぎない。運ばれてきたグラスを掲げ、乾杯した。わたしは生ビールを半分ほど、一息に飲んだ。前園はダイキリをちろりと舐めた。

「奥様とお子さんのことはもう吹っ切れましたか？」

霞ケ関の駅で起こっていることは、これ以上ない地獄だと現場にいたわたしは感じていた。だが、本当の地獄はその後にやって来た。小児科の診察を受けるために日比谷線に乗っていた妻子がサリンのせいで死んだのだ。

あの頃、我々は北千住に住んでおり、妻は子供になにかあると築地にある小児科病院に向かっていた。他の場所に住んでいれば、他の医者にしておけばと何度悔やんだかわからない。

「もう十一年です。忘れたとしても、妻も子供もゆるしてくれるでしょう」

わたしはビールを飲みながら嘘をついた。

「十一年か……」

前園は呟きながら、またナッツを嚙み砕く。ナッツが入った皿はほとんど空になっていた。わたしはチーズと生ハムの盛り合わせを頼んだ。前園は巨軀が示唆するとおりの大食漢だ。ホテルのバーでの待ち合わせはどうかとわたしは訝《いぶか》しんだのだが、前園がそれを望んだ。食事がメインの店だと食べすぎてしまうというのが彼の言い分だった。

「それで、わざわざ十一年後にぼくに会いたいというのはどういう用事なんですか？」

「これから話すことはオフレコです。いいですか？」

「このバーを出たら、ぼくはなにも覚えてませんよ」

前園はウィンクをした。医者には見えない。どちらかといえば、うだつの上がらない落語家だ。だが、これでも白衣を着て診察室の椅子に座れば、患者に安心感を与える頼もしい医者に変身する。

「二日ほど前に路上で倒れている少女を助けにいった。ところが、少女の仲間の少年たちに病院への搬送を妨害された」

「面白そうですね。それで？」

「彼女の病状は貧血だと思います」

わたしは大久保の路上で見た少女の様態を詳細に説明した。

「確かに貧血のようですね。原因はわかりませんが」

「とにかく、少年たちは少女を病院に運ぶことをかたくなに拒否して、連れ去った」

山岡と田中が殴り倒されたことは話さずにおいた。前園が暴力に極端な嫌悪感を持っているのを知っていたからだ。

「訳ありなんですか？」

「彼らは共同で生活している。親はいない。健康保険にも加入していない」

生ハムとチーズが運ばれてきた。前園はわたしに断りも入れず、待ちきれないといわんばかりの仕種で生ハムを口に放り込んだ。

「同じ日の夜、ぼくは歌舞伎町で飲んでいたんですが、その帰り、少年に待ち伏せされた」

「襲われたんですか？」

わたしは首を振った。

「少女の様子が思わしくなかったんです。たまたま、飲み屋に入るぼくを見かけて、出てくるのを待っていた」

前園は今度はチーズを口に運びながら頷いた。

「それで、もう一度少女を診たんですか？」

「ええ。生理だった。出血も多いんだろう。夏が近づくと食が細くなって、倒れることが多いそうだ。綺麗だが、痩せていて儚さを感じさせる女の子でした。とりあえず、市販の漢方薬と鉄分のサプリメントを飲ませるように指示して帰ってきた。あと、食事にも気をつけるようにと。ただ、原因がわからないから……」

「まさか、その女の子を保険を通さずに診察しろっていうんじゃないでしょうね？」

「先生なら大学の研究室にもコネがある。血液検査とか、なんとかならないでしょうか」

「児童相談所とか児童福祉センターに行けばいいじゃないですか。未成年なんでしょう？　施設に引き取ってもらえば、健康保険もなんとかなるんじゃないですか？」

前園はまた生ハムに手を伸ばした。まだどこか他人事なのだ。

「それはできないんですよ。そんなことをしたら、彼らは強制的に国外退去させられる」

生ハムを噛んでいた前園の歯が動きを止めた。

「国外退去？」

「日本人じゃないんです。不法入国をした外国人が日本で恋をして、子供を作った」

「彼らの親はどこにいるんです？」

「東京都が一昨年から新宿浄化作戦というのをやっているでしょう？　あれのあおりを食らって強制送還。故郷に戻るより日本にいた方がいいと、子供たちだけを残した」

「そんな話、あるんですか？」

わたしは頷いた。

「ぼくがこの目で見たんです。彼らには健康保険だけじゃなく、戸籍もない。親たちがいつか日本に帰ってくると信じて、健気に頑張っている」

「困ったな……」別に困ったという素振りをみせるわけでもなく前園は呟いた。「頻繁に起こる貧血なら、確かにちゃんと調べた方がいいんだけど」

「お願いできませんか。検査にかかる実費はぼくが払います」

わたしは前園の太い二の腕に手をかけた。前園が断れないことはわかっている。この巨漢の医師はヒューマニストなのだ。

「二日前に会ったばかりだというのは本当ですか？」

「ええ。正確には三日前かな。非番明けの初日だったから」

「赤の他人なのに、どうしてそこまでしてやろうとするんですか？」

前園はダイキリを見つめながら言った。

「病人は放っておけない」

「十一年前のせいですか？」

わたしは首を振った。自分でもなにがこれだけわたしを駆りたてているのかはわからない。救急救命士としての義務感か、ただのお節介か、それとも、子供の幻影を追いかけているのか。息子がなにごともなく成長していたら浩と同じ年頃だった。

「お願いできませんか。前園先生に迷惑はかけません」

前園は皿に残っていた生ハムとチーズを次々に口に運びだした。すべてを咀嚼し、ダイキリで喉の奥に流し込むと、紙ナプキンで口を拭いながらわたしの目をまっすぐに見つめた。

「次の日曜なら、予定がありません。その子を診察して、採血して、それを検査してもらいましょうか」

「ありがたい」

わたしは前園の右手を両手で握った。前園の片手はわたしの両手でも収めきれなかった。

＊　＊　＊

前園と別れた足で抜弁天に向かった。青梅街道に出て大ガードをくぐり、歌舞伎町を斜めに横切って明治通りに出る。それなりの距離はあるが、ビールを身体から抜くには恰好の散歩だった。抜弁天の交差点に到着した時には、わたしはうっすらと汗ばんでいた。

明たちの住むマンションの前で深呼吸を繰り返し、六階分の階段をのぼる覚悟を決めた。会員になったスポーツジムからは半年近く足が遠のいている。そろそろ本気で自分の肉体と向き合うべきなのかもしれない。

荒い息を吐き出しながらドアをノックした。それまでは部屋の奥から少年たちの濃密な気配が漂っていたのだが、それはノックと同時にかき消えた。

「おれだ。救命士の織田だ。いるんだろう？　開けてくれ」

ドア越しに声をかけると気配がよみがえった。ドアの隙間から炒めたニンニクの香りが漏れてくる。静かにドアが開き、明の細い目がわたしを射抜いた。

「なんの用だ？」

「笑加のことで話がある。診察してくれる医者を見つけてきた」

「言っただろう。健康保険はないんだ。診察代や検査代、払えないよ」

「ただだ。ただで診察してもらえる。もっとも、後で薬が必要だとわかったら、その分は払わなきゃならないが」

明の顔つきが変わった。スニーカーの踵を踏んだまま廊下に出、ドアを後ろ手で閉める。

「マジかよ？」

「知り合いの医者に頼んでみた。今度の日曜に診察してくれる」

「どこで？」

「ここで……駄目か？」

「人に知られたくないんだよ。あんた、浩から話を聞いたんだってな。きたねえよ。飯で釣りやがって」

「笑加を医者に診てもらいたくないのか？」

明の非難を聞き流して、わたしは言った。

「そりゃあ……だけど、ここじゃ駄目だ。わかるだろう？　知らない人間はできるだけここに入れたくない」

「じゃあ、おれのマンションはどうだ？　三鷹にある。笑加を連れてこれるか？」

「大丈夫だけど……おっさん、どうしてそこまでお節介焼くんだよ？」

「職業病だ。病人は放っておけない」

わたしは即答した。明は納得したようだった。

「笑加の調子はどうだ？」

「この前よりはずっとよくなってる。あんたが言った薬と、料理のおかげかな。今日はほうれん草とレバーの炒め物だよ。笑加はすぐお腹一杯だって言うんだけど、みんなで無理矢理食わせてる」

「そうか。でも、絶好調っていうわけじゃないんだな？」

「夏が近づくと、いつもそうなんだ」

「とにかく、医者にちゃんと診てもらおう。他のことを心配するのはその後だ」

わたしはメモ帳に自宅の住所と電話番号を書きつけた。ページを破り、明に渡す。

「日曜日の昼、一時だ。絶対に来るんだぞ」

「行くよ、必ず」

明はメモに目を落としたまま約束した。明の背後から笑い声が聞こえた。その朗らかさは間違いなく浩のものだった。

4

非番明けの三日は、いつもと同じで慌ただしく過ぎていった。シフトごとの出動回数は平均十二回。飯を食べる時間どころか、お茶で喉を潤す余裕もない。田中と山岡はすでに退院し、仕事もそつなくこなしていたが、山岡はどこかびくびくし、それをわたしたちから隠そうと躍起になっていた。暴力の残滓《ざんし》が脳裏にこびりつき、また、免取りだからと馬鹿にされることを極端に恐れている。免取りであろうとなかろうと、仕事をきちんとこなせばいいと普段から言っているのだが、わたしの前に組んでいた救命士に相当いびられたらしい。山岡は日々、卑屈さを増していく。

三日間のシフトが終わって、やっと週休がやって来た。救急車を降りるとさっさと着替え、どこにも寄り道をせずにマンションに帰った。冷蔵庫の余り物でパスタを作り、ビールで胃に流し込んでベッドにもぐり込む。朝まで一度も目覚めずに眠りを貪った。冷凍していた米飯を解凍し、卵と納豆を混ぜ合わせてすすりこむ。野菜が足りない分は市販の野菜ジュースで間に合わせた。

侘びしい朝食だったが、だれに見られているわけでもない。寝室を念入りに掃除してからシャワーを浴び、十時をまわっていることを確認して近所のスーパーに出かけた。明と笑加が腹をすかして来るかもしれないと考えたのだ。スーパーで食材を選びながら、わたしは自分が浮き足立っているのを感じていた。三鷹のマンションに人が訪れるのは初めてのことだった。他人のために食事を作るのは妻子が死んで以来だ。あの事件が起こる前までは、非番と週休の日の晩飯を作るのはわたしの役目だったのだ。

ハンバーグを作ることにして、合挽き肉とタマネギ、付け合わせの野菜を買った。バターが切れていることを思いだし、バターと生クリームを籠に放り込む。ケチャップと中濃ソース、料理用の赤ワインはまだ台所にあるはずだ。

マンションに戻り、ハンバーグのタネを捏ねた。後は形を整え、焼くだけだ。脂で汚れた手を洗っているとインタフォンが鳴った。時刻は十二時半。やって来たのは前園だった。

「意外と綺麗にしてますね。失礼な言い方ですけど」

前園はポロシャツにコーデュロイのパンツ姿だった。診察鞄がなければ医者には見えない。用意してやったスリッパに履きかえると、無遠慮にわたしの部屋を見てまわった。

「休みの時以外は寝に帰るだけです。汚している暇がない」

「ぼくも似たようなもんですよ。医者のひとりものは辛い。上からは変人と見なされて、看護師たちからは不埒な男と思われる」

「結婚する気はないんですか?」

「仕事とラグビーが忙しくて、看護師たちのセッティングする合コンに出る暇もないんですよ」

前園は自嘲した。内科医としての知識、臨床医としての経験も豊富で人当たりがいい。将来は大手総合病院の内科のトップ、運が良ければ経営者に名を連ねるだろう。おまけに草ラグビーとはいえ、週末になれば重いタックルで相手を吹き飛ばす巨軀のスポーツマンだ。彼を籠絡しようと手ぐすねを引く看護師や患者は後を絶たないだろう。

前園は医療活動に恋しているのだ。だから、女に目を向ける余裕がない。

前園は診察鞄の他に小型のクーラーボックスを持参していた。

「それは？」

「採血した血を入れるんです。中に保冷剤が入ってます。お、今夜はハンバーグですか？」

キッチンでボウルに入ったままのハンバーグのタネを見つけて前園は目を輝かせた。

「いや。診察が終わったら、彼女たちに食わせてやろうかと思って。前園先生も食べていきますか？」

「いいんですか？」

わたしは頷いた。食材は多めに買ってある。笑加の小食をすっかり失念していたのだ。前園が参加してくれるなら腐らせることもない。

「じゃあ、いただいていきます。昼飯はサンドウィッチだけだったんですよ」

前園が食べただろうサンドウィッチの量を想像しながらわたしは微笑んだ。

「それで、診察する場所なんですが……」

わたしは前園を寝室にいざなった。

「ここを好きなように使ってください。必要なものがあればなんでも用意します」

「特にありませんよ。必要なものはこの中に入ってますから」前園は診察鞄を得意げに叩いた。

「しかし、綺麗にしてますね。シーツも糊が効いてる」

「相手は女の子ですから――」

わたしが話し終える前に、リビングで電話が鳴りはじめた。前園を寝室に残して電話に出た。

明からだった。

「今、三鷹の駅前にいるんだけど」

明の声は硬かった。

「笑加も一緒だな？」

「当たり前だよ。おカマでもないのにひとりで来るか。あんたのマンション、どう行けばいいんだよ？」

憎まれ口を叩いてやっと落ち着きが出てきたらしい。わたしは丁寧に道を教えてやり、電話を切った。その場に立ったまま振り返る。

「あと十分ほどでやって来ます」

「じゃあ、準備をはじめますか」

前園は首をぐるりと回し、肩を上下させた。いくつもの関節が無骨な音を立てた。

＊　＊　＊

明は寝室のドアに目を向け続けていた。弱い個体を守ろうとするボス狼の目は、わずかな危険の兆候も見逃すまいと瞬きすら拒否しているように見える。

寝室からは前園の太い声が時々漏れてくる。笑加の声は聞こえなかった。

「彼は腕の立つ医者だ。笑加も納得したから診察を受けてるんだ。少しは肩の力を抜けよ」

「わかってるよ」

明は吐き捨てるように答えた。そう。わかっているのだ。わかっていても止められない。新宿は生き馬の目を抜く街だし、明たちは若すぎる。そして、笑加は美しかった。

「前園先生は患者にセクハラするような医者じゃない」

「なんだってそんなこと言うんだよ？」

「笑加は綺麗な女の子だ。嫌な目にしょっちゅう遭うだろう」

「おれたちが笑加を守ってるんだ」

だから大丈夫という言葉を明は飲みこんだ。わたしには大方の想像がついていた。どれだけ大人ぶってみせたところで、明たちは十代半ばの若者でしかない。親も保護者もいないとなれば、食い扶持を稼ぐための仕事はかぎられてくる。浩がやっているように、他の少年たちもラブホテルの清掃か、それに類した仕事で金を稼いでいるのだ。時給はそこそこでも、働ける時間は限られる。その上がりで家賃や光熱費を払い、飯を食い、服を買う——金は足りないはずだ。足りない分は笑加が稼いでいるのだ。風俗産業の片隅で、ひっそりと。

「明の両親も中国人なのか？」

わたしは話題を変えた。

「ああ。福建のど田舎出身だってよ。生きてるのが嫌になるぐらいのど田舎。だから、あいつらはおれを東京に置いていったんだ。こっちの方が絶対に幸せだからって」

「幸せか？」

「わかんねえよ。親の住んでるところ知らないからさ。とりあえず、みんなといると楽しいけど……」

毎日がキャンプなのと同じだ。確かに楽しい日々だろう。だが、親が恋しくないはずはない。若くして父親の責任を負わされて苦しくないはずがない。

「ご両親から連絡はあるのか？」

「週一ぐらいで電話がかかってくるよ。みんなにね」

「両親に会いたいだろう？」

「だったらなんだよ？　おっさん、なにかしてくれるのかよ？　笑加に医者見つけてきてくれたみたいに、おれたちに国籍もらえるようにしてくれるわけ？　おれたち、どこにも行けないんだよ。パスポート取れないから。親父たちも、どこにも行けない。不法出国、不法入国がばれて、パスポートもビザも取れないから。なんとか金作って、また密航してくるしかないんだ。会いたいと思ったって会えないんだ。考えるだけ馬鹿らしいよ。あいつが馬鹿なことさえ言い出さなきゃな……」

明は唇を噛んで噴出する言葉をなんとか堰《せ》きとめた。

「あいつ？　都知事のことか？」

新宿浄化作戦を考え、実行に移したのは現職の東京都知事だった。

「そうだよ。それまで大きな問題なんかなかったのに……なにが浄化作戦だよ。外人が嫌いなだけじゃないか」

歌舞伎町に問題がなかったとは言えないし、政治家のすることには必ず功罪がつきまとう。わたしは論評を控えた。明は当事者であり、当事者にしか口に出せない批判は、他者の意見を拒絶する。

「親はなんの仕事をしてたんだ？」

「大久保通り沿いで、小さなレストラン。もちろん、中華の。悪いことなんかなにもしてないんだぜ。そりゃ、税金は払ってなかったかもしれないけど、労働ビザ出してくれないからじゃないか。ただ真面目に働いてたんだ。それが、突然、入管の役人とおまわりがやって来て、親父とお袋を連れてったんだ。店なんかそのまんまだって。信じられねえよ。おれは家で寝ててさ。後で弁護士がやって来て、親父とお袋は中国に帰されるけど、おれは東京に残れって言ってるって……」

自らの身の上を他人に話すのは初めてなのだろう。明は次第に抑制が利かなくなっていった。言葉と感情を溢れるままにさせ、わたしにぶつけている。寝室のドアが開かなければ、それはまだしばらく続いただろう。前園の巨体が寝室から出てくるのと同時に、明は何事もなかったというように口を閉じた。

「どうでした？」

前園は肩をすくめた。

「血液検査の結果が出るまではなんともいえませんが、症状は典型的な貧血ですね。ただ、貧血の原因となると、やはり、検査結果待ちです。鉄欠乏なら問題ないんですが」

「心配なことでも？」

「血が止まりにくいという話を聞いたもんで……もし、再生不良性貧血や悪性貧血だと、腰を据えて治療しなければならなくなる。その場合は――」

前園は言葉を濁して明に視線を走らせた。明は額に汗を浮かべていた。切れ長の目が痛々しい光を放っている。

「結果が出る前に悪い想像をしてもしかたないでしょう」わたしは助け船を出すつもりで言った。

「結果はいつ出ます？」

「大学病院の後輩にこっそりお願いするんで、時間がかかりそうでして……一週間後にはなんとか。その代わり、タダでやらせますんで」

「いいんですか？」

「今回だけです」

前園は茶目っ気のある笑みを満面に浮かべた。それを見て、明の肩から力が抜けていく。

「もう、笑加さんと話をしても大丈夫だよ」

前園が言った。明は獲物を見つけた肉食獣のように前園の脇をすり抜け、寝室に消えていった。

「ありがとう。本当に助かりました」

わたしは前園に頭を下げた。

＊　＊　＊

わたしが焼いたハンバーグを食べている間、前園はひとりで喋っていた。明は警戒心を露わにして露骨に前園を無視し、笑加は適当に相槌を打つだけだ。わたしはといえば、料理と後片づけに忙殺されていた。並の大人なら気分を害するか、自分が浮いていることに気づいて口を閉ざすのだろうが、前園は腕利きの内科医だ。めげることもなく喋りながら、さりげなく貧血に関する知識をふたりに教えていた。そのしたたかさには舌を巻いた。

食事が終わると、前園は帰っていった。明と笑加はその後ろ姿を見送るだけで、腰をあげる素振りも見せなかった。

「さて、お茶でも飲むか？」わたしは言った。「日本茶とコーヒーしかないが」

「コーヒーをください」

笑加が言った。前園の診察を受けて少し気が楽になったのか、声に張りが戻っている。

「お安いご用だ」

わたしはキッチンに行き、コーヒー豆をミルに放り込んだ。あらかじめ挽いてある粉は絶対に買わない。わたしになにかこだわりがあるとすればその一点だけだった。気に入った店から買ってきた豆を自分で挽き、淹れる。いずれは、豆も自分で煎りたいと漠然と思っていた。

コーヒーの支度をしている間、明と笑加はふたりだけの秘密会議を開いていた。細かいやり取りまでは聞こえなかったが、笑加がなにかを説得しようとし、明はそれをかたくなに拒否している。淹れ終えたコーヒーを運んでいくと、ふたりは口を閉じた。

「なんの話をしてたんだ？」

「おっさんには関係ねえよ。ちょっと親切にしてくれたぐらいで、保護者気取りはごめんだよ」

「明——」

明は笑加の抗議を無視した。

「浩みたいなガキでもないんだ。飯でつられたりはしねえ」

わたしは肩をすくめ、ふたりにコーヒーを勧めた。真っ先に手を伸ばしたのは笑加だった。今日の笑加は黒いチューブトップの上に淡い黄色のブラウスを羽織っていた。下半身はローライズのジーンズ。濃いめに化粧をすれば二十歳前後の年で通じそうだ。明がどれだけいきがってみても、性差による肉体、精神の発達の違いははっきりしていた。

「美味しい……」

笑加の顔が日を浴びた花のように輝いた。自己満足を得て、わたしも微笑む。いつか、今の仕事を引退する時が来たら、小さな喫茶店を営むのがささやかな夢だった。

「コーヒー、好きなんですか？」

「好きなものがあるとしたら、コーヒーだけかな」

「わたしもコーヒー大好きなんです。でも、新宿にはあんまり美味しい喫茶店がなくて……あっても高いし」

笑加はマグカップを慈しむように両手で包み込んだ。明はコーヒーに口をつけようともしない。味覚の上でも明は笑加に負けている。おそらく、コーヒーより清涼飲料水というクチなのだ。

「豆でよかったら分けてあげるよ」

「ありがとうございます」笑加は丁寧に頭を下げた。「コーヒーだけじゃなくて、今日のことも」

率直な感謝の表明になんと答えていいかわからず、わたしはコーヒーに口をつけてごまかした。

「厚かましいけど、もうひとつ、お願いがあるんですけど——」

「やめろよ、笑加」

明が顔色を変え、笑加を止めに入った。だが、笑加は涼しい顔でそれを受け流した。

「いいじゃない。もう、わたしたちだけじゃいつか終わりが来るのはわかってるんだから。聞いてみるだけ」

静かだが、断固とした口調だった。少年たちの中で、明が父親の役割を果たしているのなら、笑加は間違いなく母親だ。父権より母権が強いのは、今どきの家庭なら当たり前の話だった。

「なにかな？」

わたしは訊いた。明は子供のように拗《す》ねて、そっぽを向いている。

「明、大久保の電気屋さんでアルバイトしてるんです。電気屋さんといっても、故障した電化製品の修理を主にやってるところなんですけど」

昔は街のいたるところで見かけた商売だ。だが、今では故障したものを修理に出すより買い換えた方が安くつく。

「それで？」

「アルバイト代安くて……親か保護者を連れてきたら、もっと給料あげてくれるって言われてるんです」

「足元を見られてるわけだ。そこの社長かな？　その人は、君たちの身の上を知ってるのかい？」

笑加は首を振った。

「家出して、同棲してると思われてます。朝八時から夕方の五時まで働いて、日給五千円なんです。残業があっても残業代もらえなくて」

わたしは口笛を吹いた。時給でいうと六百円前後というところだ。田舎ならともかく、都会でそれだけ安いアルバイトも珍しい。

「親か保護者が頭を下げに来れば、もっと給料をくれると言ったのかい？」

「あっちだって人手が欲しいんだよ」

明がやっと口を開いた。

「そのお店、外国人の客が多くて、明は少し中国語ができるから重宝されてるんです」

「一緒に行けばいいんだな。次の木曜が休みだ。その時でいいか？」

わたしは明の目を見つめながら言った。明はかすかに口を開け、喘ぐような仕種を見せた。

「ありがとうございます」笑加が頭を下げる。「ね、お願いしてみてよかったでしょ」

明はなにも答えなかった。

＊　＊　＊

その日の夜、また電話が鳴った。署に人手が足りない時以外は滅多に鳴ることのない電話だ。相手はだれだろうと訝しがりながら電話に出た。

「どんな下心があるんだよ？」

明は名乗りもせずにそう言った。

「そうだな……笑加が可愛いからだ。満足か？　用がないなら切るぞ。こう見えても大人は忙しいんだ」

「真面目に答えろよ」

明は怒っていた。

「おれはお節介なんだ。だから救命士をやっている」

「笑加はおっさんをいい人だって言ってる。けどな、いい人なんかどこにもいない。おれはわかってるんだ」

「そうだな。おまえが正しい」

わたしはダイニングテーブルに腰を下ろし、途中まで飲んでいた缶ビールに口をつけた。缶ビールはとうの昔に温《ぬる》くなって、ただ舌に苦いだけだった。明の応答はない。絶句した、というよりわたしの言い分に呆れているらしい。

「だったら、なんの目的があるんだよ、おっさん？」

「死んだ子供がいる」

わたしは投げやりに呟いた。手にしている缶ビールは四本目だった。また、明からの応答はない。息を潜めてわたしの次の言葉を待っている。

「浩と話をした。生きていれば浩より年下だが、でも、あんな感じなんだろうなと思った」

「酔ってるのかよ、おっさん？」

「おまえには関係ない」

「おれたちの父親代わりになりたいっての？　そんなの――」

「父親になんかなりたくない。ただ、おまえ以外のみんなのことが心配なだけだ」

わたしは明を遮った。

「おれ以外？」

「そうだ。おまえはひとりでも生きていけるぐらいしたたかだ。だが、他のみんなは違う。そうだろう？」

「……まあ、そりゃそうだけどよ」

明ははにかんだ。自尊心をくすぐられている。わたしの策略にまんまとはまりこんでいる。

「もう、切るぞ。木曜日にな」

「あ、ああ……」

わたしは電話を切った。

5

水曜は深夜シフトだった。シフトが明ければ、そのまま非番に突入する。非番直前のシフトといえば、隊員たちの口が軽くなるのが常だったが、この夜は違った。

午前一時に通報を受けて向かったのが百人町のマンション。血まみれで倒れていたのが三歳の男の子で、両親はまだ若い韓国人だった。両親はパニックを引き起こし、朝鮮語で喚き立てるだけで要領を得ない。その横で、血まみれのナイフを握った五歳ぐらいの少女がぼんやりと佇《たたず》んでいた。

姉が弟の両目をナイフで刺したのだ。少女からナイフを取り上げ、警察に通報し、少年の応急措置をする。少年が失明するのは医者に訊くまでもなかった。問題はナイフの刃が脳にまで届いていないかどうかだ。

わたしと山岡が少年を乗せたストレッチャーを部屋の外に運ぼうとした時、それまで一言も口を利かなかった少女が叫んだ。

「死ね！」

それは五歳の少女の口から放たれたとは思えないほど、粘着質の呪詛にまみれた言葉だった。いったい、なにが彼女にそれほどまでの憎しみを抱かせたというのか。相手は三歳の、それも弟だ。長い間この仕事をしているが、これほどおぞましい言葉を耳にしたことはなかった。山岡ははっきりと震えていた。

少女の声が耳に張りついたまま時間がゆっくりと過ぎていく。わたしも山岡もほとんど無言で、田中もなにかに伝染したようにぶっつりと押し黙ったまま救急車を運転した。

少年を最寄りの救急病院へ搬送し終えた後、わたしは現場に駆けつけた顔見知りの警官に電話をかけた。なぜ、少女があんなことをしたのか知りたかったのだ。だが、警官も曖昧に言葉を濁すだけだった。落ち着きを取り戻した両親に理由を尋ねても、彼らにもわからなかったらしい。普段は仲睦まじい姉弟だったのだと、両親共に口を揃えて警官に訴えたという。

だれも、親すらも知らないところで、五歳の少女の心の奥に三歳の弟に対する計り知れない憎しみが育まれていたのだ。あの少女はどうなるのだろう。姉に目を潰された少年はこの先どうやって生きていくのか。考えるだけで、百年分年を取ったような気がしてきた。

その出場の後、酔漢同士の喧嘩が一件、小さな交通事故が一件あったが、すべての仕事を終えた後は身も心も磨り減って疲労困憊していた。三鷹のマンションに戻ると、おそらく酒を飲んでしまう。あの少女の声を忘れるためにだ。飲めば、眠りこけてしまうだろう。明と約束した時間に目覚めるのは至難の業だ。

少し悩んで、結局、終夜営業のファミレスで軽食を摂り、温かいだけが取り柄のコーヒーを友にして船を漕いだ。

七時半に、あらかじめセットしておいた携帯のアラームが鳴って、わたしは抜弁天に向かった。明がマンションの前でわたしを待っていた。グレイの上下の作業服姿で自転車に跨っている。

「おはよう」

わたしの挨拶を聞き流し、明は背後に首を捻った。

「乗りなよ」

「自転車のふたり乗りは危険だ」

「遅刻しそうなんだよ」

明は焦れったそうに答えた。自分の意志を曲げるつもりはなさそうだった。しかたなく、わたしは荷台を跨いだ。途端に、自転車は力強く前進しはじめた。かすかに触れる明の背中はしなやかな筋肉に覆われている。わたしがとうの昔に失った活力が、その肉体には満ち溢れていた。

明は幹線道路は使わず、住宅街を縫う路地を進んだ。大久保通りに出たところで左折し、大久保二丁目の交差点を横断する。わたしは警官に見つからないかと冷や冷やしていたが、明は前だけを見つめて軽快にペダルを漕いでいた。普段はふたり乗りなど絶対にしないはずだ。だれよりも警官の目を恐れて生きているに違いない。だが、わたしの出現で明は平常心を失っている。おそらく、父親の座を奪われるのではないかと恐れているのだ。

しばらく直進した後で、明は自転車を左折させた。中華料理屋、韓国料理屋、エスニック料理屋が軒を並べる狭い路地の外れに、明の勤める電気屋がぽつんと建っていた。一階を店舗に、二階を住居にした古い建物で看板がなければ何屋なのか見当もつかない。

「降りて」

明が自転車のスピードを落とした。わたしはなんとかバランスを保ちながら走る自転車から飛び降りた。明は自転車を店の脇に停め、しっかりと施錠した。ついてこいとわたしに目配せしながら店に入っていく。

「おはようございます」

明の挨拶に応じる年配の男のくぐもった声が聞こえてきた。わたしは明の背中にくっついて店の中に足を踏み入れた。店は倉庫のような造りになっていて、エアコンやテレビが無造作に散らばっていた。

「社長……例の、保護者の人、連れてきました」

明が呼びかけたのは倉庫の片隅でエアコンを解体している繋ぎを着た男だった。見たところ五十代後半。頭頂部はすっかり禿げあがり、耳の上に申し訳程度に生えている髪は真っ白だった。白いはずの繋ぎは油にまみれて黒ずんでいる。ドライバーを扱う男の指先も油で黒ずんでいた。男は眠たそうに目を瞬きながらわたしを見た。どこか後ろめたそうな光がその眠たげな目に宿っている。

「織田さんです」

明はわたしを男に紹介した。わたしは丁寧に頭を下げた。

「織田さん、こちらは高橋社長です」

明の生真面目な口調に苦笑をこらえながら、わたしは高橋に右手を差し出した。

「いつも、明君がお世話になっています」

「ああ、どうも。高橋です」

高橋は油まみれの手を繋ぎで拭ってからわたしの手を握った。それだけで油が取れたわけもなく、わたしは不快感をこらえた。

「あの……織田さんは明とはどういう関係で？」

「明君のお父さんの友達です。彼、一年という期限付きで北海道に単身赴任してまして」

わたしは前もって明と組み立てておいた嘘をまくしたてた。高橋は虚ろな視線を明とわたしに交互に向けている。

「たった一年だけなんで、向こうで借りているアパートもワンルームでしてね。息子とはいえ男がふたり暮らしするのには狭すぎる。それで、明君だけこっちに置いてるんです。わたしは保護者代わりというわけでして。仕事があるんで、なかなか保護者の役目も果たせないんですがね。

明君がここでバイトをしてるというのも、昨日初めて知ったという体たらくでして」

わたしは財布から名刺を引き抜き、高橋に手渡した。高橋は、文字通り、穴があくほど名刺を見つめた。

「救急救命士というと、救急車に乗ってる？」

「そうです。この辺り、よく走ってますよ。救急車を見かけたら、声をかけてみてください」

「いや、まあ、そんな……」

高橋は言葉にならない言葉を呟きながら、わたしの名刺を繋ぎのポケットに押し込んだ。

「明君に、保護者ならバイト先の社長にちゃんと挨拶してくれと言われましてね」

「いや、明はね、本当によく働いてくれるんですよ。重宝してるんですわ。しっかり預かりますんで、ご心配なく」

「なにとぞよろしくお願いします」

わたしは今度は深々と頭を下げた。落ち着きのない貧乏揺すりを繰り返す高橋の足が、彼の狼狽を物語っていた。

「頭、あげてください。こっちはしがない修理屋ですから。近所の外国人から請け負って、エアコンやらテレビやらの修理をして細々と食ってるんです。最近は目が悪くなってきましてね、細かいところがよく見えない。それで、明が来てくれて助かってる。今どきの若いもんは、こういう仕事、見向きもしませんでね」

わたしは倉庫に転がっている家電製品を眺めた。本格的な夏を前にして、エアコン修理の依頼が多いのだろう。一台につき幾ら取っているのかは知らないが、そこそこの収入はあるはずだ。出稼ぎの外国人は無駄な金を使いたがらない。その分、高橋電気店の売り上げも保証される。明に七、八千円の日給を払ったとしても儲けは充分に出るはずだった。

「明君は昔から機械いじりが好きだったんですよ。なあ？」

わたしは明に言葉を振った。突然のアドリブに戸惑いながら、明は曖昧な微笑みを浮かべる。

「うん」

「好きだった機械いじりができて、おまけにバイト代がもらえるって、喜んでる。よろしくお願いしますよ、高橋さん」

「もちろんで」

「それじゃ、わたしはこれで失礼します。じゃあ、行くよ、明君」

「社長、織田さんをそこまで送ってきます」

「ああ、行っといで」

高橋はほっとした様子を見せ、すぐにエアコンの修理を再開した。わたしと明は彼に背を向け、店を出た。

「機械いじりが昔から好きだったたって、なんだよ」

明の口調はいつものそれに戻っていた。

「言ってみただけだ」

「焦るじゃねえか」

「焦ってたのは社長の方だろう」

近くの中華料理屋からニンニクを炒める香りが漂ってきて、わたしは空腹を覚えた。二時間ほど前にサンドウィッチを食べたばかりだが、それだけでは栄養補給が追いついていない。

「そうだな……あんな神妙な社長、初めて見たよ。保護者ってのが出てくると、大人って弱いんだな」

「後ろめたいところがあるやつは、みんなそうだ。これで、給料あげてもらえるんだな？」

「これでぐだぐだ言ったら、また保護者連れてくるって言うさ。おれがいないと、仕事ほとんど捗《はかど》らないんだ。馘《くび》にはできないくせに、せこいんだよな」

我々は大久保通りに出た。相変わらずごみごみしていて風景がくすんでいる。空には薄雲がかかっており、まるで薄汚れたガラスのケースに閉じこめられたような錯覚を覚える。

「じゃあ、おれ、仕事してこなきゃ」

「ああ、しっかり働けよ。おまえの稼ぎがあがれば、笑加ももう少し楽ができるんだろう?」

「笑加の仕事、知ってるのかよ?」

「想像はつくよ」

明は俯き、足元に転がっていたコーヒーの空き缶を蹴飛ばした。

「早く大人になりてえ」

「焦らなくてもいずれなれる。大人になると、子供の頃はよかったと思うようになるぞ」

「おれはならねえ」

物思いに沈んだ目を車道に向けて、明は言った。

「大人になっても、おまえには戸籍がない。まともな仕事には就けないぞ」

「わかってるよ、そんなこと。じゃ、行くぜ、おれ」

明はさっと踵を返し、走り出した。声をかける暇もない。いつまでみんなと一緒に暮らせると思ってるんだ——喉まで出かかっていた言葉をわたしは飲みこんだ。

明が途中で振り返り、叫んだ。

「ありがとよ、おっさん」

初めて聞く素直な言葉だった。五歳の少女の憎悪にまみれた言葉を、わたしはやっと耳から追い出すことができた。

＊　＊　＊

職場に前園から電話がかかってきた。笑加が診察を受けてから、ちょうど一週間後の昼下がりだった。

「検査の結果が出ましたよ」

前園の声にはなんの抑揚もなかった。わたしは緊張し、受話器を強く握りしめた。

「それで？」

「結論からいうと再生不良性貧血ですね。先天性ではなく後天性と思われますが、原因はわかりません」

再生不良性貧血——骨髄の中の造血幹細胞がなんらかの理由により血球を作らなくなる。遺伝疾患ではない場合、その原因が特定できるのは三十パーセント以下だと聞いたことがあった。

「症状は重いんですか？」

「診察と問診からの判断になりますが、軽症から中等症の間といったところでしょうかね」

わたしは肺に溜めていた息を吐き出した。症状が重い場合、骨髄移植が必要なこともある病気だ。笑加の肉親は遠く離れたところにいて、来日することがかなわない。骨髄バンクに登録するにしても、笑加にはその資格がない。

「なら……」

「そう。彼女が普通の患者なら、とりあえず蛋白同化ステロイドを投薬して様子を見て、症状が改善されないようなら免疫抑制療法に切り替えるというのが一般的なパターンなんですがね」

前園の声は歯切れが悪い。

「金がかかりすぎる」

「そうなんですよ。保険が効かないというのがね……」

蛋白同化ステロイドという薬は、スポーツのドーピング問題で有名になった。筋肉を増強するとともに、赤血球の増加を促す。だが、副作用も強く、女性の場合、生理が止まる、髭が生えるなどの男性化が進むこともある。もちろん、健康保険が使えない場合、とても高額な薬だった。

「月にどれぐらいかかりますかね？」

「保険が効かないなら……月に十万から二十万というところかな」

明たちには過大な負担となる額だ。もちろん、安月給のわたしにもそれだけの金を捻出することは困難だった。

「何ヶ月ぐらい服用しなければならないんですか？」

「一概には言えませんが、三ヶ月から半年というところでしょう」

ならば、百万近い金が必要だということになる。銀行残高に思いを馳せた。特に贅沢をするわけでもないのに、わたしの銀行口座には六桁の数字しか残っていない。

「わかりました。わざわざありがとうございます。無理を言って申し訳ありません」

「織田さん、どうなさるおつもりですか？」

「なんとか薬を手に入れます。投薬については、また、先生のお知恵を借りると思いますが――」

「どうしてそこまでするんです？　あの子たちは赤の他人でしょう？　然るべきところに届け出て、親元に返す。あとは親の責任です。そうしようとは思わないんですか？」

わたしは受話器を握ったまま立ち尽くした。前園の言葉は至極もっともだ。わたしは笑加たちに対して、なにひとつ責任を負う必要はない。ただの通りすがり、ただの傍観者でしかないのだ。それがわかっていながら放っておけないのはわたしの傲慢か。あの時の記憶がわたしを引き裂くのだ。無力感に苛まれながら苦しむ人々を見守ることしかできなかったという記憶がわたしを捕えて放さない。

なんのために消防士のキャリアを棒にふって救急救命士に転じたのか。無力感を味わいたくなかったからだ。積極的に他人を救いたかったからだ。それは傲慢だと責められても、わたしにはどうしようもない。わたしは自己中心的な人間だった。いつだって、最優先項目に置かれるのは、自分の欲望だ。野心だ。

わたしは彼らを救いたい。なぜ、という問いかけには意味がない。そうしたいからそうするのだ。

「もしもし、織田さん？　電話、繋がってますか？」

「……ええ、聞こえてますよ。そろそろ、出場要請がかかりそうなので、失礼します」

わたしは前園の返事を待たずに電話を切った。

歌舞伎町界隈には中国やマレーシア、シンガポールからやって来た闇医者がいる。母国での医療免許は持っているが、日本のそれはなく、闇で健康保険を持たない不法入国者を診察している医師たちだ。彼らは診察するだけでなく、薬も処方する。患者を薬局へ行かせるわけではない。自らの診療所で薬を出すのだ。

その薬はどこから手に入れるのか？　決まっている。闇の流通ルートがあるのだ。それを手に入れれば、笑加の症状を改善させてやることができる。

「隊長、なにしてるんです？　出場要請出てますよ」

山岡の声に我に返り、受話器を架台に戻した。消防署の空気が張りつめている。どうやら、どこかで交通事故が起こったらしい。

わたしは頭の中のあれやこれやを締め出して、仕事に神経を集中させた。

6

仕事帰りの明を待ち伏せした。明は心ここにあらずという表情で自転車を漕ぎ、わたしの方に向かってくる。わたしがそこにいることにまったく気づいていなかった。

「明――」

声をかけると途端に顔つきが変わった。いつでも遁走できるように体勢を低くし、細めた目でわたしを凝視する。警官と行き交うたびに、同じようなことをしているのだろう。

「ちょっと話したいことがあるんだ」

「先約があるんだ。またにしてくれよ――」

明はペダルにかけた足に力を入れた。

「笑加の病気のことだ」

明の足から力が抜ける。

「診察の結果が出たのか？」

「ああ、いい報せじゃない」

明は空を見上げ、首を振りながら自転車を降りた。横顔に影が射し、黄色人種にしては彫りの深い顔に寂しげな陰影を与えていた。

「どこか、喫茶店にでも行こうか」

わたしは肩を並べて自転車を押しはじめた明に言った。

「いや、今日は早く戻るって言ってあるんだ。歩きながら聞くよ」

「再生不良性貧血だそうだ」

明の横顔が不安に曇った。親犬とはぐれた子犬のようだ。

「どんな病気？」

声からも張りが消え失せ、年相応に聞こえる。

「血液っていうのは、骨髄の中にある細胞が作るんだ。笑加の身体はそれがうまくできなくなってる。だから、血液が足りなくなって貧血を起こす」

かなり大雑把な説明だが、明を相手に小難しい専門用語を駆使してもはじまらない。明はまた足を止め、空を見上げた。どんよりと濁った空が端の方から茜色に染まりかかっている。

「まだ症状は軽いそうだが、放っておけば悪化するかもしれない」

「悪化するとどうなる？」

明は視線を足元に移した。

「最悪の場合、死ぬこともある」

「治るのか？」

「投薬を続ければ、治る可能性は高い」

いたたまれなくなって、わたしは明の横顔から目を逸らした。

「でも、薬、高いんだろう？」

「ああ、保険が効かないから、月に十万から二十万ぐらいかかるそうだ。その薬を最低でも三ヶ月、長ければ半年、服用しなきゃならない」

「そんな金、どこにもねえよ」

子犬が心細そうに吠えているようだった。

「おれが立て替えてやる。みんなで頑張って働いて、少しずつ返してくれればいい」

明の視線が頬に突き刺さった。

「なんでそこまでしてくれるんだよ!? 笑加とやりてえのか?」

「ロリコン趣味はない。前にも言っただろう。おれは救急救命士だ。病気で困っている人間は放っておけない」

明は自転車を支えたまま、彫像のようにぴくりとも動かなかった。細められた目に滲んでいる疑心の光がわたしに向けられているだけだ。

「ただで手に入るものはない。おれたちがガキだけで生きてきて教わった真実だぜ、おっさん。親切なやつらもいるけど、そいつらは口でなにか言うだけで、実際にはなにもしてくれねえ。そうじゃないやつらは、必ず見返りを求めてくるんだ。おっさん、あんたはなにが欲しいんだよ?」

「なにもいらない」わたしは明の目を見返した。「強いていうなら、笑加に健康になってもらいたい。それでなくても、おまえたちは過酷な環境の中で生きてるんだ」

明はまた首を振った。わたしを信用し、縋りたいという明と、信用してはならない、必ず裏があるのだと訴えている明――ふたりの明が葛藤している。

「笑加には薬が必要だ。それだけは間違いないんだし、おまえには薬を用意してやる義務がある」

わたしは冷たい声で言った。その瞬間、明は顔を真正面に向けた。ほんのわずかの間に性根を据えたのだ。

「わかったよ。あんたがなにを考えてようが、おれたちの知ったことじゃねえ」

「それともうひとつ」

明は頷いた。

「なんだよ?」

「救急車から盗んだ備品、だれに売ったんだ？」

「それと笑加の病気は関係ねえだろう？」

「薬を買わなければならない」わたしは辛抱強く言葉を続けた。「処方箋は書いてもらえないんだ。ということは、普通の薬局では門前払いを食らう。市販薬とは違うんだからな。だとしたら、別のルートで薬を手に入れなければならない」

「ああ、そういうことか……だったら、陳先生に頼めばなんとかなるかな」

明の表情がやっと和らいだ。

「闇医者か？」

「うん。おれの親父とお袋が日本にいた時からたまに診てもらってるんだけど」

親父とお袋という言葉がぎこちない。おそらく、家庭内ではパパ、ママと呼んでいたのだ。年頃になったからか、あるいは群れのボスとしての自覚からか、両親を親父、お袋と称するようになったのだろうが、まだ板についていない。

「陳先生は高いか？」

「この辺に安い闇医者なんかいねえよ」

「そうか……」わたしは右手を後ろにまわし、首の後ろを揉んだ。「近いうちに紹介してくれ」

「無理だよ。日本人は絶対に寄せつけないんだ」

「じゃあ、おまえが話を聞いてくるか。薬を用意できるのか。いくらで売ってくれるのか」

「なんて薬だよ？」

わたしは胸ポケットからメモ帳を取りだし、薬の名前を書き込んだ。

「明日にでも聞いてくるよ」

明は受け取ったメモを凝視した。口が小さく動いている。薬の名前は魔法の呪文だ。唱えれば願いごとがかなう――そう信じこんでいるようだった。

「後は笑加に診察の結果を伝えることだが……いつなら会える？」

「今日は仕事に出てる。終わるのは真夜中すぎだよ」

「彼女が働いてる店は？」

明はメモ用紙から視線を剝がした。再び、ボス狼の目がわたしを射抜く。

「教えてくれよ。あの部屋で、みんながいるところでできる話じゃない」

明は吐き捨てるようになにかを言った。

「なんだって？」

「歌舞伎町の〈シンデレラ〉って店だよ」

わたしは無意識に歩み寄り、明の肩を叩いた。夜の遊びはほとんどしたことがない。だが、消防隊員や救急救命士たちが休み時間の間にかわす戯れ言は耳に入ってくる。若い連中が話題にするのは女絡みがほとんどだ。そして場所柄、キャバクラや風俗店の話が飛び交うことになる。〈シンデレラ〉という店の話題も耳にしたことがある。ファッションヘルスの店だった。

＊　＊　＊

黒と白のメイド服を着た若い娘がにこやかに微笑んでいた。

「ようこそいらっしゃいませ、ご主人様」

背中がむず痒くなる。わたしはぎごちない笑みを返した。

「本日、ご指名のメイドはいらっしゃいますでしょうか、ご主人様」

応対しているメイドは受付であって、ヘルス嬢ではない。相手をしてくれるメイドの顔写真が壁に貼りつけられていた。わたしは目を細め、写真に見入った。濃い化粧に強いライトを当てているため、どの写真も陰影に乏しい。わたしの記憶にある笑加と重なる写真はなかなか見つからなかった。だれもかれもが嘘くさい笑みを浮かべて、できるだけ個性を殺そうと努めているように思える。

　別の客が入ってきて、受付のメイドの意識がそちらに向けられた。その瞬間、わたしは笑加を見つけた。ひなという名前が添えられたその写真は、実際の笑加より五歳は老けて見える。メイクと写真の撮り方のせいだろう。賭けてもいいが、この店の責任者は笑加が十八歳以下の少女だということを知っている。

「ひなちゃん、空いてる？」

　わたしの後に入ってきた客がそう言った。三十歳前後のサラリーマン風の男だった。わたしは受付のメイド嬢が口を開く前に二人の間に割って入った。

「おれが先だろう？　ひなって子を頼む」

　メイド嬢が困惑の表情を浮かべた。

「おい、ひなちゃんはおれが先に――」

　わたしは回れ右をし、サラリーマン風の男の胸に自分の胸を突き合わせた。

「おれが先に店に入ったんだし、先に指名する権利も当然ある」

　男は背が高かった。おそらくは百八十センチを少し超えている。わたしは百七十しかなかった。男の目を下から睨《ね》めあげた。男は後ずさりし、店の入口に背中をぶつけた。わたしは温厚な人間だが、その気になれば無頼な男を装うこともできる。元々が悪人顔なのだ。

　男が戦意喪失したのを見極めて、わたしはメイド嬢に向き直った。

「ひなを指名する。大丈夫かな？」

「は、はい、ご主人様。それでは左手の待合室でお待ちください」

メイド嬢は細長い廊下に右手を向けた。わたしはその指示に従い、待合室に入った。粗末なソファに腰掛け、落ち着かない気分をなだめるために雑誌に手を伸ばした。エロ漫画雑誌だった。ぱらぱらとページをめくってみたが、必ずメイド服姿の若い娘が出てくる。陵辱され、辱められながら「ご主人様」を連呼するのだ。

やりきれなくなって雑誌を置いた。それを見計らったように笑加がやって来た。受付の娘と同じ、黒と白のメイド服を身にまとい、年齢をごまかそうと懸命に化粧を施していた。笑加の企みは見事に成功していた。十八歳だと言い張られたら、納得するほかないだろう。

営業用の微笑みがわたしを見て凍りつく。

「織田さん……」

「やあ。話があって来たんだが……君の仕事が終わるのを待っていると、明日の仕事に響くんでね。ちゃんとお金を払うし、君には一切手を触れない。持ち時間は四十分だったかな？　おれの話を聞きながら、少し身体を休めるといい」

我ながら言い訳がましかった。後ろめたさが口を軽くする。下心がないのなら、普通に話せばいいのにそれができなかった。

「病気のことですか？　だったら、明日にでも時間を作ったのに」

「なるべく早く話したかった」

その一言で、笑加は自分の病気が簡単なものではないと察した。明といい、この娘といい、物事の本質を見抜くのが早い。そうでなければ、子供たちだけの生活はとっくに破綻していただろう。

「わかりました。では、こちらへどうぞ、ご主人様」

笑加はまた営業用の笑みを浮かべてわたしを外に誘った。笑加の後をついて狭い廊下を右に曲がると視界が広がった。広くなった廊下の両側にはディズニーランドから訴えられそうなデザインを施されたドアが並んでいる。笑加は右の一番奥のドアを開けた。

「こちらです、ご主人様」

思いのほか広い部屋だった。ビニールのカーテンで他から遮られたシャワー設備があり、安っぽい天蓋付きのベッドが中央に置かれている。部屋のインテリアは古い洋館を思わせる物で統一されていた。ここで客は、メイドを陵辱する貴族に自分を見立てるわけだ。

「こちらへどうぞ、ご主人様」笑加はベッドの端を指差した。「本当はシャワーをまず浴びてもらうんだけど、織田さんは……」

「いらないよ」

わたしは愛想笑いを浮かべながらベッドに腰をおろした。笑加はベッド脇のサイドボードにあるデジタル時計のスイッチを押した。タイマーをセットしたのだろう。客に与えられた時間は四十分だ。タイマーはおそらく、三十分後にセットされている。

「馬鹿みたいでしょ、ご主人様だなんて」

笑加はわたしの隣に腰をおろし、居心地が悪そうに両足をぶらつかせた。

「いつから働いているんだ?」

「この店は二ヶ月前から」

「そうじゃない。いつからこういう仕事を?」

わたしは笑加の横顔に視線を合わせていたが、笑加は決してわたしを見ようとはしなかった。

「まだ一年は経ってない……どうしてもお金が必要だったから。前の店はノルマがきつくて。ここは前もって病欠だって言っておけばわりあい融通が利くの。この衣装とご主人様は勘弁して欲しいんだけど」

十四、五歳の若い男に稼げる金はたかが知れている。だが、これが少女となると苦痛にさえ目をつぶれば下手な大人以上の金を稼ぐことができるのだ。それが、我々が生きているこの世界の摂理だった。

「辛くはないか？」

「そりゃ辛いわよ。でも、他に方法はないから。明たちぐらいの男の子が一日にご飯どれぐらい食べるか、織田さん知ってる？」

わたしは曖昧にうなずいた。抜弁天のアパートで垣間見た台所の様子が目に浮かんだ。一升炊きの炊飯器がふたつ、あったはずだ。

「この仕事、とっても嫌。でも、明がもし女の子だったら、迷わずやってると思うの。だけど、明は男の子だし、女の子はわたししかいない。だから、わたしがやるのよ。迷ってる余裕なんかないから」

笑加は言葉を切り、おずおずとわたしに顔を向けた。

「織田さん、叱りに来たの？」

「違う。おれには君たちを叱ったりする権利はないよ。君たちはただ、生きていこうと必死になっているだけだ。今日の用事は、君の身体のことだ」

笑加が溜息を漏らした。

「診察の結果が出たのよね？　重い病気なんでしょう？」

自分の身体の具合からある程度のことは察していたのだろう。落胆した様子はうかがえなかった。

「再生不良性貧血という病気だ。身体が血液を作れなくなってる。原因は不明だそうだが、投薬治療を続ければ、七、八十パーセントの確率で治る」

「でも、お金がかかるんでしょう」

「給料はいくらもらってるんだ？」

「わたしは休みがちだから、月に五十万か、それ以下」

家賃が十五万として、食費、光熱費、衣料費を抜けばほとんど残らないだろう。八人の大所帯なのだ。明たちが稼いでくる金は、七人を合わせても笑加の稼ぎの半分にもならないはずだ。とてもではないが、笑加の治療費を捻出することはできない。

「さっき、明と話をしてきたんだ。君が最初に服用する薬の金はおれが立て替える」

笑加が目を剝いた。切れ長の目が月が満ちるように丸くなり、黒曜石のような瞳が照明を反射した。儚げな見かけと目の光の強さのアンバランスが彼女の最大の魅力だった。

「どうしてそこまで親切にしてくれるの？」

笑加は明と同じ質問をした。

「立て替えると言ったんだ。お金は少しずつでも返してもらうよ。おれも金持ちというわけじゃない」

「でも……」

見返りを求めないやつはいない——明は言った。わたしは彼らになにを求めようとしているのだろう。しばし考えたが明確な答えは見つからず、わたしは笑加の問いかけを無視した。

「君はしばらくの間、ステロイドを服用することになる。副作用の強い薬なんだ」

「どんな副作用が出るの？」

「男っぽくなる」

わたしは彼女の反応を見守った。よく理解できないのだろう、彼女は表情を動かさずにわたしの口もとを見つめていた。

「オリンピックのドーピング問題を耳にしたことがあるだろう？　筋肉が太くなって、声も男っぽく変化する。人によっては髭が生えてくることもある。君のような思春期の女の子には少し辛いかもしれない」

「髭が生えてくるの？」

笑加は指で自分の口の周りをなぞった。

「もしかすると、だ。この店でも働きづらくなるかもしれない」

「その薬を飲まないと、死んじゃうの？」

「わからん」わたしは正直に答えた。「大丈夫かもしれないし、大丈夫じゃないかもしれない。とにかく、髭がもし生えてきたとしても、投薬が終われば元に戻る。毎月一回、前園先生が君を診察してくれることになっている」

前園にそんな話はしていない。だが、わたしはさせるつもりだし、前園も快く応じてくれるはずだった。

「その薬を飲めば必ず治るの？」

笑加は質問する一方だった。当たり前だ。同い年の連中より大人びているとはいえ、知らないことが多すぎる。

「必ずとは言えない。だが、治る確率は高くなる。できれば、こういう仕事も辞めた方がいいんだが……」

「それは無理よ。わたしたち、お金が必要なの」

「それはわかっている。仕事を辞められないのなら、どうにかして身体を労《いたわ》ることだ」

そこまで言って、もう語るべきことがないのに気づいた。後は薬を手に入れるだけなのだ。わたしは腰をあげた。

「じゃあ、今日はこれで――」

「ちょっと待って、織田さん」

笑加がわたしの腕を取った。

「まだ二十分も時間残ってる」

「別にかまわないよ」

「だめよ。こんなに早く出ていったら、織田さん、超早漏と思われて笑われるよ。おじさんの早漏って恰好悪いでしょ」

「どう思われようがかまわないよ」

わたしは苦笑した。笑加の口から早漏という言葉が漏れてくるギャップにいたたまれない思いを抱いていた。

「だめよ。せっかくお金を払っていくんだから」

笑加はわたしを再び座らせ、ベッドによじ登った。わたしの背後にまわり、肩に両手を置いた。

「肩揉んであげる。凝ってるでしょう？」

そう言うと、慣れた手つきでわたしの肩をほぐしはじめた。居心地は悪かった。だが、わたしの肩を揉む笑加の手は繊細で、愛情すら感じられた。

「上手だな」

「よくお父さんの肩を揉んであげたの。すごい凝ってて」

「お父さんはいくつ？」

「今年で五十二歳だったかな。晩婚だったんだって。お母さんは四十歳。もし日本人だったら、五十二歳なんて、どこかの会社の課長さんとかでしょう？　でも、お父さん、毎晩遅くまで中華鍋振ってた。日本に来るまで料理なんかしたこともなかったのにって、いつも愚痴言ってたわ」

笑加はわたしに父親の姿を重ね合わせているのだろうか——そう考えると、なぜか胸が締めつけられた。ずっと男の子が欲しいと願っており、その願いは叶えられた。短い時間ではあったが、わたしは父としての自分を堪能した。男の子がひとり、いればいい。それ以上の子供はわたしにとって経済的にも心情的にも分不相応だった。

だが、考えずにはいられない。わたしに娘がいれば、こうして肩を揉んでくれたのだろうか。あるいは、金欲しさに性風俗のアルバイトに走った娘を見て、胃痛に悩まされたりもしたのだろうか。

わたしはいつも妄想の中にいる。あの時、わたしが消防士でなければ、あの地獄絵図のまっただ中に立つことはなかったのだろうか。消防士ではなく救急救命士であれば、苦しんでいる人々の役に立てたのだろうか。あの時、別の場所に住んでいれば妻子は死なずにすんだのだろうか。考えても詮無いことばかりを考えて、わたしは生きてきた。どれだけ考えても答えは出ないのだ。

わからないことは考えるな——新任の救命士は最初にベテランからそう教わる。救命士にできることはたかが知れている。いや、していいとされていることは限定されている。ほとんどなにもできないに等しいのだ。現場に到着したら本部と無線で連絡を取り、病人、怪我人の状況を報告し、指導医の指示を仰ぐ。救急救命の現場では機材が足りず、人手が足りないことが多く、これができれば助けられたのに、あれがあれば助けられるのにと慚愧《ざんき》の念に囚われがちだ。だが、われわれにはこれもあれもない。与えられた機材でもって、指導医の指示に従った応急処置を講じ、病院に搬送してやることしかできない。ゆるされていない。

ならば、あれやこれやと悩み、考えることは無益でしかない。

考えるな。迅速に働け、機敏に動け。救命士に求められるのは、結局はそれだけなのだ。我々は医師ではない。専門知識を有しているわけでもない。中途半端な存在でありながら人命を預かるという重責を担っている。考えれば考えるほど、悩めば悩むほど泥沼にはまっていくものなのだ。

だから、考えてはいけない。悩んではいけない。機敏に動き、迅速に働くことだけに気持ちを集中させていればいい。

タイマーのブザーが鳴った。笑加の手が一瞬止まった。だが、すぐにまた繊細な動きが繰り返された。

「いいのか？」

「あと十分あるの。ぎりぎりまで揉んであげる」

背後から流れてくる笑加の声は年相応の可愛らしい少女のそれだった。営業用の微笑みや、ご主人様という空々しい言葉はすっかり消え去り、個室にこもっていた淫靡な匂いも薄れていた。

わたしは考えることをやめ、目を閉じ、笑加の両手がもたらしてくれる安らぎに身を委ねた。

7

更衣室で制服に着替えているところに田中がやって来た。

「隊長、昨日、歌舞伎町で見かけましたよ」田中はこそ泥のように声をひそめ、近づいてきた。

「驚いたなあ、隊長があんな店で遊ぶなんて」

どうやら〈シンデレラ〉に入るところか出るところを見られていたらしい。自分の迂闊さを呪いながらボタンをとめた。

「隊長がメイド好きとはなあ……」

「あの店を知ってるのか？」

わたしはいきなり踵を返し、田中のふいをついた。田中は瞬きを繰り返しながら一歩、後ずさった。

「そ、そりゃ知ってますよ。歌舞伎町に最初にできたメイドイメクラですから。何度か行ったこともあるし……怒ってるんですか？」

「いいや。遊んだことがあるのか？」

「もちろん。新手の店ができたら行ってみる。それが風俗道ですよ」

田中は自分の言葉に自分で笑った。わたしは動揺していた。田中の相手が笑加だったら──そう考えるだけで膝が顫えはじめる。

「いい子いましたか？　おれが行ったころはただメイド服着てるってだけでたいしたことなかったんだけど、サービスのいい若い子がいるんだったら、また通ってみようかな」

考える前に手が動いていた。田中の胸ぐらを摑み、強い力をこめて背中を壁に押し当てる。

「た、隊長」

「あの店には行くな。頼む」

行動と言葉がまったく乖離していた。田中はもともと喧嘩っ早い男だが、わたしの言動に戸惑い、軽いパニックを起こしている。

「わかったな？　あの店には行かないでくれ」

わたしは手を放した。掌が汗でべっとりと濡れていた。田中は壁に張りついたまま、わたしを凝視していた。

「すまん」

「……驚いたあ。隊長があんな顔するなんて、はじめてみましたよ」

「すまん」

同じ言葉を繰り返すしかなかった。わたし自身、自分の言動に驚いている。

「なにかあるんですか、あの店に？」

田中は胸に手を置き、深呼吸を数回繰り返した。

「知り合いの娘が働いている」深く考えたわけでもないのに嘘がすらすらと口をついて出てくる。

「昨日は説教に行ったんだ」

「なんだ。そういうことか……おかしいと思ったんですよね。堅物の隊長がああいう風俗店に出入りするなんて」

「堅物？」

田中が顔を歪めた。

「いや、あの……先輩方が隊長のことを」

「いいんだよ。そう言われてることは知ってる。堅物に変人だろう？」

「で、でも、仕事は一番できるからって」

「事実だからしょうがない。手荒な真似をして済まなかった」

わたしは田中に頭を下げた。

「そんなことしなくていいですよ、隊長。事情も知らずにぺらぺら喋ったおれが悪いんだから。で、その知り合いの娘さん、隊長の説教に耳を貸したんですか？」

「いいや。無駄足だった」

田中は訳知り顔でうなずいた。

「そうでしょうね。今どきの若い娘ときたら……で、なんて名前で仕事してるんです？」

「教えたら行くだろう」

わたしは田中を睨んだ。田中は怯《ひる》んだが、しかし目の奥に浮かんだ下卑た光が消えることはなかった。もし田中が笑加を相手にしたら、わたしはどうするのだろう？　いくつもの映像が頭に浮かんでは消えていく。どれもこれも身震いするほどおぞましかった。

「行きませんよ、そんなことしたら、隊長に殺される」

おどけて言う田中の肩越しに、山岡の顔が見えた。

「隊長、新宿署の刑事が来てるんですけど」

「刑事？」

「ええ。この前のあの女の子の件で」

途端に幼い少女の呪詛に満ちた声が耳の奥でよみがえった。

「弟を刺した子か？」

「ええ。事情を訊きたいと。ぼくもいろいろ訊かれました」

「すぐに行くと伝えてくれ」

山岡の顔が消えた。

「事件になるんですかね？」

田中は山岡の消えた空間に焦点の合わない視線を向けた。

「さあな」

わたしは答え、制服のボタンを一番上までとめた。

＊　＊　＊

よくある中年と若手刑事のコンビだった。中年の方は五十代前半、若い方は三十代半ばといったところだった。中年は見事な白髪を誇っていたが、若い方は頭頂の辺りがかなり薄くなっており、それを非常に気にしていることが手に取るようにわかった。中年の方には見覚えがあった。

「織田さん、でしたな。何度か、現場でお顔を拝見したことがある」

中年――富林巡査部長はそういって、わたしに右手を差し出してきた。

「こっちは野田君。つい先日、うちに転属してきたばかりだ。お手柔らかに頼む」

わたしと握手しながら富林は若い刑事をわたしに紹介した。

「お時間を取らせて済みません」

野田の声は女のように高かった。頭髪とともにその声も彼のコンプレックスを助長しているようだった。舐められるまいと、つねに威嚇的な視線を相手に向けるのだ。野田の目つきはやくざ者のそれと変わらなかった。

富林も野田も、名刺はおろか、警察手帳を出そうともしなかった。

「弟を刺した少女の件だとか……あの子、死んだんですか？」

「いや。意識不明の重体のままだよ。今日うかがったのは……お母さんの方が、どうも不法滞在らしくてね。ちょっと調べてこいと言われてるんだわ」

富林は居心地が悪そうに頭を搔いた。

「不法滞在……韓国人ですよね？」

「いや。旦那は正規のビザを持った韓国人なんだが、奥さんは中国籍だ。朝鮮族で、中国語と朝鮮語を話す」

「お門違いじゃないですか。我々はただ、怪我をした子供を病院に搬送しただけで、あそこの家庭の事情はなにひとつ知りませんよ」

わたしは露骨に顔をしかめた。手の内を見せずに情報だけさらっていこうとする輩に親切にしてやる必要はない。

案の定、富林と野田は視線を合わせ、顔に浮かんできた困惑の表情を素速く消した。

「もうすぐシフトがはじまるんです。出直してもらえますか」

わたしはきっぱりと言った。富林がまた頭を掻き苦笑する。

「実はね、その不法滞在の奥方、とある有名な中国マフィアのボスの姪らしいんですわ。そのボスは例の浄化作戦で歌舞伎町から姿を消してるんですがね」

「中国マフィア？」

「ええ」

「旦那はそのことを知ってるんですか？」

「知らないんでしょうね。まっとうな料理人なんですよ。ちゃんと労働ビザを持っていて、真面目に働いてる。たまたま知り合った娘と恋に落ち、子供を作った。相手が不法滞在だということは知ってただろうが、叔父さんがマフィアだとは夢にも思っていない」

富林の話に耳を傾けている間、明たちの塞いだ顔が脳裏を横切っていった。

「どちらにしろ、お門違いだ。中国マフィアのことなんか、なにも知りませんよ」

「叔父の居場所がわかるようなものを、どこかに隠したんじゃないかと睨んでるんですよ、こっちは」

野田の高く甘い声に、明たちの顔がかき消えた。

「なにか見てませんか？」

富林がわたしの顔を覗きこむ。わたしは山岡を探した。こういう用件で刑事たちが来たと最初からわかっていれば雲隠れだってできたのだ。だが、山岡はわたしの視界に入る場所にはいなかった。救急車の整備でもしているのだろう。

「大変な状況だったんですよ。まだ立つのがやっとだという子供が目を刺され、瀕死の重傷を負っていた。救命処置をして運び出すだけで手一杯だ。なにかを観察している余裕なんかあるはずがない」

「山岡さんもそう言ってました。やはり、無駄足でしたかね」

野田の陰鬱な視線がわたしの横顔に突き刺さっていた。神経がささくれ立っていくのを感じ、わたしは意味のない咳払いを繰り返した。

「お手間を取らせて申し訳ありませんでした」

野田の無礼を詫びるように、富林が軽く頭を下げた。

「いや、物騒な噂もありましてね」

「物騒？」

「ええ、織田さんも歌舞伎町が長いんでご存知だと思いますが、中国人ていうのは、長子がなによりも大事だと考えるでしょう」

わたしは頷いた。かつての日本もそうだったのだ。家を継ぐ長男は宝であり、それ以外の弟、娘たちは付属品にすぎない。

「もし、目を刺された男の子が死んだら、刺したお姉ちゃんはもとより、旦那も殺してやるとそのマフィアのボスが叫んでいたとかいないとか……」

「自分の子供じゃないんでしょう」

「なんでも、ボスの方が分家で、姪御の方が本家らしいんですな。で、あの刺された子は本家の方の大事な跡取り息子に当たる」

富林は思わせぶりに言って、わたしを上目遣いに見た。なにがなんでも情報を搾り取ろうとしている。マフィアのボスというのはよほど重要な人物なのだろう。

「救急救命士には手に余る話ですね」

わたしはそう言って、ふたりに背中を向けた。実際のところ、富林にも野田にもうんざりしていた。目の回るほど忙しいシフトのはじまりに相応《ふさわ》しい相手でも話題でもなかった。

ふたりは田中にも話を聞いていたが、わたし同様、なんの成果もないままに出張所を去っていった。

＊　＊　＊

明は浮かない顔をしてやって来た。わたしのシフトが終わったのが午前零時で、今は真夜中の一時をまわっている。終夜営業のタイ料理レストランは閑散としていた。仕事を終えて腹を減らした連中が押し寄せてくるまでにはまだ時間がある。

「眠そうだな」

無言のまま向かいに腰をおろした明にわたしは言った。

「別に」

明の端整な横顔は憂いに覆われていた。いい結果が得られなかったのだろう。

「陳先生だったかな。なんと言われた？」

「百万だってよ」

「六ヶ月分の薬で？」

「三ヶ月分」

明は吐き捨てるように言った。肩が小刻みに震えている。テーブルの下に隠された両手は固く握りしめられているに違いない。闇医者に足元を見られて、悔しさと不安に苛まれている明の姿が容易に想像できた。

「それで百万か……厳しいな」

わたしは椅子の背もたれに身体を預け、天井を見上げた。油染みの浮いた壁材が今にも崩れ落ちてきそうだった。三ヶ月分で百万、半年分で二百万。わたしの貯金では到底足りない。

「おっさん、金、足りるのかよ」

わたしの気持ちを読んだかのようなタイミングで明が口を開いた。わたしは首を振った。

「とてもじゃないが、そんな金はないな。五十万ぐらいだと踏んでいたんだが……」

「笑加はどうなるんだよ?」

「それをこれから考えよう。腹は減ってないか?」

明はそこでやっと、テーブルの上に視線を走らせた。あらかじめわたしが頼んでおいた料理が並んでいる。明は唾を飲み、それから媚びるような表情を浮かべた。

「これ、他のみんなのために持ち帰りしてもいいかな? おっさんとおれだけじゃ食べきれないだろう?」

そのつもりで多めに注文していたのだ。わたしは頷いた。

「もっと必要だったら、後で頼んでやる。遠慮しないで食べるといい」

辰秋を除き、明たちはみんな痩せこけている。辰秋は体質もあるのだろうが、料理当番の特権をいかして盗み食いをしているのだろう。痩せた子供たちはわたしを切なくさせる。明は箸に手を伸ばし、料理を貪りはじめた。肉体的苦痛を覚えるほどの悲しみの中にあっても腹は減る。子供はそうあるべきだ。

「笑加の様子はどうだ?」

「今日は仕事を休んだよ。具合が悪いって。このところ、休む日が多くなってるんだ」

つまり、明たちの収入も減っているということだ。笑加の病気は彼女だけでなく、群れ全体にとっても切実な問題と化しつつある。

どうやって薬を入手するか——正攻法もだめ、裏ルートもだめとなると、我々にできることはひとつしかない。

「もう一度訊くが、救急車から盗んだ機材はだれに売った？」

明が箸をとめた。

「なんでそんなこと知りたがるんだよ？　笑加の病気には関係ないだろう」

「故買屋かなにかなんだろう？　もしかすると、薬もどこかの倉庫に眠っているかもしれない。陳先生みたいな闇医者はそういうやつらから薬を買うんだ」

「あいつ、がめついからなあ……」

「買うわけじゃない。がめついんだろう？　陳先生と同じで正直に話したら、また足元を見られるだけだ」

「だったら……」明は唇を舐め、目を大きく見開いた。「もしかして、盗むっていうのか？」

「他に方法はないだろう。薬はどうしても必要なんだ」

「だけどよ」明は小刻みに首を振った。「おれたちはいいぜ。これまでだって盗みは何度もやってる。だけど、おっさんは——」

「おれはいいんだ。おまえたちのためにできることはなんでもやると決めた」

実際、何度も何度も考えたのだ。薬がうまく手に入らなければどうすればいいのかと。盗むしかない——達した結論を阻害するのは、わたしのモラルだった。わたしはこれまで法律を破ったことは一度もない。ガキのころは喧嘩はよくしたが、警察の世話になったこともない。わたしは善良な市民であり、常に沈黙する大衆の一部だった。それが変わったのは、やはりあの事件に遭遇したからだ。無慈悲な暴力の行使に虐げられ、傷つき、命を落とした人々をただ見守ることしかできず、妻子を失ったあの日、わたしの目に映る世界は劇的に転換した。わたしが至極まっとうだと思いこんでいた世界は、あちこちの暗がりに狂気を滲ませ、パースの歪んだ下手くそな絵画のような世界だったのだ。

それに気づいた後もわたしは善良な市民として、沈黙する大衆の一部としての生活を送ってきた。だが、世界が孕んだ狂気は間違いなくわたしをも蝕んでいた。

でなければ、だれが消防士としてのキャリアを捨てて救命士に転職するというのだ。わたしは善良な市民を装いながら足掻《あが》いていたのだ。自らの欲望に駆りたてられていたのだ。

神になりたい。神の如き万能の力を持って、苦しむ病人や怪我人を救いたい。

そう、わたしはあの事件を契機に傲慢の虜《とりこ》になったのだ。自身の裡に潜む暗く尊大な情念を、しかし、わたしはひたすらに押し殺して生きてきた。わたしの見るもの、感じるもの、考えるものは、一見至極まっとうに見える世界においては危険極まりない代物だからだ。仕事に精を出し、没頭することでわたしはわたしの情念を重石で押し潰し、封印してきた。

だが、だからといってわたしの傲慢な狂気が消えるわけではない。明たちと出会って、彼らを救いたいと一方的に考えることで、わたしの箍《たが》は外れてしまった。

「そんなこと言われても……」

明は俯いた。

「おまえたちはなにも気にすることはない。その故買屋というのは、歌舞伎町の人間か？」

「そうだよ。木下っていうやなかんじのオヤジ。いつも〈夜来来《イエライライ》〉っていうクラブにいる」

明は〈夜来来〉という店名を中国語で見事に発音した。看板を見かけたことがある。区役所通り沿いの雑居ビルに入っている店だ。

わたしは腕時計に視線を落とした。そろそろ午前二時になろうとしている。まっとうな飲み屋なら店仕舞いの時刻だが、中国人のクラブとなるといつ営業が終わるのか予想もできなかった。

「どんな見かけの男だ？」

「スキンヘッドに顎髭。見たら一発でわかるよ。嫌なやつだって匂い、ぷんぷんさせてるから」

「そうか……」

わたしは首を振り、店員を探した。善は急げだ。やって来た店員に残った料理を包むよう頼み、勘定を支払った。

「これから行くつもりかよ？」

明の問いかけにうなずき、上着を羽織る。

「のんびり構えている時間はないからな。店から出てくるのを待って、後をつけてみる。盗品を保管している倉庫がどこにあるのか、早く知りたい」

「おれも行くよ」

わたしは首を振った。明たちを危険に巻き込みたくなかったのだ。

「料理を持って帰って、寝ろ。明日も仕事だろう」

「おっさんだって仕事だろう」

明の言うとおりだった。明日のシフトは昼番だ。このまま三鷹に戻るならともかく、探偵ごっこをするつもりなら徹夜になる。仕事に響くことは明白だったが、もはやわたしは止まらなかった。

「おれは大人だ。子供と違って、睡眠時間も短くて済む」

「待てよ」明はわたしと同じように腕時計を覗きこんだ。「木下が店から出てくるの、いつも三時頃だよ。仕事があればその後でどこかに行くし、そうじゃないときは店の女たちとまた別のところに飲みに行くんだ。おれ、この料理アパートに置いてきたら、すぐに戻ってくるから」

止めても無駄のようだった。明の目は獲物を見つけた肉食動物のように煌々と輝いている。考え、悩むのは苦手なのだ。なにかのために身体を動かしている方が明には似合っていた。

「いいだろう。〈夜来来〉の前で待ってる」

わたしが言うと、明は父親に褒められた子供のように相好を崩した。

＊　＊　＊

腕時計の針が午前三時十五分を指し示した時、木下が通りに出てきた。

「あいつだよ」

明が指摘する前にわたしも気づいていた。スキンヘッドに顎鬚。堅気を装ってブランド物のスーツを着ているが、目つきの悪さまでは隠せない。あの、野田という刑事と同じ、視界に触れるものすべてを威嚇しようという下卑た目をしている。

見送りに出てきたホステスたちに手を振って、木下は職安通り方向に歩きはじめた。

「今日はホステスの連れはないようだな」

わたしは明の肩を叩き、木下の後をつけはじめた。興奮を抑えきれないのか、明の足取りは速い。

「もっとゆっくり歩くんだ」

「わかってる」

歩道には酔っぱらいが点在しているだけだった。木下が振り返ればすぐに我々に気づいただろう。だが、木下も酔っているようだった。覚束ないとまでは言わないが、平衡感覚の危うい足取りで振り返らずに進んでいる。職安通りを左に折れ、しばらく進んだところでハングルの看板が出た韓国料理屋の中に姿を消した。

我々は一旦店の前を通りすぎ、先の路地を曲がって足を止めた。明が路地脇の店の壁に背中を預け、空を見上げた。

「ここもよく来るのか？」

「知らねえ」

明の投げやりな声を聞いた次の瞬間、わたしの肚は決まっていた。

「携帯、持ってるか？」

「そんなもの、あるわけない」

戸籍がないということは、携帯も満足に持ち歩けないということなのだ。

「わかった。おれはあの店に入って様子を見てくる。できれば木下より先に出てくるつもりだが、もし、おれより先に木下が出てきたら、後をつけてどこに行くのか突き止めるんだ」

わたしは自分の携帯の番号をメモに書き付け、明に渡した。

「わかったら、公衆電話から連絡をくれ」

「やってみる」

「絶対に見つかるなよ」

唇をきつく結び、力強く頷いた明を残して、わたしは韓国料理屋に足を向けた。

キムチの匂いが鼻に飛び込んでくる。続いてニンニクの匂い。噎《む》せそうになるのをこらえながら、わたしは木下の姿を求めた。脂を浮かせて輝く禿頭が店の一番奥のテーブルに陣取っていた。向かいに座っているのはみすぼらしい形《なり》をした中年男だった。

わたしは店員の案内を断り、入口に近い席に腰をおろした。マッコリとキムチの盛り合わせを注文する。木下を正面から見そうになるのをなんとか自制した。即座に運ばれてきたマッコリに口をつけながら盗み見る。

木下と中年男は額をくっつけ合うようにして言葉を交わしていた。中年男の懇願を木下がはねつけている。どうやら盗品の引き取り額を交渉しているようだった。ならば、この後で木下は盗品を引き取り、倉庫に運ぶ可能性が高い。

車を用意すべきだった。酒は控えるべきだった。明だけではなく、子供たちを総動員してあらゆる事態に備えるべきだった。

わたしは首を振った。またぞろわたし自身の偏執狂的な部分が顔を覗かせている。わたしは一介の救急救命士だ。できることは限られている。それを忘れてはならない。

木下たちの話はまだ長引きそうだった。大急ぎでキムチとマッコリを胃に流し込み、勘定を支払って外に出た。

明は職安通りの反対側に移動していた。わたしが手招きすると、行き交うタクシーの間隙を縫って道路を横断した。

「どんな感じだった？」

「泥棒と話しこんでいる。もしかすると、今夜のうちに倉庫の場所がわかるかもしれない」

「マジかよ？」

途端に、明の肩が強張った。今まではどこか遊び半分でいたに違いない。木下を尾行したところで、すぐに結果が出るとは考えてもいなかったのだ。

「車を使われたら厳しい」わたしは言った。空車のタクシーは掃いて捨てるほどいたが、いつ行動を起こすかもわからない木下をタクシーの中で待っていられるほど経済的に恵まれているわけではないのだ。

「歩きだよ、きっと」

明が呟いた。

「どうしてわかる？」

「途中まではさ……泥棒と話しこんでるって、おっさん、言っただろう？　こんな店で待ち合わせするやつなんて、どうせ二流か三流のやつらだよ。たいしたものなんて盗んでない。だから、近くの駐車場に車停めてるんだと思う。木下ってさ、なんでも取り扱ってるんだけど、たとえば、家電製品なんてさ、トラックじゃないと運べないだろう？　そういう時はこんなところで商談したりはしないんだ」

なるほど、明の言葉には真実を垣間見た者の重みがあった。まだ若いとはいえ、十数年もの間、歌舞伎町で暮らしてきたのだ。

韓国料理屋のドアが開く気配がした。わたしは明の肩に手を載せた。その必要はなかった。明は気配を殺し、神経だけを料理屋の入口に向けた。飼い慣らされ、感性を殺された日本の子供とは違う。明の肉体からは野性の香りが漂ってくる。

店から出てきたのは木下とあの中年だった。テーブルについていた時とは別人のように、ふたりとも黙りこくったまま明治通りに向かっていく。

「明、あのふたりを追うんだ」

「おっさんは？」

「タクシーを摑まえる」

明の返事を待たず、わたしは路肩に停まっているタクシーに手を振った。タクシーが寝起きの象のようにゆっくりと近づいてきて、静かにドアが開いた。後部座席に乗りこんでフロントウィンドウの向こうをうかがうと、木下たちと十メートルほどの距離を置いて歩いていく明の背中が目に入った。

「あのふたり連れ、わかりますか？」

わたしは運転手に告げた。

「ええ」

「ゆっくり、気づかれないように後を追ってください」

ルームミラーに映る運転手の目がぎょろりと動いた。ベテランらしく、それ以外の素振りは皆無だったが、わたしを胡散臭く思ったことは間違いない。仕事柄警察官や刑事ならわたしも数多く接している。彼らが必ず身にまとう空気は、わたしには無縁のものだった。

タクシーが動きだした。わたしに近づいてきた時と同じ遅い速度でも、今度は、獲物ににじり寄っていくチーターを思わせた。おそらく、わたしの気分が反映されている。

木下たちは明治通りの手前で左側に進む方向を変えた。かなり大きな敷地のコインパーキングが目的地だ。

「あそこを歩いている少年の横で一旦停めて」

運転手に告げる。すでに明は振り向いていて、わたしがタクシーで追尾しているのを確認していた。わたしが口を開く前にドアが開いた。明が滑らかな身のこなしで座席に着く。

「で、どうします、お客さん」

「このまま、待機してください」

「トヨタのミニバンだよ。あいつらが近寄っていくの、ちらっと見えた」

明が囁いた。

「色は？」

「黒」

「運転手さん、あの駐車場から黒いトヨタのミニバンが出てきたら、気づかれないように後をつけてください」

そう言って、わたしは口を噤《つぐ》んだ。明も運転手も言葉を発しない。重くも軽くもない中途半端な沈黙が車内を支配していく。わたしが気になるのは木下たちの動きであり、料金メーターの変化だった。出張所を出る時、わたしの財布の中には一万円札が二枚、入っていた。タイ料理屋と韓国料理屋を出た後では、それも一万二千円ほどに減っている。この後、木下たちの向かう場所によっては金が足りなくなる恐れがあった。

「なかなか出てきませんね、ミニバン」

沈黙がわずらわしいというように、運転手がぽつりと言った。わたしも明も無反応だった。明の意識は完全に駐車場に向けられている。

車のドアが閉まる音がして、街灯の明かりに沈んでいた駐車場の空気が弾けるように光った。ヘッドライトが点灯したのだ。黒いミニバンが駐車場から出てきた。運転しているのは例の中年で、木下は助手席におさまっていた。

ミニバンは明治通りとの交差点で停止し、左のウィンカーを点滅させた。間に二台、タクシーが入るのを待って、我々のタクシーも発進した。場所柄、刑事の尾行に付き合ったことがあるのだろう。運転手はなすべきことを弁《わきま》えている。

信号が変わり、ミニバンが動きだした。間に入った二台のタクシーも左折していく。

「こいつは楽だな」呟きながら、運転手がステアリングを回した。「お客さん、おおよそでいいんで、どっち方面に向かうか教えてもらえませんか。そうすると、尾行も楽になるんで」

「すまない。まったく見当もつかないんだよ」

「それじゃ、仕方ないですね」

運転手は今にも鼻歌をうたいだしそうだった。料金がかさむと踏んでいるのだろう。

ミニバンは諏訪町の交差点を右折した。間にタクシーがいなくなり、運転手は十メートルほどの距離を置いてミニバンを追走した。穴八幡の裏を通り、早稲田通りから北の路地に入っていく。

「難しいなあ……」

運転手が呟いた。住宅街には通行する車の一台もなく、路地が入り組み、尾行を続けるには最悪の環境だった。

「どうします、お客さん？」

タクシーのスピードを殺しながら運転手はわたしに問題を押しつけた。

「気づかれそうになったら諦めます。それまでは……」

わたしが口を開くのと同時にミニバンのブレーキランプが赤く光った。

「このまま進んで、ミニバンを通り越してください——明、頭を下げろ」

明は木下と面識がある。万が一でも気づかれるわけにはいかなかった。タクシーがミニバンの脇を通過していく。木下と中年は険しい視線をこちらに向けていた。脈が不規則になり、汗が噴き出てきた。平静を装い、視線をまっすぐ前に向けた。ふたつ先の路地を左折するよう運転手に指示を出す。ルームミラーに映っているミニバンは冬眠から覚めた熊のようにうずくまっていた。タクシーが左折すると、それも消えた。ミニバンのヘッドライトが道を照らしている。

「ここで停めて」

十メートルほど進んだところで運転手に告げた。思惑が外れたせいか、運転手は返事もせず、乱暴にタクシーを停めた。金を払い、タクシーを降り、明とともに足音と気配を殺して道を戻った。ミニバンのヘッドライトが消えていた。路地沿いの家の塀から少しだけ顔を覗かせる。木下がミニバンの脇の建物のシャッターを開けようとしていた。暗くてはっきりしたことはわからないが、潰れた印刷屋のようだった。

「どうなってる？」

明が問いかけてくる。わたしは唇に人差し指を当てた。ここで気づかれたら、今までの苦労が水の泡になる。夜の住宅街では人の気配が濃厚になる。

重い音を立ててシャッターが開いた。中年がミニバンから段ボール箱を引きずり出し、シャッターの中――倉庫に運び込んでいく。

まさか、こんな住宅街のど真ん中に盗品の保管場所があるとは予想もしていなかった。

「行くぞ」

街並みを頭に刻み込み、明を促してその場から離れた。

「もういいのか？」

「ああ、今夜はもう、帰った方がいい」

路地をまっすぐ進むと、リーガロイヤルホテルの横に出た。客を乗せたタクシーが信号待ちをしている。途端に、重くよどんだ疲労感がわたしを押し潰しはじめた。

「だいじょうぶかよ、おっさん？」

よろめいたわたしを明がしっかりと支えてくれた。

「ありがとう」

わたしは深いため息をつき、自分の心を叱咤した。

8

出勤する前に寄り道をした。中野で地下鉄東西線に乗り換え、早稲田で降りた。学生たちが歩道に溢れ、深夜から早朝にかけてのあの静寂は影も形もなかった。

熊のように暗闇にうずくまっていたミニバンの姿もなければ、木下と中年の姿もない。

木下が使っているのは、やはり倒産した印刷屋だった。一階が作業場と倉庫で、二階が住居になっている。閉めきられた作業場のガラス戸に〈田中印刷〉という文字が印刷されていた。人の気配はなく、見捨てられた建物が発するもの悲しげな匂いが染みだしてきている。

住人の視線を気にしながら、周囲をぐるぐると歩き回り、田中印刷の前を通るたびにシャッターを注視した。特別な鍵はつけられておらず、昨今流行りのセキュリティシステムにも無縁のようだった。

これならば、忍びこむのはたやすい。問題は木下と鉢合わせしないことだ。

倉庫自体はそれほど大きなものではなかった。請け負った印刷物や紙を保管していたのだろう。木下も、ここを一時保管場所として使っているのだ。薬があるかどうかはわからない。だが、中を確かめてみる価値はある。

シフトがはじまる四十分前に、わたしは早稲田鶴巻町に背を向けた。そのまま徒歩で大久保出張所に向かう。寝不足がこたえているのか、足が重かった。同世代の一般的な男たちより肉体は頑健だが、それでも衰えは確実にわたしを蝕んでいく。

家を出た時は青空が広がっていたが、今ではどんよりと重い雲が視界の上半分を占めていた。山岡と例の事件について言葉を交わしながら着替え、勤務に就く。出場要請がかかった瞬間、わたしの頭は切り替わり、笑加や明たちのことも、木下のことも、盗品のことも陽炎《かげろう》のように消えていった。

今日もあちこちで人が倒れ、怪我をし、助けを求めて一一九番に電話をかけてくる。わたしたち三人は、食事を摂るどころかろくな会話も交わせないままに仕事に忙殺され、朝起きた時の気分を摩滅させていった。こういう日は、シフトが終わるころには三人とも木偶《でく》人形のようになる。顔から表情が失せ、動きからめりはりが消えるのだ。

口も動きも重いまま、更衣室で着替え、気のない挨拶を交わし、ばらばらに去っていく。それがわたしたちの日常だった。

山岡と田中が帰った後で、わたしは勤務報告書を書いた。目が霞み、思考が曖昧になって崩れていくのを自覚しながらなんとか書きあげ、明と約束した職安通り沿いの喫茶店に向かった。

明はすでに来ていて、わたしに気づくと子犬のような仕種で腰をあげた。

「さっき、見てきたんだ」

「見てきたって？」

わたしの頭はまだ深い疲労の底に沈んでいた。

「あの隠し場所だよ。田中印刷とかいうところ」

わたしは明を睨みながら椅子に腰をおろした。目敏くやってきた店員にコーヒーを頼み、去っていくのを待って明を叱咤する。

「軽はずみなことはよせと言っただろう。木下と鉢合わせしたらどうするつもりだ」

「ちゃんと気をつけたよ。間抜けじゃねえんだからよ」

明は唇を尖らせた。接する時間が長くなればなるほど、明の年相応の表情を垣間見る機会が増えていく。それは喜ばしいことだった。

「あのシャッターなら、簡単に開けられる。他に鍵はついてなかったし……」

「簡単そうだな。以前にもやったことがあるのか？」

わたしはテーブルに頬杖をついた。明はわたしから目を逸らした。

「昔はしょっちゅう。金がなかったんだ。笑加があいう仕事に就くまではさ。仕方なかった。みんな、腹が減ったってぎゃーぎゃー喚くから。今はあんまりやってない。やると、笑加が怒るから」

「どんなものを盗んだんだ？」

「おれと輝和で、酒屋のシャッター開けて、酒を盗んで売った」

「輝和？」

「眼鏡かけてるやつだよ」

抜弁天のマンションで、ベッドに伏せっている笑加を見下ろしていた眼鏡の少年をわたしは思い出した。知性の高そうな、しかし、いつもなにかに怯えているような横顔だったはずだ。

「輝和がシャッターの鍵を開けるのか？」

「あいつ、すげえ器用なんだ。針金持たせたら、なんだって開けちゃうんだ」

明の頬が紅潮してきた。仲間を自慢すると気分が昂揚するらしい。

「よし、おれとおまえ、それに輝和の三人でやろう。いや、もうひとり必要だ。おれたちがあそこに忍びこんでいる間、〈夜来来〉をだれかに見張っていてもらわなきゃならない」

木下が〈夜来来〉で飲んだくれている間に事を起こすつもりだった。飲んでいる間は、鉢合わせの危険性を顧みずに済む。

「じゃあ、亮がいい」

わたしは亮がどの少年なのかを訊ねるのはやめた。いずれ、わかることなのだ。

「大丈夫なのか？」

「みんな、おれの言ったことはきちんとやるよ」

狼の群れはいつだって統制が取れている。

「あの倉庫に薬があるかどうかはわからない。なかったら諦めて別の方法を探る。薬以外のものは盗まない。いいな？」

「薬がなかったら、他のものを盗んで売れば金になるじゃねえか。その金で薬を買える」

「酒屋に酒を盗みに行くのとはわけが違うんだ。あいつは犯罪者だぞ。自分のものが盗まれたと知ったら、必ず犯人を捜して、落とし前をつけさせようとする」

「薬を盗んだって同じことじゃないか。おっさん、理屈が変だよ」

明に一本取られた恰好だった。反論しようと別な理屈をこねくり回していると、店員がコーヒーを持ってきた。熱いだけのコーヒーを啜っていると、反論する気力も失せていく。わたしはすっかりくたびれていた。

「とにかく、倉庫の中を見てからだ」

明が小さく頷いた。

＊　＊　＊

夜の帳《とばり》が降りるとともに、人の往来が消えていった。繁華街とは違い、住宅街では昼と夜のめりはりがはっきりしている。

わたしは〈田中印刷〉に向けていた視線をルームミラーに移した。明と輝和が後部座席で眠っている。輝和は二本の針金をしっかりと握りしめていた。針金の先端は複雑な形に折り曲げられていて、まるで知恵の輪のようだった。輝和はあの手のシャッターの鍵の構造について熟知していた。

一時間ごとに車を移動させて、その都度、〈田中印刷〉が視界に入る位置に停車し直した。観察眼の発達した住人なら不審に思うだろう。だが、我々に不審の声をかけてくる住人も、警察官もいなかった。〈田中印刷〉の倉庫に近づく人間も皆無だ。乗っている車も知人から借りたバンだった。印刷屋が多い街角で、周囲の光景に溶けこんでくれる。

午後十一時をわずかにまわったところでわたしの携帯電話が鳴りはじめた。明が最初の着信音で目を開けた。輝和はまだ眠っている。

「もしもし、織田さん？」

聞こえてきたのは亮の声だった。わたしが買い与えた携帯を握りしめて〈夜来来〉の前で木下が現れるのを待っていた。

「そうだ。現れたか？」

「うん。ついさっき、店に入っていったよ」

「わかった。今度は木下が出てきたら電話をくれ」

わたしは電話を切り、シート越しに振り返った。

「もう少し待って、動きがないようだったら行くぞ。彼を起こせ」

明は無言でうなずき、輝和を揺さぶった。輝和は奇妙な譫言《うわごと》を口走りながら目を開いた。おそらく、譫言は中国語だ。わたしと明に注視されていることに気づき、輝和は照れ笑いを浮かべた。眼鏡の奥で煌めきを取り戻した双眸は、ただの子供のそれだった。

三十分、そのままで待機した。それから車を動かし、住宅街の路地を時計回りに走って元の場所に戻る。午後十一時四十五分。人気はない。〈田中印刷〉に近づいてくるアウトロウの気配もない。

「よし、行け」

わたしは後部座席に声をかけた。明と輝和が猫科の大型肉食獣のような身ごなしで車を降り、倉庫に駆け寄っていく。明が路地を見渡せる位置に立ち、輝和が屈みこんだ。

あんなシャッターだったら五分もかからない——輝和は豪語していたが、実際、五分後には輝和は立ち上がってわたしに手招きしていた。わたしは車を降り、明から嗤《わら》われそうな身ごなしで倉庫に向かった。明と入れ替わった輝和が見張りに立つ。懐から取りだした懐中電灯を明に渡し、わたしはシャッターを上げた。神経が過敏になっているせいで、シャッターの音がやけに大きく聞こえる。噴き出てきた汗で、シャツが肌に張りついた。

空いた隙間から明が倉庫の中にもぐり込んでいく。わたしはシャッターを肩のあたりまで持ち上げ、明に続いた。すでに懐中電灯が灯っている。シャッターを閉めながら、わたしは瞬きを繰り返した。湿った黴くさい匂いが鼻腔に充満していく。懐中電灯の光芒の中に、無数の埃が舞っている。

壁に沿って、大きさの異なる段ボール箱が手際よく積み上げられていた。段ボール箱に印刷された文字を読むと、そのほとんどが家電製品だった。

急に辺りが眩しくなり、わたしはまた、瞬きを繰り返した。明が倉庫の明かりのスイッチを入れたのだ。

「電気を切れ」

「大丈夫だよ。外からは見えねえ」

明はわたしの指示を無視して、段ボール箱の山に近づいた。目を凝らして印刷を読んでいる。

「薬なんかどこにもねえよ」

「そうだな」

わたしは落胆の溜息を漏らした。最初から、あるかどうかもわからないものを捜しに来たのだ。落胆する謂われはないのに、膝から力が抜けていく。

「しかたねえな。じゃあ、これもらってこうぜ」

明は倉庫の左側に積まれた段ボール箱の山を指差した。液晶テレビの商品名と型番が記されている。中型の液晶テレビだ。量販店で買えば七、八万というところだろうか。それが十五箱近く積まれている。

「これ、全部売れば五十万ぐらいにはなるだろう。あの車に積めるよな？」

時折見せる年相応の表情はすっかり消え失せ、明は狼の顔で段ボールを睨んでいた。

「薬以外のものは盗まないと言っただろう」

「薬はねえじゃんか。だったら、他のもので代用するんだよ。おっさん、泥棒に入ったくせに甘いこと言ってるなよ」

明はわたしを睨んだ。縄張りに侵入してきた外敵に向けられる、あからさまに敵意を剝き出しにした視線だった。

「笑加に薬を買ってやるんだ。だからここに来たんだろう。違うのかよ、おっさん」

わたしの葛藤はものの数秒で決着がついた。はじめから明が正しいことはわかっていたのだ。モラルや危険を天秤にかけるぐらいなら、盗みなどはじめから考えなければいい。

「よし。車をまん前につける。準備しておけ」

わたしは再びシャッターを開けた。夜目にも蒼白な顔をした輝和が驚いて振り返る。

「薬はあったの？」

わたしは首を振った。

「他のものを持って帰る。明を手伝ってくれ」

車に駆け戻り、エンジンをかける。激しい運動をしたわけでもないのに、呼吸が荒く、汗が止まらない。

ギアをドライブに入れ、サイドブレーキのレバーに手をかける。唐突に電子音が流れて、心臓が一瞬止まった。電子音はわたしの携帯から流れていた。顫える手で電話に出た。

「織田さん？　あの禿頭、店から出てきたよ」

再び心臓が止まった。時刻は午前零時をほんの少しまわったところだった。飲み屋に出かけた男が一時間ちょっとで席を立つということは滅多にない。緊急事態が発生したのだ。

「いつだ？」

「たった今。冴えない恰好をしたオヤジと一緒に大久保の方に向かってる」

「わかった。気づかれないように後をつけて、どこに行くのか教えてくれ」

「うん」

電話を切り、バンを倉庫の前につけた。ドアを開け放って車を降りる。シャッターを見上げたがなにも見つからなかった。内側から見上げて、自分の迂闊さを呪った。シャッターの外枠の右上になにかの電子装置がつけられている。簡単なセキュリティ装置だろう。大事な商売道具をシャッターの鍵ひとつで保管する故買屋などいるはずもない。もっと注意すべきだったのだ。

「急げ」わたしは明に声をかけた。「やつが来るかもしれない」

「マジかよ？　輝和、急ぐぞ」

明たちが段ボール箱をバンに積み込みはじめた。また、携帯が鳴った。亮からだった。

「どうした？」

「あいつら、タクシーに乗ったよ。おれはどうしたらいい？」

「道は混んでるか？」

「うん。空車のタクシーでいっぱい」

「よし。亮、おまえはアパートに帰って、明たちを待て。余計なことはなにもするな」

電話を切り、明たちに加勢した。歌舞伎町からここまで、タクシーなら十分弱。区役所通りの混雑を計算に加えれば十五分といったところだろう。時間はほとんどない。

「あと十分だ。積めるだけ積んで逃げるぞ」

明に声をかけて、わたしは啞然とした。明も輝和も微笑みに似た表情を浮かべて段ボール箱を抱えている。こんな状況にあって、彼らは昂揚していた。顔は笑っているが、動きは素速かった。

十五箱の段ボールが瞬く間に倉庫からバンに移動させられた。

「行くぞ」

明かりを消し、シャッターを降ろす。鍵をかけ直している余裕はなかった。段ボール箱の隙間に明たちを押し込み、わたしはバンを発進させた。

「ガウヤーの本番みたいだったな」

輝和が明に語りかけている。

「ガウヤーってなんだ？」

わたしは訊いた。

「なんでもねえよ」

答えたのは明だった。明の顔からは微笑みに似たあの表情が消え失せていた。

＊　＊　＊

新目白通りを西に向かってひた走る。少しでも早く〈田中印刷〉から遠ざかりたかった。

「どこに行くんだよ、おっさん？」

明が運転席と助手席の間から顔を覗かせた。

「三鷹だ。とりあえず、そいつらをおれのマンションに運び込む」

部屋が手狭になるがそれ以外の選択肢はなかった。

「馬鹿言うなよ。また別の日に車借りて運び出すつもりか？　おれたち、早く笑加に薬飲ませてえんだよ。そんな悠長なことやってられねえって」

明が舌打ちをこらえているのはよくわかった。

「どこにこれだけの荷物を隠すと言うんだ？　コインロッカーか？」

「隠してる暇なんかねえだろう。売るんだよ。おっさん、携帯貸してくれよ」

右手でステアリングを握りながら、左手で携帯を取りだし、明に渡した。明は慣れた手つきで携帯を扱い、耳に押し当てた。電話が繋がると、中国語で話しはじめる。明の話す言葉は、わたしにはなにひとつ理解できなかった。

電話は五分ほどで終わった。明は携帯をわたしに返しながら、目を細めて前方を睨んだ。

「ここはどこだよ？」

「下落合だ」

バンはちょうど、下落合駅前の交差点を通過したところだった。

「池袋に向かってくれよ。このテレビ、引き取ってもらえる」

「池袋のどこだ？」

わたしは車線を右に変えた。山手通りとの交差点が近づいてくる。

「目白と池袋の間なんだ。目白駅のとこから住宅街入っていって……その後は、ついたら説明する」

「だれのところに向かうんだ？」

「おっさんの知ったことじゃねえだろう」

「中国マフィアか？」

「もう、そういうやつらは東京から逃げ出したんだよ。都知事のせいでさ」

明はふて腐れたように唇を結び、シートに身体を預けてしまった。それ以上、一言も話すつもりはないらしい。わたしもそれ以上追及するのは諦めて、バンを右折させた。深夜の山手通りは混んでいるわけでもなく、空いているわけでもなく、赤いテールランプが途切れることなくどこまでも続いていた。

「ガウヤーっていうのはなんだ?」

わたしは数分前と同じ質問を口にした。

「なんでもねえよ」

答えるのはやはり明だ。ルームミラーに映る輝和は頬を紅潮させて明の横顔を見つめている。

まずいことを口走ったと、その怯えた表情は語っていた。

「本番がどうのとか言っていただろう? また盗みをするつもりだったのか?」

「違うって。おっさんが考えてるようなことじゃねえんだよ。なんて言えばいいのかな……そうだ、子供の遊びだよ。あるじゃんか、秘密基地ごっことか、そういうの」

明は必死だった。その必死さが嘘を嘘だと知らしめているのだということに気づかないぐらい必死だった。わたしはその必死さに敬意を表し、口を閉じた。

南長崎の交差点を右に折れ、目白駅前の左折可能な路地にバンを入れていく。明が身を乗り出し、わたしに道を指示した。

「ここで停めてくれ」

古い木造アパートが建ち並ぶ一画で、明は車を降りた。なんの前触れもなく、路地の暗がりから人影が躍り出て明に近寄っていく。

「あれはだれだ?」

わたしは輝和に訊いた。

「知らないよ」

輝和が嘘をついているとは思えなかった。盗みは一緒に働いても、それを売り捌くのは明ひとりの仕事なのだ。仲間を必要以上の危険には晒さない。明のすることは徹底している。たかだか十五歳そこそこの若者をそこまで変えてしまう環境の過酷さはやわな日本人の想像を絶している。

明が人影と別れた。明は車へ。人影は明とは反対の方に歩いていく。わたしは明が乗りこんでくるのを待った。

「輝和、おまえはここから帰れ」

明はわたしには目もくれず、輝和に命令した。

「ここから？　やだよ。遠いじゃないか」

「帰るんだ。ここから先はおれとおっさんだけでやる」

輝和は露骨に不満を露わにしたが、明に一蹴されてしょげ返った。ボスに逆らってはいけない――それが不文律なのだ。

「わかったよ」

車を降りる輝和を、明は瞬きひとつしない目で追った。輝和は振り返ることなく目白駅に向かっていく。その背中に不安の影はない。明が大丈夫と言ったら、世界中で核戦争が起きようとも輝和たちは安全なのだ。その絆の強さに、わたしは胸を打たれた。

「あいつの後についていって」

わたしの勝手な気持ちなどかまいもせず、明は冷徹な声を出す。わたしはバンを発進させた。人影は数メートルほど先に停まっている小型トラックに乗りこんだ。ＪＲの線路を挟んだ向こう側にボクシングジムの看板が見える。

「あのトラックの後ろにつけて、荷物を移しかえるんだ。ヘッドライトは消したままで」

明はそう言い、まだ動いているバンから飛び降りた。小型トラックの助手席から別の人影が現れ、無言のままわたしのバンに乗りこんできた。段ボール箱の数をかぞえ、またバンを降りてトラックのところに戻っていく。トラックの運転席の窓が開き、先ほどの人影が頭を出し、明と別の人影と話しはじめた。

すぐに話はまとまったようだった。明がわたしに手を振りながらやって来た。

「荷物、移すよ」

わたしは運転席を降り、明とともに段ボール箱をトラックに運んだ。ふたつの人影は手伝う素振りひとつ見せなかった。段ボール箱を運び終えると、明はわたしに再び、車の中で待つよう指示した。わたしは文句ひとつ言わず従った。輝和の気持ちが手に取るようにわかった。明に任せておけば間違いはないのだ。言葉を交わすのは時間の無駄でしかない。

明はトラックの運転席に座る人影からなにかを受け取っていた。金だ。

わたしはヘッドライトのスイッチを捻った。暗闇に一筋の光条が走り、明と人影を浮かびあがらせた。明は手で目を覆っただけだったが、人影は中国語でなにかを怒鳴った。

わたしはすぐにヘッドライトを切った。すでに、人影の顔は網膜に焼きついている。髪を短く刈り、目の吊り上がった東洋人。年の頃は四十前後といったところだろうか。

「すまん。緊張してスイッチを入れ間違えた」

あけすけな嘘でその場を繕い、わたしはステアリングを握った。もし、人影が怒りだしたら、すぐにでも明を乗せて逃走するつもりだったのだ。その心配は杞憂だった。怒っているのは人影ではなく、明だった。

「なにやってんだよ!?」

明は憤怒に顔を変形させて助手席に乗りこんできた。

「すまなかった」

「遊びじゃねえんだよ。わかってんだろう？」

「だから謝ってる」

「早く車出せよ。一瞬だったから顔は見られてねえって言ってあるんだ。あいつらの気が変わらないうちに――」

明の言葉が終わらないうちに、わたしはアクセルを踏んだ。小型トラックを追い越した後で、ヘッドライトを点灯する。

「それで、どうだった？」

「五十万」明はジーンズのポケットから折り畳んだ茶封筒を取りだした。それなりの厚みがある。

「これで、おっさんが貸してくれる分を足せば、笑加の薬、なんとかなるだろう？」

「ああ、充分だ」

路地を抜け、池袋消防署の裏手にバンを走らせた。荷物が減ったせいか、それともわたしの気分が晴れたせいか、バンは快調に走っていた。

「明日、薬を買えるだけ買ってくる」

「薬の飲み方は前園先生に聞いておく。それまでは、勝手に飲んじゃだめだ」

「わかった。電話くれよ。待ってるから」

明の肩からはすっかり力が抜けていた。年に似合わず修羅場を踏んでいるとはいっても、まだ華奢なその肩にかかる負担は相当なものだろう。

力になってやりたかった。いや、力になりたかった。だが、わたしは明らかに力不足だった。

脱力感とともにステアリングを操りながら、機械的にバンを動かしていく。池袋駅西口の五叉路を右折し、高架をくぐって明治通りを下っていく。

「ありがとう」

明がぽつりと呟いた。池袋のネオンがその横顔を照らしている。明は満ち足りているようだった。

「おっさんがいなかったら、笑加にどんなことをしてやればいいのかもわからなかった。ほんとに感謝してる」

「いらぬお節介を焼いただけだ」

「ひとつだけ聞かせてくれよ」

明がわたしの方を向いた。鋭かった眼光は色褪せていたが、代わりに穏やかな目がわたしの皮膚を貫いた。

「なんだ？」

「どうして……」

それ以上の言葉は出てこない。普段とは違う言葉を使おうとして、脳に舌がついてこないのだ。

「おれは我が儘な人間なんだ」わたしは言った。「それも超の字がつく。元々は消防士だったんだが、我が儘が高じて救命士になった。だれかを助けたい。助けを求めている人に手を差し伸べたい。それしか考えられない」

「我が儘じゃねえじゃん、そんなの」

「いや、我が儘なんだ。なぜって、助ける人のことなんか考えたこともない。自分がそうしたいからそうするだけなんだ」

明はふーんと唸って腕を組んだ。

「だから、見返りは要求しない？」

「見返りはおれの満足だ」

「変わってるよな、おっさんは」

「おまえたちの方がよっぽど変わってる」

わたしはそう言って、バンのスピードを上げた。予期していなかった明は加速重力に負けて、後頭部をヘッドレストに打ちつけた。

「なにすんだよ!?」

「すまんな……」

それっきり、我々は口をつぐんだ。すでに池袋の繁華街は後方に消え、街灯と他の車のヘッドライトが夜を切り裂いているだけだった。

無言のまま、抜弁天のアパートの近くにバンを停めた。

「輝和はまだ戻っていないかもな。途中で拾ってやればよかった」

まだ明かりのついている明たちの部屋の窓を見上げながらわたしは言った。

「そのうち帰ってくるさ」

明はドアを開けた。一旦降りかけて、わたしに顔を向ける。

「そうだ、おっさん。笑加がさ、あのハンバーグ、めちゃうまかったって言ってた」

「そりゃそうだろう。おまえたちのために一生懸命作ったんだ」

「またおっさんの料理食いたいって」

「おまえがか？」

「笑加がだよ。あいつ、きっと病気のせいで舌がおかしくなってるんだ」

明は顔をしかめ、車を降りた。

「じゃあな」

わたしは明に手を振った。

「まあ、そうは言っても、毎日辰秋の作る飯じゃ飽きるんだ。おっさん、暇な時は笑加に飯を作りに来てやってもいいぜ」

ボス狼のゆるしが出た。群れの一員にはなれなくても、歓迎すべき客の地位を与えられたのだ。

「ありがとう、明」

わたしは微笑み、その場を立ち去った。

非番の日に明たちの様子を見に行くというのがわたしの日常と化していった。自宅付近のスーパーマーケットで買い込んだ食材を車に詰め込み、抜弁天へ向かう。

子供らはいつも飢えていた。いや、飢えているように見えた。料理係の辰秋が作るものは炒め物の一点張りであまりにもバリエーションが乏しい。加えて、自分の嫌いな食材は一切使わない。子供らが飢えているのは食事の量だけではなく、たまには違う物を食べたいという欲求に駆られているからだった。

はじめのうちは辰秋の機嫌に気を使いながら料理をしていたが、辰秋自身、料理当番という足枷が外れることを喜んでいるのを感じて、積極的に手料理を振る舞うようになっていった。

明はそんなわたしと子供らをじっと観察している。文句を言うわけではなく、わたしの作ったものを口に運び、破顔することさえあった。ただ、完全に心をゆるしてはくれないというだけのことだ。

狼の群れのボスなのだから、それは仕方のないことだった。

ともあれ、一緒に食卓を囲むたびに、わたしと子供らの距離は縮まっていき、少しずつ彼らの生い立ちがわかっていった。

明と笑加は十五歳。小太りな辰秋と長身痩軀の亮、眼鏡をかけた輝和、中華系マレーシア人の両親の間に生まれた武の四人が十四歳。いつも浩と喧嘩ばかりしている秀文が十三歳。浩は十二歳だった。八人が八人とも中国語と日本語を解するが、中国語の方は少しずつ、だが確実に力が落ちていると笑加が言った。もともと、中国語を使うのは両親との会話の時に限られていたのだ。

子供らの間ではもっぱら日本語が使われる。ならば、使わない言語は脳細胞から剝離していくのだろう。

子供らの両親はほとんどが歌舞伎町近辺の飲食店で働いていた。コックかウェイター、女ならばホステスというのが相場だ。辰秋の両親に関しては、本人の口が固かったが、やがて、輝和が口を滑らせた。名うての中国マフィアの幹部とその情婦だという。抗争が勃発して父親は殺され、母親は行方不明になった。埋められたか沈められたか——辰秋のいないところで明が痛々しい笑みを浮かべながら嘯《うそぶ》いた。

八人が八人とも学校に通ったことがなく、明と笑加を除いては読み書きがまともにできなかった。どうやら、明と笑加のそれぞれの両親は、故郷ではそれなりに学のある人間のようだった。事情があり——金が必要で日本にやってきて、学問などなんの意味もなさない世界であくせく働いていたのだ。

ある時、わたしは抜弁天に行く途中、紀伊國屋書店に寄って、小学生向けの国語の問題集を大量に買い漁った。家庭教師を買って出ようという目論見だ。子供らははじめのうちは嫌がった。子供が勉強を嫌うという現実の前では国境や国籍などなんの意味も持たない。だが、明のひと睨みで、彼らは渋々わたしに付き合った。小さなコミュニティ内における明の権力は絶大だった。

「織田さん、本物の先生みたい」

辰秋たちに読み書きを教えるわたしを横目で見ながら笑加が笑った。薬が効いているのか、調子はすこぶるいいという。

わたしは彼らに気づかれないように安堵の溜息をつく。明たちが仲間だけでかたまっている時の絆は強い。だが、その絆もアパートの外に一歩出れば、ふとしたことでずたずたに引きちぎられる脆《もろ》さを伴っている。

この仕事を続けてわかったことがいくつかある。その内のひとつは、肉体と精神は直結しているという紛れもない事実だ。笑加の病状があるレベルで止まっていたのは、間違いなく明たちとの生活がもたらす潤いのせいなのだ。それが途切れれば——精神状態が悪くなれば、病状が一気に悪化する恐れが常にある。

わたしにとって、笑加の病状を見守るということは、明たちの生活を守ってやるということと直結しつつあった。

いつものようにみんなの飯を作り、みんなと飯を食い、笑加の淹れたコーヒーを飲みながら国語の授業を終えると、わたしは腰を上げた。

「笑加、来週あたり、また前園先生に診察してもらった方がいいんだが、時間はあるか？」

「あ……うん、それじゃ、途中まで送っていくから、話しながら歩きましょう」

笑加の喋り方と態度は不自然だった。それに気づいたのはわたしと明だけだ。明のもの問いたげな視線を笑加は見事に無視した。男には真似できない女だけの特権を駆使したのだ。

「行きましょう、織田さん」

笑加に背を押されて、わたしはアパートを出た。

外の空気はどんよりと湿り、重かった。梅雨の到来を報せる雲が、空一面を覆っている。

「どうした？」

俯きながら歩く笑加のうなじに、わたしは声をかけた。湿気を含んだ空気がレンズの役目を果たしているのか、血の気の薄い蒼白い肌が夜目にも鮮やかに浮かびあがっている。

「織田さん、わたしの店のこと、だれかに言った？」

「いいや。なぜだ？」

わたしは反射的に首を振っていた。

「この前来たお客さんが、救急救命士の知り合いの女の子がいないかって、店の人に聞いていたらしいの」

田中の下卑た顔が脳裏を横切っていった。好奇心に負け、わたしとの約束を反故《ほご》にしようとしたのだ。わたしは拳をきつく握った。鼓動が速くなり、発汗する。自分でも制御できない粘ついた感情がうねる。まるで、身体の内側にタールを流し込まれたみたいだった。

「君を指名したのか？」

「店の人は、わたしと織田さんのこと知らないから……」笑加は小さく首を振った。「やっぱり、だれかに話したんだ」

「そうじゃない」わたしは慌てた。「あの時、店に入っていくのを同僚に見られた。ああいう遊びをするのかとからかわれて、知り合いの娘が働いているから説教しに行ったと嘘をついた」

「へえ、そうなの」

笑加は微笑んでいる。柔らかな笑みをたたえるその目は、しかし、決してわたしに向けられることがなかった。

「二度と、こんなことは起こらないようにする」

笑加はわたしの言葉には応えず、サンダルを履いた足を高く上げながら明治通りに向かって歩き続けた。その華奢な背中にかけるべき言葉を見つけられず、わたしは黙ってその後を追う。

突然、笑加の足が止まった。

「ごめんね。信じなくて」

「信じられなくて、当たり前だ」

わたしは彼女に肩を並べ、遠く、明治通りを走りすぎる車の明かりを見つめた。

「こんなにしてくれてるのに……」

笑加の声は湿気を含んだ夜気にくるまれて、足元にゆっくり落下していく。明は群れをまとめ、生き抜いていくために身体を張っている。だが、身体を汚されることはない。笑加は明より多くのものを見、その度に心を摩耗させている。

タールのように粘ついた感情は、まだわたしの内側でうねっていた。

＊　＊　＊

職安通りの路上で、出勤途中の田中を摑まえた。田中は疚《やま》しさを押し隠し、感情のこもらない笑顔を浮かべ、わたしに手を振る。

「どうしたんですか、隊長？」

「ちょっと顔を貸せ」

わたしは田中を路地に誘った。朝の大久保界隈は死んだように静まり返っている。

「なんすか、一体？」

わたしは無言で田中の襟首を摑み、引き寄せた。

「あの店に行ったな？」

田中の目を覗きこむ。田中は薄笑いを浮かべていた。まだ、わたしをごまかせると思っている。

「なんのことですか？　あの店って？」

「わかってるんだ。ごまかそうとしても無駄だ」

低い声で、歯の隙間から押し出すように話してやる。田中の薄笑いが消えた。

「ちょ、ちょっと見てみたくなっただけですよ。隊長の知り合いっていう娘」

笑加が田中に陵辱される映像が頭の中を駆け抜けていく。ただの妄想だ。だが、その妄想はわたしに狂おしい感情を抱かせる。

わたしは田中の背中を雑居ビルの壁に押しつけた。田中は抗おうとしたが、わたしの力にはかなわなかった。体格と若さでは、田中はわたしを凌駕している。しかし、わたしには経験があった。泥酔して暴れる人間をなんど取り押さえてきたことか。力の配分を崩してやれば、人は自分の身体さえ意のままに操れなくなるのだ。

田中の顔が不安と恐怖に塗り潰されていく。その視線は握りしめられたわたしの拳に注がれていた。

「機関員から救命士になるには、隊長であるおれの勤務評定が鍵になる。わかってるのか？」

「勘弁してくださいよ――」

田中の背中を、さらに強く壁に押しつけた。

「おれがいる限り、おまえは永遠に機関員どまりだ。わかってるのか？」

「出来心だったんですよ。なにもしちゃいないし――」

田中の胸板に左の肘を当て、体重をかけた。田中が咳き込みはじめた。

「わかってるのか？」

わたしの声は強張り、刺々しく、辛辣だった。笑加を――明たちの生活を脅かすものをゆるしはしない。かたくなな思いが、わたしにそうさせている。わたしは危険人物だ。それを理解しているからこそ、自らを殺して生きている。それでも、箍が外れた自分を恐れなかったことはない。

田中が小刻みに頷く。

「声に出せ」

「す、すみませんでした。もう二度としません。ゆるしてください」

「わかってるのかと訊いているんだ」

「わ、わかってます。自分が馬鹿でした。隊長、もう――」

わたしは身体から力を抜いた。田中は尻餅をつく。きつく握った拳が、力のやり場にこまって細かく震えていた。

「おまえには失望した」

吐き捨てるように言って、田中に背を向けた。刺すような視線が背中に浴びせられる。振り返ると、田中の憎悪に満ちた目が暗く輝いていた。

＊　＊　＊

夜のシフトで区役所通りを通るたびに〈夜来来〉の看板に目がいくようになっていた。面子を潰された悪党が、そのまま黙っているはずもない。仕事をしていても、明たちと戯れていても、わたしの脳裏の隅には必ず木下の存在があった。

時折、〈夜来来〉に入っていく、あるいは出てくる木下を見かけることがあった。以前より顔に険があり、始終、不機嫌そうに振る舞っている。一度ケチがついた故買屋からは、客が遠ざかっていくことが多々あるそうだ。木下は見放されかけた運を取り戻そうと躍起になり、また運から見放されるきっかけをつくったこそ泥を、目を血走らせて追い求めている。

裏の世界にコネがあれば、木下の動きを摑むことができる。おそらく、明ならばそうした関係のコネをたぐっていくこともできるだろう。しかし、下手に動けば藪蛇をつつくことにもなりかねない。

わたしにできることは、異変がないかと目を血眼にし、常に神経を鋭敏にしておくぐらいのことしかなかった。

非番の日、わたしはまた明と笑加を自宅に呼び、前園の診察を受けさせた。診察といっても、採血をし、聴診器で身体の様子を探る簡単なものだ。前園は笑加と軽口を叩きあい——明は決してそれに参加しようとはしなかった――笑加の血を持ち帰った。

診察の後で、わたしが食事に誘うと、ふたりは小さく首を振った。ふたりだけでご馳走になるのは他のみんなに悪いと、ふたりの態度は告げている。ならばと、わたしは近場の大型スーパーに車を乗りつけ、セール品の鶏モモ肉と野菜を大量に購入して抜弁天に向かった。ニンニクと各種スパイスを使った唐揚げと山盛りのサラダを作り、自分は缶ビールを次々に空にして子供たちとの宴を楽しむ。

明の顔にも少年らしい朗らかな笑みが浮かんでいて、わたしは大いに溜飲を下げた。

調子に乗って飲んでいたビールを笑加に止められたのは、午後九時をまわった頃だったと思う。

「織田さん、車でしょう？　もう、やめた方がいいわ」

「おれは酔った時の方が運転がうまいんだ」

わたしはかなりできあがっていた。

「なにいってるのよ。救命士が飲酒運転で事故を起こしたら笑い事じゃなくなるわ。もう、飲むのはやめて」

笑加の声は、聞き分けのない子供を叱る母のそれだった。わたしは意気消沈し、まだ半分以上残っていたビールの缶をテーブルに置いた。

子供たちは思い思いの行為に耽っている。テレビを見る者。じゃれ合っている者。眠りこけている者。明は部屋の真ん中で、そんな彼らに保護者の視線を送っている。笑加はわたしの話し相手だ。

「そうだな。だいぶ酔ってるようだ」

わたしは空き缶を数えた。すでに五本以上を飲み干している。

「少し横にならせてもらおうか。酔いが醒めたら帰る」

とは言ったものの、狭い居間にわたしが横たわるスペースはなかった。わたしの目は自然と、笑加のベッドがある個室のドアに向かった。初めてここを訪れて以来、このドアが開かれているのを見たことはなかった。

「あそこはだめだ。笑加の部屋だからな」

わたしの視線に気づいた明が釘を刺した。ただ、わたしをたしなめようとしたわりには、言葉の端に棘がある。

「じゃあ、壁に寄りかかって寝よう」

本当のところ、わたしはベッドを欲していた。くたびれた身体を休める柔らかい布団に焦がれていた。もしかするという期待を込めて笑加を見たが、笑加は強張った横顔をわたしに向けているだけだった。

突然、わたしは疎外感に襲われた。無い物ねだりの挙げ句の疎外感だ。わたしは彼らに受け入れられた。だが、群れの一員と認められたわけではない。あくまでも客に過ぎないのだ。

子供じみた感情を悟られないようにと、わたしは狸寝入りを決めこんだ。やがて、本当に眠ってしまった。

10

前園から電話がかかってきたのは、二度目の診察の、ちょうど一週間後だった。常は朗らかな声が沈みがちで、わたしは受話器を握りながら身構えた。

「検査の結果がよくないんですか？」

「そこが微妙なんですよ」前園の言葉は歯切れが悪かった。「ぼくが言った薬、ちゃんと服用してるんですよね？」

「そのはずです」

「だったら、もうちょっと数値が良くなってもいいんだけどなあ……あ、別に、悪くなってるわけじゃないんですよ」

「つまり、薬があまり効いてないということですか？」

受話器を握る手が汗でぬめりはじめていた。もし、薬が効かないということであれば、笑加は骨髄移植を受ける必要がある。だが、彼女は骨髄バンクに登録できないし、家族は海を越えたはるか彼方にいるのだ。

「いや、効いてないわけじゃないんです。ただ、期待していたほどの効果があがっていないというだけで……難しいなあ」

はっきりと口には出さないが、前園は精密検査を受けさせたいのだ。できることなら、わたしもそうさせたかった。先立つものはいつだって金だ。

「まだ結論を出せる段階じゃないんで、もうしばらく、投薬で様子を見ましょう。もし、薬による改善が期待されないようなら、ぼくの方でもなにか手がないか、考えてみますから」

「お忙しいのに、煩わせてしまって申し訳ありません」

前園が笑った。

「ぼくは医者ですよ。これぐらい、当たり前です」

わたしはもう一度礼を言い、電話を切った。急いで服を着替え、電車に乗る。慌ただしいのは、いつもより時間がなかったからだ。所長の河本から早めに出てきてくれと言われていた。

出張所につくと、わたしは着替える前に所長室に向かった。河本は瞼を押さえながら書類に目を通している。

「なんの用でしょうか？」

わたしはドアをノックし、中に入った。

「織田君か……すまんな。いつもより早い時間に。まあ、掛けたまえ」

河本は錆の浮き出たパイプ椅子を指差したが、わたしはそれを無視して、河本の机の前で直立した。

「田中のことですか？」

「ああ。察しはついていたわけだな。違う班に入れてくれと泣きつかれてな。君の下だと出世できんとさ」

「それで、配置換えをするんですか？」

「いいや」河本は首を振り、書類の束を机の隅に押しやった。「機関員の泣き言にいちいち耳を傾けていたら、消防はやっていけん。彼と、なにか問題があるのか？」

「特には」

河本は口をへの字に曲げた。

「山岡君にも訊いてみたんだが、同じことを言っていたよ。しかし、それだと、田中君が急に配置換えを希望してきた理由が見つからん」

「今の若い者は気まぐれですから」

「そういうことかな……」わたしの言葉に、河本は無理矢理自分を納得させた。「手間を取らせて悪かったな、織田君。勤務に就いてくれ」

「それでは」

わたしは一礼して、所長室を後にした。ロッカールームに入ると、田中と山岡がなにやら話しこんでいた。

「おはよう」

声をかけると、山岡は作り笑いを浮かべ、田中はばつが悪そうにそっぽを向いた。

「田中――」

わたしは彼を呼んだ。

「なんですか？」

不服を露わにしながら、田中が近づいてくる。わたしは口を開いた。

「他の人間の下に行きたいなら、口を利いてやる」

「え？」

田中は目を剝いた。無様なまでに醜い表情だった。

「ただし、楽になれるとは思うなよ」自分でも首を傾げたくなるほどに、わたしはかたくなになっていた。「この出張所で隊長を務めてる連中は、みんな、おれの友達だ。おれを馬鹿にしたような態度を取って移ってきた機関員は白い目で見られる」

「脅してるんですか？」

「そうだ」

わたしはにべもなく応じた。田中は鼻白み、山岡は所在なげにあられもない方向に視線を向けている。

「おまえはおれとの約束を平気で踏みにじった。なら、それなりの対応をさせてもらうだけだ。おれの下で真面目に働くか、職を変えるかだ。決めるのはおまえだ。好きにしろ」

「そんなのねえよ」

「あるんだよ。馬鹿なことをする前に、後のことをもっと考えておくべきだったんだ」

「職権乱用じゃねえか」

田中の声は震えていた。わたしは嗤った。

「だからこその職権だ。悔しかったら、おまえも出世してみろ。まあ、おまえがそんな態度を取り続けるかぎり、おれはゆるさない。つまり、おまえはおれの下で飼い殺しだ」

暗い喜びがさざ波のようにわたしの内部を駆け抜けていった。わたしはまっとうな人間を装っている。しかし、皮一枚剝げば、その下で蠢《うごめ》いているのはどす黒い欲望に身悶えするグロテスクな筋肉と内臓に過ぎない。

「さあ、行くぞ。シフトの時間だ」

わたしは山岡に声をかけ、ロッカールームを出た。山岡は後を追いかけてきたが、田中はその場に立ち尽くしていた。

「隊長、どうしたんですか、いったい？」

「聞いていただろう。男と男の約束を平気で踏みにじられたんだ。しかも、そのことを叱ったら逆恨みしやがった」

わたしは言葉を切り、足を止め、山岡に顔を向けた。

「おれの下で働くのが嫌になったらいつでも言えばいい」

「そんなことはありません。この出張所じゃ、織田隊長が一番です。ぼく、隊長から教わりたいことがまだまだあるんです」

真摯に訴える山岡の瞳の奥に揺れる恐怖の影が、わたしの暗い感情をさらに煽り立てた。

満足と自己嫌悪の両方を嚙み締め、わたしは救急車に乗りこんだ。

＊　＊　＊

三日ほど、抜弁天から足が遠のいた。笑加に診察の結果を伝えるのが怖かったのだ。自分の臆病さを嗤いながら、わたしはただ日常をこなしていた。激務に忙殺され、笑加のことを頭から消し去り、しかし、明からの電話がいつかかってくるのかと怯えていた。

明は群れのボスだ。笑加のために必ず電話をかけてくる。

シャワーを浴び、ソファにだらしなく寝ころんでいるところに、その電話がかかってきた。液晶に公衆電話からだと表示されて、わたしは緊張した。

「……もしもし？」

「おれだけど。笑加、良くないのかよ？」

前置きもなしに、明はいきなり切り込んできた。わたしが顔を出さないことを笑加の診察結果と結びつけている。

「あまり良くないらしい。医者はもうしばらく投薬を続けて様子を見ようと言ってる」

深い吐息が聞こえてきた。安堵の吐息だ。

「なんだよ。入院しなくちゃいけないとか、もっと大事なのかと思ったぜ。薬を飲み続ければいいんだよな？　だったら飲ませるだけじゃねえか。なんで顔見せないんだよ？　浩たちが寂しがってるぞ」

「仕事が忙しくてな。なかなか時間が作れない。歌舞伎町の様子はどうだ？」

「様子って……なにも変わらねえさ」

「そうじゃない。木下のことだ。おれたちを捜しまわってるだろう？　危険はないか？」

明は乾いた笑い声をたてた。

「おれたちからあのテレビを買ったやつだってさ、あれがやばいところから持ってきたもんだってことはわかってる。だれにもなにも言わないよ。言えば自分の首を絞めることになるんだ。おっさん、心配しすぎだよ」

「ならいいんだがな」

わたしは心配性にすぎるのだろうか。明の楽天的な言葉を聞いても、心が晴れることはなかった。

「笑加はさ、おっさんが思ってるよりずっと大人なんだぜ。今、言われたことぐらい、覚悟ができてる。おっさんが気にすることはなんにもねえよ」

「そうか……」

何と言えばいいのだろう。薬が効かないのであれば、群れからはぐれ親元に戻るしか笑加が笑顔で人生を送れる可能性はなくなるのだ。わたしは言葉を探しあぐね、嘆息するしかなかった。

「仕事が一段落したら、また遊びに来てくれよ。ほんと、浩たちが織田さんは来ないのかってやかましくてしょうがねえ」

「金は足りてるのか？」

明に言質を与えたくなくて、わたしは話題を変えた。途端に、明の言葉は歯切れが悪くなった。

「なんとかな……薬のおかげで調子がよくてさ、笑加、あんまり休まずに働いてるから」

「修理屋の仕事は順調か？」

一瞬、間があいた。

「あそこは辞めた」

「辞めた？」

「おっさんには悪いと思ったけどよ。ガミガミうるさいし、給料は安いし。ついかっとなって口論して、それで飛び出したまま。今は、別の仕事してるんだよ」

「なんの仕事だ」

わたしに頭を下げた時の明の姿が脳裏にこびりついている。明はあの仕事を心底欲していたのだ。それをあっさり擲《なげう》った。

「皿洗いだよ。大久保の中華レストランで。夜の十時から朝の五時まで。結構、時給がいいんだ」

「本当に修理屋は辞めたのか？」

「ああ。笑加がどうなるかわからないから、金稼げるバイト探さなきゃならなかったんだ。ちょうど良かったのさ」

明がどれだけ言い訳を口にしようと、わたしには割り切れない感情が残るだけだった。

「まあ、事情がそういうことなら仕方がないか……」

「マジでおっさんには悪かったと思ってる。いろいろしてくれたのにさ」

「わかった。時間ができたら、また遊びに行く。みんなに、なにを食いたいか聞いておいてくれ」

「オーケー。疲れてるのにごめんな、おっさん」

電話が切れた。わたしはしばらく受話器を呆けたように見つめ、明の翻意について思いを巡らせた。どれだけ考えてももっともらしい回答を得ることができず、諦めて受話器を戻し、再びだらしなく横たわった。

2ＬＤＫの部屋は荒涼としていた。最低限の家具しかなく、生活に潤いをもたせる装飾品もなにひとつない。わたしにはキッチンと冷蔵庫、数枚の食器とベッドがあればそれで充分なのだ。そういう生活を選び、実践してきた。

だというのに、わたしは子供たちの他愛のない会話と、体温で上昇した狭苦しい部屋の空気が懐かしくてたまらなかった。

＊　＊　＊

歯を磨きながら朝刊をなんとはなしにめくっていると、小さな記事が目にとまった。

歌舞伎町で中国人男性が殺されたという記事だ。中国人は腹部に数ヶ所、ナイフの刺し傷のようなものを受け、通報を受けた救急車が到着した時にはすでに死亡していたという。殺された男の身元は記されていなかった。

たったそれだけの記事だが、なぜか頭から離れなかった。多分、わたしは怯えているのだ。明たちの生活が、わたしが介入したことで崩壊してしまうかもしれない。無意識にそんなことを考えている。

時刻は二時を少しまわっていた。今日は午後から夜半にかけてのシフトだった。わたしは駅前に出て遅い朝食を摂り、そのまま電車に乗って新宿に向かった。出張所でシフト表を眺め、歌舞伎町で殺された中国人の元に駆けつけたのが奥野辰巳が指揮する救急車だと知った。奥野はわたしの一年下で、仕事はよくできた。なにより好奇心が旺盛な男だった。

わたしは待機室でくつろぐ奥野を見つけた。缶コーヒーを啜りながら、他の救急隊員と雑談している。視線だけで彼を呼び、部屋の隅で話を聞いた。

「今朝の新聞に出てた歌舞伎町の死体だけどさ……」

「ああ、あの中国人ね。酷かったですよ、腹を五、六回刺されてた。大ぶりのナイフだな。アスファルトの上にとんでもない血だまりができてて、ついた瞬間、死んでるとわかったぐらいで」

自分が出くわした悲惨な現場に話が及ぶのだと理解した瞬間、奥野の目はぎらぎらと輝きはじめた。救急の仕事を選んだのは、刺激に満ち溢れているからだと告白されたことがある。その刺激に満ち溢れた経験を人に話して聞かせるのが三度の飯より好きな男だった。

「新聞に身元は載ってなかったが、警察はなにか言っていたか？」

「張とかいう男らしいですよ。新宿署の刑事が故買屋だと言ってた。どこかの組織とトラブルでも起こしたんじゃねえかな」

「故買屋か……」

新聞記事に目を通した時に襲われた悪寒が、再びその猛威をふるいはじめた。

「わけありですか、織田さん？」

「ああ、ちょっとな」

奥野のいいところは、余計な詮索をしないことだ。元々好奇心は旺盛に過ぎるぐらいなのだが、奥野の身体に流れているのは純粋な体育会系の血だ。たった一年の違いとはいえ、先輩はどこまで行っても先輩だった。

「もし、他に情報が欲しかったら言ってください。現場に立ち会ってた刑事の中に、知り合いがいますから」

わたしにかこつけて、好奇心を満たすつもりなのだろう。奥野の目はぎらつき続けていた。

「もしかしたら、頼むかもな。とりあえず、今の話は忘れてくれ」

「いいんですか、本当に」

奥野はあからさまに落胆の表情を浮かべ、うなだれた。わたしはそれを無視して腕時計を覗いた。シフトがはじまるまで、まだ三十分の余裕がある。出張所を出て、携帯で抜弁天のアパートに電話をかけた。電話は留守電に切り替わり、無機質なメッセージを告げはじめた。舌打ちをこらえ、用件を吹きこむ。

「おれだ。織田だ。明と大至急話がしたい。いつでもいいから携帯に電話をくれ」

殺された張という故買屋が明からテレビを買い取った当人だという証拠はどこにもない。だが、臆病なわたしはいたるところに暗い影を見てしまう。ただの取り越し苦労ならそれに越したことはない。だが、万が一のことを考えなければおちおち眠ることもできないのだ。

ロッカールームに向かい、着替えてから救急車の前で待機した。シフトの五分前に山岡が、直前に田中がやって来た。田中は従順さを装い、わたしに馬鹿丁寧に挨拶してから運転席に乗りこんだ。わたしは曖昧に相槌を打ち、掌に握りこんだ携帯に意識を奪われていた。勤務中に携帯の電源を入れておくことは禁じられている。電話が必要な時は、救急車に設置されている端末を使うのだ。

わたしは唇を噛みながら、携帯の電源を切った。

11

相も変わらず飛ぶように時間が経過していった。出場回数は十五回。飯を口にするどころか無駄口を叩く間もなく、我々はあちこちを駆けまわった。

やっとシフトが終わり、携帯の電源を入れると、留守電が一件残されていた。明からのものだった。

「至急って言うから電話かけたのに、なんだよ？　仕事中か？　じゃあ、またかけ直すわ」

残されていたメッセージはそれだけだった。わたしは制服のまま出張所を出、抜弁天に電話をかけた。電話はすぐに繋がった。

「もしもし？」

電話に出たのは亮だった。

「織田だ。明はいるか？」

「仕事に出かけてる。織田さん、忙しいの？」

「ああ、ちょっとな」もどかしさを押し殺しながら言葉を続けた。「明の働いてるところの電話番号、わかるかい？」

「うん、ちょっと待ってて」

しばし間が空き、電話口に戻ってきた亮は店の名前と電話番号を口にした。わたしはそれを頭の中に刻んだ。

「ねえ、織田さん、今度さ、メンチカツ食べたいな」

「わかった。次にそっちに行く時はメンチカツだ。楽しみに待ってろ」

「早く来てね。織田さんがいると、なんか楽しいんだ」

身に余る言葉だった。頬が火照るのを感じながら、わたしは早く電話を終わらせる道を選んだ。

「ああ、おれもおまえたちといると楽しいよ。じゃあ、またな」

電話を切り、今聞いたばかりの番号に電話をかけた。呼び出し音が鳴り続け、やっと回線が繋がったと思ったら、おそらく中国語だろう、罵声に似た大音声が耳に飛び込んできた。

「もしもし、日本語は通じますか!?」

わたしは叫ぶように言った。

「はい、はい。日本語、大丈夫。予約、何人ですか？」

「予約したいわけじゃない。そこで働いている明という少年と話をしたいんだ」

「明？　だれ？」

「明。わかるか、明だ」

わたしは〝ミン〟と言ってみた。明の中国語読みだ。中国語には四声という音階があって、同じ音でも音階によって意味が違ってくる。はたして、わたしの中国語は電話の相手にはまったく通じなかった。

「お店はどこにあるんですか？」

明を電話口に呼び出すことを諦めて、わたしは訊いた。大久保通り沿い、ＮＴＴビルの向かいだという答えが返ってきた。

電話を切り、ロッカールームで大急ぎで私服に着替えた。同僚たちへの挨拶もそこそこに、街へ出る。明が働いている店まで、徒歩で五分というところだった。

真夜中をまわっているというのに、店は繁盛していた。日本人客が三割程度、残りは国籍不明。二人のコックが大袈裟に鍋をふり、中年女三人がフロアを切り盛りしている。明は厨房の奥で一心不乱に皿を洗い続けていた。

わたしは空いている席に座り、ビールとつまみになるものを注文した。

「すみません、あそこで皿洗いをしている少年を呼んでもらえますか？」

日本語がまともに通じるかどうか、半信半疑で訊いてみた。皺の多い中年女が頷き、明に中国語で声をかけた。

「なんだよ。おれだって仕事中なんだぜ」

明は唇を尖らせ、やって来た。ときおり、厨房に視線を走らせる。どうやら年配の方のコックが店主で、口やかましいのかもしれなかった。

「おまえがテレビを売った相手は張という男か？」

わたしは声をひそめた。明の目に獰猛な光が宿った。

「なんでわかった？」

殺気に似た空気を放射しながら、明はわたしに顔を寄せた。

「昨日の夜、歌舞伎町で殺された。もしかすると、木下がやったのかもしれない」

「テレビ盗まれたぐらいで？　考えすぎだよ、おっさん」

明は薄笑いを浮かべた。

「本当にそう言いきれるのか？」

わたしが突っこむと、明は口ごもった。

「おまえがどうなろうとかまわん。だが、おまえには責任がある。そうだろう。ボスならボスらしく、いろんなことに気を配れ。いつだって背中に目を光らせてるんだ」

「わかったよ。気をつける」

明はしおらしい口調で言った。だが、本心ではない。わたしを早く追い払って仕事に戻りたいのだ。店主が険のある視線を何度も我々の方に向けている。

「おまえになにかあったら、みんなばらばらになるんだぞ」

わたしは明の手を摑んだ。ここにきてやっと、明はわたしの真意を汲み取った。

「大丈夫だって。おれはヘマなんかしない」明は慇懃な仕種でわたしの手を振りほどいた。「おっさん、ここの焼売食べて行けよ。無茶苦茶うまいぜ」

とうとう店主が痺れを切らせ、中国語で明を怒鳴りつけた。

「悪いな、おっさん。店長、滅茶苦茶人使いが荒いんだ」

明はわたしに背を向け、そそくさと厨房に戻っていった。入れ違いにビールが運ばれてきた。一口啜り、わたしは呻いた。ぬるい。吐き出したいのをこらえて無理矢理飲みこむ。これでは、明の勧める焼売もたかが知れている。

わたしは恨めしい思いでグラスを見つめ、深々と嘆息した。

＊　＊　＊

明日は週休で、みんなに食べさせるメンチカツの材料をどこで買おうかと思い悩んでいる時に、その電話は鳴った。笑加からだった。

「昨日から明が戻ってこないの」

半ば予期していた言葉だったせいか、驚きは少なかった。

「連絡はつかないのか？」

「全然。今まで、こんなことなかったのに」

「明の他に、歌舞伎町の裏社会に詳しいのは？」

「辰秋。お父さんがそっち方面の人だったから」

「辰秋に替わってくれ」

笑加の気配が遠のいていく。わたしは息をつき、身体が汗でびっしょり濡れているのに気づいた。驚きはしなかった。だが、脳とは逆に、身体がパニックに襲われている。

「もしもし？」

辰秋の不安に彩られた声が聞こえてきた。

「辰秋、よく聞けよ」

「うん」

「明は木下という男にさらわれたはずだ。故買屋をやってる日本人だ」

「木下だね？」

「木下がどこにいるのか、探ってくれ。木下本人には気づかれないようにだ。できるか？」

「う、うん。相手は日本人だろう？　だったら、大丈夫だと思うよ」

「よし。すぐに取りかかるんだ。笑加に替わってくれ」

「わかった」

真横にいたのだろう、笑加はすぐに電話に出た。

「わたしたち、どうしたらいいの？」

「すぐそっちに行く」

わたしは電話を切り、寝室に駆け込んだ。クローゼットを開け、片隅に放り込んだままのスポーツバッグを開けた。ナイフ、伸縮式の警棒、スタンガン、催涙スプレー——あの事件の生々しい後遺症だ。

地下鉄にサリンが撒かれ、東京が地獄と化したあの日からしばらくの間、わたしは狂気にも似た恐怖に囚われていた。この国には危険が満ち溢れている。すれ違った人間がいつ襲いかかってきてもおかしくはない。自分の身は自分で守らなければならない。

間違いなく狂気の淵に片足を突っこんでいた。救命士に転身した後でも、しばらくは常にスタンガンを携帯していたものだ。

自身の狂気の残滓に得も言われぬ思いを抱きながら、わたしはナイフと警棒、スタンガンを身につけた。それぞれを保持するためのホルスターも、自分の手で革をつなぎ合わせて作っていたのだ。

最後に、催涙スプレーをジーンズの尻ポケットに押し込み、わたしは抜弁天を目指して部屋を出た。時間がかかるのはわかっていたが、車を使った。なにが必要になるかわからない。徒歩よりは車の方が融通が利く。

首都高は予想外に混んでいた。わたしは幾度となくクラクションを鳴らし、他のドライバーと不毛な睨めっこを繰り返した。初台で首都高を降り、甲州街道から明治通りに入った時には、すでに一時間半以上の時間が経過していた。

コインパーキングに車を放り込み、明たちのマンションまで駆けていった。階段をのぼらなければならないことをすっかり忘れ、部屋のドアを開けた時には疲労困憊していた。

「明は？」

靴を脱ぐのももどかしく、部屋の奥に声をかけた。

「まだ」

笑加が首を振りながら姿を現した。

「辰秋は？」

「そっちも……」

笑加と肩を並べて部屋の奥に進んだ。まるでお通夜のような空気がわたしを包み込んだ。少年たちが、涙をこらえて俯いている。みんな、理解しているのだ。明の不在イコール、この生活の破綻だということを。

「亮、みんな腹をすかせてるんじゃないのか？」

亮は力なく頷いた。わたしは財布から一万円札を抜き出し、手渡した。

「これで、好きなものを買ってこい。弁当でも、おやつでもなんでもいい。秀文と浩を連れて行け」

三人が出ていくのを待って、わたしは笑加に顔を向けた。

「明はどういう状況でいなくなったんだ？」

笑加は悲しげな表情を浮かべて首を振った。

「いつものように仕事に出かけて、そのまま戻ってこないの」

「いつから？」

「仕事に出ていったのは一昨日の夜」

仕事が終わるのが早朝で、その直後に明が木下に拉致されたとすると、すでに丸一日以上が経過していることになる。ネガティブな方向に傾こうとする想像力を、わたしは強引にねじ曲げた。

「だれかと遊び回ってるってことはないか？　たとえば、ガールフレンドとか」

「ないわ」笑加は宣誓するような口調で言った。「明がわたしたちをないがしろにしたことは一度もないの。恋だってなんだって、常にわたしたちの面倒を見た後」

女教師に叱られる子供のような気分だった。

「つまり、最悪の状況を考えなければいけないということだな」

せめてもの意趣返しにと意地悪な言葉を口にし、わたしは腕を組んだ。自分の愚かさを呪っている暇はない。

「辰秋からの連絡は？」

「もうすぐ来ると思う。なにかわかったら、すぐに電話するように言ってあるから。ねえ、織田さん――」笑加は突然、声を低めた。「これ、わたしのせい？　わたしの薬を手に入れるために無理したせい？」

「違う」

わたしは即答した。あらかじめ、笑加の質問は予想できていた。躊躇《ためら》えば、笑加はそれが自分のせいだと確信する。

「本当に？」

「こんなことになったのは、明とおれが世の中を舐めていたからだ。君のせいじゃない」

笑加はなおもなにかを言いつのろうと口を開けたが、電話の着信音に邪魔された。不満げに口を閉じながら、彼女は電話に出た。

「もしもし……辰秋？　どうだったの？……」

笑加の唇がさらなる不満にねじ曲がった。笑加は受話器をわたしに差し出した。

「辰秋、どうだった？」

「明が一緒かどうかはわからないけど、木下のいる場所はわかった」

「どこだ？」

「歌舞伎町の雑居ビルだって。職安通りのすぐそば。なんか、仲間を何人か集めて、今日の昼からそこに入り浸ってるって」

明がいるとしたらそこに違いない。

「今、どこにいる？」

わたしは辰秋の言葉に耳を傾けた。

＊　＊　＊

辰秋が指差したのは、外装が剝がれ落ちた古い四階建ての雑居ビルだった。一階に今にも潰れそうなスナックが入っているだけで、二階から上は一つもテナントは入っていない。

「あそこの三階。昔は〈さくら〉っていう飲み屋だったところだってさ。木下が、安い家賃で借りてる」

辰秋の情報収集能力には舌を巻くしかなかった。わたしは物陰に隠れている輝和を手招きした。

「一緒に来てくれ。なにも怖いことはない」

輝和は震えながら頷いた。

「おまえたちはここで待て」

辰秋たちにそう言い残して、わたしと輝和は雑居ビルに向かった。朽ちかけたビルに入っていいく我々を咎める者はいない。黴くさい空気を掻き分けながら階段をあがり、三階の手前の踊り場で足を止める。

「ここから先は、口を開くな。とりあえず、明が閉じこめられてるところのドアをチェックする。それで、おまえが開けられるかどうか確かめるんだ」

輝和は無言で頷いた。我々は足音と気配を殺して先へ進んだ。割れた看板が目に入る。〈さくら〉。ドアの隙間から明かりが漏れていた。輝和がわたしを追い抜き、ドアの鍵穴に目を凝らした。何度も首を振りながら様々な角度から鍵穴を眺める。やがて、わたしに振り返り、小さく頷いた。

わたしは輝和と入れ替わり、ドアに耳を押し当てた。くぐもった音が聞こえてきた。その音は粘ついた血の質感を伴っていた。

耳に神経を集中させる。ビルの外の喧噪が消え、わたしの心音しか聞こえなくなる。さらに耳を澄ませる。極限まで高められた聴覚がドアの内側の音を拾いはじめた。

「……を張ったってしょうがねえだろう。だれに頼まれたか――」

木下のものだと思われる声が波のように打ち寄せ、引いていく。木下は部屋の中を歩き回っているようだった。

「てめえ、女がいるらしいじゃねえか」唐突に木下の声の音量があがる。「なんなら、さらってきて、その子に訊いてもいいんだぞ」

獣の唸り声が聞こえた。猛り狂う狼の唸りだ。笑加を引き合いに出されて、明が憎悪をぶちまけている。

「なんだ、その目は!?」

木下の声に、鈍い音が続いた。わたしは思わず顔をしかめた。明は殴られている。拷問されている。なんとか気配を探ろうと努めたが、部屋の中に何人いるのか、それすらもわからなかった。輝和に合図を出し、階段まで後ずさった。自分が耳にしたものを、彼に悟られるわけにはいかない。平然としたまま口を開いた。

「なんとかなりそうか？」

「針金が二本あれば」

輝和の目には確信が満ち溢れている。わたしは頷き、階段を降りた。

「どうなの？」

外に出て、みんなが待っている場所に戻ると笑加が待ちきれないというように口を開いた。

「中の様子がまったくわからない。だが、明はあそこにいる」

「やっぱり捕まってるのね」

「辰秋――」わたしは憂う笑加を無視した。「どこかで催涙ガスみたいなものを手に入れられないか？」

「スプレー？」

わたしは首を振った。

「違う。映画で見たことがないか？　警察が使うようなやつだ。手榴弾みたいな形をして――」

「それならわかる」亮が口を挟んできた。「いくついるの？」

「ふたつか三つ……できるだけ早く」

「わかった。行こうぜ、辰秋」

雑踏の中に消えていく辰秋と亮の背中を、わたしは呆然と見送った。明の庇護下にあると言っても、彼らもまた都会の暗がりに潜む狼の一族なのだ。決断力と行動力は同世代の連中とは比べものにならない。

「強行突入するの？」

わたしの耳許で笑加の切羽詰まった声がした。

「そうだ」

「大丈夫なの。あの人たちが銃を持っていたらどうするの？」

「銃は持っていない」

わたしは自分に言い聞かせるように呟いた。拳銃を持ち歩いたりすれば、職務質問されただけでせっかく築いてきたキャリアをドブに捨てることになる。木下は故買屋であって、やくざでも殺し屋でもない。

「催涙ガスを使って、それからどうするの？」

笑加の執拗な問いかけに、わたしは上着をはだけることで答えた。手作りのホルスターにおさめられたナイフ、警棒、スタンガン——笑加の目が極限まで見開かれ、潤みはじめた。

12

考えなければならないことが山積していた。まずは〈さくら〉の間取りだ。ビルの造りから類推して、ほぼ十平米と考えるのが妥当だろう。カウンターとボックス席がいくつか、そういう店だったはずだ。店の左右のどちらかにカウンター。聞こえてきた木下の声の反響からして、明がいるのは店のほぼ中央。

輝和にドアの鍵を開けさせ、中に催涙ガスを放り込む。煙に音を上げて木下たちが出てきたところでスタンガンを押しつけていく。

だめだ——わたしは首を振った。

木下は笑加の話をした。つまり、明の背景をあらかた調べているということだ。今夜は切り抜けても、その手は再び明に及ぶ。明が口を割らなければ、笑加やその他の少年たちにも害が及ぶ。その場合、明たちがとることのできる手はただひとつ。抜弁天のマンションを捨て、歌舞伎町を捨て、どこかに落ち延びることだ。東京は危険すぎる。どこかの地方都市に逃げるしかない。

だが、子供たちだけでは部屋は借りられない。東京ならともかく、親も保証人もいない子供たちが得る働き口は数えるほどしかないだろう。

明たちが歌舞伎町の底辺でひっそりと暮らしていたのにはちゃんとした理由がある。ここが、他者の存在に無頓着な街だからだ。未成年が集団で暮らしていても、だれも気にはかけない。安く使えるのなら、身元がはっきりしなくても働き口を与える。

だから、明たちは生きてこられた。歌舞伎町だからこそ、密接な繋がりを維持してこられたのだ。

木下がいる限り、彼らの歌舞伎町での暮らしは終わりを告げざるを得ない。それは歌舞伎町での暮らしだけでなく、彼らの集団生活そのものの終わりを意味する。

木下がいる限り――。

「どうしたの？　顔色が悪いわよ、織田さん」

笑加の声で我に返った。

「いや……なんでもない。考え事をしていただけだ。辰秋たちは？」

「もうすぐ戻ってくるって、輝和が言ってる」

「電話があったのか？」

笑加は首を振った。

「わかるんだって。時々、そういうことがあるのよ。前もって話したわけでも、電話がかかってきたわけでもないのに、例えば、もうすぐ明が帰ってくるとか……男の子たちにはそういうことがあるの」

生きていくために研ぎ澄まされた感覚が、なにかを告げるのだろう。日本人がとうの昔に失ったものを、彼らはその肉体の内側に保持し続けているのだ。

「よし。君は浩たちを連れてマンションに戻れ」

「どうして――」

「浩や秀文はまだ幼すぎる。明を助けるのは、おれと辰秋、亮、輝和、武の五人でやる」

笑加は潤む目でわたしを見た。開きかけていた口が閉じていく。わたしの目の奥に揺るがないものを見つけて諦めたのだ。

「わかった。織田さんの言うとおりにする。その代わり――」

「明は必ず連れて帰る。約束するよ」

笑加は頷き、浩たちを呼び寄せた。まだ若い彼らをうまくなだめ、まとめあげて歩き出す。

わたしは自分の弟の目を抉った少女のことを思い出していた。その幼い身体と心に淀んだ全てのものを食らい尽くす憎悪に思いを馳せた。明たちは親元に帰れば、幸せな人生をまっとうできるのか。それともあの少女のように憎悪を肉体と心に刻んで生きていくのか。

わたしは悲観的な人間だ。だから、後者のように思えてならなかった。

十分ほどで辰秋たちが戻ってきた。亮の右手にコンビニの袋がぶら下がっていた。

「これでいい？」

荒い息を繰り返しながら、亮がコンビニの袋を差し出してくる。わたしは中を一瞥し、頼んでいたものが入っていることだけを確認し、袋を受け取った。

「輝和、準備はどうだ？」

「いつでも」

輝和はLの字に折り曲げた二本の針金をかざして見せた。太さと長さが違う針金だ。

「じゃあ、行こう」

「おれたちは？」

亮がわたしの袖を引いた。ここで待っていろと言うつもりだったが、亮の――いや全員の目がじっとしているのはごめんだと訴えていた。自分たちのボスは自分たちの手で救い出す。それが彼らの掟だった。

わたしは小さく頷いた。辰秋、亮、輝和、武――四人の少年を引き連れて雑居ビルに入っていく。二階と三階の間の踊り場で、亮たちを制止した。

「おまえたちはここで待て。おれが合図するまで絶対に動いちゃだめだ。いいな？」

少年たちは一様に唇を噛み締め、頷いた。わたしと輝和は、あらかじめコンビニで買っておいたハンドタオルをペットボトルの水で濡らし、口に巻きつけた。効果があるのかどうかはわからない。だが、なにもしないよりはましだろう。

輝和の肩を叩き、階段をのぼる。のぼりきったところで輝和を待たせ、ひとり〈さくら〉のドアの前に立った。ドアに耳を押し当てても声は聞こえない。だが、人の気配は濃厚に漂っている。輝和を手招きし、催涙ガスを手にした。手榴弾と同じで、安全ピンを抜いて投げれば、ガスが噴き出る仕組みになっている。

輝和が屈み、鍵穴に針金を差し入れた。輝和のこめかみに大粒の汗が浮かんでいる。針金が擦れ合う音がやけに大きく感じられた。

「開いたよ」

輝和が囁き、後ずさった。わたしはノブに手をかけ、慎重に回した。たしかに、鍵は外れている。輝和に階段のところまで下がるように指示して、わたしは深呼吸を繰り返した。少しだけドアを開け、中の様子を覗き見る。左側に三メートルほどのカウンターがあり、カウンターの先にボックス席がいくつか並んでいる。明の姿はここからは見えない。木下のスキンヘッドが見えた。木下はボックス席に座り、だらしなく足を組んでいた。

わたしは催涙ガスの安全ピンを抜いた。三つ数えてから、ドアの向こうに転がした。ドアを閉め、スタンガンをホルスターから抜き、電源を入れる。

はじめはなんの反応もなかった。だが、ドアの下から煙が漏れてくるのと同時に怒声があがった。

「なんだこりゃ!?　おい——」

木下の声は最後まで続かず、咳とくしゃみが重なって聞こえはじめた。口は濡れタオルで覆っているが、わたしの目もちりちりと痛みはじめた。催涙ガスの威力は強烈だった。

でたらめなリズムを刻みながら足音が近づいてくる。わたしは身構えた。ドアが開き、煙と共に木下が飛び出てきた。襟首を摑み、うなじにスタンガンの電極を押し当てる。木下は一瞬、硬直し、そのまま床に倒れた。だれかがなにかに躓《つまず》いて派手に倒れる音が店の中から響いた。木下の手下はあと二人、もしくは三人。涙が滲み、視界が歪んでいく。

待ちきれず、わたしは煙が充満する店内に突入した。白いジャージ姿の若い男が床に這いつくばり、咳き込んでいる。その男のうなじにもスタンガンを押し当てた。

蛇口の壊れた水道のように、涙が溢れてくる。視覚はもはや意味をなさなかった。

「明！」わたしは叫んだ。「どこだ!?」

狼の唸りが聞こえてきた。わたしは聴覚だけを頼りにそちらに向かった。煙の向こうから、大柄な男が飛びかかってきた。わたしもそいつも、涙で顔を濡らしている。絡まり合いながら床を転がった。男はわたしを殴ろうと腕を振り回していたが、距離が近すぎた。当てずっぽうでスタンガンを突き出すと、男が呻いて倒れた。

「明！」

唸りは続いている。ボックスシートがふたつ並んだその間の床に、明は転がっていた。両手両足を紐で縛られているのが、涙で滲んだ視界にぼんやりと映った。

他に人の気配はない。わたしは四つん這いのまま進み、明を肩に担いだ。濡れタオルをかいくぐった催涙ガスが喉を刺激する。わたしは息を止め、明を担いだまま走った。廊下に出て、へたり込む。ドアを足で蹴り、閉めた。廊下にもガスが充満していた。階段のところにいた輝和が激しく咳き込んでいる。

「みんなを呼べ。明を下に運ぶんだ」

輝和は転げ落ちるように階段を下っていった。濡れタオルで目を拭う――意味がなかった。拭いても拭いても涙はとまらない。タオルを投げ捨てようとした手が、木下の足に触れた。木下はまだ失神し続けていた。

亮たちがやってきた。咳き込みながら明のもとに駆け寄ってくる。わたしはホルスターからナイフを抜き、明の縛《いまし》めを切断した。明は激しく咳き込み、両足をばたつかせた。

「下に連れていくんだ。みんなには新鮮な空気が必要だ」

「織田さんは？」

「後から行く」

亮と辰秋が左右から明の身体を支え、持ち上げた。明の顔はどす黒く腫れあがっていた。一日中殴られていたのだろう。

「警察に気をつけろ」

階段を降りていく彼らの背中に声をかける。亮だけが頷いた。

わたしはひとしきり咳き込み続け、やっと呼吸が落ち着いてきたところで気絶したままの木下の上に屈みこんだ。右手にはナイフがしっかりと握られている。木下がいる限り、明たちに安住の日々が訪れることはない。木下がいる限り——。

わたしはナイフの柄を逆手に握った。このまま心臓に突き立ててやれば、すべては以前のままになる。明たちのささやかだが幸せな群れの生活。たまにそこを訪れるわたしという客。ニンニクの焦げる香りと、たわいのない会話、笑い声。

木下さえいなければ、その生活は守られる。

ナイフを握るわたしの手が震えていた。涙は止まりかけていたが、口の中が炎に焙られたように乾いていた。

どれぐらい凝固していただろう。時間の流れは止まり、わたしはただ、己の裡を凝視していた。わたしにできるのか。人命を救うという仕事を選んだわたしに、人の命を奪うことができるのか。できるはずもない。わたしは力なく首を振り、ナイフをホルスターに戻した。

立ち上がり、よろめきながら階段を降りていく。打ちのめされたような気分だった。

＊　＊　＊

車でマンションまで移動する間、明は一言も口を利かなかった。仲間が語りかけても、きつく目を閉じ、唇はかすかに震えるだけだ。

マンションの前に到着し、わたしがその華奢な身体を抱え上げた瞬間、明は呻いた。彼が口にしたのはその呻きだけだった。

少年たちが使っている部屋のドアが大きく開け放たれていた。笑加が薬やガーゼ、包帯を用意して待っている。わたしは明をベッドに横たえ、素速く視診した。打撲と裂傷。骨折や内臓損傷はなさそうだった。ナイフで衣服を切り裂き、下着姿にすると、笑加が小さな悲鳴をあげた。明の全身は紫に染まり、あちこちに血がこびりついていた。体温は三十八度五分、血圧は若干高めだったが、危急を要する数値ではない。

沸かした湯を冷ました水にガーゼを浸し、血や汚れを落としていく。傷口に触れるたびに、明の身体が硬直した。縫合が必要だと思われる傷もいくつかあったが、医者にかかることはできないし、明は若い。自然治癒を待つのが最善に思えた。白ワセリンを塗ったガーゼを傷口に当て、その上からラップを張りつけて包帯で固定していく。途中から、笑加が涙をこらえながら手伝ってくれた。

裂傷の治療が終わると、次は打撲だ。冷蔵庫の中にあった熱冷まし用のシートを症状の酷いところに張りつけ、これもまたラップで押さえつけていく。

すべての治療が終わるのに、一時間以上がかかった。笑加がお茶を淹れると言って部屋を出て行った。ほっと息をつき、わたしは床に腰をおろした。その時、ベッドの下に転がっているものが視界に入った。いくつもの目覚まし時計だ。どれもこれもがデジタルで、筐体《きょうたい》が剝がされ、配線が剝き出しになっていた。

時計のひとつに手を伸ばそうとして、明の声に邪魔された。

「助かったよ。ありがとな、おっさん」

わたしは顔を上げた。明は顔を横に向け、半分潰れた目をなんとか開けていた。

「具合はどうだ？」

「最悪だよ」

明は笑おうとしたが、失敗した。痛みが全身を駆け抜けるのだ。

「痛いのはしばらくの間だけだ。すぐに治る」

「おっさんが救命士でよかった……笑加たちは？」

「居間にいる。みんな心配してるぞ」

「木下はどうなった？」

喋るのはやめて眠れというべきだった。だが、苦痛をこらえながら目を見開く明の胸中が、わたしに切実に迫ってくる。

「どうにも」

「あいつがいると、みんなが……おれのせいだけど」

「わかってる。その件は心配するな。おれがなんとかする」

「なんとかって、どうするつもりだよ？」

「心配するなと言ったんだ。おまえは寝て、食べて、回復することに専念するんだ。いいな」

わたしは明の頭をぽんと叩き、腰をあげた。ちょうど、笑加がわたしを呼びに来るところだった。

「大丈夫なの、明？」

「一週間も寝ていれば、起きあがれるようになるだろう」

わたしは一日に二度、ガーゼを取り替えるなど、彼女たちがしなければならないことを説明した。笑加はわたしの言葉を律儀にメモに書き取っていた。

「みんなで協力してちゃんとやるわ。織田さん、本当にありがとう。お茶が入ってるから――」

「行かなきゃならないところがあるんだ。お茶はまた今度、ご馳走になるよ」

「でも――」

わたしは視線で笑加を制した。

「どうしても必要なことなんだ。君たちを守るために」

笑加はそれ以上口を開かなかった。だれもかれもが察しがいい。環境は人を強靭にも脆弱にもする。

「そういえば、ベッドの下に時計がたくさん転がっていたけど、あれは？」

わたしの唐突な質問に、笑加の顔が紅潮した。不意をつかれた時に人が見せる典型的な反応だった。

「あ、あれは明が修理屋さんでバイトしてる時に、練習に使うんだって持ち帰ってきたものなの」

嘘だった。なぜかはわからないが、笑加はわたしに嘘をついた。追及してみたい気持ちが強かったが、今はそれより優先させなければならないことがある。

「そうか……」

わたしは呟くように言って、玄関に足を向けた。

「織田さん、帰っちゃうの？」

浩の切なげな声が背中に浴びせられた。後ろ髪を引かれる思いでマンションを後にした。

13

木下をどうするか――わたしにできることはふたつしかなかった。木下を警察に訴える。彼は故買屋だ。早稲田の倉庫の場所と共に密告すれば、逮捕され、投獄されるだろう。だが、長い間ではないはずだ。木下の過去は知らないが、重罪は犯していないだろう。投獄されたとしても、出てくるまでに二、三年。娑婆に出た木下は必死で自分を売った人間を捜すだろう。明たちのことも忘れるには時間が短すぎる。

もうひとつは、他者の手を使って木下の口を塞ぐという方法だ。本来なら、わたしがやるべきだったことだ。あの時は踏ん切りがつかなかったのに、今になってその気になっている。明たちのマンションに戻ってしまったからだ。あの部屋に満ちている温もりが失われることに、切実な喪失感を抱いてしまったからだ。

明たちを救うために、わたしは他者を犠牲にしようとしている。まだ幼い命を。虚無と紙一重の憎悪に塗り潰された幼い魂を。

車を路肩に停め、ステアリングを両手で殴った。自身の優柔不断と身勝手さを呪い、呪い足りずに自らを傷つけたいという欲求に襲われる。どこまでも身勝手な人間なのだと自覚してなお、世間のモラルに翻弄される自分がいる。

あの時、わたしはすべてを捨てたのだ。肥大しきったエゴと無慈悲な暴力が、サリンという名の毒ガスの形を借りてこの国を蹂躙した時、わたしはありとあらゆるものを失い、また、ありとあらゆるものを捨てたのだ。ヒーローたり得ない自分に絶望し、妄執に苛まれ、世界を照らす光と思っていたものが実は暗い影にすぎなかったことに気づき、そして、捨てた。なにもかもを捨てた。

違うか？――わたしはわたしに問うた。

おまえは明たちを救うと決めたのだ。なにを犠牲にしても保護すると決めたのだ。あの事件の後、頼まれてもいない人助けをするために救命士に転身したのと同じ身勝手な理由で、おまえは決めたのだ。違うか？

違わない。わたしはわたしの目に見えるものにしか触れることができない。ならば、わたしの目に触れるものだけがわたしの世界だ。その他を切り捨てて魂が苦痛に苛まれようと、わたしの世界は揺るがない。

再び、車を交通の流れに乗せた。職安通り沿いのコインパーキングに車を停め、徒歩で歌舞伎町に入っていった。

＊　＊　＊

コマ劇場の裏手に目指す店はあった。味もへったくれもない、安いだけが取り柄の中華料理屋だ。店主は台湾からやって来た元やくざで、バブル以前は歌舞伎町を肩で風を切って歩いていたらしい。バブル以降は増殖する大陸系中国人たちにその座を追われ、貯めこんでいた金で今の商売をはじめた。はじめたはいいが、やくざ稼業のころの味が忘れられず、大陸系の連中と度々揉め事を起こし、最終的には店に放火された。

その時、鎮火にあたったのが、わたしが所属していた消防署だった。わたしは火の海に飛び込み、彼の息子を救出した。それ以来、彼はわたしのためなら命を捨ててもいいと言い放っている。

わたしが店に入っていくと、彼——馬正英《マーヂエンイン》は顔を輝かせた。

「織田先生、久しぶりじゃないですか」

店内に客の姿はなかった。久しぶりに見る馬はうらぶれ、年老いていた。

「まずはビールですか？　なにを食べます？　全部、店の奢りですよ」

「飲みに来たんじゃない。頼みたいことがあるんだ」

「なんでしょう？」

馬はいきなり声をひそめ、芝居じみた仕種でわたしの顔を覗きこんだ。

「つい先日、五歳の姉が三歳の弟の両目を抉った事件が近くであった。覚えてるか？」

「もちろん。この辺でも大いに話題になりましたよ」

馬の日本語は達者だったが、表現がいつも大袈裟だった。

「その姉弟の叔父さんというのを知ってるかい？」

「李威《リーウェイ》のことですか？　知らない中国人、いないですよ。今は歌舞伎町から姿を消してますが、その名前を口にしただけで死神が飛んでくる」

「彼はどこにいる？　彼と話したいんだ」

馬の顔から文字通り、血の気が引いた。いつからか店の電話が鳴っていたが、わたしも馬も見向きすらしなかった。

「織田先生、それ、良くないよ。織田さんは立派な救命士でしょう。李は――」

「頼む」

わたしはテーブルに手をつき、頭を下げた。すべて計算ずくだ。馬は見るからにうろたえた。

「織田先生、やめてください。わかりました。ちょっと調べてみます」

馬はそういって、懐から携帯電話を取りだした。店の電話は無視したままだった。いくつかの電話とそれに倍するやり取りの後、馬はやっと携帯を閉じた。時間にして二十分。店の電話はとうの昔にやみ、その間、やって来る客の姿もなかった。

「李は川口にいます」

馬はカウンターの隅に置いてあったメモ用紙を引き寄せ、なにやら書き記した。〈赤帝〉という文字と電話番号だ。

「レッド・エンペラーという飲み屋です。駅のすぐそばだそうです。歌舞伎町の陳傑《チェンジェ》の紹介だと言えば、会ってもらえると思います」

陳傑というのが何者なのか、知らなかったし知る必要もなかった。中国人は人と人の繋がりの中で生きている。わたしはただ、その流れに身を任せればいいのだ。

「ありがとう」

わたしはメモを手の中に握りこみ、もう一度、馬に丁寧に頭を下げた。

「李威はとても危険な男ですよ、先生。どんな理由、あるか知りませんが、重々気をつけてください」

「また来る。今度は、飲みに」

わたしは店を出た。

＊　＊　＊

〈赤帝〉はすぐに見つかった。どぎつい赤に黒抜きの文字が、無数の看板やネオンを圧して自己主張している。店自体は雑居ビルの四階にあり、エレベーターで上がっていくと、目つきの悪い男ふたりに両脇を挟まれた。

「お客さん、ここ、会員制ね。会員じゃない、だめよ」

絵に描いたような中国語訛りの日本語だった。

「李威先生に会いたい」

わたしが口を開くと、電流が走ったかのようにふたりの男はわなないた。

「李先生？　おまえ、だれ？」

「陳傑先生に紹介された」

ふたりは顔を見合わせた。右側の男が頷き、店の中に駆け込んでいく。

「少し、待て」

残った男が言った。わたしは肩をすくめた。それほど待たされることもなく、店の中に消えていった男が戻ってきた。簡単なボディチェックを受けると、店に入ることがゆるされた。

看板と同じ、どぎつい色彩が施されたインテリアがわたしを迎え入れた。赤い絨毯、赤い壁、赤い照明、黒いテーブルに椅子。中国系であろうホステスたちも赤か黒のチャイナドレスに身を包んでいた。

李威は店の奥のボックス席に陣取っていた。一瞥しただけでそれとわかる血なまぐさい威圧感を身にまとっている。年齢は四十代後半というところか。引き締まった身体をブランドもののスーツで覆い、右手にブランディグラスを携えていた。頭髪は薄く、眉毛も薄い。頭部の体毛の少なさが酷薄な印象を強めている。

わたしはボックス席の脇で李威に正対し、深々と頭を下げた。

「織田と申します、李先生」

「何者だ？」

予想外に流暢な日本語が薄い唇から流れてきた。

「救急救命士です。あなたの甥御さんを病院に搬送しました」

わたしはゆっくり顔を上げた。李威の目はガラス玉のような光を放ってわたしを見つめている。なんの感情も思考もうかがえなかった。

「彼は両目を抉られた」

李威は言った。単に事実を述べただけだった。

「そうです。まだ五歳の実のお姉さんにナイフで抉られた」

わたしもまた、事実を告げた。李威は頷き、ブランディに口をつけた。どこでどう合図をしたのか、わたしには皆目見当がつかなかったが、取り巻きたちが潮が引くように消えていった。

「なんの用だ？」

「お願いがあります」

そう言ってからわたしは深く息を吸いこんだ。李威のガラス玉のような目が先を促している。

「歌舞伎町に木下という故買屋がいます」

李威は知っていると言うように頷いた。

「彼を歌舞伎町から追い出してもらいたいんです」

李威が笑った。空っ風のように乾いた笑いだった。

「あんたの理由は聞かん。知りたくもない。だが、どうしておれがあんたのために一肌脱がなきゃならんのだ？　甥を病院に運んでくれたからか？　それがあんたの仕事だろう」

李威の日本語は多少の訛りはあるが、淀みがなかった。東北訛りの日本語だと言われても頷いてしまうだろう。

わたしはもう一度、息を深く吸った。まだ葛藤がある。その葛藤を振り払うように息を吐き出した。

「姉がどこにいるのか、知っています」

わたしの言葉に、ガラス玉の目に初めて生々しい光が灯った。

憎悪に幼い魂を食い荒らされたあの少女は、叔父の復讐に怯えた母親が夫にも内緒でどこかに匿っているという話だった。警察はすべてを把握していた。あの少女の存在が、李威の逮捕に繋がる突破口になるかもしれないと考えていたからだ。わたしはふたりの刑事の訪問以来、それとなく聞き耳を立て、時には救命の現場で鉢合わせした他の刑事たちにそれとなくかまをかけたりしていた。

あの少女のことが気にかかっていたからだ。

「どこだ？」

李威が言った。目下の者になにかを命じる口調だった。

「木下がいなくなれば、教えます」

「あんたから無理矢理聞きだすこともできる」

李威の顎の角度がほんの少し変わった。もうひとつ動きがあれば、取り巻きどもが戻ってきて、わたしは組み伏せられるのだろう。

ガラス玉の目がわたしを見つめている。わたしはその視線を静かに受け止めた。殴られることがなんだというのか。拷問されることがなんだというのか。わたしはわたし自身の望みのために、幼い命を悪魔に捧げようとしているのだ。その報いは受ける。どれだけ殴られても、いたぶられても、口を開かなければいいのだ。

李威が笑った。わたしの覚悟を見て取ったのだ。

「いいだろう。少し、待ちなさい」

李威が指を鳴らすと、携帯電話を持った男が近寄ってきた。李威は電話をかけ、相手に中国語で短く語りかけた。

それだけだった。時間にして三十秒にも満たない電話だったろう。それだけで李威は電話を切り、わたしに向き直った。

「条件がある」

「なんでしょう」

「おれを警察に売らないという保証を得るために、あんたにも行ってもらう」

半ば予期していた言葉だった。魔法使いに頼み事をして、人をひとりこの世から消すというように簡単には運ばない。わたしもまた犠牲を強いられるのだ。

「いいでしょう。どこにでも行きます」

「歌舞伎町でおれの仲間が待っている。事が済んだら、その男たちに牝犬の居場所を教えてやれ」

李威は自分の姪を牝犬と呼び捨てて悪びれることがなかった。

＊　＊　＊

李威の手下たちは一言も口を利かなかった。運転手は黙々と運転し、他の二人は後部座席でわたしを挟んで座りながら、時折、左右に視線を走らせるだけだ。

わたしもまた、沈黙を貫いた。彼らとコミュニケーションを取ることは無益なだけではなく、危険を呼び寄せる可能性さえあった。彼らが発しているのは人の気配ではない。猟犬の臭気だった。李威の命じるままに走り出し、獲物の喉笛に食らいつく。それが彼らの使命だ。

車は池袋で首都高を降り、山手通りを南下した。東中野を過ぎた先で大久保通りに入った。だれかの携帯電話が鳴った。着メロはわたしの知らない曲だった。わたしの右隣の男が上着のポケットから携帯を取りだした。

男は中国語で短く受け答えした。わたしの知っている中国語——北京語ではなかった。どこか角張っていて、どちらかといえば朝鮮語の響きに近いものを含んでいる。電話を終えると、男は運転手に声をかけた。こちらは北京語だった。

男の言葉に運転手は頷き、北新宿一丁目の交差点でステアリングを右に切った。小滝橋通りを緩やかに走り、今度は職安通りを左折する。やがて、車はドン・キホーテの前で停まった。

「降りる」

左隣の男が言った。わたしは頷き、男に続いた。右隣の男も車線側に降り立った。

「来る」

右隣の男がわたしに手招きしながら道を渡りはじめた。

「どこへ行くんだ？」

もうひとりの男にわたしは訊いた。当然ながら、答えは返ってこなかった。この男たちの日本語能力は赤子同然だ。黙って指示に従うしかないのだ。

男たちは迷う素振りも見せず、歌舞伎町の迷路のような路地を進んでいく。区役所通りを突っ切り、ラブホテル街に入り、暗がりの中に佇む古い雑居ビルの中に入っていく。東アジア特有のメロディに乗った、だれかの歌声が聞こえた。一階はタイ料理屋になっているようだ。ビルにエレベーターはなかった。我々は階段を使った。男たちは元より、わたしも指示をされたわけでもないのに足音と気配を殺そうと躍起になっていた。男たちはスニーカーを履いていた。わたしは革靴だ。嫌でもわたしの足音が響く。

男たちは四階までのぼって、廊下に出た。壁際に、錆びたスティール製のドアが三つ、並んでいた。男たちは迷わず、真ん中のドアに手をかけた。薄暗かった廊下に、光が漏れだしてきた。

男たちの後に続き、わたしも室内に足を踏み入れた。粗末な家具が目に飛び込んでくる。生活臭が強かった。間取りは１ＬＤＫというところか。玄関にリビングダイニングが直結しており、奥にもう一部屋ある。

男たちは土足でリビングダイニングを横切った。わたしは躊躇し、結局靴を脱いだ。脱ぎながら日本人と中国人の生活習慣の違いに思いを馳せる。リビングと奥の部屋を繋ぐドアを男たちが開けると、くぐもった声が聞こえた。慌てて後を追う。木下の禿頭が蛍光灯の下で蒼白く輝いていた。木下は猿轡を嚙まされ、両手を背中で縛られていた。木下の両脇には、わたしを川口からここまで誘《いざな》ってきたふたりと同質の体臭を放つふたりの男が陣取っていた。

「木下」

車でわたしの左隣に座っていた男が木下を指差した。わたしは頷いた。木下の目がわたしの視線を捉えようとしていた。嗅覚で、話が通じるのはわたしだけだと察したのだ。

四人の男たちが同時に頷いた。李威は男たちになにかを命じた。その命令を実行するのに躊躇いはない。

木下が猿轡の下で叫んだ。叫びはくぐもり、意味のある言葉とはならない。それでも、わたしには聞こえた。

「どういうことなんだ!?」

木下はそう叫んでいた。わたしは木下から目を逸らした。ひとりの男の右手から鋭い光が放たれた。ナイフだった。もうひとりの男がリビングダイニングからポリ袋を大量に持ってきた。それを木下の周りに敷きつめていく。

木下が立ち上がろうとした。それをふたりの男が肩を押さえて阻止する。ナイフを持った男が、その切っ先を木下の首に押し当て、なにかを言った。中国語だったが、その意味するところは明白だった――動くな。木下は凍りついた。

わたしは男たちと木下の行動を他人事のように眺めていた。木下はここで殺される。その後は東京湾に沈められるか、どこかの山奥に埋められるのだろう。四人の男たちはそうしたことに間違いなく慣れている。

心に幕が降りていた。防衛本能が働いている。勤務中にもよく起こることだった。どう見ても助からない。絶対に助からない。経験から近い先のことが予測できる重症患者を搬送する時、死に行く者に懸命に治療を施している時、感情は凍りつき、わたしはただのロボットと化す。なにも考えずに、なすべきことを淡々とこなすだけの存在に変わるのだ。

かつては――救命士になりたての頃はそれがゆるせなかった。人がいとも簡単に死ぬことがゆるせなかった。だが、わたしがゆるさなくても、患者たちは死んでいった。今でもゆるせない。

だから、感情を遮断する術を覚えた。

なぜだ？　木下はわたしに訴えていた。唯一言葉が通じるわたしに救いを求めていた。いや、自分が死ななければならない理由を教えてくれと懇願していた。

わたしはそんな木下を漫然と眺めている。自らの都合のために木下を死の淵に追いやっているという現実から目を背けている。

ナイフを持った男が振り返った。

わたしは頷いた。

男の右手が動いた。木下の目の中をなにかが走った。瞼が数回痙攣し、それから木下は俯いた。男がナイフを抜いた。血が数滴ほとばしり、ポリ袋の上に飛び散った。木下は自分の血をまじと見つめている。

男がまた木下を刺した。患者に処置をする救命士と同じ、隙のない動きだった。肋骨に守られていない臓器を的確に抉っている。木下の顔が見る間に青ざめていく。唇の端に唾液の泡が溜まっていた。

木下はもう一度顔を上げた。なぜだ？　わたしに問いかけてくる。わたしはただ、木下を見返した。木下の目から光が失われていく。たった数十万の金のため、笑加の薬代のために、木下は理由も知らされず、虫けらのように殺される。

木下の死を確信した途端、心にかかっていた幕が消えた。恐怖と悔恨が牙を剝いて襲いかかってくる。わたしは犯罪者だ。わたしはクズだ。自ら手を下すことはなかったが、わたしは人殺しだ。もう、どこにも戻れない。

膝が震え、全身が脱力した。立っているのがやっとだった。

木下の身体が崩れた。半身に近い形で床に倒れた全身が痙攣している。男たちの手際は相変わらず良かった。三人が連携し、死につつある木下の上半身をポリ袋で包み、ついで、下半身を包んだ。床には一滴の血もついていない。

ナイフの男がナイフを手にしたままわたしに向き直った。なにかを要求している。わからなかった。なにを要求されているのか、まったく理解できなかった。

「娘、どこ？」

男が口を開いた。それで頭が働きだした。あの娘の居所と引き換えに、木下を殺してもらったのだ。

わたしは震える手でメモ帳を取りだした。そこに、門前仲町の住所を書きとめた。あの母娘は古いアパートで暮らしている。

ナイフの男はわたしの手からメモ用紙をもぎ取り、玄関に向けて顎をしゃくった。

出て行け。

もう、わたしに用はないのだ。わたしはふらつきながら、殺人の現場から逃げ出した。

14

連日、新聞に目を通した。木下の死体が見つかったという記事はいつまでたっても出てこなかった。代わりに、例の母娘の姿が消えたという記事が、社会面の片隅にひっそりと掲載された。胸の痛みを抑えながら、わたしは乱暴に新聞を畳んだ。

木下が死んだ夜から、抜弁天には足を向けていなかった。些細な可能性も排除したかったのだ。だが、それも限界だった。わたしには温もりが必要だった。家庭のないわたしに温もりを与えてくれるのは、あの少年たちしかいなかった。

早番のシフトの後、伊勢丹の地下で食料品を大量に買い込み、汗をかきながら抜弁天まで歩いた。部屋にいたのは秀文と浩だけだった。ふたりは久しぶりのわたしの訪問を、屈託のない笑顔で迎えてくれた。

「他のみんなは？」

食材を冷蔵庫に押し込みながら、わたしは訊いた。

「仕事」

「明も新しい仕事を見つけたのか？　笑加は？」

明が皿洗いの仕事に出るにはまだ早い時間帯だった。それは笑加も同じだ。

「明兄ちゃんは、昼間はやっちゃばで働いてる」

「やっちゃば？　野菜市場か？　朝、早いだろう」

「大久保から戻ったら、寝ないでまた仕事。おかげで、機嫌が悪くて困るんだよ」漫画を読んでいた秀文が顔を上げ、眉をひそめた。「笑加ねえちゃんもあんまり具合よくないみたいだし」

「具合が悪いのか？」

「一日中寝てることがよくあるよ」

秀文の代わりに浩が答えた。浩は子猫のようにわたしにまとわりついてくる。もちろん、それはわたしには心地よい感触だった。

「あんまり仕事にも行けなくて。だから、明兄ちゃん、やっちゃばで働きはじめたんだ」

「辰秋兄ちゃんたちは、空き缶集めてる。おれと浩は留守番。今日はなに作ってくれるの？」

「肉団子の甘酢あんかけだ」

秀文と浩が歓声を上げげた。笑加が働けないとなれば、彼らの収入は激減する。食生活も悪くなっていただろう。

「それで、笑加は？」

「新宿御苑に散歩。あそこにいると、少しは気分がよくなるんだって」

「ひとりで出かけたのか？」

秀文が首を振った。

「亮兄ちゃんが一緒。笑加ねえちゃんをひとりで外出させたら、明兄ちゃんにぶん殴られる。そろそろ帰ってくるよ、きっと」

「そうか……」

調味料が並べられている棚を見て、わたしは思わず舌打ちした。酢がない。デパートの地下で買うかどうか迷い、荷物の重さにめげて棚に戻したのだ。一般的に子供たちが酢を嫌うことはわかっていたくせに。

「すまない」わたしは秀文に声をかけた。「お酢を買ってきてくれないか」

「ぼくが行く」

わたしが財布から抜いた千円札を、浩がもぎ取った。

「おれが頼まれたんだぞ」

秀文が頬を膨らませる。ふたりとも留守番に倦んでいる。ちょっとした買い物でも、外出が嬉しくてたまらないのだろう。

「二人で行ってこい」

わたしの声に、ふたりはあたふたと出かけていった。部屋に残っているのはわたしひとり。ここに通うようになって、そうした状況は初めてのことだった。

葱とニンニクを刻み、買ってきた大量の挽肉と卵、小麦粉を練り合わせる。ほどよい粘りが出てきたところでラップを被せ、ボウルごと冷蔵庫に放り込んだ。

サラダ用に買ってきた野菜の下ごしらえをしなければと考えながら、わたしの神経は例の部屋のドアに向かいっぱなしだった。ベッドの下に押し込まれていたいくつもの時計。剝き出しのコード。明たちはあれをなんに使うつもりなのだろう。

他者の部屋にひとり。モラルと好奇心が葛藤し、結局好奇心が勝った。モラルがなんだというのだ、おまえは人殺しじゃないか。

そっとドアを開けた。少年たちの汗の匂いが鼻腔を満たした。床に手をつき、ベッドの下を覗き見る。なくなっていた。あれだけあった時計がすべて消えていた。

身体を起こし、部屋の真ん中に立って三六〇度、身体を回転させる。押入が怪しかった。わたしは襖に手をかけた。

半畳の押入だった。上段には毛布や寝袋、それに少年たちの冬物の衣料が押し込まれていた。下段にはいくつものスポーツバッグと工具箱が転がっていた。バッグはどれも色褪せ、ところどころに穴があいている。ゴミ捨て場から拾ってきたものだということが一目でうかがえた。

手前にあったバッグを手に取り、ジッパーを開けた。時計が入っていた。デジタル、アナログ取り混ぜて、二十個近い目覚まし時計が、コードを剝き出しにしている。

別のバッグを引き寄せた。乾電池と電極のようなものがごっそり入っていた。過激派という言葉が唐突に浮かび、消えていった。わたしの世代では、七〇年代は遠い昔だが、腹腹時計、三菱重工ビル爆破事件といった言葉は鮮烈に脳裏に刻まれていた。

これは時限爆弾を作るために揃えられたものではないのか。馬鹿な。明たちはまだ子供だ。爆薬など手に入れることもできないだろう。

もうひとつのバッグを引き寄せた。掌が汗で濡れている。居間の方に顔を向けた。少年たちが戻ってくる気配はなかった。

大きく息を吸い、ジッパーを開けた。油紙に包まれた四角い塊がふたつ、入っていた。手に取ってみると粘土のような感触だった。油紙を開けてみる。灰色の塊——粘土だと思えばそうだし、プラスティック爆弾ではないかと疑うこともできる。本物のプラスティック爆弾を見たことはなかった。判断はつきかねる。

濃霧に覆われたように思考が曖昧なまま、わたしはバッグを元の位置に戻し、襖を閉じた。まだ、自分の見たものをはっきりとした形あるものに結びつけることができずにいる。

頭を振りながら居間に戻り、料理を再開した。寒気がした。一度脱いだ上着を羽織り、それでも寒気に抗えずに震えながら野菜を切った。チクタクチクタク——聞こえるはずもない時計の音が頭の奥で鳴り響いている。

騒がしい声が、わたしの頭の奥で響く音をかき消した。ドアが開き、秀文と浩、それに亮と笑加が続いて部屋の中に入ってきた。

笑加の顔は蒼白だった。痛々しさを感じるほどだ。

「具合はどうだ？」

わたしは料理の手を休め、笑加に近寄った。

「死人みたいでしょ？」笑加は笑った。怪談の中に出てくる亡霊のような笑みだ。「これでも、先週よりはましなの」

「薬は？」

「飲んでる。飲むと少しはよくなるんだけど……」

「効果があまり長続きしない？」

笑加は頷いた。横顔に影が射している。自分の将来を悲観する者にだけ浮かぶ影だ。

「また、前園先生に相談してみる」

「明が……」

笑加は口を開きかけて、他の三人の様子を窺った。

「じゃあ、ちょっと奥へ行こうか？」笑加が頷くのを待って、三人にも声をかけた。「笑加の診察してくるから、少し待ってろ」

「腹減ったよ」

亮が言った。

「もう少し待てよ」

わたしと笑加は笑加の部屋に入った。ドアを閉め、小声で訊いた。

「明がどうした？」

「お金稼ごうとして、なにか変なこと考えてるみたい。ここのところ、わたし、仕事に出られない日が多いから――」

「生活が苦しいんだな。市場でも働いてるんだろう？」

「生活費だけじゃないの。わたしの治療のことも……」

ならば、朝と夜のバイトだけではなんの足しにもならない。笑加の薬はまだあるが、それ以上のことをしようとなると、薬を手に入れた時以上の金が必要になる。歌舞伎町近辺の人間が手っ取り早く金を手に入れようと考えるなら、一番の近道は麻薬に手を染めることだ。

「売人になろうとしてるのか？」

笑加は首を振った。

「今は使いっぱ。中国人の売人から連絡を受けて、クスリを買いたいっていう人に届けてる。それだけでも、結構なお金もらえるの。でも……」

「いずれは自分でやりたいと考えてるんだな？」

笑加は答えなかった。だが、強張った顎のラインがイエスと語っている。

「止めなきゃならんな」

「わたしは止めたのよ」

「あいつは聞かないだろう。なんとしてでも君たちを守るつもりでいるんだ」

「そうね。明はわたしたち全員のお兄ちゃんで、お父さんだから」

笑加はベッドの縁に腰掛け、うなだれた。無力感に苛まれているのだろう。発病する前は、彼女がこの家の大黒柱だったのだ。

「あいつはおれの話も聞かないだろう。それでも、話すだけは話しておいた方がいいな」

「お願いできますか？」

わたしは頷いた。

「それから、できるだけ早く、前園先生とも話をするよ。君の今後の治療をどうするか、それが決まらないとね」

笑加は微笑んだ。だが、その微笑みはあまりに儚く、今にも散ってしまう花のようだった。よくよく見ると、笑加の口もとに髭が生えているのに気づいた。男のそれのようにまとまって生えているわけではない。一本、二本と、春の土筆《つくし》のように、飛び出ている。

薬の副作用だ。見てはいけないものを見たような気がして、わたしは反射的に目を逸らした。時計のこと、電極のこと、油紙に包まれた塊のこと。訊きたいことはいくらでもあったが、わたしの口は極端に重くなっていた。

笑加を促し、居間に戻る。三人はテレビゲームに興じていた。わたしを見るなり、打ち合わせでもしていたかのように声を揃える。

「腹減った！」

「わかったよ」

わたしは頭の中のあれやこれやを無理矢理追い出し、料理に専念した。水に鶏ガラスープの顆粒を溶かし、砂糖、醤油、酢で味付けをして火を入れる。別の鍋で油を熱し、丸めた肉団子を揚げていく。沸騰したタレに水溶き片栗粉でとろみをつけ、揚がった肉団子を絡めていく。

料理をしている間に、辰秋と輝和、武も戻ってきた。三人が三人とも、部屋にあがるなりわたしのそばにやってきて、タレの匂いを嗅いだ。

二キロあった肉団子は瞬く間に食い尽くされた。

明は戻ってこなかった。

＊　＊　＊

前園は難しい顔をしていた。前園が勤める病院に併設されたレストランは患者とその家族がいくつかのテーブルを占領していた。明るい顔もあれば、暗い顔もある。スパイスの香りが病院独特のあの匂いを消していた。

「薬の服用は続けてるんですよね？」

「ええ。一日三回、欠かさず飲んでいます」

「それで症状が改善されないとなると、次は免疫抑制剤かな。シクロスポリンを使うんですが」

薬の名前など、わたしにはわからなかった。ただ、それが効くのかどうか、問題はそこだ。そして、薬の入手方法だ。

心の裡が顔に出たのだろう。前園は続けざまに口を開いた。

「保険が使えないので多少値は張りますが、この薬なら、ぼく個人の資格で個人輸入できます。大量には無理ですがね。ちょっと待ってください」

前園は空いた椅子に置いておいたノートパソコンをテーブルの上で広げた。電源を入れ、ＯＳが立ち上がるのを待つ間に、また一口、コーヒーを啜った。

「個人輸入業者がいるんですよ。日本で買うと高いけど、海外なら安い、そんな商品、あるでしょう？　薬も同じなんです」

前園はキーを叩きはじめた。わたしは椅子ごと移動して、前園のパソコンの画面を眺めた。検索エンジンが表示されていた。前園は検索窓に「薬剤　個人輸入」と打ち込み、検索キーを押した。検索結果がすぐに表示される。前園はその中のひとつを選択した。

「あった。薬監証明があれば、入手できますね」

薬監証明というのは、医薬品などを輸入する場合に必要な書類のことだ。管理は厚生労働省で、それさえあれば、日本で認可されていない薬でも輸入できる。もちろん、常識的な範囲の量ならば、だ。

「とりあえず、二十万というところですかね」

わたしは額に浮いた汗を拭った。二十万の金なら、わたしのポケットマネーで補える。

「ほっとするのは早いですよ。副作用として腎機能が低下するおそれもある。薬を飲むようになったら、しばらくは週に一、二度ちゃんとした診察を受けないと」

いつも活発な前園の表情が曇っていた。

「それは……」

虫のいい話を振ろうとしてわたしは言いよどんだ。

「ちゃんと、わたしが診ますから」

「ありがとうございます」

わたしは頭を下げた。

「もう一度血液を採取させてもらえませんかね。今度はもう少し精密な検査をさせてみます。シクロスポリンが効けばいいんですが、そうでなければＡＴＧを考えないと」

「ＡＴＧ？」

医者は専門用語を事も無げに口にする。一応、医療業務に従事しているわたしですら知らない言葉を機関銃のように撒き散らすのだ。

「まあ、これも一種の免疫抑制治療です。骨髄移植が難しい患者に対して行うんですがね。普通は、二週間ほど入院してもらって、時間をかけて点滴していきます。アレルギー反応が怖いので、慎重に見極める必要があるんです。それから、希《まれ》にですが、若い患者の場合、後々になって白血病を発症する可能性もある」

「入院は無理だ」

わたしは間髪を入れずに言った。前園は苦笑した。

「まあ、いま話したのは最悪の場合です。前回の血液検査の数値を見る限り、シクロスポリンが効くと思いますから」

そう。数値上ではステロイドも効くはずだったのだ。

「彼女、ご両親のもとに帰るという選択肢はないんですか？」

「彼女はこの国で生まれ育ったんです。両親も、彼女には日本にいて欲しいと思っている」

「たとえば、織田さんと養子縁組するということは不可能なんでしょうか？」

「ぼくと？」

前園は腕を組んだ。

「最悪の場合を考えると、戸籍がないという状況だけはクリアしておかないとまずいと思うんですよ」

前園の言うとおりだった。だが、果たして、この国の制度がそれをゆるしてくれるのだろうか。世界でも類をみないほど狭量な国なのだ。

「養子縁組か……可能なのかどうか、調べてみます」

「そうしてください。ぼくは、できれば彼女は中国に帰るべきだと思っています」

反論はしなかった。前園はまっとうな意見を口にしているにすぎない。

「最後にひとつだけ。そのATGという治療を受けるとしたら、いくらかかります？」

「健保に入っているいないにかかわらず、数百万になりますよ」

前園は言いにくそうに言葉を淀ませた。わたしを打ちのめすつもりはなかったのだろうが、結果としてそうなったことに心を強く痛めているようだった。

「申し訳ありません。でも、これが現実です」

「わかってますよ。先生が悪いわけじゃない。ありがとうございます」

「いいえ。あまり力になれなくて」

「十二分に力になってもらっています」

わたしの差し出した右手を、前園は両手で握った。

病院を出た足で、わたしは抜弁天に向かった。笑加は起きていたが、明は不在だった。

「どこに行けば会える？」

「歌舞伎町。どこにいるかはわからないけど。わたしも一緒に行こうかな？」

「君は休んでいろ」

なにか言いたげな笑加を残して、わたしは歌舞伎町を目指した。歌舞伎町には淀んだ空気が充満していた。夜の間に溜められた湿った空気が足元を流れている。まるで蜘蛛の糸に絡め取られたように足取りが重くなる。

明を捜すために、わたしは絨毯爆撃戦法を採ることにした。区役所通りを南に歩き、靖国通りに行き当たったら、ひとつ西に入って路地に目を配りながら東通りを北上し、花道通りを突っ切って、歌舞伎町二丁目の路地を縫っていく。職安通りでまた踵を返し、もうひとつ西の路地から桜通りを目指していく。

そうやって虱潰しに歌舞伎町を歩き、結局、コマ劇場の裏手で明を見つけた。明は二十代半ばぐらいの長髪の男と話しこんでいた。長髪の男は明らかに崩れた外見で、触れるものをすべて傷つけるナイフのような危険な体臭を発散していた。日本人なのか中国人なのか、あるいは他の国籍を持つ人間なのか、まったく見当がつかない。

明はわたしに気づいていた。だが、長髪との会話を続けた。わたしは長髪の視界から外れた電信柱の脇に立ち、彼らの話が終わるのを待った。それほど待たされることはなかった。長髪は明に金を渡し、左右に視線を走らせてからその場を立ち去った。

「なんの金だ？」

男が充分に離れるのを待ってから、わたしは明に声をかけた。

「バイト代だよ」

「なんのバイトだ？　あの男が市場で働いてるとでもいうのか？」

明は溜息を漏らした。

「金がいるんだ」

「わかってる。なにをして稼いだ金かと訊いてるんだ」

「シンナー」

明は金を無造作にジーンズのポケットに押し込んだ。

「シンナーを売ってるのか？」

「見張りだよ。おまわりが見回りに来てないかどうか、売人に教えてやるんだ」

「それだけの仕事の割りには、かなりの金を受け取ってたな」

「うるせえな。おっさんには関係ないだろう」

「昼間からこんなところをうろついて、木下に見つかったらどうするつもりだ」

わたしは明の抗議を無視した。明はまだ、木下が死んだことを知らない。明はたじろぎ、不満そうに唇を尖らせて俯いた。

「ちゃんと気をつけてる」

「歩こう」

わたしは明の肩を叩き、歩きはじめた。中央通りからは人々のざわめきが流れてくる。明はおとなしくわたしの後をついてきた。

「前園先生と話してきた」

「どうだった？」

明がわたしと肩を並べた。

「別の治療を試さなければならないかもしれない」

「なんだよ。せっかく苦労して薬手に入れたのに」

「ちゃんと診察したわけじゃないが、期待したほどの症状の改善が見られないんだ。笑加の口の周りに髭が生えてた。気づいてたか？」

明は頷いた。

「薬の副作用が出てきてるんだ。効くかどうかもわからないのに、彼女にあの薬を飲ませ続けるのは酷だ」

「また、別の薬用意しなきゃならないのかよ？」

「それはおれがなんとかする。二十万円ぐらいで手に入るそうだ。ただし、問題がある」

明は露骨に落胆した。舌打ちをし、唾を吐き、路傍に転がっていた空き缶を力任せに蹴飛ばした。

「その薬を使えば、回復の期待値は高いらしい。ただし、副作用として腎臓に負担がかかる。場合によっては腎臓病を併発する」

「腎臓？　副作用のない薬、どこかにねえのかよ」

「本当なら、この薬を使うんじゃなく、骨髄移植がいいらしい」

「肉親がいなきゃ無理だろう」

「そうだ」

明は立ち止まった。我々は中央通りのど真ん中にいた。思い思いのファッションに身を包んだ若者が途切れることなく行き来する中で、わたしと明はどこまでも異質な存在だった。

「おれはどうすりゃいいんだよ!?」

明は言った。静かな口調だったが、それは間違いなく明の叫びだった。

「ゆっくり考えよう。焦っても、なにもできない」

無意識に右腕が明の肩を抱こうとしていた。意志の力でそれを思いとどまり、わたしは右手で頭を掻いた。

「おまえは自棄《やけ》になっちゃいけないんだ。ボスだからな」

「わかってるよ」

「笑加にはまだ話してない。おれがするか？」

「いや……」一瞬躊躇して、明は力強く首を振った。「おれが話す」

「そうか。笑加が心配してる」

「しょうがねえだろう」

明は間髪を入れずに口を開いた。わたしの言葉を先読みしている。頭の回転は相当に速い。

「おまえが捕まったりしたら、みんなばらばらになるぞ。おまえはだれよりも慎重にならなくちゃならない。野生動物みたいに、四六時中警戒して、なおかつ、笑加たちを養わなきゃならないんだ」

「おっさんに会う前からやってるよ、そんなことは」

「クスリには手を出すな」

「クスリが一番金になるんだよ」

現実を端的に指摘したその言葉に、わたしは反論することができなかった。笑加が明たちの家計を支えていた。その笑加に頼れない以上、明はなにか方策を考えなければならない。十五歳の少年に稼げる額はたかが知れている。真面目にアルバイトをして月に十万程度の金を稼いだところで焼け石に水なのだ。

いつの間にか、我々は歩き出していた。中央通りは靖国通りに断ち切られて終わった。靖国通りは排気ガスと埃にまみれている。明は俯いていた。思いつめた目で自分の爪先を見つめている。

「奥の部屋の押入に隠してあるものはなんに使うつもりなんだ？」

わたしは訊いた。不意打ちを食らわせたつもりだった。明は足を止め、虚ろな表情をわたしに向けた。

「勝手に入ったのかよ？」

「あれはプラスティック爆弾か？　なにを考えてる？　なにを企んでる？」

「うるせえ、馬鹿野郎。プライバシーって言葉知らねえのかよ!?」

「明――」

わたしは明の両肩に自分の両手を置いた。その手はすぐにはね除けられた。明の顔が歪み、純粋な憎悪とでも呼びたくなるような表情が浮かんだ。

「二度と家に来るな。来たらぶっ殺すぞ」

止める間もなく、明は踵を返し、駆けていった。

もっとほかのやり方があったのだろうか――そう考えながら、わたしはその場に立ち尽くしていた。

15

明には二度と来るなと言われたが、その言葉を鵜呑みにするわけにもいかなかった。明のいない時間を見計らっては顔を出し、子供たちのために食事を作ってやった。

訪れるたびに、笑加がやつれているような気がした。ただの思いこみだ。笑加は一日中寝ているというわけでもなく、食事の時は一緒にテーブルを囲み、朗らかな笑みを浮かべては巧みに母と姉の役を演じ分けていた。週に二度ほどは、例の風俗店にも出勤しているらしかった。

明のいない食卓はどこか開放的だったが、その一方で寂しげでもあった。口やかましい父としての明は、他の少年たちに敬遠されがちなのだろう。頼りがいのある兄としてはだれからも必要とされている。

しばらくしてわたしは気づいた。少年たちが明のことを話しはじめると、笑加が上手に話題を逸らすのだ。朝市の仕事と夜の皿洗いは口にしてもかまわない。だが、昼間の明を話題にするのはタブーなのだろう。

食事が終わると、笑加の具合を訊く。いい時もあれば悪い時もある、それが笑加の答えだった。

ステロイドの服用は続けているが、劇的な改善はなく、どちらかといえば、少しずつ症状は悪化している。

「いつまでこの薬、飲み続けなきゃならないのかな」

ある時、笑加が言った。ことさら深刻に聞こえないようにと努力していたが、彼女が身体の変調を気にしていることは明白だった。髭をはじめとする男性化に戸惑い、怯えている。

明はまだ話していないのだ。新しい治療のこと、治療に付随する危険のこと。十五歳の肩には重すぎる荷だったのかもしれない。わたしが話してもいいが、明は自分が話すと言ったのだ。彼の役目を奪っていいものかどうか、判断がつかなかった。

「今度の水曜日、前園先生、時間が作れるそうだ。また、診察してもらおう」

笑加は頷いた。

「明は、相変わらずシンナーの仕事を続けてるのか？」

笑加は曖昧に首を振る。

「昼間のこと、全然話してくれないの。最近は、睡眠時間も短くて、げっそり痩せちゃって。別人みたい」

「辰秋たちはどう思ってるんだ？」

「明がなにをしてるのかは、察してるみたい。でも、口は閉じてる」

「そうか……ちゃんと食べていけるのは明のおかげだからな」

「わたしが病気にさえならなきゃ――」

「みんな喜んでるよ」

わたしは言った。笑加の目が丸くなる。

「喜んでる？」

「そうだ。みんな、君にあんな仕事をさせることを心の底では苦々しく思ってたんだ。君が病気になって心配だし、お金のこともいろいろ考えなきゃならなくなった。それでも、みんな、君が仕事に出ていく回数が減ったことは喜んでる」

笑加は呆れたというように笑った。

「男って、ほんとに馬鹿だね」

「辰秋たちは、同い年の連中よりはずっと大人だよ」

「わたしもね」

その口調があまりに大人びていて、わたしは胸を打たれた。またぞろ、埒もない保護欲が鎌首をもたげてくる。

「そういえば、明がもう織田さんは部屋に入れるなって、凄い剣幕で言ってたわ。なにがあったの？」

「押入にあるもののことを訊ねたんだ。勝手に部屋を覗いたのがまずかったらしい」

笑加の長い睫毛が細かく震えた。彼女には珍しい。病気に関すること以外は、自分の感情を隠すことに長《た》けているのに。

「あれはなんだ？　なんに使おうとしている？」

「わたしは知らない。明がひとりでやってるの」

嘘だった。笑加は嘘だと見抜かれるのを承知で嘘をついている。つまり、正直に答えるつもりはこれっぽっちもないのだ。

わたしは傷つき、傷ついたことを悟られまいと話題を変えた。

「ここの家賃は？」

「月、十三万円。それと管理費が二万円かな」

光熱費と食費をそれに加えれば、やはり、最低でも月三十万の金は必要になる。それにプラスして、笑加の治療費だ。

「君を抜かしたみんなの稼ぎは？」

「二十万円にちょっと足りないぐらい。最近は明が頑張ってるから、三十万ぐらいになる時もあるけど」

しかし、さすがの明もいつか限界を迎えるだろう。若いとはいえ、短い睡眠は確実に彼の体力を蝕んでいるはずだ。いずれ、明が倒れたら、ここの生活は間違いなく破綻する。

なんとかしなければならない。当座を凌ぐための金だけでも、早急に手に入れなければならない。

「とにかく、君は身体のことを考えていればいい。他のことは明とおれがやる」

笑加は唇を嚙みながら頷いた。

「水曜日、お昼におれの部屋で。前園先生もそのころに来る」

「わかりました。織田さん、赤の他人なのに、わたしたちのためにありがとう。恩にきます」

笑加は丁寧に絨毯に両手を突いて頭を下げた。

笑加が女優なら、その実力は折り紙つきだ。わたしは自分の中にある枷を取り外す決心をつけた。

＊　＊　＊

馬の店は相変わらず閑散としていた。馬はビールを飲みながら、カウンターの端に設置したテレビで野球中継を見ていた。やることなすこと、日本人と変わらない。

「おや、珍しい、織田先生。立て続けに顔を見せるなんて」

馬は慌てて腰をあげ、愛想笑いを浮かべた。商売がうまくいっていないせいか、顔に険がある。

「ビール。それと、餃子を焼いてくれ」

「ビールと餃子一丁。かしこまりました。大至急用意いたします」

馬はカウンターの内側に移動し、空のジョッキに生ビールを注ぎはじめた。

「相変わらずお忙しいですか、織田先生は？」

「李威先生のことを教えてくれ」

馬の手の動きが止まった。ビールの泡が瞬く間に膨れあがり、ジョッキからこぼれ落ちた。

「織田先生、この前は仕方なく紹介しましたけれど、あの人には近づかない方が……」

「教えてください」

わたしは頭を深々と下げた。こうした態度に馬が弱いことはわかっていた。

「李威のなにを知りたいんですか？」

嘆息と共に馬は言葉を吐き出した。注ぎ直したビールをわたしの前に置く。

「どんな仕事で食べているんですか？」

「そりゃ、その辺のやくざ者と同じですよ。ポン引き、みかじめ、賭博、麻薬。金になることならなんだってやります。人殺しも含めてね。だから、織田先生、触らぬ神に祟りなしっていうでしょう」

「縄張りは川口？」

「この辺でも人を使って商売してますよ。都知事のせいで、近づけなくなってますけどね。織田先生、李威はまずいですよ。我々中国人だって、近づかないんです」

馬は台湾人だ。普段は中国大陸は国民党のものだと言い張り、大陸から来た中国人を田舎者だと言って見下している。都合のいい時だけ中国人に早変わりするのだ。

「餃子は？」

わたしが促すと、馬はようやく餃子を鍋に並べはじめた。

「李威の敵は？」

「さあ。やくざ者ともうまくやってるみたいですしねえ。他の中国マフィアとも揉めたという話は聞かないですよ」

つまり、李威は優良株ということだ。

「織田先生、なにを考えてらっしゃるんですか？　わたし、心配でたまりませんよ」

「馬さん、この話、他人には内緒で」

「も、もちろん」

馬は口にチャックをする仕種をみせた。日本人の間ではすっかり廃れてしまったジェスチャーだ。

わたしはそれっきり口を噤んだ。馬はまだなにか言いたそうだったがきっぱりと無視した。運ばれた餃子を頬張り、ビールを飲み干して店を出た。

＊　＊　＊

電車に飛び乗って川口に向かった。午後九時の下り電車は中途半端な混み具合で、わたしはドアのそばに立ち、窓ガラスに映る自分の姿を見つめた。

明たちの生活を守るためには金が必要だ。だが、金はない。だから、金を稼ぐ必要がある。答えは明白だったが、その解答を引き出す方程式は複雑だった。

なにをしてるんだ、おまえは——ガラスに映ったわたしがわたしを難詰する。あの子たちは赤の他人だぞ。他人のために犯罪者になるつもりか。

もう犯罪者だ。わたしは自嘲する。すでにわたしの手は他者の血で汚れてしまった。他者を救う職業に就く者が、他者の生命を売り飛ばしたのだ。法的にどうかは知らない。だが、心理的にこれ以上の犯罪はない。わたしは堕ちるところまで堕ちたのだ。自分の意志で。

警察に捕まれば、残りの人生を棒にふることになるんだぞ——わたしではないわたしがなおも言葉を募る。

わたしは笑った。わたしの傍らに立っていたサラリーマンが怖気《おぞけ》をふるったような顔をして離れていった。

孤独に魅入られた人生だ。サリンによって妻子を奪われ、自らの意志でもって他者を拒絶し、傲慢な欲望に身を捧げることによってなにひとつとして潤いのない生を歩んできた。自ら望んで精神の独房に入ったようなものではないか。身体が本物の牢獄に繋がれたところでなんの違いもない。

わたしが警察の目を避けなければならないとしたら、それは自分のためではなく、明たちのためだ。彼らの生活をなんとしてでも守り抜くためだ。わたしの庇護がなくなったら、彼らの生活は破綻する。

おまえの庇護？　ガラスに映るわたしがわたしを嘲笑う。相も変わらず傲慢な考えをするものだ。だれもおまえの庇護など必要としていない。どうしてそれがわからない？

その詰問に答えようと口を開いた時、電車が川口駅のホームに滑り込んでいった。わたしは行き場のない言葉を弄びながら電車を降り、駅を出た。〈赤帝〉の看板は前にきた時と同じように、周囲を圧して光り輝いている。

この前と同じふたりがわたしを出迎えた。またおまえかという表情をわたしに向けてくる。

「李威先生にお会いしたいんですが」

ひとりが店の奥に姿を消した。もうひとりがわたしのボディチェックをする。前回よりも入念に身体を探られた。しかし、前回ほど待たされることはなかった。すぐに男が戻ってきて、中に入れと首を振った。

李威はこの前と同じボックス席に座っていた。赤ワインを飲みながら葉巻をくゆらせている。取り巻きたちがいつでもわたしから李威を守れるよう、身構えている。

「なんの用だ、日本人？」

「また、お願いがあって来ました」

わたしは李威の前に立って、軽く頭を下げた。

「また、だれかを消せというのか？　日本人ならやくざに頼んだらどうだ？」

「お金を稼がせてもらえませんか？」

李威の眉が吊り上がった。

「金を？」

「ええ。日本人はいろんな面で使いやすいんじゃないかと思いまして。わたしはやくざでもありませんし」

李威は座れという仕種をした。わたしは李威の真向かいに腰をおろした。

「まともに働いてる日本人なら、銀行が金を貸してくれるんじゃないのか」

「それは家を建てるか、なにか事業を興す時だけです。わたしには担保もありませんしね。銀行に行っても門前払いされるだけです」

「仕事は救命士だったな」

李威は葉巻の煙を吐いた。甘い香りがわたしを押し包んでいく。

「ええ」

李威は中国語でなにかを呟いた。おそらく、救命士に当たる言葉だろう。単なる暇潰しといった顔つきが、少しずつ変わってきていた。

「いくら、稼ぎたいんだ?」

「一千万」

李威が笑った。

「一千万。それだけ稼ぐのは大変だぞ。どうしてそんな大金がいる?」

「いろいろと……」

李威の目が素速く動いた。次の瞬間、襟首を摑まれ、後ろに引かれた。抗おうとしたが、喉に冷たいものを押しつけられて、わたしは凍りついた。視界からは外れている。だが、それがナイフであることは確信できた。

「用心が大切なんだ。わかるな、日本人?」

李威の声が聞こえてくる。だが、わたしのすべての神経は喉元にあてがわれた冷たい感触に集中していた。

「だれだって金が必要だ。だからといって、普通の日本人がおれのところにやって来ることはない。おまえは初めて会ったわけじゃないが、でも、初めて会ったも同じだ」

わたしは小さく頷いた。ナイフは微動だにせずにいる。

「おまえは警察の犬かもしれない。商売敵に頼まれて来たのかもしれない」

「違います」

「なんのために金が必要なのか、言ってみろ」

わたしは目を閉じた。辻褄の合う嘘を考えようとしてみたが、ナイフの感触が邪魔をする。諦め、腹を括った。

「歌舞伎町に子供たちがいます」

「子供だと？」

「東京都の歌舞伎町浄化作戦のせいで、親たちが中国に強制送還させられた。日本で生まれ、育ったのに戸籍がない子供たちです」

李威は言葉を差し挟んで来なかった。明たちのような子供の存在を、李威は知っている。

「八人で暮らしている子供たちがいる。十五歳から十二歳まで……彼らはなんとか暮らしてきた。仲間の中に少女がひとりいて、彼女が風俗店で働いて、生活費を賄ってきたんです」

わたしは目を開けた。李威は葉巻をくわえていた。煙がゆらめき、李威の表情が読めない。

「その子が病気になった。重い病気だ。戸籍がないから、ちゃんと医者に診てもらうこともできない」

「そのガキどもとおまえの関係は？」

煙の向こうから、李威は瞬きひとつしない目でわたしを凝視していた。

「救命士と病気の娘。それだけです」

「それを信じろというのか？　赤の他人のために、いや、中国人の娘のために、日本人のおまえがおれのところに物乞いに来た？」

「薬を手に入れるにも、数十万の金がいる。この前、あなたに木下という男のことを頼んだ」

李威は頷いた。

「彼のところから盗品のテレビを盗んで、その金を彼女の薬代に充てたんです。木下は目の色を変えて犯人を捜していた」

李威がさっきより大きく頷いた。喉元にあてがわれていたナイフの感触が消えた。わたしは喉をさすりながら座り直した。

「おまえが話してるのは、王沖《ワンチョン》の息子と暮らしてる連中のことだな」

王沖の名は初めて耳にする。だが、辰秋の父なのだろうということは想像がついた。

「ええ」

「おまえがどうして連中の面倒をみようとしているのかはわからんが、彼らに関する話は本当らしい。一ヶ月ぐらい前まで、あいつらは医者を捜していた。闇医者だ」

今度はわたしが頷く番だった。

「本当に、ただ救命士だからあいつらを助けたいというのか？」

わたしは頷いた。もっと言葉を費やしてもいいのだが、李威には通じないだろう。

「おまえに使い道があるかどうか、考えてみる」

右手に携帯電話を握らされた。

「おれと連絡を取る時は必ずその電話を使え」

両脇を摑まれ、立たされた。もう、話は終わりなのだ。あとは李威の決断を待つしかない。

「あの子はどうなりました？」

去り際、わたしは訊いた。

「あの子？」

「あなたの姪です」

李威は薄く口を開いて笑った。氷像が笑ったような気がした。

16

笑加が明をお供にして、またわたしの部屋にやって来た。笑加は始終笑顔を浮かべていたが、明は仏頂面だった。いかにわたしを拒絶したくても、笑加の病気が治らない限り、わたしの世話にならざるをえない。そのジレンマと葛藤しているようだった。

診察はこの前と同じように、わたしの寝室で行われた。その間、わたしと明は居間でふたりきりだった。

「まだ怒ってるのか？」

「別に」

「勝手に部屋の中のものを見たのは悪かったと思っている。だが――」

「ちょっと出かけてくる。一時間で戻るから、笑加には待ってるように言ってくれよ」

止める間もなく、明は姿を消した。仕方なく、わたしは料理で暇を潰した。今日は遅番で、少年たちに晩飯を作ってやることができない。大きな寸胴鍋で、ニンニクとタマネギのみじん切りを炒め、そこに大量の豚挽肉を投げ入れた。木べらで掻き回しながら火を通し、肉の色が変わったら、ニンジン、セロリ、マッシュルームのみじん切りを加える。全体に油が回ったところで、安い赤ワインをボトル一本投じた。沸騰し、アルコールが飛ぶのを待ってアクを取る。手で揉み潰したホールトマトとコンソメ顆粒を入れ、弱火にすれば、あとはほどよく煮詰まるのを待つだけだった。

出来上がったミートソースは保存用の袋に小分けして、明に持ち帰らせるつもりだった。パスタさえ茹でれば、これをかけるだけでいい。大食漢の集まりでも、数回分の食事にはなるだろう。

鍋の具合を時々見ながら、わたしは昨日買ってきた広東語の辞書を開いた。

テレビを盗んだ夜、輝和が口にした「ガウヤー」という言葉がどうにも引っかかっている。北京語の音とは馴染みが薄い。中国の方言は多数に及ぶが、その中でも比較的ポピュラーな広東語に当たりをつけたのだ。寝室からは前園の低い声が聞こえてくる。診察は長く、まだ終わりそうになかった。

中国語は音程で意味が変わる。たとえば、北京語は四声と言って、四つの音声が駆使される。同じ「マー」という音でも、その高低によってそれぞれ意味が違ってくる。広東語にいたっては六声もあり、研究者によっては九声という説も唱えられている。

つまり、ガウという音に当てはめられる言葉は六つないし九つ存在するということになる。わたしの記憶に残っている輝和の発した「ガウヤー」という音程は曖昧だった。だから、虱潰しに探すしかない。

「ガウヤーの本番みたいだ」

輝和はそう言ったのだ。おそらく、ガウとヤーはふたつの音がくっついたものだろう。

最初に見つけた「ガウ」に当たる言葉は数字の九だった。他の言葉を探そうとページをめくると、寝室のドアが開いた。前園がひとりで出てきた。

「彼女は？」

「寝ています。少し休ませた方がいいかなと」

前園は寝室を振り返った。

「具合が悪いんですか？」

「良好とは言い難いですね。かといって、症状が重いというわけでもない。シクロスポリンは、十日ほどで届く予定です。それまではステロイドを服用し続けてもらって、その後、薬を換えましょう」

「実際のところ、どうなんでしょう？　骨髄移植が必要になるのかな？」

「これ次第ですかね」前園は手にしていた鞄を持ち上げた。「詳細な検査を頼むつもりです。後輩たち、面倒臭がるだろうけど。その結果次第ですね」

「必要なら、謝礼を――」

「いや、それは必要ありません。なんだかんだ言っても学生ですから、食べ放題の焼肉屋にでも連れていけば、なんだってやってくれますよ」

「じゃあ、そのお金だけでも」

前園は首を横に振った。

「これからもお金はかかります。織田さんの貯金は、彼女のためにとっておいてあげた方がいい」

わたしは素直に頭を下げた。

「養子縁組の件なんですが――」

「どんな感じです？」

「顔見知りの弁護士に訊いてみたんですが、早くても一年半はかかるみたいですね」

「一年半か……微妙だなあ」

「念を押しますが、早くて、です。彼女の病気のことを理由にすれば、もう少し早まる可能性もなくはないらしいんですが」

「それにしたって、一年はかかるわけですよね。できれば、明日にでも入院させたいぐらいなんですよ。検査入院ですが。まあ、しかし、無い物ねだりをしても仕方ないか。現状で、できるかぎりのことをしていきましょう、お互いに」

前園の優れているところは、理想と現実のギャップを正確に把握できるところだろう。臨床医としてそれに勝るものはない。

「それじゃ、ぼくはこれで――」

わたしは前園をマンションの外まで見送った。明の姿はどこにもなかった。部屋に戻り、鍋の火を消した。ミートソースはいい具合に煮詰まり、かぐわしい香りを放っていた。

もう一度辞書に目を通そうとソファに腰をおろしたが、笑加が目覚めた気配が伝わってきた。

「腹は減ってないか？」

寝室に声をかけた。返事はなかった。しばらくすると、ドアが開き、笑加が恥ずかしそうに出てきた。

「寝ちゃったみたい……」

「具合はどうだ？」

「前園先生がなにか注射してくれて、おかげで、気分はいいわ」

「そうか。腹は？」

笑加は首を振った。

「明は？」

「おれと一緒にいるのが嫌らしい。出かけていった。もうすぐ帰ってくるだろう」

「そう……」

笑加はまた首を振った。今度のそれは苦笑混じりだった。

「話があるんだが」

笑加は警戒するように目尻を吊り上げた。例の時計や電池の話題だと先読みしたのだろう。

「養子縁組を考えてみないか？」

「養子縁組？」

「今後の治療がうまく行けば問題はないんだが、最悪の場合、入院も考えなきゃならないと前園先生は言ってるんだ。戸籍がないままじゃ、それができない」

「わたしが？　わたしが織田さんの娘になるの？」

「便宜上だ。君は今までどおり、明たちと一緒に暮らしていればいい」

「そんなことできるの？」

「簡単にはいかない。まず、戸籍申請をして、それから養子縁組の手続きをする。一年ぐらいはかかるのかな。でも、今のままよりはずっとましだ」

笑加の唇がきつく閉じられた。大きな眼がじっとわたしを見つめている。

「どうした？」

笑加の唇は血の気を失っていた。貧血による症状が出たのかと思ったが、目に宿っている力は病人のそれではなかった。

「どうして？　どうしてそこまでしてくれるの？　わたし、赤の他人でしょう」

「性格なんだ。自分でもどうしようもない」

わたしは冗談めかして言った。まだ若い彼女に自分の内心を吐露するつもりはない。

「今までだっていろいろしてくれてるのに。明が言ってたわ。木下って人が歌舞伎町からいなくなったって。きっと、織田さんがなにかしてくれたんだって」

頷くことも首を振ることもせず、わたしは笑加の次の言葉を待った。

「どうして？」

「君は病人だ。放っておけない」

突然、笑加の両目に涙が溢れた。まるで、ダムが決壊したかのようにぽろぽろと涙がこぼれ落ちる。

「泣くことはない。おれが勝手にそうしたいと思っているだけだ」

どうしていいかわからず、わたしは言葉をぶちまけた。笑加は泣き続けるだけだった。

「君のご両親ともちゃんと話をしなければならない。これはただの提案なんだ」

笑加の涙はとまらず、わたしはただ戸惑うだけだった。

ミートソースを手土産にして、明と笑加は帰っていった。養子縁組の件に関して、笑加は考えてみると答えただけだった。

＊　＊　＊

出勤の支度をしていると、携帯電話が鳴った。李威から渡された携帯だった。

「もしもし？」

「救命士さんか？」

李威の冷たい声が流れてくる。

「そうです」

「今夜、川口に来れるか？」

「今夜は遅番で、仕事が終わるのは早朝になります」

「なら、仕事が終わった後でいい」

「しかし、朝の五時とか、六時になりますが」

笑い声が聞こえた。複数の女の姦《かしま》しい笑い声だ。李威のいるところを想像してみたが、明確なシチュエーションを思い浮かべることができなかった。

「仕事が終わり次第、電話をよこせ」

「電話番号は？」

「着信履歴があるだろう」

フェイドアウトするように声が遠のき、電話が切れた。手にした携帯まで、氷のように冷たく感じられた。

出勤し、機械的に仕事をこなした。深夜の歌舞伎町、大久保界隈では、三十分おきに出場要請があり、李威のことを考えている暇はなかった。だからといって、仕事に没入することもできなかった。

　中途半端なまま仕事を終え、署を出たところで李威に電話をかけた。

「救命士です」

「思ったより早かったな。まだ四時半だ」

　李威の声ははっきりしていた。睡魔に襲われている様子も、酒に飲まれている様子もない。

「これから〈赤帝〉に向かいます」

「いや、今は大久保にいる。あんたの手間を省いてやろうと思ってな」

　李威の日本語はいつ耳にしても流暢だった。短期間で外国語をそこまでものにする努力と執念に思いを馳せると、背筋に悪寒が走った。

「新大久保の駅前を少し北に入ったところに、ビリヤード場がある」

　すぐに見当がついた。

「あそこは去年、潰れたんじゃないですか？」

「潰れたよ。だが、おれはそこにいる。子供たちのために金が必要なんだ。そうだろう、救命士さん？」

「すぐにうかがいます」

　電話を切り、まだ薄暗い空の下を歩きはじめた。パトカーや警官の姿を目にするたびに、背筋がひくついた。緊張に身体全体が強張っている。なにを怯えている。腹を括ったのではなかったか。自分を叱咤してみたところで、過度の緊張が消えることはなかった。

　李威の言葉どおり、潰れたはずのビリヤード場は、窓から明かりが漏れていた。キューを手にした影が、ときおり窓のそばを横切っていく。

路地に面した雑居ビルの二階だ。去年までは、お洒落なプールバーとは無縁な無骨な名前がつけられていた。今は、ビルの入口に瀟洒な看板が置いてある。〈龍玉――ドラゴンボール〉。わたしは深呼吸を繰り返してから、雑居ビルの階段をあがった。

中国語と札束が飛び交っていた。ビリヤード台は三つあって、ひとつは手つかずのままの玉が散乱していた。残りの二台に、四人の男が挑んでいる。キューを手にした男たちは賭けビリヤードを楽しんでいるのだ。種目はスヌーカーのようだった。

李威は真ん中の台で玉を突いていた。小さな黒板に記された点数が、李威の圧勝を伝えていた。ビリヤード台の脇に小さなテーブルがあり、缶ビールと札束が無造作に置かれている。

わたしが入っていくと、すべての動きが止まった。玉を突こうとしていた李威も、他の男たちも、時間が止まったというように凍りつくのだ。

李威が中国語でなにかを喋り、男たちは緊張を解いた。

「少し待て。もうすぐ終わる」

李威は何事もなかったかのように玉を突いた。スヌーカーのルールはわからない。しかし、李威が突いた玉の動きを見るだけで、彼の腕前が推し量れた。スヌーカーで彼に勝負を挑むのは自殺行為だ。

李威が五度、玉を突き、それでゲームは終わった。負けた男が大袈裟に首を振り、一万円札の束を李威に手渡した。

「ぼろ儲けだ」

李威はわたしに氷のような笑みを向け、手招きした。

「よく来てくれたな、救命士さん。ビールはどうだ？」

「いただきます」

喉が干涸らびていた。緊張のせいだ。部屋の一画にカウンターがあり、その奥に、黒いベストに蝶ネクタイを結んだ若い男が立っていた。李威が頷くと、男はカウンターの下から缶ビールを取りだし、わたしに放り投げた。

受け取ったビールを開けると、勢いよく泡が吹きだした。慌てて飲み口に唇を押しつけ、溢れ出てくるものを飲み下した。どれだけ飲んでも渇きは癒えそうになかった。

「乾杯もしないのか、おまえは」

李威はにやけた笑みを浮かべていた。右手には缶ビールが握られている。

「申し訳ない」

わたしは濡れたままの缶を掲げた。李威も同じ仕種をし、中身を一気に飲み干した。

「調べた」

ビールを飲み終えると、李威は言った。

「子供たちのことをですか？」

「そうだ。王沖の子供の他に、七人。そのうちのひとりが女だ。まだ十五歳なのに、風俗で働いて他の子供たちを養っていた。それが病気になった。そういうことだったな？」

わたしは小さく頷いた。

「重い病気なんだな？」

「もしかすると、骨髄移植が必要かもしれません」

わたしの言葉に、李威は首を傾げた。骨髄移植という言葉を理解できなかったのだろう。

「とにかく、彼らの生活は苦しい。十四、五の男が稼げる金はたかが知れている」

「そうだろう。それで、おまえは金がいる」

李威は何度も頷いた。

「仕事をもらえるんですか？」

「そのつもりで来たんだろう。自分が日本人だということを充分に理解してな。頭のいい男だ」

李威は他の三人に向かって頷いた。李威の相手をしていた男がビリヤード場から姿を消した。

「東京では、おれたちは働きにくい」李威が独り言のように呟いた。「今の知事は外人を目の敵にしてるからな」

わたしはビールに口をつけた。喉の渇きはまだ続いている。

「だが、金を稼ぐには東京で働かなきゃならない。わかるな？」

わたしは空になった缶を握りつぶした。

「おれは外国人登録証を持っている。労働ビザもだ。だが、街を歩いていると職務質問される。まずいものを持っていたら、それで終わりだ。おれだけじゃない。おれの仲間もだ。商売がしにくくて仕方がない。だが、その点、おまえは大丈夫だ。日本人で、尊敬される職業に就いている」

尊敬されているという点に関しては疑問の余地が大いにあったが、わたしは反論しなかった。

階下でクラクションが鳴り響いた。李威が意味ありげにわたしの顔を見つめ、小さく頷いた。

わたしは握りつぶした空き缶をゴミ箱に放り投げ、李威に背中を向けた。階段を降りていくと、グレイのミニバンが路上に停まっていた。運転席にいるのは、李威と賭けをしていた男だった。

助手席に乗りこむと、車が発進した。雲の隙間から射し込む薄い朝日がうらぶれた路地を舐めるように照らしていた。

「日本語は？」

わたしの問いかけに、男は首を振った。しかし、すぐに思い直したように口を開いた。

「少しだけ」

わたしはあえなく沈没した。

そう言って、男は口をきつく結んだ。これ以上の質問は受け付けないという意味だろう。わたしはヘッドレストに頭を乗せ、目を閉じた。緊張は消え去っていた。睡魔が襲いかかってきて、わたしはあえなく沈没した。

＊　＊　＊

身体を揺すられて目が覚めた。ミニバンはオートレース場近くのマンションの前に停まっていた。

「ちょっと待つ。オーケー？」

男はわたしの返事を待たず、車を降りた。勝手知ったる足取りでマンションに消えていく。古いマンションだった。築年数は二十年以上。もともと消防士だったわたしの目が、建物を評価していく。耐震基準は満たしていそうだったが、防火防災設備は怪しいものだった。

五分ほどで男は戻ってきた。右手に、明らかに偽物とわかるブランドもののバッグをぶら下げていた。

「これ、ここに届ける」

男は車には乗らず、助手席側のドアを開けてバッグとメモをわたしに渡した。メモには西麻布の住所とマンションの部屋番号が記されていた。

「終わったら、車、サブナードの地下駐車場に停める。それから、李威のところ、行く」

「李威さんはどこに？」

男は露骨に口もとを歪め、玉を突く真似をした。

運転席に移動し、シートの位置を調整した。バックミラーの角度を直している間に、男は姿を消した。意識がバッグに向かうのを止められなかった。男の姿が見えないのをもう一度確認して、ジッパーを開いた。ビニールに包まれた白い粉が見え、心臓が激しく脈打ちはじめた。

覚醒剤、コカイン、ヘロイン、白い粉がなんであろうと麻薬に違いはない。慌ててジッパーを閉め、車を発進させた。ステアリングを握った手が汗で滑る。何度も上着で掌を拭いながら、近辺の地図を頭に浮かべた。北へ向かえば、川口インターから高速に乗れるはずだ。大量の麻薬を助手席に乗せたまま一般道を走る勇気はなかった。

これまでに病院に搬送した麻薬中毒者たちの顔がスライドショーのように脳裏をよぎった。だれもかれもが地獄を垣間見たような凄惨な表情を浮かべていた。彼らをそこまで落とした元凶を、わたしは金に換えようとしている。

唇を嚙んだ。痛みがわたしを現実に引き戻した。肚は決めたのだ。わたしが感じているのは良心の痛みでは断じてない。ただの怯懦《きょうだ》だ。

首都高に乗ってからは運転に専念した。交通の流れに乗って没個性化する。遅すぎず、速すぎず、必要以外に車線変更もせず、ただただ頭を低くして車を走らせた。飯倉で一般道に降り、六本木交差点を左折して六本木通りを西に進んだ。西麻布の交差点を過ぎたところでミニバンをコインパークに停め、車を降りた。メモにあった住所を、電柱の住所表記と照らし合わせながら歩いた。

目的のマンションは十分ほどで見つかった。煉瓦色の外壁がくすんだ、この辺りではありふれたマンションだった。エレベーターは使わず、階段であがり、メモに書かれた部屋のインタフォンを押した。連絡が行っていたのだろう。すぐにドアが開き、剃刀のような目つきの長髪の男が顔を出した。世間話ができるような雰囲気ではなかった。わたしが差し出したバッグを男は引ったくるようにして受け取った。代わりに、わたしの右手には、これまた明らかに偽物とわかるブランドのセカンドバッグが押しつけられた。

セカンドバッグを持ち直している間にドアが閉まった。わたしは踵を返し、階段を駆けおりた。コインパーキングで車に乗り、セカンドバッグを開けてみた。帯をされた札束が五つ――五百万。

この金があれば、笑加の治療には事足りる。だが、金を持ち逃げすれば、笑加の治療が終わる前に、わたしどころか笑加たちも皆殺しにされるだろう。

冷えていた。皮膚の内側が凍えそうに冷えている。思考も感情も凍りつき、わたしはロボットと化して車を走らせた。新宿サブナードの地下駐車場に車を乗り捨て、徒歩で大久保に向かった。閑散としている繁華街をわざと歩く。だれかとすれ違うたびに、嫌でもセカンドバッグを抱えた右腕に力が入った。

李威はまだスヌーカーを続けていた。他のふたりには疲弊の色が濃く漂っているが、李威は嬉々として玉を突いていた。

「早かったな、救命士さん」

李威は横目でわたしを見ながら玉を突いた。手玉が黒い玉を押しだした。黒い玉は導かれるようにコーナーのポケットに吸いこまれていった。

「これ」

わたしはセカンドバッグを李威に差し出した。李威はキューを小脇に抱え、バッグを開けた。札束を数えるでもなく満足げに頷き、バッグをビリヤード台の上に置いた。

「おまえはおれの運び屋だ。それで金を稼ぐ。いいか？」

「いくらもらえるかによります」

李威は笑った。笑いながら缶ビールと紙幣が置かれたテーブルに身体を向け、無造作に紙幣を摑んだ。札の数をかぞえ、二十万円分をわたしの右手に押し込んだ。

「足りないか？」

「充分です」

「日本語でなんという？　試験期間か？」

「試用期間」

「それだ。最初は様子を見る。ちゃんと仕事をこなせば、稼げる金も増えていく」

「ありがとう」

わたしは右手の金をズボンのポケットに押し込んだ。

「女の子の薬が必要なら、おれに言え。手に入れられるものなら、格安で売ってやる」

「シクロスポリンという薬です」

わたしは上着からメモ用紙を出し、カタカナと英語で薬の名を書いた。

「聞いたこともないな」

「貧血用の薬です。でも、どうして？」

「同胞の若い娘が困っている。赤の他人の日本人がそれを助けようとしてるのに、おれたち中国人が知らん顔できるか」

そう語る李威の顔には実と呼べるものが一切なかった。部下の手前、そう言っているにすぎないのだ。

「とにかく、手配してみる」

「よろしくお願いします」

わたしは頭を下げた。

「おまえの勤務時間を後で教えてくれ。これからはそれに合わせて仕事を頼む」

わたしはその場で一週間分の勤務表をメモに書いた。それを李威に渡し、踵を返す。

「また電話をするよ、救命士さん」

「待っています」

そこまで言って、わたしは動きを止めた。

「李威先生、広東語は話しますか？」

「少しなら。それがどうした？」

「ガウヤー。どういう意味でしょう？」

「ガウヤーだと？」

李威は首を傾げた。他の二人に声をかける。壁にもたれてビールを飲んでいた男がそれに応じた。北京語ではなく、広東語だった。

「ドボンじゃないかと言ってる」

「ドボン？」

「ガウヤッ。九と一という意味だ。足すと十。バカラじゃドボンだ」

「ガウヤッ……」

そう言われればそうなのかもしれなかった。わたしの広東語の知識など皆無に近い。

九と一。それが確かなら、あの時の輝和の言葉を翻訳すればこういうことになる。

九と一の本番みたいだな。

皆目見当がつかない――そう思った瞬間、時計と電池と電極と粘土のような塊が脳裏に蘇った。

爆弾――九一一のテロ事件。

記憶をまさぐる。あの夜、あの時、わたしの耳に飛び込んできた言葉。

ガウヤーではない。ガウヤッでもない。輝和はガウヤッヤッと言ったのではないか。

九一一――ガウヤッヤッ。

「どうした、救命士さん？」

「いいえ、なんでもありません」

わたしは日本人らしく曖昧な笑みを浮かべ、もう一度頭を下げた。ビリヤード場を出、階段を降りたところでへたりこんだ。

身も心もくたくただった。

17

三鷹に戻ってもゆっくり眠る時間は取れそうになかった。サウナで汗を流し、仮眠を取った。サウナを出た足で銀行に向かい、口座を作って二十万を入れた。

この口座の金は、笑加たちのためにしか使うまいと、言わずもがなの誓いを立てて銀行を後にした。出勤時間までまだ二時間ある。牛丼を腹に詰め込み、明を捜すべく歌舞伎町をさまよった。

明はミラノ座の前の広場にいた。少年にしては鋭すぎる眼差しをあちこちに向けている。

「明――」

わたしは声をかけ、近づいた。明は舌打ちした。

「なんだよ。仕事の邪魔するなよ」

「もう、この仕事はやめろ」

「おっさんには関係ねえだろう」

背を向けようとする明の肩を摑み、わたしは顔を寄せた。

「金はおれが稼ぐ」

「なんの話だよ。おっさん、安月給なんだろう？　たまに飯作ってくれるだけで御の字だ。あいつらの面倒はおれが見る——」

わたしはさっき作ったばかりの預金通帳を明の胸に押しつけた。

「おまえたちの金だ」

明はわたしを睨んだまま通帳を開いた。

「まだ二十万しかないが、徐々に増やしていく」

明の目が通帳に落ちた。表情が彫像のように強張り、動かなくなった。

「こういう仕事が駄目だと言ってるわけじゃない。おまえが身体を壊したら終わりだ。それを——」

「どうしたんだよ、この金？」

「明——」わたしは明の両肩を摑んだ。「おまえが考えなけりゃならないことはなんだ？　一番に考えなけりゃならないことだ」

「みんなで一緒に暮らしていけるようにすることだ」

「だったら、そのことだけ考えてろ」わたしは通帳を明から奪い取った。「しばらくすれば、カードが送られてくる。それはおまえに渡す。金の使い道はおまえが決めるんだ」

明は何度も唇を舐めた。

「だけど——」

「カードの暗証番号は〇九一一だ」

わたしは言った。明は黙ったままだった。

「広東語で言うと、リンガウヤッヤッか？」

明の目が動いた。だが、その動きはすぐにとまった。どこまでもしたたかな少年だ。

「ガウヤッヤッ。輝和はこう言ったよな。ガウヤッヤッの本番みたいだ。あの夜だ」

「覚えてねえよ」

「九一一だ。あの部屋に隠してあるものはなんだ？　なにに使うつもりだ？　馬鹿なことを考える暇があったら、もっと――」

「後で話す」明はわたしを遮った。「まだ、仕事の途中なんだ。さっきから睨まれてる。頼むよ、おっさん。この仕事、今日でやめるから。それならいいだろう？」

植え込みの裏に座りこんでいるふたりの男がいた。ふたりともヒップホップ風のいでたちで、両耳にイヤホンを差している。そのふたりがさっきから剣呑な視線をこちらに度々向けていた。

「仕事は何時までだ？」

「あと二時間」

出勤時間に間に合わない。

「じゃあ、明日、どこかで会おう」

「おっさんの部屋に行くよ。何時がいい？」

明日は非番だった。

「何時でも」

「じゃあ、出かける前に電話するわ」

明の目が懇願していた。わたしは肩をすくめ、踵を返した。男たちは相変わらず我々を睨んでいた。

＊　＊　＊

昼過ぎに来るという明からの電話で起こされた。サウナで仮眠を取っただけの肉体はさらなる睡眠を要求してきたが、わたしは無理矢理起きあがり、冷たいシャワーを浴びた。帰宅前にコンビニで買い置きしておいたサンドウィッチとサラダを食べ、コーヒーを淹れた。

コーヒーを飲み終えたのは午前十一時四十五分。明がやって来るまでにはまだ多少の余裕があった。なにか食べるものを作ってやろうと冷蔵庫の中を漁っていると、携帯が鳴った。李威の携帯だった。

「もしもし？」

「休みの日にすまないな、救命士さん。仕事だ」

李威の日本語は相変わらず淀みがなかった。

「これからですか？」

「ああ。午後二時までに川口に来てくれ」

「ちょっと待ってください。用事がひとつ、入ってるんです」

「金だ、救命士さん。この世に、金を稼ぐことより大切な用事はない。嫌なら、他の人間に仕事をまわすだけだ」

「いくらですか？」

反射的に訊いていた。李威の乾いた笑いが聞こえてきた。

「それだ、救命士さん。自然な反応だ。三十万出そう」

「運ぶ物は？」

「おまえが知る必要はない」

笑いが唐突に消えた。

「川口のどこへ？」

「駅だ。二時ちょうどにおまえの携帯が鳴る。後はその指示に従え」

「二時ですね？」

「よろしく頼むよ、救命士さん」

電話が切れた。時間は午後零時ちょうど。二時に川口に着くには、すぐにでも家を出た方がいい。李威はその辺りまで周到に計算しているのだろう。

上着を手に摑み、部屋を出た。駅で待っていれば明を捕まえることはできるだろう。明と話をするのは時間を改める他はない。

時計と睨めっこをしながら改札で待っていると、明が姿を現した。十二時半。すぐにでも上りの電車に乗らなければならない。

「どうしたんだよ、おっさん？」

「急な用事が入って、出かけなければならなくなった。すまんが、後で抜弁天に寄るよ」

「なんだよ、人を呼び出しておいて」

「言っただろう。急用なんだ」

明の唇が吊り上がった。

「わかったぜ、おっさん。仕事だろう。あの二十万のと同じやつ」

勘のよさには舌を巻くが、今はとにかく時間がなかった。あらかじめ買っておいた新宿までの切符を明に渡し、わたしはスイカで改札を通りすぎた。明が後を追ってくる。ホームの方から、電車がやって来るというアナウンスが聞こえた。わたしは階段を駆けのぼった。

「どこまで行くんだよ？」

「おまえは部屋に戻っていろ」

「おれも手伝うよ」

「馬鹿を言うな」

わたしたちが階段をのぼりきるのと、電車がホームに停車するのはほとんど同時だった。開いたドアから客が吐き出され、わたしの行く手を遮る。手近のドアから電車に飛び乗り、手すりを摑んだ。左横には明がいる。

「おっさんだけに危ない橋渡らせるの、心苦しいんだよ」

「危ない橋を渡るとは一言も言っていないぞ」

電車が動きだした。車内は六、七割程度の混み具合で、我々の周囲にいるのはアイポッドで音楽を聴いているか、携帯でメールを打つのに夢中になっている若者ばかりだった。

「笑わせるなよ。普通に働いて二十万も稼げるかよ」

明はほとんど唇を動かさずに喋っていた。歌舞伎町でのサバイバルの果てに身につけたのだろう。

「とにかく、帰れ」

「手伝わせてくれねえんなら、ガウヤッヤッのことも教えねえぞ」

わたしは手すりを強く握った。明の目は不敵に光っている。この件に口を閉ざしたところで、わたしが援助の手をさしのべるのをやめることはないと知っているのだ。

「おれはだれかに見張られている。だから、おまえは他人の振りをしていろ」

「わかった」

そう答える明の声は、悲しいほどに大人びていた。

＊　＊　＊

川口の駅に到着したのは一時四十分を少し回ったところだった。すでに明はわたしから離れ、キヨスクでなにかを買っていた。だれかに見つめられている――神経が過敏になっているだけかもしれないが、いやな感触がうなじに取り憑いて離れなかった。

駅構内をぶらついていると、携帯が鳴った。電話の主は李威だった。

「ひとりだな?」

その口調で、だれかがわたしを見張っているということに確信が持てた。たった一、二度の付き合いで他人を丸ごと信用するほど李威はお人好しではない。

「もちろん。どこに行けば?」

「東口に出ると、イトーヨーカドーがある。そこの駐車場に、BMWのX3が停まっている。色は黒、練馬ナンバーだ。その車に乗っている男から鞄を受け取れ」

電話が切れた。李威は余韻という物に無頓着だった。わたしは携帯を上着のポケットにしまい、東口に足を向けた。明とは視線さえ交わさない。それでも、明が気づかれないように後をついてくるという自信があった。明はジャングルで生き抜いてきた野生動物なのだ。

イトーヨーカドーは駅を出るとすぐに目についた。明の気配を背中で感じながら、わたしは駅前の道を大股で歩いた。相変わらず、だれかの視線がわたしの背中に張りついていた。徒歩で二分。駐車場には五十台以上の車が停まっていた。BMWは五台。X3は二台。一台は川口ナンバーのグレイ。駐車場の一番奥に停まっている黒いX3が目的の車だった。

運転席に男が座り、携帯を耳に押し当てていた。わたしが近づいても、男は携帯でだれかと話し続けていた。わたしはさりげなく振り返った。明の姿は見えない。姿を、あるいは気配を消す術を巧みに身につけている。

X3の運転席のドアが開き、男が降りてきた。携帯は耳に押し当てたままだ。左手に中型のアタッシェケースをぶら下げていた。

「李威先生から——」

わたしが口を開くと、男は素速く首を振った。アタッシェケースをつきだし、受け取ると、今度は携帯をわたしに差し出してきた。

アタッシェケースはずしりと重たかった。鉛の塊を中に詰め込んでいるかのようだった。携帯を耳に当てた。李威の低く乾いた声が鼓膜を震わせた。

「受け取ったか？」

「ええ、なにが入ってるんですか？」

「重いだろう。しばらく我慢しろ。その鞄を渋谷に届けてもらいたい」

「どこですか？」

「渋谷の東急イン。そこのティーラウンジで、坂本という男が待っている。少し禿げあがった頭に銀縁の眼鏡。紺色のスーツ。どこからどう見ても、日本のサラリーマンだ」

「それだけじゃ――」

「わかるよ、救命士さん。眼鏡やスーツはサラリーマンだが、目を見れば、坂本がサラリーマンじゃないことはすぐにわかる。万一わからなければ、電話しろ」

切れた携帯を男に返した。男は小さく頷いただけで、車に戻った。シートをリクライニングさせ、目を閉じる。もう、わたしにはこれっぽっちの興味もないようだった。

わたしは重いアタッシェケースを右手にぶら下げ、来た道を引き返した。駅に向かう道の反対側の歩道を、明がとぼとぼと歩いている。明はわたしの歩調に合わせていた。

駅の構内に入る直前、明がわたしの目の前を横切った。

「渋谷だ」

わたしは囁いた。切符を買うための金はあらかじめ渡してある。わたし自身はスイカを使って改札を通り抜けた。

最後尾の車両に乗り、空いている席に腰をおろした。アタッシェケースは膝の上に置く。中身はなにか。クスリではない。

明が別のドアから乗りこんできた。わたしと距離を保って、つり革に摑まっている。

電車がホームを離れた。同時に、だれかに見られているという感覚が消えた。それでも気を緩めず、電車が駅を三つ通過するのを待ってから、明に手招きした。

「なにが入ってるんだよ？」

明はわたしのまん前に立ち、つり革にぶら下がった。例によって明の唇はほとんど動かず、明の声はわたしの耳にしか届かない。

わたしは小さく首を振った。

「クスリ？」

わたしは大きく首を振った。明は唇をすぼめ、わたしの背後に視線を移した。渋谷に到着するまで、わたしたちは一言も口を利かなかった。

電車を降りると、明がわたしの手からアタッシェケースを奪い取った。

「なんだよ、これ？　無茶苦茶重いじゃん。な、おっさん、中、見てみようぜ」

「鍵がかかってる。返せ」

わたしの言葉に舌打ちしながら、しかし明は素直にケースを返してよこした。

「銃だな、おっさん」

「そうだろうな」

人の流れに乗りながら、我々は駅の東口に出、明治通りを北に向かった。

「だれに頼まれてるんだよ？」

「知らない方がいい」

「中国マフィアだろう、どうせ。そいつに木下を殺してもらったのかよ？」

明は珍しく饒舌だった。

「木下のことは知らん」

「よく言うぜ」

「ここから先は、また他人だ」明の言葉をわたしは無視した。「後で、ハチ公の前で会おう」

わたしの言葉が終わる前に、明はわたしから離れていった。

アタッシェケースを握り直し、東急インのエントランスをくぐった。左右の手に持ち替えながら歩いていたのだが、両腕の筋肉が悲鳴をあげはじめていた。ケースの中に入っているのが拳銃だとして、いったい、何丁あるのだろう。

ティーラウンジには五組の客がいた。坂本はすぐにわかった。ひとりで座っているのが彼だけだったということもあったが、なにより、李威の言葉が正しかった。

坂本は一見、どこにでもいるサラリーマン風だ。出世街道から外れたうだつの上がらないサラリーマンという恰好をしている。だが、目がその擬態を裏切っていた。よく研がれた刃物のような光が宿っている。警官かやくざの目だけが、そういう光を放つのだ。

「坂本さんですか？」

わたしはアタッシェケースを足元に置き、声をかけた。坂本はちらりとわたしを見て頷いた。それだけだった。自分の目が放つ剣呑な光を承知しているのだ。それで、なるべく他人と目を合わせないようにしている。鈍感な人間なら、おどおどしているのだと勘違いするだろう。

やって来たウェイターにコーヒーを頼み、わたしはアタッシェケースをテーブルの下に移動させた。足で押しやると、すぐにケースの感触が消えた。坂本が自分の方に引き寄せたのだ。代わりに、紙袋がわたしの足元にやって来た。渋谷駅前にあるデパートの手提げ袋だ。

「じゃあ、わたしはこれで……」

独り言のように呟き、坂本は腰をあげた。あれだけ重たかったアタッシェケースが、坂本の手にかかると空のようだった。坂本は軽やかな足取りでラウンジを出て行った。

運ばれてきたコーヒーを啜りながら、わたしは手提げ袋に視線を落とした。ビニールに包まれたラルフローレンのポロシャツが不自然に押し込まれている。その下に金があるのだろう。

テーブルの上に携帯電話お断りの札が立てかけられていた。わたしはそれを無視して携帯を取りだした。まだ、このテーブルには坂本の残り香が色濃くとどまっている。客もウェイターもうるさいことは言ってこないだろう。

「鞄を渡して、デパートの手提げ袋を受け取りました」

「それじゃ、ご苦労だが、また川口まで戻ってくれ。さっきと同じ駐車場に、今度は日産のスカイラインクーペが停まっている」

溜息を押し殺し、わたしは電話を切った。緊張が持続したせいか、とてつもない疲労感が肩にのしかかっていた。

＊　＊　＊

渋る明をなんとか説得し、ひとりで川口に舞い戻った。スカイラインクーペに乗っていたのは李威と一緒にスヌーカーに興じていたあの男だった。手渡した手提げ袋と引き換えに、わたしは三十万の金を受け取った。

胃が重く、身体が怠《だる》い。

新宿に向かう電車の中で眠りたかったが、分不相応な金がそれを妨げた。新宿駅を降りたのは午後七時過ぎ。少年たちが腹をすかして待っている。駅ビルの地下街で、テイクアウト専門の寿司屋に立ち寄り、四人前のセットを六つ買った。三十万の金で気が緩んでしまったのか、気がつけばタクシーに揺られていた。

笑加は眠っていた。歓声を上げて寿司に群がる少年たちを居間に残して、わたしと明は例の部屋に移動した。

「だれに頼まれてあんな仕事してるんだよ？」

ドアを閉めると、明が待ちきれないというように口を開く。

「その前に、おまえの話だ。ガウヤッヤッのことを話せ」

明はドアに背中を預け、唇を引き締めた。

「明――」

「お遊びだよ、ただの」

「なんの遊びだ？」

「輝和が思いついたんだ。おれたちにもできるんじゃねえかって」

「だから、なにをだ？　ごまかそうとするなよ」

「ワールドトレードセンターみたいによ、都庁を爆破できるんじゃねえかって」

わたしは絶句した。

「おれたちがこうなったのも、全部、あそこで偉そうにふんぞり返ってるやつのせいだ」

「本気でそんなことを考えてるのか？」

「だから、遊びだって。遊びもさ、本気で熱中しないと面白くねえだろう。ネット喫茶で爆弾のこと調べてよ、爆弾が作れたとして、本当に都庁に仕掛けられるか確かめて……知ってるか、おっさん？」

わたしは明の顔をぼんやりと眺めた。疲労がピークに達している。空腹なはずなのに、胃は膨満していた。

「都庁ってさ、一般人は展望台とか、限られた場所にしか行けないことになってるんだけどよ、本当はどこにでも行けるんだ。エレベーター、停まるからさ」

都庁に行ったことはなかった。わたしはパスポートさえ持っていない。

「大人なら、見つかったら追い出されるけど、秀文や浩なら、道に迷ったとか、小便が漏れそうだって言えば、見逃してもらえるんだ」

明は犬のように唇を舐めた。

「遊びだぜ、本当に。でもさ、半分本気でもあるんだ。修理屋のところで時計のこと勉強して。必要なもの手に入れて」

「あれは本物のプラスティック爆弾なのか？」

明が頷いた。

「どうやって……」

「金さえあれば、なんだって手に入るさ。おっさんだって、今日、銃を運んでたじゃねえか。でもさ、勘違いするなよ。爆弾も手に入れたけど、これは遊びなんだ」

ガウヤッヤッの本番みたいだ——輝和の声が耳の奥によみがえった。明たちは計画も立てているに違いない。たしかに遊びなのだろうが、危険極まりない遊びだった。気がつけば、後戻りの利かない場所に足を踏み込む可能性もある。

「おまえと輝和だけか？」

「みんなだよ。笑加だって一緒になってる。これは、おれたちみんなの遊びなんだ」

明は腰に手を当て、胸を張った。

わたしは首筋を揉んだ。明の過剰な自信に神経がささくれ立っていた。だれよりもこの遊びに夢中になっているのは笑加ではないのか——根拠のない確信が押し寄せ、肌を粟立たせた。

「仕掛けを見せてくれ」

わたしは言った。

「仕掛け？」

「爆弾と電池と時計だ」

「こないだ見たんだろう？」

「ちゃんと見たい」

わたしの一方的な物言いに、明は反射的に抗おうとした。眼が微かに吊りあがり刃物のような光を帯びる。だが、明は唇を噛み、肩をすくめた。

「しょうがねえな」

明は押入を開けた。中からスポーツバッグをふたつ、引きずり出す。

「これでいいか？」

明の仏頂面を無視して、わたしは足元に置かれたバッグをあらためた。時計や電池に興味はない。知りたいのは爆弾の大きさだ。片方のバッグの奥に、粘土のような塊がふたつ転がっていた。ふたつだけだ。どちらもどこの家庭にでもある台所用のスポンジぐらいの大きさしかない。

「これだけか？」

「ああ。それだけ。高いんだよ、それ。おれたちの稼ぎじゃ、ふたつ手に入れるのがやっとだった」

わたしは安堵の息を押し殺し、塊をバッグの奥に戻した。遊びというのは本当なのだ。この程度の爆薬で都庁を吹き飛ばすことなどできはしない。せいぜい、壁に穴を開けるぐらいだろう。

「どこで手に入れたんだ？」

「どこでもいいだろう」

「どこで手に入れた？　中国人から買ったのか？」

「ネットよ」

笑加の声に反射的に振り返った。笑加はパジャマ姿のまま、部屋の戸口に立っていた。

「ネット？」

「そう。インターネット。そういうの売ってくれるっていうサイトがあって、お金を振り込んだら送られてきた」

笑加は開き直っていた。いつものしおらしい態度はかなぐり捨て、憎々しげに唇を歪めている。どちらが本当の笑加なのかと首を傾げるのは時間の無駄だった。どちらも笑加なのだ。

「本物なのか？　どうやって確認した？」

「偽物でもいいの」

笑加の言葉に、わたしは喉を震わせることしかできなかった。

「遊びなのよ、織田さん。退屈しのぎとなんちゃって復讐」

「笑加、まだ寝てた方が――」

「大丈夫よ」笑加は明を遮って話し続けた。「暇で惨めだったの。みんな、外に遊びに出かけたくてもお金もないし、それより、人目につくわけにもいかないし。アルバイトしてる時以外は、ずっとこの部屋にこもりっぱなし。テレビゲームもトランプも飽きたし、この部屋じゃかくれんぼだってできない」

わたしは唾を飲みこみ、笑加の告白に耳を傾けた。わたしと同じように、居間で少年たちが固唾を飲んでいる気配が伝わってきた。

「毎日毎晩、息が詰まりそうになるの。そんな時、テレビであの事件を再検証する番組見たわ。九一一。あの事件が起きた時はみんなまだ子供で、よく覚えてなかったの。みんな呆気にとられて飛行機が突き刺さったビルを見てた。時間が経つのも忘れて崩れ落ちていくまでずっと見続けてた」

笑加の唇は蒼白かった。赤みを失った頬は透き通るほど白かった。

「その後、事件の経過が説明されて、わたしたち、興奮した。一握りのゲリラがアメリカを脅かしたのよ。わたしたちだって、なにかできるかもしれない。こんな惨めな境遇に追いやられたわたしたちにだって、みんなの鼻を明かしてやることができるのかもしれない——」

「それで、輝和が都庁を吹き飛ばせないかなって言ったんだ」

笑加の言葉を明が引き継いだ。

「みんな、夢中になったわ。インターネットや図書館でいろいろ調べて、計画を立てて、お金を少しずつ貯めていって。朝も夜も昼も、みんなで顔を合わせてはその話ばかり。無理なことはわかってた。アルカイダはビンラディンから多額のお金をもらって、それでアメリカに攻撃を仕掛けたのよ。わたしたちにはお金もないし、なにより、子供だから。でも、夢中になった。毎日が楽しくなった。お客さんを取る仕事も嫌じゃなくなった。この遊びはわたしたちの救いだったの」

笑加は挑むようにわたしを睨んだ。話は終わったのだ。

「なるほど。わかった。もう、この話はいい。向こうへ行って寿司を食おう。ぐずぐずしてると他のみんなに全部食べられてしまう」

明と笑加は顔を見合わせた。わたしの態度が不可解なのだ。叱られるか、馬鹿なことは考えるなと諭されると思っていたのだろう。

「それだけかよ?」

毒気の抜けた顔で明は呟いた。

「それだけだ」

わたしも呟き返した。

＊＊＊

少年たちは腹をすかせた野良犬のような表情を浮かべていた。我々の話が終わるまで、寿司に手を出すのを控えていたのだ。明と笑加が座に加わり、笑加の「いただきます」の合図で夕餉がはじまった。人気はマグロと海老に集中し、そこかしこで小競り合いが起こる。そのたびに、明が無言の威圧で諍《いさか》いを鎮めていた。ボス狼は口を開くことなく、一瞥だけで相手を黙らせることができるのだ。

わたしは缶ビールを片手に握り、子供らの食卓を漫然と眺めていた。頭の中では笑加の話が渦巻いていた。

結局のところ、同じなのだ。彼らがあの事件で受けた衝撃と、わたしが地下鉄サリン事件で受けた衝撃は質量ともまったく変わらない。衝撃が去った後、彼らはテロ遊びに夢中になった。わたしは長く務めた消防から救急に鞍替えした。彼らはテロリストと自分たちを同化し、都庁を吹き飛ばす夢を見た。わたしはテロリストを憎み、それ以上に無力だった自分を憎み、一介の救急隊員の分際で世界を救うことを夢見た。自分が道化に過ぎないことを認識しつつ、しかし道化であることをとめられず、他者と隔絶して生きてきた。今では明たちの親になることを夢見ている。懲りることのないのが、わたしという男だ。

彼らはわたしなのだ。わたしは彼らなのだ。たまたま巡り会い、強引に関わり合いを持った少年たちがわたしと同じ存在だった。わたしと同じものを見ていた。そこに運命めいたものを感じざるをえなかった。

「はい」

気がつくと、笑加が目の前に立っていた。よく冷えた缶ビールをわたしに差し出している。遊びの話を語った時の意固地さは消え、いつもの笑顔が戻っていた。寿司を食べたせいか、血色も少しはましになっていた。

「織田さんは食べないの？　って言っても、もうほとんど残ってないけど」

「ここに来る前に牛丼を食べてきた」

嘘をつき、手にしていた缶を軽く振ってみた。ほとんど空だった。わたしは温くなった残りを飲み干し、笑加にもらった缶を開けた。

「牛丼？　わたしたちにはお寿司を買ってきてくれたのに？」

「癖なんだ。時間のある時に食べる。自分が食べてから寿司を買った。失敗したと思ったよ」

「しょうがないわね、大人の男の人って」

大人びた口調がわたしの目の前から横に流れていった。笑加はわたしの後ろに回り、肩に両手を置いた。

「この前よりもっと凝ってる。たまにはマッサージとか整体に行った方がいいよ。わたしのお客さんにも酷い人いっぱいいるけど、一度でも整体に行くとかなり凝りがほぐれるって」

笑加の華奢な指先が凝りに凝ったわたしの筋肉にもぐり込んでくる。笑加の体調を考えれば止めた方が無難だ。だが、笑加が与えてくれる安らぎに抗うことはできなかった。わたしは肩の力を抜き、すべてを笑加に投げ出して目を閉じた。

18

前園から連絡があった。血液検査の結果は微妙なものだったという。悪いわけでもなく、良いわけでもない。しばらく投薬を続け、様子を見守るしかないというのが前園の診断だった。

「急に容態が悪化する可能性もあるので、できれば入院させて様子を見たいんですが――」

「それは無理だ」前園の直截《ちょくせつ》な要求をわたしははねつけた。「できるかぎり、ぼくがそばについているようにします」

溜息が聞こえた。

「しょうがないですね。それで、薬なんですが、こちらで用意するにはまだ時間がかかりそうなんです」

「シクロスポリン……早めに投薬した方がいいんですよね？」

「そうですね。できるだけ早く」

「ぼくの方でもなんとかならないか、手を打ってみます」

「病状に変化があったら、遠慮しないで、すぐに知らせてくださいよ、織田さん」

「もちろん。ありがとうございます」

わたしは電話を切り、思案に耽った。出場要請を告げる声がスピーカーから流れ、シフト中の消防隊員たちが慌ただしく救急車に駆け込んでいく。肩を叩かれ、わたしは反射的に顔を上げた。

「お疲れさん」

ポンプ隊の赤川だった。今日はわたしと同じシフトで、私服に着替え終えていた。

「最近、顔色が悪いよ、織田ちゃん。悩み事でもあるのかい？」

赤川はわたしより五つ年上で、階級はひとつ上だった。下町で生まれ育ち、部下に対しても砕けた言葉を使う。署内のだれからも慕われ、愛される男だった。

「この年になるといろいろありまして。赤川さんならおわかりでしょう」

「まあな。おれはあんたと違って妻子持ちだから、もっと問題を抱えてるわさ。それより、どうだい、この後予定はあるのかい？」

赤川はコップを傾ける仕種をみせた。赤川が同僚を飲みに誘うのは珍しい。自ら口にしたように、赤川にはふたりの子供がいる。長男は去年大学生になり、長女が今年高校に進学した。学費で家計は火の車だ。消防署員の安月給では飲んで憂さを晴らす回数も限られてしまう。

「いいですよ。たまには赤川さんの愚痴に付き合いましょう」

わたしは腰をあげた。赤川はわたしになにか告げたいことがあるのだ。

「おれの愚痴は長いぞ」

中途半端な笑みを浮かべて、赤川は階段に足を向けた。わたしはその後を追う。お互いに金はない。ならば、行き先は自ずと決まっていた。ふたりとも無言のまま明治通りを横切り、ゴールデン街を目指した。赤川がたまに憂さを晴らすために通う店は〈たか〉という。十人も座れば一杯のカウンターにマスターの手作りのおでんが乗っかり、酒を飲み、胃を満足させて三千円でお釣りがくる。

がたのきたドアを器用に開けながら赤川は〈たか〉に入っていく。常連客が三人、マスターと昨今の政治状況を語りあっていた。ゴールデン街も近頃では様変わりし、若い店主に若い客というところが増えたが、ここは昔ながらの店だった。

赤川はカウンターの奥に座り、マスターにボトルを出すよう頼んだ。おでんはお通しとして出てくる。代金を取られるのはお代わりからだ。

赤川が飲むのは決まって、麦焼酎のお湯割りだ。わたしもそれに付き合った。グラスを合わせて乾杯し、おでんを摘む。

「察しはついてると思うんだがよ、織田ちゃん」赤川はグラスの中身を半分飲み干して、太い息を吐いた。「田中のことだ」

わたしは頷き、グラスに口をつけた。赤川に肩を叩かれた時から察しはついていた。というよりそれ以外に考えつかなかった。

「織田ちゃんの悪口をあちこちで言いふらしてる」

「なるほど」

わたしは大根を口に放り込んだ。火傷《やけど》しそうなほどに熱い出汁が口いっぱいに広がり、一瞬遅れてから旨味が滲んできた。

「あんたの腕はみんなわかってるし、ぽっと出の機関員の言うことに耳を貸す奴なんて、うちにはいないがな。それでも、所長の耳には入る。消防庁ってのはなんだかんだ言ってもお役所だ。部下を掌握できないと判断されたら、あんたの出世にも響いてくる」

「出世に興味はありませんよ」

「そんなことはわかってる。あんたがあの事件の後、消防から救急に転身した時にさ、みんなわかったんだ。あのまま消防にいたら、あんた、とっくに消防司令補か消防司令になっとったはずだ」

警察で言うところの警部補か警部。階級には昔からなんの興味もなかった。

「おれはな、織田ちゃん、悔しいんだよ。あんたみたいに腕と情熱を持つやつが出世に興味がないばかりに、おべっかがうまいやつだけが出世していく」

赤川は二杯目を空にした。すでに、頬がほんのりと赤く染まりはじめていた。昔は酒豪と呼んでもいいほどの飲みっぷりだったが、ここ二、三年、めっきり酒量が落ちている。

「織田ちゃんがさ、司令になってみいよ。新宿ももうちっとまともな組織になるかもしれんじゃないか」

「だったら赤川さんが――」

「おれはだめだ」赤川は首を振った。「おれは現場にいてなんぼの人間だもの。人事だの組織改革だの、そういうことは手に余る。織田ちゃんみたいに、現場も一流だしそれ以外のことにも頭が回るってやつが必要なのよ」

「ぼくの手にも余りますよ。ぼくは死ぬまで現場に出ていたいんです」

わたしの言葉に、赤川は大袈裟に溜息をついた。

「最初から答えはわかってたけどよ……相変わらずつれねえなあ、織田ちゃんは。ま、とにかく、田中には目を配っておけ。なにがあったか知らないが、今どきの若いもんは、些細なことで逆恨みするからな」

「ええ、気をつけてるつもりなんですがね」

嘘だった。明たちのことがいつも頭にあって、田中のことなど考えたこともない。田中も、わたしの前ではしおらしい態度で勤務に就いていた。

携帯が鳴った。着メロではなく、普通の着信ベルだ。李威から受け取った携帯に電話がかかってきている。

「ちょっと失礼」

赤川に断りを入れ、わたしは店の外に出た。着信ボタンを押し、携帯を耳に押し当てる。かつてはドブに似た匂いがこの辺りに漂っていたが、今はニンニクを炒める香ばしい匂いが鼻腔に流れ込んでくるだけだった。

「救命士さん――」

李威の乾いた声が耳に流れ込んできた。

「また仕事ですか？」

「いや、今日は違う。頼まれていたものが手に入った」

「薬ですか？」

心臓が強い脈を打ち、熱い血液が全身を駆けめぐった。

「シクロスポリン。三日後に、台湾から船で到着する」

「ありがとうございます」

わたしは目に見えぬ相手に頭を下げた。

「次の休みはいつだ？」

わたしの謝意は李威に簡単に受け流された。

「ちょうど三日後になります」

「その日は丸一日休みなんだな？」

「ええ」

「予定は入れるな」

「わかりました」

「薬を手に入れるのに、余分な金がかかった。回収しなければならない」

熱かった血が急速に冷えていく。わたしは汗で濡れた掌をズボンで拭った。

「なにをやらされるんですか？」

乾いた北風のような笑いが聞こえた。

「それは三日後のお楽しみだ、救命士さん」

いつもと同じように、余韻を残さず、李威は電話を切った。

＊　＊　＊

居間の片隅に、布団が一組丁寧に畳んであった。布団カバーとシーツは古びていたが洗い立てだということがはっきりとわかった。

「これ、織田さんの」

浩が布団を指差して得意げに胸を張った。わたしは昼番のシフトを終え、大久保のスーパーで食材を買ってきたところだった。明と辰秋、亮の姿はなかった。笑加は別室で眠っていた。

「織田さん、最近顔色悪いしさ、眼はいつも充血してるだろう」

きょとんとしているわたしに、今度は武が話しかけてきた。

「今日みたいな日はいいけどさ、夜遅く来る時はこれ使って寝ていいよ。消防署、歩いていけるんだし、泊まっていけばいいんだよ。織田さんが寝てる間は、おれたち、静かにしてるから」

「この布団はどうしたんだ？」

身体の奥の方から湧き水のように感動が滲み出てきた。わたしはそれを押し殺しながら訊いた。

「アルバイトしてるラブホでいらなくなったやつ。ただでもらってきたんだ」

答えたのは秀文だった。武と浩が頷いている。輝和はなにかの本に目を通していた。

秀文たち三人が、まだ成長しきっていない細い身体で大久保のラブホテル街から布団をえっちらおっちら運んでくる姿を想像して、胸が締めつけられた。

「おれがここに寝たら、部屋が狭くてしょうがないだろう」

そのつもりはないのに怒ったような声が出る。少年たちの顔が曇った。

「別にいいよ。毎日じゃないんだし」

本を読みながら輝和が言った。ということは、布団とわたしの件は四人の間で合意ができているということだ。

「明たちは知ってるのか？」

「別に反対しないと思うよ。笑加姉ちゃんも明兄ちゃんも別の部屋で寝るんだし」

「ねえ、今日のご飯はなに？」

浩がわたしにまとわりついてきた。

「カレーライスだ。ご飯を炊くの、みんなでやってくれるか？」

浩と武が歓声を上げ、秀文が米を研ぎはじめた。その横でわたしはジャガイモを洗い、皮を剝き、乱切りにする。ニンジンとタマネギにも同じ処分を下してやった。少年たちの好きな肉は豚を用意しておいた。小間切れ肉を一キロ。それだって足りないぐらいだ。

フライパンに油を敷き、タマネギをゆっくり炒めた。気を抜けば鼻歌が出てしまいそうだった。彼らが用意してくれたわたしのための布団は、李威と仕事をはじめてからどす黒く凝り固まっていたわたしの心を間違いなく和らげていた。

タマネギがきつね色に変わりはじめたころ、辰秋と亮が腹をすかせて帰ってきた。ふたりとも鼻をうごめかせ、カレーだカレーだと即興の曲を作って歌いはじめた。

タマネギを炒めるのを辰秋に替わってもらい、わたしは湯を沸かしておいた大鍋にネギやらコンソメ顆粒やら、台所にあるものを適当にぶち込んだ。再びフライパンを握り、飴色になったタマネギを鍋に入れ、豚肉と野菜を一度洗ったフライパンで炒めた。鍋に入れる前に塩胡椒でしっかり味付けするのが手軽で旨いカレーを作るコツだった。スパイスから作りはじめるというカレーなど知ったことではない。市販のルーを使ってどれだけ美味しいものを作るかが、世の主婦や仕事に追われている男たちの眼目だ。

鍋の番を子供たちに任せ、わたしは笑加の部屋をノックした。十分ぐらい前から起きだした気配がしていたのだ。

「どうぞ」

笑加の声に従い、ドアを開けた。居間の野球部の部室を思い出させる匂いとは違い、笑加の部屋にはかすかに甘い香りが漂っていた。香水ではない。少女が女に脱皮しようとする際に放つ体臭のようなものだ。

笑加はジャージ姿で机に向かっていた。蠟人形のような顔を手鏡で覗きこんでいる。机の上には化粧道具が散乱していた。

「具合はどうだい？」

「良くも悪くもないわ。織田さん、わたし、治らないのかな？」

笑加は手鏡を覗きこんだままわたしに応じた。顔色の悪さを化粧でごまかす方法をいつも考えているのだろう。笑加の切れ長の目を飾る睫毛が細かく震えていた。

「新しい薬がもうすぐ手に入る。それを服用すれば、病気はよくなると前園先生も言っている。もう少しの辛抱だよ」

「入院させたいって、前園先生は言うんでしょう？」

「ああ」

嘘をついてもはじまらない。わたしは正直に答えた。

「保険がなくて入院すると、どれぐらいお金がかかるのかしら」

「多分、何百万という金だ。医療費は高くつく」

「無理よね、それじゃ」

笑加は溜息を漏らした。重い溜息は畳の上に沈み、粘着質の液体のようにじんわりと広がっていく。

「おれの話を聞いていたか？　新しい薬が手に入る。病気もそれでよくなるさ」

「効かなかったら？」

笑加は鏡から視線を引き剝がした。絶望の一歩手前としか表現しようのない表情がその顔に浮かんでいた。

「今飲んでる薬も効くはずだったんでしょう？　でも、効果はなかった」

「君の病気の治療は順を追ってやっていかなけりゃならないんだ。今の薬は確かに効かなかった。でも、それで諦めるには早すぎるよ」

「諦めてるわけじゃないわ。でも、ちょっと辛いかな」

「大丈夫だ。必ずよくなる。薬が手に入ったら、すぐに持ってくるから」

「織田さん、その薬、どうやって手に入れたの？　前の時は明たちも手伝ったけど――」

「大人にしかできないことっていうのもあるんだ。君は心配しなくていい」

「だけど――」

笑加は腰をあげた。ドアに背中を預けて突っ立ったままのわたしに近づいてくる。

「明から聞いたわ。わたしたちのための口座。もう、五十万円も入ってる。織田さんのお給料じゃないでしょう」

「何度も言うが、君は心配しなくていい。おれはお節介でやっているだけだ」

「わたしたち、どうやってお礼をしたらいい？」

笑加の目は潤んでいた。あの店で客に向ける目だ。営業用の目だ。男をその気にさせるために身につけた視線だ。

「そんなことはしなくていい」

わたしは強い声を出した。笑加の足が止まった。笑加は悲しげに俯き、それっきり動かなくなった。

「どうせならマッサージの方がいい。笑加のマッサージは最高だ」

凍りついた空気を和ませたかったが、わたしはどこまでも不器用だった。

「今、カレーを作ってるから。できたら呼ぶよ」

早口でそう言い、わたしは逃げるように部屋を出た。台所で辰秋が鍋を覗いていた。具はいい感じで煮えている。弱火にしてカレールーを入れ、ルーが溶けたところで火を止めた。

「できあがり!?」

少年たちが台所に集まってくる。わたしは首を振った。

「あと三十分」

少年たちは待ちきれないと騒ぎ出す。たしかに、空腹には酷な香りが部屋に充満していた。

明が戻ってきた。鼻をひくつかせ、今日はカレーかと呟きながら輝和に笑加の様子を訊ね、それを終えてからわたしに会釈した。

「おっさんも暇なわけじゃねえだろう。あんまり気を使うなよ」

金をもらうだけで息苦しいと明は訴えている。わたしは肩をすくめた。

「ここで寝てもいいそうだ」

明はやっと布団に気づいた。

「だれが――」

「いいじゃないか。織田さんがいてくれれば、浩たちも喜ぶし。部屋が狭くなる分は、おれたちが我慢するから」

明は唇を嚙み、暗い目で少年たちを凝視した。辰秋は知らんぷりを決めこみ、亮と輝和は明のその視線を受け止めた。他の三人はうなだれている。わたしが闖入してきたことによって、少年たちの間のパワーバランスが崩れてきている。

「笑加は知っているのか?」

輝和が首を振った。

「でも、反対はしないと思うよ」

「決めるのは明だろう」

輝和と亮が不意打ちを食らって狼狽する。ふたりには悪いと思ったが、この群れのリーダーは明だった。指示系統がふたつに別れるのは彼らにとっていいことではない。

「かまわねえよ、おれは。もう、布団も持ってきたんだしな」

明はわたしの真意を察し、あっさり譲歩した。亮と輝和は顔を見合わせていた。

「さあ、もうすぐカレーができるぞ。支度をしてくれ」

辰秋に頷いて、わたしは鍋に向かった。二十分ほど味をなじませ、その後で牛乳を加え、再度温めれば完成だ。

明は自分の部屋に入り、ドアを閉めた。亮と輝和は部屋の隅で声を殺してなにかを話しこんでいた。

＊　＊　＊

前夜、布団に入る直前に李威から電話があった。免許証持参で、正午ちょうどに成田空港の第二ターミナル、到着ロビーで待つように。

憂鬱な気分を抱えて布団にもぐり込み、寝不足のまま朝を迎えた。

笑加のためだ——二十回ほど頭の中でそう唱えてから顔を洗い、簡単なサラダを胃に詰めて、出かける支度をした。電車を乗り継ぎ、京成線で成田に向かう。第二ターミナルに到着したのは約束の十五分前だった。到着便のタイムスケジュールを確認してみると、零時十五分に到着する上海便が目にとまった。

携帯が鳴った。わたしは混雑するロビーの隅に移動し、電話に出た。

「日本人は時間に正確だな、救命士さん」

「なにをすればいいんですか？」

「今いる場所を動くな。そうすれば、いずれわかる。今日の仕事が終われば、薬を渡すよ、救命士さん。おれたちの同胞を救ってやってくれ」

電話が切れた。わたしは携帯を握りしめ、ロビーを見渡した。それらしき人物は見当たらない。もっとも、わたしごときに不審人物と見極められるような男を李威が使うはずもない。

四十分ほど待っていると、到着ロビーが賑わいはじめた。上海便の客が税関審査を終え、続々と姿を現してくる。出迎えの客の視線が、お目当ての人物を求めて右左に動くのが滑稽だった。

若いふたりの女が、プラカードを手にした中年男のもとに歩んでいく。プラカードには「歓迎　黄小姐、王小姐」と書かれていた。くたびれたスーツを着た男は、どこからどう見ても旅行代理店の人間だった。男はふたりににこやかな笑みを見せ、肩を抱くようにして歩きはじめた。建物の外に出るのでもなく、駐車場に向かうのでもない。真っ直ぐ、わたしの方に歩いてくる。

「救命士さんですね？」

男の口から放たれたのは達者な日本語だった。日本で生まれ育ったものだけが話せる日本語だ。

「そうですが」

男はスーツの内ポケットから車の鍵と駐車券を取りだした。それを受け取り、わたしはしげしげと眺めた。駐車券にはちょうど一時間前の時刻が印刷されていた。ふたりの女性は所在なげに男の背後に立っていた。

「歩きながらお話ししましょう」

男は自信に満ちた足取りで駐車場に向かった。

「駐車場五階のB12番にシルバーのカローラが停まっています。それで、このふたりを新宿まで送り届けてください」

男の声は低く、小さく、気を抜けば聞き漏らしてしまいそうだった。麻薬か密輸品を運ばされるのだと思っていた。人買いの手伝いをやらされるというのは、わたしの想像力の及ぶ範囲ではなかった。

「新宿のどこへ？」

「北新宿。カーナビに行き先を設定してあります。それに従ってください。その先の細かいことは、救命士さんが持っている携帯におって指示があるはずです。終わったら、車は鍵をつけたまま、代々木公園の参宮橋近くの駐車場に停めておいてください」

訊きたいことは山ほどあった。だが、訊けばこの仕事がますます辛くなり、かつ、わたしの立場が微妙になることもわかっていた。口を閉ざす以外、わたしにできることはないのだ。笑加のため、薬のため、彼らのためと自分に言い聞かせ、モラルは脇にうっちゃって、ただひたすら邁進するしかない。

「それでは、わたしはここで」

男は慌ただしく会釈すると、わたしと女たちを残して来た道を戻りはじめた。

「日本語は？」

話しかけてみたが、女たちはぽかんとしているだけだった。年の頃は二十歳前後。どこか垢抜けない髪型と服装で、なるほど、これで電車に乗り、街を歩けば十中八九職務質問される。そうなれば、彼女たちのパスポートが偽造だということがばれ、強制送還されることになる。だからこその車、だからこそのわたしだ。警察と消防に仕事以外の関係はないが、一般人と比べれば、警察官にも身内意識が生じる。なにか問題が起こったとしても、わたしが救急救命士だという身分を明かせばそれほど大きな被害になる可能性は少ない。

「行こうか」

わたしはふたりに手招きし、駐車場への道のりを急いだ。男の言ったとおりの場所にカローラが停まっていた。トランクに荷物をおさめ、ふたりを後ろに乗せてエンジンをかける。純正品のカーナビが起動し、やがて、目的地までのルートを表示した。北新宿三丁目。淀橋市場のすぐそばだった。

料金を支払い、そのまま高速に乗った。ナビの到着予定時刻は三時四十分になっていた。都内が混雑しているのだろう。二十分ほど走っていると、はじめのうちはおどおどしていたふたりの緊張がほぐれ、中国語が車内に飛び交いはじめた。おそらく、北京語ではない。わたしにはなにひとつ聞き取れず、理解できなかった。

都内が近づいてくると、女たちの中国語に歓声が混じりはじめた。高層ビルを見つけるたびに大仰に叫び、「トーキョー、トーキョー」とわたしの肩を叩く。

「まだだ。まだ東京じゃない」

そうは言ってみたものの言葉が通じるはずもなく、わたしは姦しい声に悩まされながら運転を続けた。

首都高に乗り入れると途端に交通量が増えた。無数の亀が路上を這っているように、車列は実にのんびりと前進するだけだった。成田を出た時は三時四十分だった到着予定時刻が四時十分に変わっていた。いつの間にかお喋りもやみ、女たちは船を漕ぎはじめていた。

携帯が鳴った。女たちが目覚めるのをルームミラーで眺めながら電話に出た。

「渋滞に巻き込まれたか、救命士さん？」

「都内に入ってからぴたりと動かなくなりました」

「どれぐらいかかりそうだ？」

「カーナビによると、到着は四時十分だそうです」

「わかった。また、電話する」

わたしは携帯を上着のポケットにしまった。左側に座っていた娘が身を乗り出してきて、中国語でなにかをまくしたてた。わたしにできることは肩をすくめることだけだった。東京にやって来たという昂揚は、もはや、ふたりの目からは抜け落ちていた。彼女たちは不安に苛まれ、おどおどした目を窓の外に向けている。

わたしも彼女らとなにひとつ変わらなかった。

＊　＊　＊

渋滞に業を煮やし、途中で首都高を降りた。一般道もそれなりに混雑していたが、ナビの渋滞回避機能を駆使して目的地を目指した。娘たちは再び夢の世界に潜りこんでいる。

目白通りに出たところで、また李威から電話がかかってきた。一般道に降りたことを話すと、李威はさほど嬉しくはなさそうな笑い声を漏らした。

「行き先変更だ」

「なんだって？」

「四谷に向かってくれ。ちょっと問題が起こった」

「四谷のどこですか？」

「カーナビの検索履歴を出せ」

わたしは手探りでリモコンを左手に握った。ボタンを操作して李威の指示に従う。

「舟町の住所があるだろう。そこに行き先を変えればいい」

表示された住所の上から三番目がそれだった。

「わかりました。それじゃ――」

後ろから伸びてきた手が携帯を奪い取っていった。左側の娘が目を吊り上げて、ヒステリックに中国語をまくしたてた。

わたしにはなにも聞こえなかった。しかし、李威が雷を落としたのはすぐにわかった。娘がぴたりと口を閉じたのだ。不満と畏怖が娘の大きな瞳の中で交錯していた。娘は小声でなにかを呟き、電話を切り、携帯をわたしに返してよこした。携帯を握る指先がか細く震えていた。

彼女たちの運命は李威の手に握られているのだ。〈赤帝〉のような店で働かせてもらえるのか、それとも、最低ランクの売春宿で身体がぼろぼろになるまで働かされるのか。いずれにせよ、彼女らは李威と彼に連なる一族の奴隷だ。わたしはその奴隷の売買に手を貸している。

舌に血の味が広がった。気づかずに唇を強く噛んでいたのだ。血を舐めながら運転を続けた。娘たちは小声でなにかを話しこんでいる。彼女たちの恐怖が、わたしの苦渋が車内に充満し、息が苦しくなるほど空気が重かった。

地下鉄にサリンを撒いたあの連中とわたしになんの違いがあるというのだろう。彼らは盲信と恐怖に金縛りにあって自らの意志に蓋をし、大量殺戮をやってのけた。わたしは金のために李威に意志を縛られ、人買いに手を貸している。同じなのだ。根は繋がっている。わたしはあれだけ憎み、呪ってきた連中となにひとつ変わらないのだ。

金があれば。薬があれば。歌舞伎町浄化作戦などがなければ。明たちの父母が日本で働けるならば。

仮定の話をどれだけこねくり回しても、できあがるのは虚ろな塊だけだった。現実に、わたしはしがない救急救命士であり、明たちの生活を、笑加の身体を救うためには金がいり、金を稼ぐには李威が差し出す非合法な仕事にすがるしかない。それが嫌だというなら、なにもかもを放り出して尻をまくればいいだけのことだ。

もちろん、できないことはわかっている。それができるぐらいなら、わたしは別の人生を歩んでいたはずだ。

四谷が近づいてきた。わたしは携帯で電話をかけた。

「まもなく到着します」

「カーナビが指定した場所にはコインパーキングがある。そこに男がいて、救命士さん、あんたたちを待っている。そいつの指示に従え」

言葉を返す間もなく、電話は切れた。カーナビは外苑東通りを南下し、曙橋を越えた二つ目の信号を右折するルートを示していた。

突然、わたしの真後ろの娘が運転席の背もたれにしがみついてきた。中国語でなにかを喚き続けた。別の娘が取りなそうとしても聞き入れない。

言葉は相変わらずわからない。しかし、娘の気持ちは伝わってきた。行きたくない——彼女はそう訴えている。気持ちが変わった。故郷に帰りたい。ここにはいたくない。あそこには行きたくない。だから、引き返してくれ。彼女は目に涙を浮かべて懇願している。未来への期待が、恐怖と不安に塗り潰されてしまったのだ。

心臓がきりきりと痛んだ。一度は止まっていた唇からの出血がまたはじまった。あの日の、あの地獄絵図がよみがえり、血が、身体が氷のように冷えていく。無力感がわたしという全存在を押し包み、押し潰す。

引き返してやりたかった。そこまでせずとも、ここで車を停め、ふたりを解放してやればいい。しかし、李威がいる。彼はわたしをゆるすまい。わたしだけではなく、わたしと関わりのある者すべてに償いを求めるだろう。わたしは多分、東京湾に沈められ、明たちの生活は瓦解する。わたしの我が儘に、明たちを巻き込むことはできなかった。

娘は喚き続け、泣き続けた。なだめていたもうひとりの娘も今では泣いていた。カローラは悲痛な泣き声を載せて疾走していた。

カーナビが指示する信号が目前に迫り、わたしは直前まで躊躇し、しかし、ウィンカーレバーを倒した。狭い路地に進入し、しばらく進むと左手にコインパーキングがあった。スキンヘッドにジャージをだらしなく着こなした若い男が立っている。

パーキングに車を停めると、男が後部ドアを勝手に開け、乱暴に娘たちを降ろした。中国語──北京語で娘たちを怒鳴りつけ、わたしに顔を向けた。

「あなた、来る。女たち、逃げない。わかるか？」

娘たちが逃げないよう、一緒に来いと言っているのだ。わたしは溜息をひとつ漏らし、トランクから彼女たちの荷物を引っ張り出して、男の後に続いた。パーキング裏の古ぼけたマンションが目的地だった。男がドアを開けると、女の濃い体臭が流れてきた。かぐわしい匂いではない。生きることにくたびれ果て、希望を失った女たちの饐《す》えた体臭だ。

狭いマンションだった。間取りは１ＤＫか。玄関からダイニングキッチンが覗け、四、五人の女たちが見えた。だれもが二十代で、しかし、老婆のように背を丸め、力ない目でわたしたちを見つめていた。

李威の怒りを買うまでもなく、わたしが連れてきた娘たちは最底辺の売春宿で働かされるために李威に買われてきたのだ。

わたしは俯き、彼女たちの荷物を足元に置いて踵を返した。ここにはいたくない。いられない。

「おい」

男の声が背中に浴びせられ、わたしは動きを止めた。

「薬。預かってる」

男は娘ふたりを引っ立てて部屋に入り、小さな段ボール箱を携えて玄関に戻ってきた。段ボールの表面には中国語と英語が印刷されていた。

「車、新宿のサブナード。後で、電話。わかるか？」

わたしは頷き、段ボールを受け取った。男の肩越しに、ふたりの娘がわたしを見つめていた。連れて逃げてくれと懇願していた。唇を噛み、汚れた自身の血を味わいながらわたしは彼女たちに背を向けた。

助手席に段ボールを置き、コインパーキングを出る。心は虚ろな世界をさまよい、しかし、肉体は車を正確に操った。

四谷から新宿サブナードの駐車場まで、所要時間は二十分。

その間の記憶がすっぽり抜けていた。わたしはなにひとつ覚えていなかった。

19

老婆がベッドの脇に倒れていた。顔は血の気を失い、筋肉が弛緩している。山岡が老婆の脈を確かめ、田中が救命鞄を開いている。

わたしは考えをまとめることができず、寝室の入口に突っ立っていた。

「脈が取れません」

山岡が顔を歪めて叫んだ。なのに、彼の声はわたしの耳をすり抜けていくだけだった。

「隊長！」

田中に肩を揺すられて、やっとわたしはわたしに戻ることができた。

「ＡＥＤ」

わたしは叫び、除細動器を用意するよう指示を出した。曖昧だった五感が息を吹き返し、視界がクリアになり、嗅覚が尿の匂いを嗅ぎ取った。老婆は失禁している。

「下がっていてください」

家族を下がらせ、わたしは老婆のパジャマのボタンを外した。萎びた乳房が零れ出る。パッド付きの電極を山岡が慣れた手つきで老婆の胸に貼りつけた。

「準備完了」

ＡＥＤの充電はまだ終了していなかった。じりじりしながらその時を待つ。甲高い音が鳴り、充電が完了したことを告げる。わたしは山岡に頷いた。山岡がＡＥＤのスイッチを入れる。

老婆の身体がびくんと震えた。手首を取ると指先に脈が伝わってきた。

「脈が取れた。生食の点滴用意。準備ができたら搬送する」

山岡と田中はわたしの指示通り、てきぱきと動いた。老婆の脈が失われることはもはやなく、家族に経過を報告し、我々は老婆を救急車に乗せた。本部からの指示で、東京医大の救急外来に向かうことになった。

運転は機関員の田中の担当だった。わたしは助手席、山岡が患者の様子を見ている。田中は流行りの曲のメロディを口笛で吹いていた。機嫌が良さそうだった。山岡の視線が時折首筋に突き刺さる。最近のわたしを非難しているのだ。

寝不足に心労が加わってわたしの注意力は散漫になっていた。意志が肉体に裏切られている。抜弁天のあの布団は寝心地が良かったが、わたしのシフトに関わりなく、少年たちは毎朝七時に起き、朝飯を食べ、アルバイトに出かけていく。早番のシフトで自宅で眠る時に限って、李威からの電話がかかってくる。その度にわたしは東京と埼玉を往復し、非合法な物品を運んだ。わたしの睡眠は途切れがちで、それとともに肉体も疲弊していた。

だが、その代わり、明たちのために作った口座には百万を超える金が入っていた。五百万——わたしは時折呟く。とりあえず五百万の金があれば、少年たちは二年は食いつなぐことができる。その間に笑加の養子縁組が認められれば、少しは未来への展望が開けるというものだ。

老婆を病院に搬送し終えたところで我々のシフトが終わった。出張所に戻り、引き継ぎを済ませると、わたしは立っているのもしんどいほどの疲労に喘《あえ》いだ。更衣室の隅っこでがたのきたベンチに腰掛けていると山岡がやって来た。

「隊長、まずいですよ、最近」

「すまん。おまえに負担をかけてるのはわかってるんだが」

「ぼくはいいんですけど、田中が……」

山岡はドアの向こうに視線を向けた。田中と他の救命士の笑い声が聞こえてくる。なるほど、田中の行状はとうに知っていたわけだ。

「それに、患者にもしものことがあったらどうするんですか。有休、溜まっているでしょう。少し休んだ方がいいと思いますけど」

「ああ。考えておくよ」

山岡の言うとおり、有休は腐るほど溜まっているし、上司からは早く使うようにとせっつかれている。しかし、休む気にはなれなかった。休むというのは無為の時間を過ごすということだ。わたしには趣味ひとつない。ただ、部屋にいて手持ち無沙汰に時間を潰すことしかできない。そんな時間の中で、わたしは明たちの将来について思案するだろう。明たちを救うためにわたしが犠牲にしてきた諸々のことに思いを馳せるだろう。とりわけ、四谷のあの狭い部屋で暗い目をした女たちのことを、わたしに救いを求めていたふたりの娘のことを考えてしまうだろう。

働いていた方がいい。多忙にかまけて思考を中断していた方がいい。だから、わたしは休まない。いや、休むことを恐れている。

「ぼく、本気ですよ。ここのところの隊長は、いつもの隊長じゃない」

「心配かけてすまないな、山岡。ちょっと疲れてるだけなんだ。時期を見て、休暇を取るよ」

「そうしてください。ぼく、隊長の下でもっと働いていたいんで」

「早く一人前になってもらわなきゃ困るんだがな」

わたしは苦笑を浮かべ、私服に着替えるべく重い腰をあげた。

＊　＊　＊

笑加の顔色はよくなっているように思えた。新しい薬が効いている。勘違いであろうとなかろうと、そうであって欲しかった。

お決まりの挨拶を交わし、我々は真っ昼間の戸山公園を肩を並べて歩いた。あのマンションでは話したくないことがあるのだと電話で笑加は言った。病気のことか、養子縁組の件だ。わたしのシフトは夕方からだった。重い気分を断ち切ろうと、わたしは二人分の弁当を作り、ピクニックに行くのだと自分に言い聞かせて自宅を出た。

薄曇りの空の隙間から、時折陽光が降り注いでいる。聞こえてくるのは子供たちの嬌声と母親たちのお喋りだけだった。

「具合はよさそうだね」

「うん。新しい薬を飲みはじめてから、調子も上向き。こうして散歩に出るのも十日ぶりぐらいかな。ありがとう、織田さん」

「二週間ぐらいしたら、また前園先生に診察してもらおう。それで、はっきりと病状が改善されてるようなら……」

「なにも変わってなかったら？」

さりげない口調だったが、笑加の長い睫毛が目元に暗い影を作っていた。

「調子がいいっていうのも、ただの気のせいかもしれない」

「そんなことはないだろう。顔色もいいし、さっき自分でも言っていたけど、外出もできるようになってきた」

「そうね。よくなってるんだと思いたいわ」

「よくなってるのさ」

笑加は自分に言い聞かせるように、小刻みに頷いた。

「このまま調子がよくなっていくんなら、仕事も再開できるかな」

「あの仕事を続ける必要はないだろう。金はある」

わたしは言った。太陽がまた雲の影に隠れた。

「みんな、まだアルバイトを続けてるんだな。せめて、浩や秀文は仕事を辞めさせてやったらどうだろう。仕事に行く代わりに、あの部屋で君が彼らに読み書きを教えるんだ」

「明がうんって言わないわ。あのお金にはなるべく手をつけないで行くって、みんなの前で宣言したし」

「どうして――」

「感謝してるのよ。明もちゃんと」笑加は立ち止まり、わたしに顔を向けた。「でも、頼りっぱなしになるのはだめだって。織田さんは赤の他人なんだから、いついなくなるかわからない。織田さんが貯めてくれてるお金は緊急時に取っておくんだって」

明の世界観に想いが飛び、わたしは溜息を漏らした。明とわたしの世界が交わることはない。

いや、李威の仕事をするようになってきてはいるのかもしれない。それにしても、わたしの四十数年と明の十五年の人生にはあまりにも隔たりがありすぎた。

「じゃあ、おれから明に話そう。浩たちが勉強するのは、これから生きていくために必要なことだ。つまり、緊急事態ってことさ」

「明が素直に聞くとは思えないけど」

笑加はまた歩きはじめた。わたしたちはのどかな公園をのんびりとした歩調で進んだ。笑加はなにか言いたそうだったが、言葉がその口から放たれることはなかった。陽が差すと気持ちよさそうに目を閉じて日光浴を楽しんでいた。

「養子縁組の件だが——」こらえきれなくなって、わたしの方から口火を切った。「ご両親には話したのかな？」

「電話で話し合ったわ。何度も」

「それで？」

笑加の歩調が乱れた。足がもつれ、地面に手をつきそうになる。わたしは慌てて彼女の腕を摑み、引き起こした。

「大丈夫か？」

顔色が悪いわけではなかった。笑加はわたしの腕を振りほどき、しばし目を閉じた。

「大丈夫。ちょっと躓いただけ」

「あそこのベンチで少し休もう」

わたしの言葉に笑加は素直に従った。

「本当に貧血じゃないのかい？」

ベンチに腰掛けた笑加の顔をわたしは覗きこんだ。確かに、顔色は変わっていない。

「躓いて、転びそうになって驚いただけ。まだ心臓がばくばく言ってる」

笑加は左胸を押さえ、かすかな笑みを浮かべた。

「それならいいんだが……」

「だめだって」

「なにが？」

笑加の言葉の意味が摑めず、わたしは反射的に聞き返していた。

「養子の件。日本人の娘になるなんてとんでもないって、凄い剣幕」

「病気のことは話したのか？」

「うん」

「だったら……」

「また日本に来るからって。役人にお金を渡したりして、他人の名前でビザが取れるよういろいろやってるらしいの」

「だけど、いつ来れるかどうかはわからないんだろう？　君を中国に呼び戻すつもりもないのか」

「日本にいた間に中国は変わっちゃったって言ってた。貧富の差が激しくなって、今さら上海に出ても出遅れちゃってお金は稼げないって。だから、また日本に来て働きたいのよ」

「しかし……」

ここでわたしはようやく笑加の隣に腰を降ろした。

「ちゃんと病気のことを説明したのか？　おれが君の親なら——」

「いろいろ事情があるのよ。父も母もちゃんとわかってて言ってるの」

「おれが話をしよう」

「だめよ。向こうにその気がないわ」

二の句を継げず、わたしは喘いだ。

「お父さん、親日家だったの。だから日本に来た。日本に来て、いっぱい嫌な目にあって、反日家になっちゃった。織田さんのこと、自分たちからわたしを奪おうとしてるとんでもない日本人だと思ってる。わたしの話し方が悪かったとは思えないんだけどな」

笑加は長い髪の毛を指で梳《す》いた。

「気長に説得するつもりなの。だから、織田さんも焦らないで見守ってくれない？」

「いいだろう」

そんな悠長なことを言っている場合ではない——わたしは溢れそうになる言葉を飲みこんだ。精神状態と肉体は連動する。治る見込みがあると信じていれば病状も改善されるし、なにをしても無駄なのだと絶望すれば、悪化の一途を辿る。今の笑加は新しい薬を服用しはじめて表情に輝きが戻っている。その輝きに翳りが差すようなことは言いたくなかった。

「さて、と」

笑加は勢いをつけて立ち上がった。スカートの裾と影が揺れた。

「もうちょっと歩かない？　またお日様が出てきたし、気分がいいの」

「そうしようか」

薄雲は東の空に撤退しはじめていた。遠慮がちだった陽光も、ぎらついた自己主張を強めており、わたしの首筋にはうっすらと汗の粒が浮かんでいた。

「弁当を作って持ってきた。しばらく歩いたら、どこかで食べよう」

わたしの言葉に、笑加は屈託のない笑みを浮かべた。

「お弁当？　お父さんとピクニックに来てるみたい」

「行ったことがあるのかい？」

「ずっと小さいころ。お父さんが作った炒飯と焼豚をタッパーウェアに詰めて。行った場所は覚えてないけど、こんなふうに木がいっぱいあって、天気も良くて、木の葉っぱが嬉しそうに踊ってた。こんなふうに」

笑加は手近にあった低い枝の先を下に引っ張り、手を離した。陽光を浴びた濃い緑の葉が揺れる。

「確かに、踊ってるみたいだな」

「でしょ。ね、織田さん、お願いがあるんだけど……」

「なんだい？」

「腕を組んで歩いてもいい？」

笑加ははにかんでいた。わたしの頬も熱くなっている。この前と違い、性的な空気は微塵もなかった。笑加は父親の代わりを求めている。わたしは単に気恥ずかしかっただけだ。

「いいとも」

わたしの左腕に、笑加はぶら下がるようにしがみついてきた。木の葉と同じように、笑加も陽光を浴びて輝いている。踊っている。

＊　＊　＊

シフトが明け、出張所を出るのと同時に電話が鳴った。今では、李威はわたしのシフトを完璧に把握していた。

「緊急の仕事だ、救命士さん」

「くたくたなんです」

「わかっている。おれもあんたはしばらく休ませようと思っていた。だが、緊急なんだ」

李威の声はいつも以上に冷たかった。有無を言わせぬ響きが耳に波濤のように押し寄せてくる。

「五十万、プラスこの前と同じ薬を一ケース。どうだ、救命士さん」

わたしは首筋に凝り固まった疲労を溜息と共に押し殺した。

「どこへ行けばいいんです？」

「ビリヤード場。前に来たことがあるだろう。すぐに来てくれ」

「わかりました」

電話を切り、駅に向かっていた足を大久保方向に切り替えた。職安通りには客待ちのタクシーが列を作り、酔客や夜の女たちの声が溢れかえっていた。わたしは煌々と輝くネオンライトに背を向け、狭い路地を選んで歩いた。饐えた匂いのする暗い路地こそ今のわたしには相応しい。自己憐憫と自己嫌悪が繰り返しわたしを襲う。リアリストでありたいと痛切に願った。李威のように、現実を冷徹に見つめ、やらなければならないことを淡々とこなしていくのだ。

明の横顔が脳裏をよぎった。あの少年がこの場にいたら、わたしの無い物ねだりを嗤うだろう。彼らの保護者でありたいと願うなら、わたしは明以上に強くなくてはならない。

気を取り直し、先を急いだ。

ビリヤード場は暗かった。看板も明かりも消えている。だが、闇に染まった窓の向こうにオレンジの光が見えた。だれかが煙草を吸っている。わたしは足音を殺して階段をのぼり、ドアの外から中の様子を窺った。押し殺した中国語が聞こえる。中には複数の男がいるようだった。

ドアをノックしようと右手をあげた瞬間、店の中から一切の気配が消えた。わたしが相手をしているのは都会というジャングルで暮らす獣たちなのだ。

意を決してノックする。しばし間をおいて、間延びした日本語が返ってきた。

「だれだ？」

「救命士です」

店内の気配がまた色濃く漂ってきた。気配は凝縮され、異様な緊張を孕んでいる。ドアが薄く開いた。黒く冷たい穴がわたしを睨んだ。銃口だった。わたしは息を飲み、凍りついた。銃口の向こうに、蒼白い人の顔がある。

「ひとり？」

蒼白い顔が陽炎のように揺らめいた。

「ひとりだ」

喉が干上がり、声を発すると無数のガラスの欠片で擦られたように痛んだ。ドアがさらに開き、男が銃を握った手で中に入れとわたしを急きたてた。

背後でドアが溜息を漏らすようにそっと閉まった。ビリヤード場は真っ暗で、窓から射し込んでくる街明かりが唯一の光源だった。緊張を孕んだ気配がわたしを押し包む。

「よく来てくれたな、救命士さん」

わたしの左側で懐中電灯が灯された。目を細めても痛みに似た眩しさが射し込んでくる。わたしは右手をかざした。懐中電灯の主が発する空気は間違いなく李威のものだった。

「何事ですか、これは？」

「電話で言った。緊急だ」

「緊急事態、というわけですか……」

李威と銃を持った男、それにもうひとり。三人目の男は気配を殺そうと努め、失敗していた。李威は懐中電灯の後ろにいて、表情を読むどころか、その輪郭を掴むのも一苦労だった。

「今夜はなにを運べばいいんですか？」

「人間だ。横浜まで運んで欲しい」

明かりが右に流れていった。ビリヤード台の向こうの人影が浮かびあがる。二十代後半の肌の浅黒い男だった。

「横浜までですか？」

「そう。横浜でこの男を降ろして、帰ってくる。それだけで五十万。それに、あの薬だ」

李威が話している間に、銃を持った男が外に出ていった。おそらく、車を回してくるのだろう。

「状況を説明してくれと言っても無駄なんでしょうね」

「教えてやってもいい。だが、知らない方がいい」

珍しく、李威の日本語がおかしくなっていた。

「わかりました。今すぐ、出発ですか？」

「そうだ。警察に目をつけられないよう気をつけ、できるだけ速く」

「難しい注文だな」

張りつめた緊張を和らげようと軽い口調で言ってみたが、惨めな失敗に終わった。李威ももうひとりの男も、にこりともせずわたしを見つめていた。

「横浜のどこへ行けばいいんですか？」

「新横浜だ。サッカーのスタジアムがあるだろう。あそこまで行ってくれれば、後は別の連中がこの男を連れていく」

エンジンの音が近づいてきて、窓の下で止まった。

「使った車は？」

「どこかに乗り捨てろ。指紋は拭いた方がいい」

汗が噴き出てきた。ビリヤード場は照明だけではなくエアコンも切られているらしい。むっとする熱気がこもっていたが、李威たちが発する冷たい緊張感のせいで暑さも忘れていた。だが、李威の言葉が、今回の仕事がどれほど危険なことかを物語り、わたしの体調を変化させた。

「危険は？」

「ない。気にしなければならないのは、スピード違反で警察に捕まることだけだ」

相変わらず、李威の顔色は読めなかった。

「さあ、行け」

李威は言った。わたしにではなく、もうひとりの男にかけた声だった。男は弾かれたように足を前に出し、怯えた目をわたしに向けた。わたしは頷き、ドアを押し開けた。若干温度の低い空気が首筋を撫で、わたしは悪寒に震えた。寒さを感じたわけではなかった。

銃の男は銃をどこかに仕舞いこんで、わたしたちを待っていた。車はアコードだった。色は紺。汚れ、くすみ、輪郭が辺りの闇と同化していた。わたしは背中に背負ったリュックから、仕事用の薄いゴム手袋を取り出し、はめた。後で指紋を拭くぐらいなら、最初からなにも残さない方がいい。

リュックを後部シートに放り投げ、運転席に腰を降ろした。エンジンはかかったまま。オドメーターは十五万キロを超えていた。わたしが乗っただけでボディが軋み、嫌な音を立てた。男が助手席に乗ったところで、ギアをドライブに入れ、アクセルを踏んだ。銃を持った男の影が遠ざかっていく。

「日本語は？」

わたしは男に訊いた。

「少し。少しだけね」

「名前は？」

「あなた、それ、知らない方がいいよ」

男は低い声で言った。その通りなのだろう。わたしは口を閉じ、運転に専念した。シフトを終えた直後は、耐えがたいまでの睡魔に襲われていたのだが、眠気はどこかに飛び去り、視界は冴え、神経がさざ波を立てていた。

20

男がしきりに後ろの様子を窺っていた。ルームミラーを覗きこんでみても、ヘッドライトの連なりしか映ってはいない。真夜中の幹線道路は中途半端な交通量で流れていた。それなりに尾行に注意を払っているつもりではいても、わたしは所詮、素人だった。

「だれかつけてきているのか？」

わたしの言葉に、男は目を細めた。言葉の意味がわからないのだ。

「だれかが追いかけてきてるのか？」

「追いかける……そう。追いかけてくる」

わたしは目を凝らした。だが、どれが尾行車なのかはわからない。本当に尾行されているのかも不明だった。だが、男の表情は切迫していた。猫に追いつめられた鼠の顔だ。

わたしはわたし自身の判断を放棄した。わたしより多くの修羅場をくぐり、今、窮地に立たされている男の方が危険を察知する能力には長けているはずだ。もし、それが極度の緊張のもたらす幻覚だったとしても、すべてを判断する権利は彼にあった。わたしはただの運転手にすぎないのだ。

玉川インターまではまだ距離があった。尾行車が確実に存在するとして、彼らの目的はなんだろう？　男の行き先を摑むことか。あるいは、男の身柄を確保することか。

手袋の中で手が汗でぬめっていた。胃がきりきりと痛む。まるで重篤の患者を搬送しているかのようだった。環七から駒沢通りに抜け、環八に向かった。三台の車が続いて交差点をすり抜ける。二台がタクシーだった。尾行車はもう一台――白のエスティマだ。後ろに顔を向けたままの男も、エスティマを凝視している。

「どうする？」

わたしは訊いた。男は答えなかった。

「このまま第三京浜に乗るか？　それとも――」

男は激しく首を振った。相変わらず口は開かない。目まぐるしく働く脳味噌の速度に、彼の日本語能力が追いつかないのだ。

間に二台のタクシーを挟んで、エスティマはしっかりとついてくる。前方にはいくつもの信号機が立ち並び、青の発光ダイオードが夜の街並みに浮かびあがっている。わたしは車のスピードを緩め、タイミングをはかった。いずれ、信号は黄色に、ついで赤に変わる。その直前に交差点を渡れば、後続の車はついてこられない。

じりじりと前を行く車との差が開いていった。男はまだ後ろを見つめている。

駒沢公園の手前で、信号が黄色に変わった。わたしはアクセルを踏み込んだ。このタイミングなら、真後ろのタクシーは信号を突っ切れても、その後ろは間に合うまい。信号が赤に変わった直後、アコードはみしみしと軋みながら横断歩道を越えた。

背後でクラクションが鳴る。ルームミラーに映っているのは一台のタクシーだけだった。エスティマは直前のタクシーに邪魔されて、信号で停止していた。

「くそ」

思わず声が出た。次の信号が赤に変わっている。これでは無理をした意味がない。すぐに追いつかれてしまう。

反射的にステアリングを左に切った。車体が傾き、今にも崩壊してしまいそうなおぞましい音を立てた。助手席の男がシートの背もたれにしがみついている。アコードはローリングしながら左に旋回し、路地に鼻先を突っこんだ。ステアリングから手を離し、ゆっくりアクセルを踏み込んでいく。中学校と小さな公園の脇を駆け抜け、その先で左折する。消防車や救急車に乗っていれば、都内の狭い道を可能な限りの速度で駆け抜ける運転技術は自然と身についていく。わたしは自分の肉体にすべてを任せていた。

右折しなかったのは再びエスティマと出くわす可能性を恐れたからだった。我々が西を目指していたのはやつらにもわかっている。信号待ちでこちらを見失ったとはいえ、目黒通りに抜けるルートを通るだろうという推測は簡単に成り立つのだ。遠回りしてでも、連中の視界から完全に離れることが先決だった。

路地を東に進み、再び環七に出て南下した。目黒通りに入り、都立大の駅の近くで車を路肩に停めた。

男が深い溜息を漏らした。

「あいつらは何者だ？」

わたしは訊いた。

「わ、悪いやつ。わたしを捜してる」

悪党が悪党を罵っているようなものだ。わたしは男の言葉を聞き流した。

「君はなにをした？」

「な、なにも。わたし、なにもしてないよ」

「あいつらの目的はなんだ？」

男は怯えた目をまた背後に走らせた。あのエスティマの姿はない。

「金。盗んだ。あいつら、怒ってる」

李威とは敵対する組織の連中なのだろう。そして、わたしの目の前にいるのは李威の子飼いだ。

「君はその金を持っているのか？」

男は首を振った。金は李威の手に渡った。エスティマの連中はおそらく、あのビリヤード場から我々を尾行してきたのだ。金が李威の手元にあるのは重々承知しているだろう。となれば、連中の目的は男の行き先を知ることではない。男に報復し、李威の面子を潰すこと——いかにも中国マフィアが考えそうなことだった。

「彼らは君を殺すつもりなのか？　それで、君は慌てて逃げ出したのか？」

男は答えなかった。顔一面が汗で濡れ、顎先に雫がぶら下がっている。車のエアコンは効いていた。その汗がわたしの問いに対する答えだ。

「そんな話は聞いてないぞ」

わたしはステアリングを叩いた。李威はわたしを騙したのだ。うまく仕事をこなせばそれでよし。万一の事態が起こったとしても、わたしがいなくなったところで彼にとっては蚊に刺されたほどの痛痒もなく、警察がわたしから彼に辿り着くおそれもない。

「わ、わたし、置いていくつもりですか？」

男がわたしの左腕にしがみついてきた。その目に浮かんでいるのは純粋な恐怖だった。心臓発作や脳梗塞を起こした患者、その家族たちの目に宿るのと同じ暗く悲しい光だった。

「仕事はする」

わたしはダッシュボードのデジタル時計を見た。あの信号でエスティマを振り切ってからそろそろ十分が経とうとしていた。連中はまだ、駒沢通りや環八で我々を捜しているだろう。第三京浜は危険すぎて使えない。残された道は一般道を走って、ひたすら横浜スタジアムを目指すことだけだった。

「ありがとう」

男が頭を下げた。わたしはその肩を優しく叩いた。長い夜になりそうだった。

＊　＊　＊

何度か道に迷った挙げ句、なんとか男を横浜スタジアム近くで降ろしたのは、午前三時をいくらか回った時刻だった。東京に戻る途中、コンビニに立ち寄って缶コーヒーと煙草を買った。

紫煙を透かしてヘッドライトの光芒を眺める。東の空がかすかに白みはじめている。わたしは李威の携帯を手にとって、電話をかけた。しばらくして、わたしがかけた番号が使われていないというメッセージが流れた。

「くそっ」

どうせ、李威はいくつもの携帯を駆使しているのだろう。そのどれを取っても、気楽に使い捨てることができるのだ。わたしのように。

煙草を二本灰にし、缶コーヒーを飲み干してから、わたしは東京に向かった。とりあえず、神経は鎮まっていた。港北インターで第三京浜に乗り、制限速度を遵守した。玉川インターまでは二十分。その後も交通量の減った幹線道路を新宿目指して走り続けた。

環八を北上し、高井戸の駅をすぎたところで携帯が鳴った。液晶ディスプレイに番号は表示されない。非通知になっていた。

「無事、仕事を終えたみたいだな、救命士さん」

李威は事務的な口調で言った。

「無事？　おれたちは尾行された。もしかしたら――」

「なにも起こらなかったろう、救命士さん」

李威は静かな声でわたしを遮った。

「しかし――」

「あんたは生きてるし、金と薬を稼いだ。しかしもクソもない。それが事実だ。明日の夜、またビリヤード場に来い。その時に金が手に入るようにしておく。薬は手に入ったら報せる」

「待ってくれ、李威先生」

電話を切る気配を察知し、わたしは慌てて口を開いた。

「なんだ？」

「もう、こういう仕事は二度とごめんだ。わたしはあんたの仲間とは違う」

「緊急だと言っただろう。滅多にないことだから緊急なんだ。もう、こういう仕事はさせない」

わたしが口を開く前に電話は切れた。李威のやること、なすこと、そつはない。だからこそ、威勢を誇り、荒稼ぎしている。

荻窪の路上で車を降りた。歩きかけて、コンビニで買い物をした時に手袋を外したことを思い出した。間抜けにもほどがある。灰皿の中身をコンビニの買い物袋に放り込み、ステアリングやシフトノブ、ドアをハンカチで丁寧に拭って車から離れた。

荻窪駅から電車に乗り、三鷹のマンションに戻った。その間中、わたしは自分の間抜けさ加減を呪い続けた。

＊　＊　＊

目覚ましが鳴っているのには気づいたが、目も開かず、身体も動かなかった。極度の疲労と緊張に精神、肉体が悲鳴をあげている。

わたしの状態にはおかまいなしに目覚ましは鳴り続けた。わたしは唸り、歯ぎしりし、なんとか腕を持ち上げて時計を止めた。

六時四十分。今すぐ起きて支度をしなければ遅刻する時間だった。

悪寒がした。膝から下の感覚がなかった。風邪だ。

這うようにベッドから出て、バスルームに置いてある風邪薬を飲んだ。胃には悪いが、食欲はまったくなかった。パジャマ代わりに着ている古いTシャツとスエットパンツは汗で濡れていた。まだ本格的な発汗は来ていない。それでも着替えるべきだった。

凍えてしまいそうだった。身体の震えが止まらない。一秒ごとに体力が奪われていく感覚がある。新しいTシャツとスエットに着替え、自分で自分の肩を抱きながら電話に手を伸ばした。深夜シフトの当直に風邪を引いたこと、仕事を休むことを告げる。当直は苦り切った声を出した。当然だ。消防、救命の仕事はぎりぎりのローテーションで回っている。だれかひとりが風邪を引いたからといって簡単には補充できない。わたしの戦線離脱はだれかの肩に重くのしかかるのだ。

電話を切り、台所に向かいかけてもう一件電話をかけるべきなのを思いだした。一日寝ていれば治るような簡単な風邪ではない。経験がそう告げていた。

電話に出たのは武だった。

「どうしたの、織田さん。こんなに早く」

「風邪を引いた。二、三日はそっちに行けない。明にそう伝えておいてくれ」

「わかった。気をつけてね、織田さん」

一分にも満たない会話なのに、電話を切るとそのままくずおれてしまいそうなほどわたしは消耗していた。

よろめきながらベッドに戻り、倒れ込むように横になる。寒気が骨の髄にまで浸透し、布団を頭から被ってもわたしは震えるほかなかった。

いずれ悪寒は去り、すぐに熱さがやって来るはずだ。熱がおさまるまで、わたしにできることはない。

わたしはきつく目を閉じた。

＊　＊　＊

チャイムの音で目が覚めた。まだ発熱があり、身体は怠い。Tシャツもスエットもシーツも布団カバーもびしょ濡れだった。宅配便かなにかだろうと思い、呪詛を口にしながら寝返りを打った。着替えなければならない。シーツを取り替えなければならない。しかし、なにもかもが億劫だった。

チャイムは執拗に鳴り続けた。布団から出ると汗が瞬く間に体温を奪いはじめた。インタフォンの受話器を乱暴に握った。

「はい？」

自分でも嫌になるぐらい粗雑な声が出た。

「織田さん？　浩だけど……」

警戒心に満ちたか細い声が聞こえてきた。浩？　彼がなぜ？　わたしの頭はまともな思考もできないほど疲弊していた。

「浩？　どうして？」

「明兄ちゃんが、織田さんの様子見てこいって……」

「ちょっと待ってろ」

わたしはふらつきながら玄関に向かった。覗き穴から外の様子を窺う。リュックを背負った浩が不安そうに立っていた。鍵を外しドアを開ける。わたしを見上げた浩の表情がさらに曇っていった。

「織田さん……本当に大丈夫なの？」

わたしの顔色は相当酷いことになっているらしい。

「ただの風邪だ。さ、入りなさい」

「武が、織田さんが風邪だって。酷い声だったって言ったら、笑加姉ちゃんが見舞いに行かなきゃって言いはじめて……」

浩は喋りながら靴を脱ぎ、きちんと揃えた。躾をしているのは明ではなく、笑加なのだろう。

「でも、笑加姉ちゃんは休んでなきゃだめだって明兄ちゃんが。他のみんなも仕事があるし、だから、ぼくが……」

「ありがとう」

わたしは浩の頭を撫で、居間に誘った。浩をソファに座らせた。

「なにか飲むか？　お茶ぐらいしかないが……」

「なんにもしなくていいよ。ぼくが織田さんの面倒見に来たんだから」

浩は大人びた声を出した。その強い眼差しに射抜かれて、わたしは立ち尽くした。まだ幼いとはいっても、浩も明と同じように都会のジャングルを生き抜いてきた子供なのだ。芯は強い。

「まず、着替えなきゃ。織田さんの服、びしょびしょだよ。風邪を引いて熱を出した時は頻繁に着替えなきゃだめだって、笑加姉ちゃんが言ってる」

「わかった。着替えるよ」

「着替えたら寝るんだよ」

わたしは神妙に頷き、寝室で着替えた。チャイムの音が鳴っていた時よりは気分がずいぶんましになっていた。しかし、熱が引いたわけではない。

「冷蔵庫の中のもの、好きに飲んでいいからな」

わたしはかすれた声で告げ、濡れたままのベッドにもぐり込んだ。不快感よりも倦怠の方がはるかに勝っている。

「後で電話借りてもいい？」

「好きにしろ」

わたしは目を閉じた。だが、眠りはなかなか訪れてはこなかった。朦朧としながらも、神経が浩の気配を求めて波打っていた。わたしがかつて夢見、無惨に奪われたものに近いなにかが、いつもは空虚な部屋にたゆたっていた。

子供がいる暮らし。愛し、愛され、慈しみ、慈しまれ、笑顔とともに一日がはじまり、笑顔と共に終わる。あれだけ渇望したのに奪われたもの。奪われた後で、自ら背を向けたもの。それが、浩という存在に形を変えて向こうから飛び込んできた。

妄想だ。熱に浮かされた頭が生み出した幻想だ。わかっていても、わたしは妄想する自分を止められなかった。

冷蔵庫を開け閉めする音がする。居間と台所を行き来する浩の足音がする。電話をかける浩の声が聞こえる。

「お米はあった……大丈夫だって、ご飯ぐらい炊けるよ。それと、キャベツとピーマンにニンジン……ニンニク？　それもある。あとはツナ缶ぐらいしかないけど」

浩の声が遠ざかっていく。笑加か辰秋に電話で料理の仕方を訊いているのだ。わたしのために料理を作ろうとしてくれているのだ。

起きあがって浩を抱きしめてやりたかった。だが、わたしにはそれをする体力がなく、仮にあったとしてもそれをした瞬間、夢は現実に押し潰されてしまうだろう。

いつの間にか浩の電話は終わっていた。気配が台所に移動し、まな板を置く音がする。

包丁はシンクの下の棚だ――そう告げようとしたが、声は出なかった。唐突に襲いかかってきた睡魔の長い手足に絡め取られ、わたしの意識は深い眠りの底に引きずり込まれた。

＊　＊　＊

浩に揺り起こされ、目覚めた。熱は引いていたが、平熱にはまだ遠い感じだった。

「ご飯、できた。食べれる？　美味しくないかもしれないけど」

「食べる」

食欲はまだなかった。だが、浩がわたしのために作ってくれたものをむげにすることはできない。

わたしは起きあがった。バスルームに向かい、お湯で濡らしたタオルで身体を拭った。Tシャツではなくまともなパジャマに着替え、居間に戻った。

「シーツはどこ？　汗でびしょびしょだよ」

浩は寝室にいた。わたしも寝室に行こうとすると、きつい目で制止された。

「奥のタンスの一番下の抽斗だ」

抗う気力もなく、わたしはダイニングチェアに腰を降ろした。テーブルの上には浩の手作り料理が並んでいた。お粥、キャベツのみそ汁。キャベツとニンジンとツナの炒め物。

「冷めないうちに食べてよ。美味しくないかもしれないけど」

布団と格闘しながら浩が声をあげる。わたしはだれにともなく頷き、箸を手に取った。みそ汁を啜り、お粥を口に放り込む。みそ汁はしょっぱすぎた。お粥は味付けがされていなかった。おそるおそる炒め物に箸を伸ばす。火が通りすぎ、油が多すぎる。それでも、わたしには過分なご馳走だった。

気がつくと、寝室のドアのところに浩が立っていた。

「どう？」

「美味しいよ。浩は食べないのか？」

「量が少ないから、ぼくは帰ってから食べる」

「腹が減ってるだろう？」

浩は首を振った。わたしは床に放り出したままの鞄から財布を取り出し、五千円札を一枚抜いた。

「これで、コンビニで弁当でも買っておいで」

「いいの？」

「もちろん」

浩ははにかんだ笑みを浮かべながら金を受け取り、部屋を出て行った。わたしはテーブルの上の料理をすべて平らげた。胃がもたれたがたいしたことではない。息子が生きていれば、同じ幸せを何度も味わえたのか——それだけを考えていた。

風邪薬を飲み、ソファに横たわって浩の帰りを待ちながら体温を計った。三十八度二分。ということは、酷い時には三十九度を超えていたのだろう。これほどの高熱を発したのは十数年振りだった。

浩は十分ほどで戻ってきた。コンビニの袋の中には焼肉重と小振りのサラダがひとつ、それにカップ麵が数個、入っていた。浩はわたしに釣りを返し、わたしの額に掌を押し当てた。

「まだ熱いね」

「うん。まだ熱がある」

「ベッドで寝てなよ」

「ここでいい」

浩は小さく頷いた。

「焼肉が好きだな」

「滅多に食べられないからさ」

大人びた口調で言いながら、浩は買ってきた弁当を広げた。すでにコンビニで温められた弁当は湯気を立てた。

「カップ麺も食べるのか。だったら——」

「これは明日の織田さんのご飯」

「そうか。ありがとう。……浩、今夜は泊まっていけ。明にはおれから言っておくから」

「本当にいいの？」

浩の顔が朝日のように輝いた。その輝きはわたしの心も温めていく。

「もちろん」

「あのマンションじゃないところで寝るの、初めてなんだ」

弁当を頬張りながら、浩は歌うように言った。頬に米粒がくっついている。その米粒でさえ、今のわたしには愛おしかった。

食事を終えると、浩はわたしの食器を洗った。そんなことはしなくてもいいというわたしの言葉は大人びた視線に跳ね返された。ベッドで寝ろという浩の言葉を、わたしは子供じみた仕種で無視した。その後、浩はテレビラックに収納されているＤＶＤに興味を示した。浩の年頃の少年が好むような映画はなにひとつない。八〇年代以前に作られた映画ばかりだった。

「これ、見てもいい？」

浩が選んだのは『男たちの挽歌』だった。香港製のスタイリッシュなマフィア映画だ。日本を除くアジア圏の映画はそれ一枚しか持っていない。浩の身体に流れる血がその映画を選んだのかと思い、単なる偶然だと自分の考えを笑い飛ばした。

頷いてやると、浩は慣れた手つきでＤＶＤプレイヤーの電源を入れ、リモコンで操作した。浩たちの部屋には小型のテレビが一台あるきりだった。

「使い方、よくわかるな」

わたしは言った。

「こういうの、よく修理するんだ。修理の仕方は明兄ちゃんや輝和が教えてくれる。ほら、ゴミ捨て場とかにまだ使えそうな家電製品捨ててあるでしょ。あれ、みんなで探して拾ってきて、修理してフリーマーケットで売るんだ。結構いい稼ぎになるんだよ」

浩はリモコンを片手にわたしのそばに来て、ソファの足元に腰を降ろした。手を伸ばせば届くところに浩の頭がある。

「この映画、見たことあるか？」

浩は首を振った。すでに、画面には映像が流れはじめている。ロングコートを小粋に着こなしたふたりのマフィアが、香港の高層ビルを背景に台詞をまくしたてはじめた。

ゲーム機も置いてやった方がいいのか――漠然と考えながら目を閉じる。身体は怠いままだった。だが、わたしはしばらくぶりに平穏な心持ちのまま、眠りに身を任せた。

＊　＊　＊

目覚めると熱は下がっていた。疲労感は残っていたが、身体を動かすことに支障はなかった。浩は床に転がって眠り、テレビはつけっぱなしになっていた。浩の脇に放り出されていたリモコンでＤＶＤプレイヤーの電源を切った。

画面が地上波のニュースに切り替わった。わたしは動きを止めた。わたしが新横浜まで送り届けたあの男の顔写真が画面の左隅に映っていた。

「神奈川県警の発表によると、昨日未明、本牧ふ頭で発見された死体の身元は中国籍の琳方《りんほう》さん二十八歳。琳さんは五年前に観光ビザで入国し、そのまま不法滞在を続けていたものと見られています。遺体には数発の銃弾が撃ち込まれており、県警は怨恨と組織犯罪の両方の線から捜査を続けています」

アナウンサーの声が耳を素通りしていった。浩を起こさないように気配を殺し、李威の携帯を取りだした。電話をかけようとして、李威の番号には繋がらないことを思い出した。

舌打ちしか出てこない。浩が与えてくれた平穏は、たった数秒のニュースが飲みこんでしまった。わたしにあるのはざらついた心だけだった。

他のチャンネルを回してみた。だが、あの男——琳方のニュースを流している局はなかった。浩が寝返りを打った。わたしはざらついた心をなんとかなだめ、着替えてから部屋を出た。最寄りのコンビニで総菜と新聞を買った。新聞を取る習慣はとうの昔に捨てていた。エレベーターの中で新聞を開いた。琳方の名前は出ていなかった。ただ、小さな記事があるだけだ。

琳方は本牧ふ頭にドライブに来たカップルに発見された。全身に殴られた痕があり、銃弾を数発撃ち込まれていた。

記事からわかるのはそれだけだった。

部屋に入る前に深呼吸を繰り返した。無理矢理微笑みを浮かべ、ドアを開けた。浩が起きていた。

「どこ行ってたんだよ？　風邪、大丈夫？」

「ああ、もう大丈夫だ。浩が一生懸命作ってくれた料理が良かったんじゃないかな」

「そうかな」

浩は照れ笑いを浮かべ、足元に視線を落とした。

「腹、減ったろう。今、飯を作るから待ってろ」

テレビを見はじめた浩に背中を向けて、わたしは簡単な朝食を作りはじめた。李威と琳方の顔が交互に脳裏に浮かんでは消えていく。

琳方は味方の庇護を受けるために横浜に向かったのではなかったのか。なぜ、彼は殺されたのか。李威はどう関わっているのか。

どれだけ考えても、明確な答えは出てこなかった。

しょっぱすぎたみそ汁に出汁を加えて薄めながら、わたしは振り返った。浩はバラエティ番組に目を細め、笑っていた。

なにがどう転がろうと、わたしの腹は決まっている。この子たちを、この子たちの生活を守るのだ。

薄めたみそ汁の味見をしようとして、口の中に血の味が広がっているのに気づいた。また、唇を強く噛んでいたようだった。

21

浩を抜弁天に送り届け、そのままシフトについた。

「風邪、大丈夫ですか？　もう二、三日休めば良かったのに」

山岡はわたしの顔を覗きこみ、非難めいた口調で言った。田中は無言だった。

「丸一日ぐっすり眠ったから、もう大丈夫だ」

わたしは素っ気なく応じ、機材の点検をはじめた。救急車には二千を超える機材が積み込まれている。欠けているものがないか、念入りにチェックし、最後に、救急車の各パーツがきちんと作動することを確認する。

全員が救急車に乗りこむのとほぼ同時に出場要請が出た。富久町の住宅街で幼児が車に轢かれた。

田中の運転で救急車は出張所を出た。赤色灯が回り、サイレンが鳴る。ここ数日失われていた集中力が戻ってきているのを感じた。李威のことも琳方のことも忘れ、わたしはセンターとの連絡に専念した。

幸い、子供は軽傷だった。最寄りの病院へ搬送し、それで今日はじめての出場が無事終わった。即座に出場要請がかかったが、我々より現場に近い救急車がそちらに向かった。我々は一旦、出張所に戻ることになる。

「静脈確保の練習は順調に行ってるのか？」

わたしは田中に訊ねた。沈黙の底に落ち込んでいると、琳方の酷い死に顔を思い出してしまいそうだった。正式な救命士になるためにはいくつかの試験に合格しなければならない。静脈確保は、強心剤などを点滴するために必ず身につけなければならない手技だった。数年前に法律が変更されてから、救命士が身につけなければならない技術は飛躍的に増えたのだ。若い連中がらくらくとこなしていくそうした技術を、我々中年救命士たちは四苦八苦しながら身につけていった。

「なんとかしたいんですけど、こう出場が多くちゃ、練習する時間もなかなか取れなくて」

田中は驚きと懐疑の入り混じった表情を浮かべた。

「タイムは？」

「この前計ってもらったら、四分三十五秒でした」

「もう一息じゃないか」

静脈確保の合格ラインは四分ジャストだった。

「そうなんすけど、ここから先が難しくて」

田中の横顔から屈託が消えた。性根はどうあれ、救命士になるために必死で戦っているのだ。

「出張所で待機してる時は気軽に声をかけろ。練習に付き合ってやる」

「本当にいいんですか？」

「余裕がある時なら、いつでも付き合ってやるよ」

「あ、ありがとうございます」

気配を感じて振り返ると、山岡が不思議そうな表情を浮かべてわたしを見つめていた。

＊　＊　＊

八時間の勤務で出場は六度。そのうちの三つは救急車も必要ないほどの些細な事故や怪我だった。これだけ暇なのも珍しい。わたしは空き時間を使って田中の静脈確保を指導してやり、シフトが終わると同時に出張所を後にした。

ビリヤード場には明かりが灯っていた。人の気配は薄いが、だれもいないわけではない。あの時のような切迫した空気は消えていた。

中にいたのは黒いベストに蝶ネクタイの若い男だけだった。男はにこやかな笑みを浮かべたが、入ってきたのがわたしだと知ると仏頂面に戻った。

「李威先生は？」

わたしは日本語で言った。男は肩をすくめた。

「日本語、だめ」

「少しは話せるんだろう？」

男はビリヤードのキューをひとつの台の上にならべ、布で一本一本、丁寧に拭いていた。

わたしは鞄からメモ帳を取りだし、ボールペンで書き殴った。

『李威先生、何処？』

そのメモを突き出す。男は頬を赤らめ、首を振った。文字が読めないと訴えているようだった。念のため、メモに目を落とせと仕種で男に伝えた。男はまた首を振った。

わたしは唇を嚙み、意味もなく店内を見渡した。李威とビリヤードをしていた男たちが現れるのを漫然と待つか、それとも——。

携帯を取りだし、明たちのマンションに電話をかけた。電話に出たのは辰秋だった。

「織田さん、風邪は？」

「もう大丈夫だ。それより、明はいるかい？」

「うん、ちょっと待って」

辰秋の気配が遠ざかっていく。男はキューを磨きながら油断のない視線をわたしに向けていた。

「なにか用か、おっさん？」

明が電話に出た。

「通訳を頼みたい」

「通訳」

「今から中国人に電話を替わる。その男に、李威と大至急連絡を取りたいと伝えてくれ」

「りいって、どういう字を書くんだよ？　りは普通の李か？」

「そうだ。それに、威力の威だ」

「おれ、漢字苦手なんだよ。ちょっと待っててくれ。笑加に訊いてくるから」

明の気配が唐突に消えた。止める間はなかった。忸怩《じくじ》たる思いを持て余しながら、わたしは明が電話口に戻ってくるのを待った。

「発音の仕方、わかった。連絡を取りたいって言えばいいんだよな。代わってくれ」

明の声が戻ってきた。わたしは男に携帯を渡し、見守った。男の口から流暢な中国語が流れてくる。しばらくすると、男はわたしに携帯を返してきた。

「なんと言っている？」

「李威とは連絡が取れないって」

「それじゃ、困るんだ。なんとしてでも連絡を取りたい」

「マジで知らねえみたいだぜ。なあ、おっさん、これ、どういうことだよ？」

「救命士が連絡を取りたがっている。李威にそう伝えるよう頼んでくれ」

わたしは明の疑問を無視し、携帯を再び男の手に押しつけた。男は中国語をまくしたて、やがて口を閉じ、何度か頷いて、わたしに携帯を戻した。

「なんと言っていた？」

「伝えるだけは伝えるって。なあ、おっさん、やばいことになってるのかよ？」

「詳しいことは後で説明する。ありがとう」

厚かましい嘘を口にして、わたしは電話を切った。男の目を覗きこみ、ゆっくり言葉を吐き出した。

「必ず、李威に伝えてくれ、頼む」

はっきりそれとわかるように頭を下げる。男はまた肩をすくめ、キューを磨く作業に戻った。

＊　＊　＊

ビリヤード場を出た足で新宿駅に向かった。熱は下がったものの、まだ怠さは消えていない。明たちの部屋で布団を借りるという手もあったが、少年たちが巻き起こす騒動の中でゆっくり眠れる自信もなかった。

例によって、大通りを避け、人気の少ない裏路地を縫って歩いた。暗がりで野良猫の目が剃刀のようにきらめき、汚物と黴の匂いが鈍重なボクサーのジャブのように鼻を攻めたててくる。風邪とそれがもたらす疲労のせいで、わたしの注意力は散漫になっていたのだろう。いつの間にか、前と後ろを目つきの悪い男たちに挟まれていた。

李威と李威の周辺に群がる連中と同じ体臭が濃密に漂っている。不良中国人という言い方がソフトに過ぎるなら、連中は中国マフィアだ。前方にふたり、後ろに三人。狭い路地には逃げ道もない。

「ちょっとあんた」

後ろの三人の中の、一番若い男が流暢な日本語で話しかけてきた。わたしはラブホテルの塀に背中を向けた。

「あんた、〈龍玉〉から出てきただろう?」

李威のビリヤード場は見張られていたのだ。わたしはそこにのこのこと出かけていった。

「龍玉?」

「とぼけるなよ。李威のビリヤード場さ」

若い男は李威を見事な中国語で発音した。いわゆるバイリンガルというやつだった。日本語も中国語も流暢に操ることができる。

「ああ、いつの間にか店が替わっていてね。古いビリヤード場だったころはよく通っていたんだ。久しぶりに行ったら、店名も客層も変わっていたんで、そのまま出てきた」

とっさに嘘をつきながら、わたしは若者の表情を探った。世の中を舐め、そのくせ世の中を拗ねたような顔つきをしていた。わたしと出会う前の明によく似ていた。明より二、三歳は年を食っている。

「店を間違えた？　その割には、長い時間いたね」

「せっかく来たんだから少し遊んで行こうかと思ったんだけどね、中国人ばかりで言葉も通じなかった」

若者の目が暗がりに潜んでいた猫のように光り、わたしは自分のミスを悟った。

「あの店には客なんかいなかったぜ」

若者はだれの目にもわかるよう、はっきりと頷いた。他の四人がわたしとの距離を狭めてくる。

「あんた、李威とはどういう関係？」

「リーウェイなんて中国人は知らない」

「もう、とぼけちゃって」

いきなり左手を握られた。若者との会話に気を取られている間に、四人は息が嗅げるほど近くににじり寄っていた。ひとりは二メートルはあろうかという巨漢だった。わたしの左手を摑んだのは頭髪が薄くなった中年男で、その手を振りほどこうとした次の瞬間、別の男の拳がわたしの腹にめり込んだ。

腹を抱えてうずくまりたかった。だが、左手だけでなく右手も摑まれ、ラブホテルの塀に背中を強く押しつけられた。呼吸ができず、酸素を求めて喘ぎながら閉じようとする目を無理矢理開けていた。職安通りの喧噪が聞こえてくる。だが、この路地はきらびやかな世界からは隔絶されていた。繁華街の住人は危険の匂いに敏感だ。男たちが放つ殺気が彼らを遠ざける。

「おれたち、李威を探してるんだよ。あんた、どこにいるか知ってる？」

「知らない。ゆるしてくれ。たまたまあのビリヤード場に行っただけなんだ」

「あんた、日本人だろう？　李威とはどういう関係？」

「リーウェイなんて男は知らない。さっきからそう言っている」

若者が頷いた。また、拳が飛んできた。鳩尾《みぞおち》に正確に一発。胃液が逆流してくる。嘔吐するのを辛うじてこらえた。悪寒を伴った痛みが全身に広がっていく。

わたしは口を大きく開いた。叫んで助けを求めるのだ。だが、声を出すための息を吸いこむ前に、冷たい感触が喉に食い込んできた。若者がナイフをわたしに突きつけている。

「声を出すのはルール違反だよ」

若者はナイフと同じ怜悧な光を放つ目でわたしを見上げた。背が低い。

「本当に知らないんだ」

わたしは言った。情けないことに、声が震えていた。

「おれは、李威とはどういう関係かって聞いてるんだよ。知らないってのは答えになってないだろう？」

喉に食い込んでいるのはナイフの背だった。だが、彼の気にくわない言動をすれば、躊躇することなく手首を返すだろうことは想像するまでもなかった。彼にとってわたしの命など、野良猫のそれとなにひとつ変わらないのだ。

観念するほかなかった。知らぬ存ぜぬを貫いたところで、目の前の若者がゆるしてくれるとは思えない。彼らは確信を持ってわたしを尾行し、襲いかかったのだ。

「仕事をもらっていた」

「仕事？」

「ものを運ぶ仕事だ」

「麻薬に拳銃か……李威はケチだから、それほど儲からなかっただろう？」

「金がいるんだ。背に腹は代えられない」

「そうか……」若者は肩を震わせた。笑ったのだ。「こういう時はそういう言い方をするんだ。覚えておこう」

生真面目な声で言いながら、若者はさらにナイフの背をわたしの喉にめり込ませた。

「琳方を横浜まで連れて行ったのもあんたなのかな？」

若者は〝リンフェン〟と言った。中国語を知らないわたしの脳は、その音を瞬時に琳方と翻訳した。それで襲われた理由がわかった。琳方が盗んだと言っていた金は彼らか、彼らが属する組織のものだったに違いない。

「リンフェン？」

若者はわたしの言葉を無視し、仲間に頷いた。わたしに拳をめり込ませていた男がわたしの上着を探った。携帯電話と財布が抜き取られた。若者が財布に手を伸ばし、中をあらためる。金の他にはクレジットカードと免許証が入っているだけだ。

「織田さん、仕事は？」

「救命士だ」

「救命士って、救急車に乗ってる？」

わたしは頷いた。殴られた痛みは薄れていたが、悪寒はしつこく張りついている。

「名刺は持ってないの？」

「死にかけている人間に、一々名刺を配って歩くわけにはいかないだろう」

「確かに」

若者はクレジットカードと免許証を財布に戻した。代わりに札を抜いて自分のズボンのポケットに押し込み、薄くなった財布をわたしの上着のポケットに落とした。ナイフの圧力が消え、わたしは荒い呼吸を繰り返した。

「人の命を救う救命士さんが、李威みたいな悪党とつるんでなにしてたの？」

「言っただろう。仕事をもらってたんだ」

「運び屋のね……」

若者がまた頷いた。わたしは目を閉じ、歯を食いしばった。腹に力を込めたが、たるんだ腹筋はなんの役目も果たしてはくれなかった。拳が容赦なくめり込み、今度こそわたしは胃液を嘔吐した。

「汚ぇなあ……おれたちさ、金を捜してるんだ。琳方が盗んで、李威が自分のものにした金をさ。織田さん、知らない？」

「知らない」

えずきながらわたしは首を振った。涙で視界が滲んでいる。若者の目は相変わらず冷ややかで、他の四人は彫像のように沈黙を保っていた。

「そうか……残念だな」

若者はまたナイフの背をわたしの喉に押しつけた。

「最後にもう一回だけ訊くよ、織田さん。李威はどこ？」

「知らない。わたしも捜しているんだ」

「捜してる？　どうして？」

「金を払わずにあいつは消えた。だから……」

若者が笑い出した。低く抑えた、しかし、寒々とした笑いだった。

「日本人ってのはよっぽど間抜けにできてるんだよな。李威みたいなやつと仕事する時は、前金でやらなきゃ」

「今度からはそうする」

「その方がいいよ」

若者の右手がぴくりと動いた。手品師の手品のように鮮やかに、彼の手の内でナイフが回転した。わたしの指先が氷に押しつけられたように冷えていく。ナイフの刃がわたしの喉の皮膚に食い込んでいた。

「織田さん、勤めてる消防署の名前と携帯の番号、三回続けて言ってよ」

若者の意図がわからず、しかし、ナイフの圧力に負けて、わたしは従った。

「OK。嘘はついてないみたいだ。あんたの住所と仕事先、連絡先はわかった。李威と連絡がついたら、真っ先に教えて欲しいんだ。教えてくれなきゃ、あんたの周囲の人間が酷い目に遭う。おれ、こういうことで嘘はつかないからさ、あんたも信じた方がいいと思うよ」

わたしは頷いた。ナイフが遠のいていき、男たちに押さえつけられていた両手が解放された。深い息を繰り返し、何度か唾を吐いた。口の中に胃液の酸味がへばりついている。若者はわたしの携帯を操作していた。ダイヤルボタンを押す指が滑らかに動いている。

「ほい。これがおれの名前と番号だ」

差し出された携帯を受け取った。ディスプレイに表示された文字を見つめる。

〈トモ〉という文字と携帯の番号が記されていた。

「トモ？」

「そう。仲間内じゃトモ君で通ってる」

若者――トモは悪戯小僧のような笑みを浮かべ、仲間に頷いた。

「織田さん、必死で李威を捜しなよ。急がないと……わかるだろう？　おれたち気の長い方じゃないから。じゃ、連絡待ってるよ」

わたしの肩を二度叩き、トモは役者じみた仕種で踵を返した。他の四人がそれに付き従う。だれよりも若いが、だれよりも威厳を備えていた。恐るべき十代――そんな言葉が浮かんで消えた。日本の少年たちは逆立ちしたって彼の足下にも及ぶまい。明と同じように、トモも獣の体臭を発散していた。

トモたちの姿が見えなくなると、鳩尾の痛みがぶり返してきた。わたしは腹を押さえ、膝をついた。自分の嘔吐物でズボンが汚れたが、かまってはいられない。ナイフの恐怖の陰に隠れてはいたが、痛みは相当に強かった。

彼らは暴力のプロだった。ピラニアと一緒だ。血の臭いを嗅ぎつけた次の瞬間、一斉に襲いかかり、骨の髄まで食らい尽くすのだ。

身体が震えていた。震えはいつまで経っても収まらなかった。

＊　＊　＊

何度も振り返り、尾行の有無を確かめながら抜弁天に向かった。痛みが酷く、電車に乗る気力がどうしても湧かなかった。タクシーもごめんだ。要するに、わたしは怯えていた。ひとりで自分の身に起こったことを反芻するのが恐ろしかった。

尾行はなかった。これでだれかにつけられているというなら、そいつは透明人間だ。恐怖に理性を食い破られたものの神経は蟻の動きにも敏感に反応する。

階段をのぼるのも一苦労だった。明たちの部屋のドアをノックし、わたしはその場にくずおれた。

「だれ？」

輝和の用心深い声が聞こえてくる。わたしはかすれた声で名乗った。真っ先に視界に飛びこんできたのは明の顔だった。わたしはトモを思い出し、恐怖に震えた。

「どうしたんだよ、おっさん？」

明は背中に腕を回し、わたしを支えてくれた。

「また風邪がぶり返したみたいだ。少し、休ませてくれ」

「そりゃかまわないけどよ……おい、辰秋、手を貸してくれ」

「どうしたんだよ？」

姿を現した辰秋がわたしを見て凍りついた。よほど酷い顔色をしているのだろう。

「中に運ぶぞ。おっさん、すげぇ汗だ。熱あるのに仕事に行ったのかよ？」

「熱は下がった」

ふたりに身体を預け、わたしはなんとか立ち上がった。よろめきながら部屋に入り、居間にたどり着いたところで精根尽き果てた。

「どうしたの、織田さん？」

笑加と他の少年たちがわたしの周りに群がってくる。

「たいしたことはない。風邪がぶり返しただけだ」

わたしはなけなしの強がりを振り絞って笑顔を浮かべた。笑加たちの反応を見る限り、わたしの努力は功を奏しなかったようだった。

「亮、織田さんをおれたちのベッドに寝かせるぞ。輝和も手を貸してくれ。笑加、濡れタオルを頼む」

　明はてきぱきと指示を飛ばした。わたしは三人の少年に抱えられ、明の部屋で布団に横たわった。

「ねえ、織田さん、ぼくのせい？　ぼくが作った料理が悪かった？」

　半べそになってわたしを覗きこんできたのは浩だった。わたしは手を伸ばし、彼の頭を撫でた。痛みに顔が歪みそうだったが、辛うじてこらえることができた。

「浩のせいじゃないよ。無理をしたおれが悪いんだ」

　浩がほっと息をつく。

「浩、向こうに行ってろ。みんなで騒いでると、おっさんの病気、ますます悪くなる。な？　おっさんが元気になったら、いくらでも話できるから」

「わかった」

　浩が部屋を出て行った。入れ替わりに、洗面器とタオルを持った笑加がやって来る。辰秋と輝和も部屋を出て行った。

「体温計も持ってきたわ」

　笑加が差し出した体温計に、わたしは首を振った。

「熱があるわけじゃないんだ」

「じゃあ、なんなんだよ、この汗は？」

　口を開けば開いただけ藪蛇になる。明たちを巻き込みたくはなかった。わたしは口と目を閉じた。額とうなじに濡れたタオルが押しつけられた。脂汗を拭ってもらえるのはありがたかったが、できるなら、鳩尾に冷えたタオルを押し当てたかった。

「他になにか必要なものあるかな？」

　明が笑加に訊いていた。

「明のシャツ、貸してくれる？　織田さんには少し小さいかもしれないけど、着替えさせなきゃ。すごい汗だもの」

「着替えはいい」

　わたしは目と口を開いた。来なければよかったのだ。おとなしく家に戻っていればよかった。結局のところ、わたしはわたし自身を呪う他はない。

「だめよ。そんなに高くはないけど、熱あるもの。身体を冷やしたら、もっと上がるわ」

「昨日も今日も風呂に入っていないんだ。恥ずかしい」

「大丈夫。ちゃんと綺麗にしてあげるから」

　どう足掻いても、事態はわたしの思うとおりには動かない。気力が尽きかけていた。自暴自棄な気分がわたしを塗り潰していく。

「パジャマ代わりに使ってるTシャツならサイズ大きめだけど」

「それでいいわ」

　笑加の細い指がわたしのシャツのボタンを外しはじめた。その手が途中でとまった。

「明……」

「なんだよ？」

　笑加はわたしの腹部を見つめていた。明の視線がそれに重なり、わたしはため息を漏らした。

「だれに殴られたんだ、おっさん？　さっきの電話に出たやつか？」

「違う」わたしは言った。首を振るのも億劫だった。「歌舞伎町でちんぴらに絡まれたんだ」

　明の返事はなかった。代わりに、ドアが閉まる音がした。用心深い狼のボスは、他の少年たちに話が届かないよう配慮したのだろう。

「嘘つけ。笑加、シャツをぜんぶはだけてみろ」

わたしの身体の上で、笑加の指がピアニストのように動いた。

「ほらみろ。他に痣《あざ》ねえじゃねえか。ちんぴらに絡まれて殴られたってんなら、そんなもんじゃすまねえよ、おっさん」

明の声が近づいてきて、最終的にはわたしの耳に明の吐息がかかった。

「だれに、なんでやられたんだよ？　さっきの電話と関係あるんだろう？」

「ちんぴらに絡まれて殴られたんだ。それだけだよ、明」

「おっさん――」

「明、織田さんは病人なんだよ。いい加減にして」

笑加が目尻をつり上げ、明を睨んだ。明は怯み、やがて頬を膨らませた。群れのボスとは言っても、絶対的な権限を持ち合わせているわけではない。

「聞きたいことがあるんなら後にして。今は手当が先。居間に行って、湿布持ってきて。それから、氷も」

明が部屋を出て行った。わたしは心の中で笑加に感謝した。

「痛い？」

笑加の指先が、殴られた箇所に触れた。鈍い痛みが全身を駆け抜けた。

「ああ、痛い」

「ごめんね。でも、安心して、織田さん。昔はよく、喧嘩して帰ってきた明の手当したのよ。こういうのは慣れてるから」

「ここに来た時から、安心してるさ」

微笑もうとしたが、頬の筋肉が引《ひ》き攣《つ》っただけだった。今度こそわたしはしっかりと目を閉じた。笑加がなにかを言う前に、わたしの意識は闇に引きずり込まれていた。

＊　＊　＊

喉の渇きで目が覚めた。わたしは上半身裸でベッドに横たわっていた。鳩尾には大判の湿布が貼られ、絆創膏でとめられていた。身体を起こそうとして呻きが口から漏れた。痛みはかなり薄れていたが、細胞を破壊された筋肉が引き攣れるような感覚がある。歯を食いしばりながら腕時計を覗いた。午前二時。部屋の中は静まりかえっている。

闇に目が慣れるのを待ち、手探りで服を探した。わたしは二段ベッドの下の段にいた。枕元に、丁寧に折りたたまれたTシャツが置いてあった。笑加が用意した明のシャツだろう。苦労してシャツを着た。身体のどこかを伸ばすたびに、引き攣れた痛みが鳩尾から全身に広がっていく。みなが寝ている間にタクシーで三鷹に戻るつもりだった。最初からそうしていればよかったのだ。

「こんな時間にどこへ行くんだよ、おっさん」

いきなり声をかけられ、わたしは息をするのも忘れて凍りついた。明の声は上から響いてきた。

「家に帰る」

「タクシー代、いくらすると思ってるんだよ」

ベッドの縁から顔が出てきた。明の野生動物のような目が、目の奥に激情を湛えて鈍く光っていた。

「おれにあれこれ聞かれるのがいやなんだろう？　それで、こそこそ逃げ帰るつもりだったんだ」

「おまえたちを巻き込みたくない」

トモが身にまとっていた冷徹な空気が思い起こされ、わたしは身震いした。わたしひとりが、自らの愚かさのために滅びていくのは仕方がない。あっさりと受け入れよう。しかし、わたしのドジのために明たちの生活が破壊されるというのは受け入れがたい。

「今さらなに言ってるんだよ。ずかずかと土足で人の家に押し入ってきたくせに。笑加たちが心配してる。今さら自分は赤の他人だなんて言ったって、通じねえんだよ、おっさん」

「おまえたちに話して助けになるのなら話す。だが、話しても無駄だ」

どこまでも頑なな自分に、わたしは苦笑することしかできなかった。

「おっさん――」

「明、おまえの仕事は笑加たちを守ることだ。この生活ができるだけ長く続けられるよう目を配ることだ。余計なことをしてる暇はないぞ」

「おっさん……おれも、心配なんだよ」

明はぼそりと言った。暗闇の中にいるから言えたのだろう。明かりをつければ、明は布団の中に潜り込むに違いない。わたしは口を閉じ、明が精一杯口にした言葉を噛み締めた。

「おっさんが危ない橋渡ってんの、おれたちのためだろう。そのおっさんがよ、だれかに殴られて死にそうな顔して助け求めてきてよ。心配になるに決まってんだろう？」

明の言葉はぶっきらぼうだった。その素っ気なさがわたしの心臓を抉った。気がつけば、わたしの口が勝手に動き出していた。

「李威という男がいる。川口を拠点にしている中国マフィアだ」

「さっき聞いた名前だな。李威に木下を殺してもらったのか？」

わたしは再びベッドに横たわった。

「そうだ」

「そこまでしてくれなくても、おれは――」

「いいんだ。自分で決めたことだ」

明に恩を着せるつもりも、彼の無謀さを責めるつもりもなかった。わたしはただ、わたしのために行動しているだけなのだ。

「その後も李威の仕事をした」

「運び屋だな。なにを運ばされたんだよ？　あのときは銃だったろう？　あの鞄の重さは絶対そうだ」

「報酬は金と薬だ。おまえたちのために五百万貯めるまで、李威の仕事を続けようと思っていた」

明は口を閉じていた。わたしの話が核心に近づきつつあると悟っている。

「先日、また仕事を頼まれた。今度は人を運ぶ仕事だ。大久保から横浜まで。その男はだれかの金を盗んで追われていると言っていた。おれはそいつを無事、送り届け、帰ってきた」

「もしかして――」二段ベッドが軋んだ。「ニュースで殺されたって言ってたやつのことかよ？　たしか、琳方って言ったかな？」

「そうだ」

わたしはベッドの下にあった鞄を手探りで引き寄せ、煙草を取り出した。煙草をくわえ、使い捨てライターで火をつける。鞄の中には携帯用の灰皿も入っていた。

「次の日のニュースで彼が殺されたことを知った。李威は危険な仕事だとは一言も口にしなかった。だから、問い詰めに行ったんだ」

「でも、李威はいなかった。逃げ出したんだな。それで、おっさんは通訳が必要でおれに電話してきたってわけだ」

「大久保の〈龍玉〉という名のビリヤード場だ。そこを出て新宿駅に向かったんだが、尾行されていた。ビリヤード場を見張ってたんだろう。琳方という男が盗んだ金の持ち主か、その仲間だな」

「そいつらに殴られたのか?」

「他にだれがいる? 連中は李威の居所を捜していた。そこにのこのこ現れたおれが間抜けだったんだ」

煙草を吸うたびに、オレンジの儚い光が闇を照らした。わたしは携帯用の灰皿に灰を落とした。

「そいつらも中国人だよな、やっぱり?」

「リーダーはまだ若いが、貫禄のある男だったよ。トモと名乗った」

「トモだって?」

また、ベッドの縁から明が顔を突き出した。鈍かったはずの目の奥の光が、煌々と燃えていた。

「知っているのか?」

わたしが問いかけると、明は拗ねたようにそっぽを向いた。

「おれたちと同じだよ。親もいなけりゃ戸籍もない。おれより三つ上だ」

明とトモが似たような体臭を放っているわけがわかった。ふたりとも、異国で生き抜くために獣としての能力を発達させたのだ。

「あいつはやばいぜ、おっさん。必要だと思ったら、なんの躊躇いもなくおっさんを刺す」

「そんな感じだったな」

最後の煙を吐き出して、わたしは煙草を携帯用の灰皿に押しつけて消した。

「トモになにを言われた?」

「李威がどこにいるかわかったら、真っ先に連絡しろと」

わたしは携帯を取り出し、トモが自らの手で打ち込んだメモリを明に見せた。

「あいつ、携帯の番号変えたのか……」

明は素早くディスプレイに視線を走らせ、携帯をわたしに返してよこした。

「おっさん、李威なんてもうどうでもいい。金だって、おっさんが今まで用意してくれただけで充分だ。もう、手を引けよ。しばらくは、ここにも来ない方がいい」

明の顔が引っこんだ。

「トモとなにかあるのか？」

「おっさんがおれに関わってるって知ったら、あいつ、おっさんを殺すよ」

明の声は闇に同化してすぐに消えていく。わたしも痛みをこらえて身体を起こした。同じ境遇で三歳違い、狭い世界で暮らしてきたに違いないのだ。接点も数多くあっただろう。

「トモと因縁があるのか？」

「トモは笑加の兄貴だよ」

わたしは言葉を失い、新しい煙草を口にくわえた。粘ついた沈黙がわたしたちを包み込み、息苦しい時間が過ぎていく。

「あいつ、笑加を捨てて勝手にやってるくせに、おれが笑加を風俗で働かせてるって言いがかりつけてきやがって……いつか、ケリつけなきゃならないんだ」

「笑加の兄さんか……」

わたしはトモの酷薄な横顔を脳裏に描いた。似ているところはひとつもない。だが、そんな兄妹は腐るほどいる。強いていえば、夜の闇に溶けてしまいそうな白い肌がＤＮＡの類似性を物語っていたのかもしれない。いずれにせよ、トモと笑加の兄妹、そして明の間には一口では言い表せない過去があり、今があるのだろう。

「トモはどういう字を書くんだ？」

「友達の友だ。江友《こうゆう》——それがあいつのフルネーム。笑加は江笑加。笑加だけ、日本語の名前。トモはそれも気にくわないみたいだったな」

二本目の煙草が根本近くまで灰になった。わたしは煙草を消し、顎をさすった。

「とにかく、おっさん、トモはまじでやばい。おれとおっさんが仲良くしてるって知ったら、絶対にちょっかいを出してくる。約束してくれよ。しばらく、ここには来ない。連絡は電話だけ。それと、李威ってやつのことは忘れる。今さら、なにをしたって無駄だからよ」

「わかった」

わたしは言った。嘘をついたところで良心の呵責を覚えることもない。笑加には薬が必要だ。金が必要だ。わたしの目の前に広がる現実が揺らぐことはなかった。

「もし、そこら辺の街角で、おまえとトモがばったり出くわしたらどうなるんだ？」

わたしは訊いた。

「おれはどうでもいいけど……トモはおれを殺そうとするだろうな」

「よく今までそういうことにならなかったな。歌舞伎町はそれほど広くはないぞ」

「トモはここから出て行ったんだよ。今のねぐらは池袋だ。歌舞伎町界隈には滅多に来ない」

「おまえと、というより、笑加と顔を合わせたくないみたいだな」

「捨てたんだからな。当たり前だろう。さ、もう寝るぜ、おっさん。おれ、朝早いんだ」

「おやすみ」

わたしはそう言って目を閉じた。だが、睡魔は遠く彼方に去り、痛みと目まぐるしく入り乱れる思考を伴侶に、わたしは朝が来るのを待った。

22

辰秋の作った焼きそばを少しだけもらい、心配する笑加や浩たちの視線を振り切って部屋を出た。殴られた鳩尾周辺が熱を持っているが、体調はかなり回復していた。

念のため、まっすぐ出張所に向かうのはやめた。靖国通りまで出て、明治通りをまた北へ向かう。出張所の周辺を一周してみたが、トモとその仲間たちの姿は確認できなかった。こんなに朝早くから活動する連中とも思えないし、手駒が多いわけでもないのだろう。

更衣室で着替えていると、携帯が鳴りはじめた。ディスプレイに表示されたのは「非通知」という文字だった。部屋の隅に行き、電話に出た。

「救命士さん、おれを捜してるんだって？」

李威の声はいつもと変わらなかった。

「どうしてあんなことにおれを巻き込んだ？」

「殺されるとは思っていなかった。それに、新横浜まで追ってくるとも」

「嘘だ。最初からその危険性はわかっていたんだ。だから、できるだけ早く彼を東京から逃がさなきゃならなかったんだ」

押し殺しているつもりでも、ついつい声が高くなる。更衣室にいる連中の視線が背中に痛いほど感じられた。

「もう終わったことだ、救命士さん。あんたは仕事を請け負い、仕事をした。あんたが殺されたわけじゃない。あんたが危険な目に遭ったわけじゃない」

「昨日、殴られた」

「だれに？」

李威の声音が変わった。緊張を孕み、イントネーションが乱れている。

「トモという若い中国人だ。ビリヤード場を見張っていたらしい。後をつけられて、囲まれた」

「やつはなんと？」

「あんたの居所がわかったら教えろと。言うとおりにしなかったら、おれの周りの人間が酷い目に遭うそうだ」

「あんたは大丈夫だ、救命士さん。また、連絡する」

李威の言葉がフェイドアウトし、電話が切れた。リダイヤルしようにも非通知の相手には通じない。

「くそっ」

わたしは歯を食いしばり、携帯をズボンのポケットに押し込んだ。元の場所に戻ると、山岡と田中がいた。朝の挨拶を交わし、着替えを終わらせた。

「隊長、また風邪がぶり返してるんじゃないですか？」

山岡がわたしの顔色を窺う。

「寝不足だよ。休んだ日に寝過ぎて、昨日はよく眠れなかった。また、ぽかをやるかもしれん。サポート、頼む。田中もな。よろしく頼む」

「任せてください」

屈託がないとは言えないが、それでも田中は微笑んで見せた。訓練に付き合ってやったことが効いているのだろう。わたしの努力も無駄ではないということだ。ただでさえごたついているのに、仕事の時にまで他人のことで気を揉みたくはなかった。

シフトに入ってすぐ、出場要請がかかった。住所を聞かされた途端、田中と山岡の表情が歪んだ。おそらく、わたしの顔も同じだったろう。

「またあのばばあだぜ」田中が吐き捨てる。「無視しませんか、隊長？」

山田登美子。戸山公園近くのマンションに住む老婆だ。齢七十にして矍鑠《かくしゃく》としているが、狷介な性格で、足が痛い、腰が痛い、胃が重いと嘘を口にしては、悪びれることなく救急車をタクシ

―代わりに利用する。行き先は決まって大久保病院だ。

嘘だとわかっていても、痛みを口にする相手を無視する権利は我々にはない。

「そういうわけにもいかんだろう。行こう」

仏頂面の田中がサイレンを鳴らし、救急車を出した。山岡の横顔も歪んだままだった。彼らの気持ちはよく理解できた。三ヶ月ほど前、山田登美子を病院に送っている間に急患が発生し、その患者は手当が間に合わず、死亡した。我々が一番近くにいたのに、山田登美子のせいで遠くの救急車が呼ばれたのだ。山田登美子を放り出していれば、我々は三分で現場に到着できた。その患者をみすみす死なせることもなかっただろう。わたしも田中も山岡も、あの時のやるせない気持ちは死ぬまで忘れないだろう。

案の定、山田登美子はぴんぴんしていた。芝居気たっぷりに腰を押さえ、顔をしかめてはいたが、足取りは確かで、自らの足で救急車に乗り込んできた。現場への到着時刻は八時十二分。どこの診療科かは知らないが、九時頃に予約を取ってあるのだろう。

「いつも済まないね、織田隊長」

山田登美子は気安くわたしの名を呼び、まるで自分の家の居間ででもあるかのように、付き添い家族のために設置してある椅子に腰を下ろした。

いつものわたしなら、無理矢理笑顔を浮かべ、おざなりにでも彼女が痛いと訴える箇所に湿布なりなんなりの手当をしてやる。しかし、今日はそういう気分にはなれなかった。

「昨日から腰が痛くてね。眠れないんだよ。この年で睡眠不足は辛いからねえ」

山田登美子はわたしの反応にはお構いなしで話を続けた。

「こういう時はさ、隊長さんに湿布してもらうと見違えるほどよくなるのよ」

「病院に向かってくれ」

わたしは山田登美子の戯言を聞き流し、田中に命じた。山田登美子の顔色が変わった。ことのほか、プライドは高いのだ。

「なんなのよ、その態度。わたしは病人なんだよ」

「ええ、わかってます。だから、これから病院に向かいます」

わたしも負けず劣らずつっけんどんに応じた。運転席の田中はにやつき、助手席の山岡の顔は歪んでいる。山田登美子は頬を膨らませ、そっぽを向いて腕を組んだ。

煙草が吸いたかった。なにもかも放り出して、李威を捜しに行きたかった。笑加のために薬を手に入れる算段をつけたかった。

どうしてしまったのだろう。明たちに出会う前のわたしには仕事しかなかった。仕事が生き甲斐と言えば聞こえはいいが、世間と呼ばれる場所と、そこで起こっていることになにひとつ興味を持てなかったのだ。人を救いたかった。死に瀕している人々を、自分の持てる力すべてを出し切って救いたかった。わたしが考え、望むのはただそれだけだった。

それほど執着していた救命の仕事が、今では煩わしい。見ず知らずの人間を救うことより、明たちの生活を守ってやることの方がよほど大事だ。わたしはそう考えるようになっていた。

山田登美子を大久保病院に搬送し終え、わたしは駐車場の隅で煙草に火をつけた。山岡が躊躇いがちな足音をさせながら近づいてきた。

「隊長、いつから煙草を？」

「昔からだ。ストレスが溜まっているみたいでな。シフト中は吸わないようにしていたのについ手が伸びて、気がついたらこのざまだよ」

「まずいですよ」

「煙草がか？　救急車や病院じゃ吸わん。かまわんだろう」

「さっきの、山田さんに対する態度です。ただでさえ、田中の件で、署内で隊長の評判落ちてるのに……」

「だれにだって機嫌の悪い時ぐらいあるだろう。今日はあのばあさんに付き合う気分じゃなかったんだ」

「今までの隊長は、そんなことはありませんでした」

山岡は眦《まなじり》を吊り上げた。彼なりにわたしのことを心配してくれているのだ。しかし、それがわかっていてなお、わたしには山岡の口にする言葉すべてが他人事だった。

「そうかな……」

言葉を濁し、吸い殻を携帯用灰皿に押し込んだ。わたしは山岡の肩を叩いた。

「行こう」

「隊長……」

「仕事が待ってるぞ、山岡」

まだなにか言い足りなそうな山岡に背を向けて、わたしは救急車に向かった。

＊　＊　＊

八時間のシフトで出場要請が十五回。それが多いのか少ないのか、もはやどうでもいいように感じられた。十五回の出場の内、緊急を要したのが九件。残りの六件は軽傷者か、山田登美子のように気楽に救急車を利用しようとする人間に呼ばれたものだった。

着替えを終えて帰ろうとしたところで所長に声をかけられた。意味のない――いや、急患にとっては暴力に匹敵する軽傷者や倫理観が欠如した者による出場要請に対して、東京消防庁も本腰をいれて対策を練る気になっている。今日の出場に関してあれこれ質問され、思うところを述べろと強制された。

早く終わらせて帰りたかった。肉体が休息を欲している。三鷹の部屋に戻り、明日の夕方からのシフトまでただひたすらに惰眠を貪るのだ。適当に話を切り上げ、出張所を出た。

明治通りの交差点にトモが立っていた。鳩尾のあたりが引き攣れ、粘ついた汗が流れはじめた。身体は正直だ。すぐに意志を裏切り、防衛本能にすべてを委ねてしまう。

トモはひとりだった。にやつきながら煙草を吸っている。わたしが近づいていくのが当然だと思っているようだった。

悔しいが、無視することはできなかった。あまりにも明たちの部屋に近すぎる。明や笑加に鉢合わせする可能性は高かった。

「まだなにか用があるのか？」

信号を渡り、わたしはトモの真ん前に立った。

「李威から連絡は？」

「ない。昨日、おまえが言ったように、おれは使い捨ての駒だ。もう、連絡してくることはないだろう」

「だったら、捜しなよ」

トモは短くなった吸いさしを指で弾いた。煙草は小さな火の粉をまき散らしながら車道に転がり、タクシーのタイヤに踏みつぶされた。

「天涯孤独だからって安心してちゃだめだよ。あんたみたいな人には、いくらでも弱み作ってやれるんだからさ」

表情を読まれたくなくて、わたしは煙草をくわえ、右手で顔を覆いながらライターで着火した。トモとその仲間は一日の間にわたしの周辺を調べ尽くしたというのだろうか。

「例えばさ――」

トモは通りの反対側を指差した。ＯＬ風の若い女性が携帯を見つめながら歩いていた。

「李威を本気で捜さないと、あの娘を強姦して殺すぞって言ったら、織田さん、本気になるでしょう」

「見ず知らずの他人だぞ」

「だから、さ。自分のために、見ず知らずの人間が巻き添えになる。耐えられないでしょう？」

煙を吐き出しながら舌を巻いた。明より三つ上ということは、トモはまだ十八歳だ。その若さで、人を見抜く眼力を身につけている。

「おれには関係ない」

「強がったって無駄だよ。織田さん、李威を捜すんだよ、本気で。じゃないと、マジであの娘、拉致させるよ」

トモはわたしの耳に口を寄せた。目は交差点の片隅を見つめている。白いバンがハザードを点滅させて路肩に停まっていた。運転席と助手席に座っているのは、昨夜、わたしの両腕を押さえつけていた男たちだった。

「あの車に押し込んでさ、口塞いで、首絞めながら強姦して……凄く締まりがよくなるんだぜ。知ってる？」

わたしは首を振った。トモの目は潤んでいた。自分の語る言葉に陶酔していた。トモは変態だった。社会病質者だった。言葉はなんでもいい。おぞましい人間だった。そばにいるだけでトモの放つ腐臭が鼻にまとわりつき、吐き気を催す。

「なんのために殺されるのかもわからないまま死ぬんだ。死体は海に沈めるか、山に埋めるか……死んだことが家族にも知られない。悲惨な人生だよね。それ、全部、織田さんのせいになるんだよ。耐えられる？　耐えられないよね」

「どうしておれなんだ？　李威と仕事をしていた人間は他にもいるだろう？」

「だからさ、李威と繋がりのある連中にはみんな、似たような脅しかけてるんだよ。織田さん、自分だけ特別だと思ってる？　それ、自意識過剰だよ」

トモは笑った。感情の失われた、悪意すらない空虚な笑いだった。

「おれは日本人だ。君たちの住む世界のことはなにも知らない。李威の居所を捜そうにも、捜し方すらわからないんだ」

「織田さんは日本人だ。不法滞在してる中国人よりよっぽど使い勝手がいい。だから、李威は必ず織田さんに接触してくる。おれを信じなって」

セールストークのような滑らかな口調だった。もともとお喋りなのに加えて、頭の回転も速いのだろう。トモの言葉が淀むことは決してないのだ。

「あの女のことも、冗談で言ってるわけじゃない」

「わかってる」

わたしは呟くように言い、煙草を携帯用の灰皿に入れた。

「馬鹿正直にそんなもの持ち歩いてるんだ」

トモは笑いながらわたしを見た。腹の底まで見透かされているような気がして、わたしは俯いた。わたしのそばで笑っているのはただの若者ではない。なにもかもを貪欲に食らい尽くす化け物だ。

「じゃ、織田さん、また明日ね。李威から電話があったら、嘘つかないでちゃんと教えてよ」

トモの言葉が終わるのと同時に、歩行者用の信号が青に変わった。トモは手を振りながら横断歩道を渡り、白いバンに乗り込んだ。傾きかけた陽が、バンの屋根に当たってハレーションを起こしていた。

走り去るバンの後ろ姿を見つめながら、わたしは新しい煙草に火をつけた。煙は濃く、苦く、いたずらに喉を刺激するだけだった。

＊　＊　＊

新宿駅の構内を歩いていると、携帯が鳴った。また、非通知の電話だ。わたしは通行人の邪魔にならないよう、隅に移動し、電話に出た。

「織田です」

「救命士さん、また、あの若造に会ってたな。おれを売ったのか？」

思わず周囲に視線を走らせた。あの交差点でわたしとトモは見張られていたのだ。それらしき気配は微塵も感じられなかった。

「あの男にはなんの義理もない」

「しかし、救命士さん、あんたはおれに裏切られたと思っている」

「薬が必要なんです、李先生。今まで手に入れた分ではまだ足りない」

「あの若造は、その薬を必要としている娘の兄だ。知っているか？」

「聞きました」

「人の皮を被った獣だ。救命士さん、あんなやつと関わっているとろくな目に遭わない」

「もう、散々な目に遭ってますよ」

煙草が吸いたかった。だが、喫煙所は見あたらない。トモや李威と話をするたびに、わたしの喫煙量は増えていく。

「あいつの連絡先を知っているんだな、救命士さん？」

わたしは言い淀んだ。うかつなことは言えないと、内なるわたしが訴えている。

「知っているんだろう？　おれから連絡があったら、真っ先に伝えろと言われているはずだ」

「携帯の番号は知っている」

「あいつを呼び出してくれ。今夜、十二時、夫婦木神社に」

「断る。彼を殺すつもりだろう？」

わたしは声を殺した。李威の笑い声が聞こえてくる。

「今さらなにを言い出すんだ、救命士さん。おれとあんたが知り合ったのは、ある男を殺すためだったろう。忘れたのか？」

「しかし――」

「言っただろう。あいつは人の皮を被った獣だ。獣を殺すのに躊躇う必要はない」

「彼も人間だ」

「破滅させられるぞ、救命士さん。獣は、腹が減ればまず手近のものに牙を剝く。それに、薬が手に入らなくなるぞ」

どう足掻いたところで李威に尻尾を握られている。わたしには歯嚙みすることしかできなかった。

「やってくれるな、救命士さん」

「彼女が……妹が悲しむことになる」

「本人に訊いてみるといい。悲しむどころか、喜ぶかもしれないぞ。とにかく、あんたがその気にならなければ、妹の方は薬が手に入らなくて苦しむことになる。それだけは間違いない」

「少し時間をください」

「どれぐらい？」

「二時間」

「いいだろう。決心がついたら電話をくれ」

「どこにかければ――」

「いつもと同じ番号だ」

唐突に電話が切れた。携帯を持つ手が汗で濡れ、心臓が早鐘を打っていた。わたしは深呼吸を繰り返し、携帯を上着のポケットに押し込んだ。胃がしくしくと痛む。このまま今の生活を続ければ、胃に穴が開くのもそう遠いことではないだろう。ストレスに晒され続ける寝不足の日々。倒れる前に、すべてのことにケリをつけてしまわなければならない。

電車に乗るのは諦め、わたしは駅を出た。歌舞伎町に向かいながら、抜弁天の部屋に電話をかけた。電話に出たのは亮だった。

「明はどこにいる？」

「明兄ちゃんなら、まだ帰ってきてないよ。今日は、なんの仕事だっけかな……ああ、そうだ。酒屋の手伝いだ」

どんな仕事なのか想像はついた。

「どの辺りを回ってるんだろう？」

「たぶん。ゴールデン街」

「ありがとう」

電話を切り、足を早めた。靖国通りを横切り、区役所通りの入口から遊歩道を使ってゴールデン街に出た。映画の書き割りのような一画はまだ惰眠を貪り、野良猫が暢気に脚を舐めているのが目につくぐらいだった。花園神社に面した通りに、小型トラックが停まっていた。車体の横に酒屋の名前が記されている。通りを一本ずつ覗いて歩き、花園五番街と書かれた通りで明を見つけた。

「具合はもういいのかよ？」

明は首に薄汚れた白いタオルを巻き、酒瓶の入った箱を肩に担ぎ上げていた。太くはないがしなやかな筋繊維が浮き上がっている。

「トモが死んだら、笑加は悲しむか？」

わたしは単刀直入に訊いた。明に対して回りくどい手順を踏む必要はない。

「どういう意味だよ？」

「李威に言われた。トモを呼び出せってな。李威はトモと仲間たちを殺すつもりだ」

「そんなこと、手伝うのかよ」

「手伝わなければ、笑加の薬が手に入らなくなる」

「おっさん……」明は立ち止まり、わたしの顔をしげしげと見つめた。「おれたちのために、どうしてそこまでするんだよ？」

「おれはお節介な馬鹿なんだ」

明は溜息をひとつ漏らし、また歩きはじめた。

「死んだってことがわからなきゃ、どうだっていいんじゃねえか。今だって音信不通なんだし」

わたしは明に肩を並べた。

「万が一、笑加の耳に入ったら？」

「そりゃ、悲しむだろう」明は怒ったような表情を浮かべた。「くず野郎だって、血が繋がった兄貴だってことに変わりはないんだ。だから、どんなことがあっても笑加の耳に入れちゃだめなんだよ」

「そうだな……」

「おっさん、中途半端な気持ちなら、やめた方がいいぜ。笑加、勘がいいからな」

「笑加には薬が必要だ」

「わかってるよ、そんなこと」

わたしは足を止めた。遠ざかっていく明の背中を見つめながら腹を決めた。すでにわたしの手は血塗れなのだ。今さら躊躇ったところで天国に行けるはずもない。

踵を返し、区役所通りに足を向けた。歩きながら携帯を取り出し、李威の番号に電話をかけた。

「条件がある」

回線が繋がると同時にわたしは言った。

「なんだ？」

「死体が見つからないように手配すること」

「そのつもりだ」

「それから、例の薬を——」

「それももう手配してある」

李威のすることに抜かりはない。わたしは溜息を押し殺し、言葉を続けた。

「今夜、十二時。夫婦木神社」

「そうだ。おれと会うことになったと言ってやればいい。あいつは必ず来る」

「いったい、いくら盗んだんですか？」

「あんたが知る必要はない。ひとつだけ言えるのは、間抜けだから盗まれるんだ」

李威は笑いながら電話を切った。不気味な笑い声が耳にこびりついた。わたしは溜息を漏らし、自分の手を見つめた。汗に濡れた手はまるで水に浸かったかのようにふやけていた。

＊　＊　＊

サウナで時間を潰した。大量に汗を流し、水風呂に浸かり、それを何度か繰り返してやっと腹が据わった。携帯のタイマーをセットして仮眠を取り、九時ちょうどに目を覚ました。

サウナを出た足で喫茶店に入り、熱いだけのコーヒーを啜りながら煙草を灰にした。九時三十五分。トモにはあまり時間を与えたくなかった。かといって、あまりに時間が短すぎればトモが動かない可能性もある。今がちょうどいい頃合いだろう。

携帯を取り出し、トモの番号にかけた。一度目の呼び出し音が鳴り終わる前に回線が繋がった。

「なにか進展があった？　織田さん」

「ついさっき、李威から電話があった」

「ほらね」

トモの含み笑いが耳朶を震わせた。わたしは新しい煙草をくわえた。

「李威はなんだって？」

「急ぎの仕事があると。あるものを川口に運んでくれと言われたよ」

「どこでブツを受け取るのかな？」

「今夜、午前零時、大久保の夫婦木神社の境内で会うことになった」

話しながら絶え間なく煙草を吸った。灰皿に落とす間もなく灰がテーブルの上に散っていく。わたしはその灰を神経質に払い落とした。

「李威は来るの？」

「李威が来なければ仕事は請けないと言っておいた」

「やるじゃん、織田さん」

「他人が巻き込まれるのを見たくはないからな」

「OK。今夜、十二時ね。織田さん、十一時にどこかで落ち合おう」

「おれも行くのか？」

「当たり前じゃない。織田さんがいないと、李威が不審に思うでしょ。そうだな、ベタな待ち合わせ場所だけど、十一時に職安通りのドンキの前。いい？」

断ればトモは疑いだすだろう。わたしにはトモの提案を受け入れる以外の選択肢はなかった。

「殺し合いになるんだろう？　おれはそういう場面には——」

「ならないよ」トモはあっさり言い放った。「李威はおれたちが狙ってることを知らないんだ。あっという間に終わる。織田さんに危険はない。OK？」

儚い抵抗もあっさりと切り返された。

「わかった。十一時にドン・キホーテの前だな」

「織田さん、ありがとね。助かるよ、マジで」

電話が切れた。なにかが焦げる匂いがして、わたしは焦点の定まらない目を自分の手元に向けた。短くなった煙草が指の皮膚を焼いていた。慌てて吸いさしを灰皿に放り込み、焼けた指を氷と水の入ったコップに突っこんだ。

腕時計を覗きこむ。九時四十二分。今日の夜はやけに長くなりそうだった。

23

十一時十分前にドン・キホーテに到着した。時間厳守、いや、約束の時間より早く行動することが身に染みついている。救命の仕事はいつだって時間との戦いだ。

終夜営業の量販店は様々な人種で賑わっていた。わたしはガードレールに腰掛け、煙草をくわえた。火をつけようとライターを探していると、視界の隅に見覚えのある顔が入り込んできた。トモの仲間だった。トモはその男の真後ろにいた。

「織田さん、おはよう……じゃなくて、こんばんは、か。時間に正確だね。救命士だから？」

トモはわたしの左横に腰を下ろした。他の男たちは他人のような顔をして、店の前を行ったり来たりしていた。

「たぶん、そうだろう」

わたしは煙草に火をつけた。すでに、仕事を終えてから一箱を空にしてしまっている。口の中はざらつき、煙はいがらっぽいだけだった。

「神社に行ってきた。静かなもんだったよ。李威はまったく警戒してない。織田さんのおかげだ。これが中国人相手だったら、なにを言われても疑ってかかるのが普通だからね」

李威は知っている。トモが奇襲をかけようとしていることも。わたしとトモが十一時に待ち合わせたことも。李威はすべてを知っている。

「織田さん、まだ時間があるからさ、ちょっと買い物しようか？」

自然と眉が吊り上がる。

「買い物？」

「そう。織田さんにはいろいろしてもらってるからね。なにかプレゼントしてあげるよ」

そう言うと、トモはわたしの言葉も待たずに腰を上げ、さっさと店内に入っていった。わたしは煙草を消し、律儀に携帯用の灰皿にしまい込んで、トモの後を追った。

「なにか、欲しいものある？」

欲しいものなどなにもなかった。わたしは首を振った。

「まあ、そうだろうな。織田さんは、物欲とは無縁の人だ。そんな感じがぷんぷんしてる。だけどさ、なにかひとつぐらいあるでしょ。欲しいもの」

トモは相変わらず饒舌だった。だが、その饒舌に水を差すようなことをすれば、悪意に満ちた沈黙が取って代わるのだろうということは簡単に推測することができる。

「なにか、ネックレスを……」

「ネックレス？」

トモがわたしの顔を見つめた。薄い瞼が神経質な瞬きを繰り返している。なにかがトモの神経に触れたのだ。トモを納得させなければならない。

「行きつけの飲み屋でバイトしてる子がいるんだ。もうすぐ誕生日のはずだ」

「ふーん、織田さん、そういうことに興味ないんじゃないかと思ってたんだけどな」

「いい子なんだ」

わたしのぶっきらぼうな口調が、トモのささくれだった神経をなんとか鎮めたようだった。

「いくつぐらいの子？」

「たしか、二十歳になる」

「アクセサリー売り場はこっちだったかな……」

トモはまたわたしに背を向けた。迷う素振りひとつ見せず、ざわついた店内を歩いていく。

「身長は？　痩せてる？　太ってる？」

「背は百六十センチちょっとかな。どちらかというと痩せている」

わたしは笑加の姿を思い浮かべながら答えた。ネックレスは笑加に渡すつもりだった。兄から妹へのプレゼント——感傷的にすぎるのだろうが、わたしに欲しいものがなにもない以上、しごくまっとうな考えに思えた。

「どんなファッションが好きなんだろう？」

トモはアクセサリー売り場にたどり着くと、顎に親指を添えてショーケースに視線を走らせた。

「服のことはよくわからない」

「スカートが多いとか、ジーンズが多いとか」

「スカートだ」

「これ以上織田さんに訊いても、無駄だな、きっと」

トモは口を閉じた。真剣なまなざしを色とりどりの宝飾品に注ぎ、時折、唇を舐めた。

「これがいい」

トモはショーケースの中央に飾られていたネックレスを指差した。材質もどのブランドのものなのかもわたしにはわからない。店員がやって来て、大仰な鍵を使ってケースを開けた。トモはネックレスを手に取り、照明にかざした。値札には二十万という数字が書き込まれていた。

「そんなに高いものは――」

「いいよ、遠慮しなくたって。これは報酬みたいなもんだからさ。これ、買うよ。誕生日のプレゼントだから、それらしく包んでくれる？」

店員にネックレスを渡し、トモは微笑んだ。店員はまだ若い娘だった。トモの微笑を浴びて頬を赤らめた。

「カルチェだよ。あんまり派手じゃないけど、若い子ならまず似合わないってことはないと思う」

「ありがとう」

なんと言っていいかわからず、わたしは輪郭のはっきりしない言葉を口にした。数十分後には人を殺そうと決めているというのに、暢気に買い物に興じるトモの神経に、わたしは戸惑っていた。

「いいよ、これぐらい。織田さんとは長い付き合いになるだろうしね」

トモは愛嬌たっぷりに片眼をつぶった。開いた方の目はまるで石のようで、これっぽっちも笑ってはいなかった。李威が死んだ後は、自分が李威の後釜に座るとわたしに宣言したのだ。わたしは運び屋としてトモにこき使われる。

わたしは何気ない素振りでトモの視線を外した。これから死んでいく者の目を凝視できるほど、わたしの神経は太くない。

「心配しなくても大丈夫だよ、織田さん。おれ、李威より優しいからさ」

トモは静かに笑った。

＊　＊　＊

路地に入って数メートルも歩くと、大久保通りの喧噪はカーテンを引いたかのように遠ざかっていった。わたしはひとりだった。トモたちは反対側から神社に向かっている。トモの仲間のひとりが、路地の入口からわたしを見張っているはずだった。

境内に人影があった。李威ともうひとり。李威は悦に入った笑みを横顔に湛えていた。時刻は十二時三分前。時間にルーズな中国人も、こういう時は話が違ってくるらしい。

「よく来たな、救命士さん」

わたしに気づいた李威が大げさに声を張り上げた。仲間がどこかに潜んでいる。わたしの到来を彼らに教えたのだ。

「あいつは？」

李威は声を潜めた。

「向こうから来る」

わたしは戸山公園の方角に顎をしゃくった。

「人数は？」

「六人」

「こっちは十五人いる」

「もう、帰っていいですか？」

「だめだ」

李威はにべもなく答え、祠の方に目を向けた。タールのように粘ついた殺気が漂ってくる。ひとけがないとはいえ、都会のど真ん中だ。銃は使えない。ナイフかなにかを使った殺し合いがはじまるのだ。

汗がひっきりなしに流れ落ちた。膝が震えていた。喉が渇き、眼球が乾く。わたしは何度も唾を飲み込み、瞬きを繰り返した。騙されたと知ったら、トモはまっさきにわたしの命を奪おうとするだろう。恐怖が心臓を鷲摑みにしていた。

「そろそろだな」李威は腕時計を覗きこんだ。「なんでもいい、話し続けろ」

「もう、ぼくに用はないでしょう。帰らせてください」

「そういうわけにはいかんさ。やつらが来た時にあんたがいなかったら、不審に思われる」

「しかし――」

わたしの言葉は、突如乱入してきた複数の気配にかき消された。トモたちの放つ気配は猛々しい肉食獣のそれだった。

「ありがと、織田さん。もう帰っていいよ。後はおれたちがやる」

階段を勢いよく駆け上がってきて、トモは晴れやかな笑顔を浮かべた。対峙した李威とトモ、それに李威の手下の三人を、他の五人が取り囲んだ。

中国語のやりとりがはじまった。トモが李威を叱責し、李威がそれを受け流している。言葉はまったく理解できないが、トモは李威と対等に張り合っていた。たかだか十八歳の若造が、その倍以上生きている李威を相手に怯むどころか押し込んでいる。人の上に立つ器なのだ。それが卑劣な暴力に満ちた暗黒の世界だろうと、トモは王になるべく生まれ落ちてきたのだ。

わたしは少しずつ後退りした。トモの顔から笑みが消えている。よく研がれたナイフの刃のような空気が境内の淀んだ空気を切り裂いている。トモのそばにいては危険だ——本能がそう告げていた。

突然、李威が鋭い声を発した。暗がりに潜んでいた男たちが一斉に飛び出てきた。彼らは油断していたトモの仲間たちの背中にナイフで斬りつけた。

左手で口を塞ぎ、右手でナイフを突き立てる——淀みのない、暴力に慣れた者たちであることを窺わせる動きだった。トモの仲間たちは声をあげることもなく、頽《くずお》れていく。

トモが動いた。いつの間にか、右手にナイフが握られていた。トモは李威に身体をぶつけ、次の瞬間、飛び離れた。李威の手下たちはまだなにが起こったのか把握していない。トモはわたしを睨んだ。氷の塊を鑿《のみ》で削ったような目が憎悪のレーザー光線を放ち、わたしを切り刻んでいく。

李威の手下たちがやっと動き始めた。口々になにかを叫びながら、トモに殺到していく。だが、トモの動きは彼らを遥かに凌駕した。筋肉をしならせて疾駆し、階段を駆け下りていく。男たちはその後を追ったが、到底追いつけるとは思えなかった。

刺された者たちの呻きがわたしの足下で蠢いていた。生臭い血の臭いがけぶっていた。自分が救命士であることも忘れて、わたしは幼子のように震えていた。

トモは知った。トモに知られた。トモは必ずわたしを殺しに来る。トモはわたしの家を知っている。わたしの職場を知っている。家に帰ることもできず、職場に通うことももはやかなわない。

わたしの四十数年が、たった一夜、いや、たった数分で音を立てて崩壊してしまったのだ。

＊　＊　＊

絶えず後ろを振り返りながら、遠回りして抜弁天に向かった。足音が近づいてくるたびに睾丸が縮み上がり、若い男を見かけるたびに脂汗が滴り落ちた。耳には刺された男たちの呻きがこびりつき、鼻には血の生々しい匂いがこびりついていた。大通りは歩けず、路地の暗がりを好んで選んだ。

明たちのマンションにほど近いコンビニでミネラルウォーターを買い、店の前でそれを飲みながら電話をかけた。明が直接電話に出、わたしは肩から力を抜いた。

「相談したいことがある。他のみんなには聞かれたくない。外に出てきてくれないか。近くのコンビニにいる」

「わかった。すぐ行くよ」

明のぶっきらぼうな声がありがたかった。電話を切り、水を飲みながら煙草を続けざまに三本、灰にした。明が自転車を漕いでやって来た。

「死人みたいな顔してるぜ、おっさん」

「死人同然だ」

わたしは笑った。我ながら、空虚な笑みしか浮かべることができなかった。

「まずいことが起こったのか？」

「李威は死んだ」わたしは脈を取って確かめたのだ。「トモは逃げた」

「最悪だなあ、そりゃ」

「トモはおれに裏切られたことに気づいた。おれの家の住所も知ってるし、職場も知ってる」

「おっさん、とことんまで付け狙われるぜ。あいつのしつこさはとんでもねえんだから」

「しばらくは安宿やサウナで寝泊まりする。悪いが、金がないんだ。あの口座の金を少し貸して欲しい」

「貸すなんて水くさいこと言うなよ。あれは元々おっさんの金だぜ」

「おまえたちの金だ。おまえたちのために開いた口座だ」

「わかったよ。金は貸す。それでいいんだろう？　でもよ、トモは絶対に諦めねえぞ。いつまでも逃げ回ってるわけにはいかねえ。金がなくなる」

「警察に通報する」

わたしは煙草をくわえた。明が物欲しげな視線を向けてきた。わたしは首を振った。人目がありすぎる。未成年が煙草を吸っているとだれかが交番に駆け込んだら、明たちの生活は終わりを告げる。

「警察？」

「匿名でだ。夫婦木神社で殺人があった。そこから逃げた若者を見た。そう通報すれば、警察が動き出す。トモは身動きが取れなくなるし、うまくいけば逮捕される」

「死体、片付けられてるんじゃねえのか？」

「まだだろう。李威の手下たちはトモを探すのに必死のはずだ」

わたしは携帯を取り出した。一一〇を押し、発信ボタンを押す。目配せで、明に口を噤めと知らせた。回線が繋がった瞬間、わたしは早口でまくし立てた。

「ついさっき、大久保の夫婦木神社で人が殺された。逃げていくやつを見た。十八歳ぐらいの若造で、池袋によくいる。トモって呼ばれてるやつだ」

「もしもし、そちらのお名前は？」

「夫婦木神社だ。急がないと、死体が片付けられるぞ」

わたしは電話を切った。息をのんでいた明に強張った笑みを向けた。

「これで大丈夫だろう」

「あいつがおとなしく捕まるとは思えないけどな……まあ、身動きが取りづらくなるのは確かだろう。おっさんも、少しは安心かな」

明はわたしのことを気遣うあまり、一番大切なことを忘れていた。

「明、李威が死んだんだ。笑加の薬がもう手に入らなくなる」

わたしは自分のつま先を見つめながら言った。明が唾を飲み込む音が聞こえてきた。

「金を稼ぐあても消えた」

「……なんとかするよ。これまでだってなんとかしてきたんだ。なんとかする」

明は吐き捨てるように言った。わたしにではなく、自分に言い聞かせているのだ。

「おっさん、金は明日、朝イチでおろしてくるよ。いくらいる？」

「とりあえず、十万」

「わかった。今夜はうちに泊まっていくだろう？」

わたしは首を振った。

「遠慮するなよ。どうせ、家には帰れねえんだろう」

「おれは殺人の現場にいたんだ。血腥い匂いがする。浩たちに、この匂いを嗅がせたくない」

「じゃあ、どうするんだよ？」

「どこかで野宿するさ。一晩ぐらいどうっていうことはない」

眠れないことはわかっていた。疲弊しきった肉体が悲鳴をあげているのもわかっている。だが、わたしが言えるのはそんな言葉だけだった。

明はわたしを見つめていた。わたしの腹の底を探ろうとしていた。その目が異様な光を孕みつつあるのを、わたしは見逃さなかった。

「おれのために馬鹿なことはするなよ。何度も言うが、おまえはみんなのリーダーだ。みんなを守る責任がある」

「わかってるよ。じゃあ、明日な。金をおろしたら、おっさんの携帯に電話入れる」

明はぷいと顔をそらし、自転車にまたがった。

「ちょっと待て」

わたしは声をかけ、鞄の中をまさぐった。

「なんだよ?」

「これを笑加に渡してくれ」

可愛らしく包装されたネックレスの箱を明に手渡した。

「なんだよ、これ?」

「笑加へのプレゼントだ」

「おいおい、おっさん――」

「買ったのはおれじゃない。トモだ。トモはそれが笑加のものだということは知らない」

明は唇をきつく結び、右手に持った箱を凝視した。初めて見るものに向けるような視線が、かすかな戸惑いを孕んでいる。

「わかった。渡すよ。おっさんからだって言えばいいんだろう?」

明はそう言うと、唐突にペダルを踏んだ。そのまま振り返りもせずにマンションに戻っていく。

その後ろ姿を見送りながら、明の目に一瞬浮かんだ光をわたしは思い返していた。わたしのためにトモを殺そう——短い時間だったにしろ、明がそう考えたのは明白だった。
わたしは溜息を漏らし、ボトルの底に残った水を飲み干した。

＊　＊　＊

ねぐらを捜して新宿をうろつきまわっていると、携帯が鳴った。覚えのない番号だった。おそるおそる電話に出た。

「トモ、どこ、いる？」

激しい訛りの言葉が耳に飛びこんできた。わたしは反射的に電話を切った。李威の手下だろう。血眼になってトモを捜している。彼らに見つかればどうなるのか、考えたくはなかった。

また携帯が鳴った。舌打ちしながら電源を切ろうとして、わたしの視線はディスプレイに釘付けになった。トモからの電話だった。

出るな——理性はありったけの声を張り上げた。だが、わたしは魔物に魅入られたように着信ボタンを押していた。

「やられたよ、織田さん」

荒い息づかいが聞こえてきた。獰猛な声にわたしの身体は凍りついた。

「どうなるかわかっててやったんだよね、織田さん。よくよく考えて、おれより李威についたんだよね？」

「逃げろ」やっと声が出た。「警察もおまえを追っている。馬鹿なことは考えずに逃げるんだ」

一気にまくしたてて、わたしは口を閉じた。気配を殺さなければ、どこかからトモが現れてわたしの喉を切り裂く——らちもない妄想がわたしを雁字搦《がんじがら》めにしていた。

「逃げなきゃならないのは織田さんの方だよ。おれは舐められたまま黙ってるほど人間ができてないからね」

言葉が終わるのと同時に電話が切れた。わたしは携帯を見つめたまま微動だにすることもできなかった。風邪のそれなど及びもつかない悪寒が背中に張りついていた。歯の根が合わず、わたしは震え続けた。凍死してしまいそうだった。

24

結局、新宿中央公園まで歩き、ホームレスにも見向きされない朽ち果てたようなベンチに身体を横たえた。朝日とともに目覚め、目覚めるとともに神経が逆立っていくのを感じていた。

恐怖心が心臓の辺りに居座っている。わたしはライオンに追われる鹿だった。常に怯えながら神経を張り巡らせ、ありとあらゆる影に怯えている。

公園内の公衆トイレで用を足し、顔を洗った。鏡に映るわたしは死人というより亡霊だった。存在感というものがまるでない。怯えきっているからというより、自分がこれまで依ってきたものを失ったことからくる自信喪失が大きいのかもしれない。救命士はわたしの天職だった。いや、天職だと思いこんできた。だが、トモが警察に逮捕されるか、李威の手下たちによって殺されるまで、わたしは職場に足を向けることもできないのだ。

六時半になるのを待って、出張所に電話を入れた。風邪をこじらせたと嘘をつき、五日間の有給休暇を申請した。なにか言いたげな相手の言葉を遮って、電話を切った。コンビニで新聞、サンドウィッチと缶コーヒー、それに簡単な洗面道具セットを買い込み、また同じベンチに戻って侘びしい朝食を摂った。

夫婦木神社の件は、社会面の片隅に小さな記事が載っているだけだった。通報を受けた警察が夫婦木神社で六つの死体を見つけた。死体はどれも身元不明。警察は組織暴力絡みの事件として調査中。李威の名前もトモの名前も、もちろん、わたしの名前も書かれてはいない。

「あんた、新顔かい？」

そばを通りかかったホームレスがわたしに声をかけていく。わたしは首を振った。

「昨日、終電に乗り遅れてね。これから出勤だよ」

なんのために見栄を張っているのだろう。わたしは家を失い、職を失った。トモがわたしをつけ狙い続けるかぎり、わたしには路上をさまよう人生しか残されていない。新顔と言われれば、まさに新顔に違いないのだ。

去っていくホームレスの後ろ姿を漫然と眺めながら、わたしは腰を上げた。新聞とサンドウィッチの包装とコーヒーの空き缶をゴミ箱に捨て、公園を後にした。まずは、三文判を手に入れなければならない。明には安宿やサウナで充分だと言ったが、それにしたって金がかかることに変わりはない。安いアパートを見つけて、そこで寝起きすることに決めていた。仕事は、肉体労働でもアルバイトでも、選り好みさえしなければなんとかなるだろう。

問題は明たちの生活だ。笑加の病気だ。わたしは金蔓と同時に薬の卸元を失った。笑加の病状が劇的に改善されるという事態が起こるならともかく、いずれ、そう遠くない将来、彼らの生活は破綻する。

どうすればいいのか——どれだけ頭をひねっても、出てくるのは非現実な回答ばかりだった。銀行強盗、麻薬の売買、明たちと窃盗団を作る。結局、手っ取り早くまとまった金を手に入れようと思えば犯罪に手を染めるほかはなく、わたしはその点に関してはまったくのど素人だった。

名案を思いつけないまま文房具屋で三文判を買い、駅近くの不動産屋を何軒か回って、物件情報に目を通した。わたしが望むような部屋は表には出てこない。オートロック、エアコン付きの新築マンションなど、わたしには無縁だ。

携帯が鳴った。液晶には公衆電話と表示された。明かそれともトモか——おそるおそる電話に出た。

「おっさん、金、おろしたぜ」

「今、どこにいる？」

「東口。伊勢丹の近くだ」

「仕事は？」

「休みもらった。笑加の具合があんまりよくないんだ」

明の口調は暗かった。

「近々、前園先生にまた診察してもらおう」

「それより、おっさん、金どうすればいいんだよ？」

「新宿で会うのは危険だ」わたしは声を落とした。「李威の手下たちがおれを捜している。中野で会おう。駅のすぐそばにスターバックスがある。そこで、三十分後に」

「わかった。じゃあ、後でな」

電話を切り、わたしは駅に足を向けた。若い男とすれ違うたびに、神経がさざ波を立てる。わたしに取り憑いた恐怖はいささかもその力を弱めることがなかった。

＊　＊　＊

カプチーノを注文し、店内の片隅に座った。煙草が吸いたかったが、このチェーン店が禁煙であることは最初からわかっていた。他の店を待ち合わせ場所にすれば良かったのだ。カプチーノには口をつけなかった。

明の姿が店頭に見えると、わたしはこれ幸いとカップを手にして店を出た。カプチーノを明に手渡し、煙草に火をつけた。煙を吐き出しながら、明と肩を並べてあてもなく歩き出す。

「まず、これ」

明は銀行の名前が印刷された封筒をわたしに押しつけた。

「いちおう、三十万おろした」

「そんなには――」

「笑加と相談したんだ。詳しいことは伏せてさ、おっさんが金に困ってるって。それで、この金額。笑加、金がないのにプレゼントくれるのかって苦笑いしてたけどな」

「喜んでたか？」

「ああ。笑加にとっちゃ、いや、笑加だけじゃないな。みんな、おっさんのことを親父代わりみたいに思ってるからな。すげえ喜んでたよ」

「そうか」

苦い思いを嚙み締めながら、わたしは短い言葉を吐き出した。

「銀行に行く前に、知り合いをつついてみたんだ。寝たばかりらしくて、機嫌悪かったけど」

「中国マフィアか？」

明は曖昧に頷いた。

「池袋が面倒くさいことになってるってよ。警察、虱潰しにしてトモを捜してるらしい。とばっちりだって言って、トモを逆恨みしてるやつらが何人もいるってよ」

「そうか」

明の視線が横顔に突き刺さった。

「トモ、もう長生きできねえぜ。いくらあいつでも、もう終わりだ。警察と李威の仲間に追われてるってだけでも大変なのに、他の連中の恨みも買った。トモには後ろ盾がいたんだけどよ、そいつにも見限られたらしい」

「そうか」

「そうかしか言うことねえのかよ？」

「ない」

わたしは笑った。鏡があれば、虚ろな笑みがわたしを見つめていたことだろう。

「笑加の具合は？」

「あんまりよくねえよ」明は首を振った。「今朝も、顔を洗ってる最中に倒れた。気を失ったわけじゃねえ。立っていられなくなったんだ」

「薬はちゃんと飲んでるのか？」

「当たり前だろう」

「ちょっと待て」

わたしは煙草を足下に投げ捨て、靴の裏で踏みにじった。昨日のわたしと今日のわたしとではなにかが違っている。携帯で前園に電話をかけた。携帯を耳に押し当てる右手の指に、無精髭が当たった。救命士には清潔感も要求される。風邪を引いているのでもない限り、髭を当たらない日など一日もなかった。

「はい、前園です」

「織田です。今、お電話大丈夫ですか？」

「今日は学会があって、診察は昼からなんですよ。もうすぐ会議がはじまりますが、五分ぐらいなら」

前園の声はいつもと変わらず朗らかだった。その屈託のなさに、わたしはかすかな嫉妬を覚えた。

「今朝、笑加が洗顔中に倒れたらしいんです」

「意識を失ったんですか？」

途端に、前園は有能な医師の声に切り替えた。

「いえ。立ちくらみだと思いますが――」

「薬はきちんと服用してるんですよね？」

「もちろん」

「うーん、あの薬を服用していても症状が改善されないとなると、問題ですよ、織田さん」

「入院が必要になる？」

「もしかすると、それ以上のことも」

明の気配が濃密に感じられ、わたしは視線を向けた。明はじっとわたしの口元を見つめていた。

「近々、また診察しましょう。それと血液の再検査。その結果次第では――」

「彼女は中国に帰らなければならない」

わたしは明に聞こえるようにはっきりとした声で言った。

「最悪の場合、それしか手がないと思います」

「わかりました。心しておきます」

「それで、診察の日取りなんですが、そうですね、木曜の午後なら身体が空いています」

木曜――四日後だった。

「いつものように、織田さんの部屋に伺えばいいですかね？」

「いえ、ちょっと、わたしの部屋は使えない状態になってまして。先生、どこか適当な場所をご存じゃありませんか？」

「それじゃ、ちょっと遠いですが、ぼくのマンションじゃどうですか？　船橋になるんですが」

前園はマンションの名前と住所、それに電話番号を口にした。すべてを頭に刻み込み、わたしは礼を言った。

「何時にお伺いすれば？」

「午後一時でどうですか？　いらっしゃるのは織田さんに笑加ちゃん、それと明君といいましたっけ？　その三人？」

「ええ、その三人で」

食事かなにかを用意するつもりなのだろう、前園はまた朗らかな声に戻って訊いてきた。

「じゃあ、木曜日にお待ちしています。その前に、彼女の症状が悪化したら、遠慮なく電話をください」

「そうさせてもらいます。先生、本当にありがとうございます」

「好きでやってることですから」

前園ははにかみながら電話を切った。

「やばいのか？」

明が嚙み付くように訊いてきた。

「笑加にも他のみんなにも言うな。だが、おまえだけは万一のことを覚悟しておけ」

口の中がざらついていた。まるでバケツ一杯の砂をぶちまけられたみたいだった。

「なんとかなんねえのかよ!?」

「祈るんだな。祈るしかない。さあ、もうおれはいいから、笑加のところに帰ってやれ。木曜日の午後一時、今度は前園先生の家で診察だ。家は船橋だそうだから、十二時前にどこかで待ち合わせて、一緒に行こう」

明は頷き、身体を反転させた。駆け出そうとして動きを止め、振り返った。

「トモのことは、これからもいろいろ訊いてみる」

「無茶はするなよ」

「わかってるって。じゃあな、おっさん」

明は叫びながら走りはじめた。無駄のない美しいフォームだった。まともな家庭に育ち、スポーツにでも打ち込んでいれば、一流のアスリートにでもなれただろう。だが、運命は無慈悲だ。明は明に与えられた世界を生き抜くことしかできないのだ。

＊　＊　＊

営業を開始しはじめた中野駅近辺の不動産屋を虱潰しにして、駅から徒歩で十分ほどの安アパートを契約した。風呂なし、トイレ、キッチン付きの六畳間。家賃は四万二千円。敷金と礼金はそれぞれ一ヶ月ずつで、明が貸してくれた金がそれで三分の二に減った。

契約を交わしたその足でアウトドアグッズ店に向かい、野外用の食器、コンロ、寝袋を買った。金がどんどん減っていく。中野駅から徒歩でアパートに向かい、買ったものを畳の上に放り出して、わたしは座り込んだ。缶コーヒーを飲み干し、空き缶を灰皿代わりにして煙草を二本、灰にした。携帯のバッテリが減っていた。コンセントに充電器を差し込み、電源を入れたまま充電し、また畳に腰を下ろす。

身体の内側に空洞ができたような妙な錯覚を覚えていた。手足が怠く、思考が重い。昨日からの一連の出来事が、重いボディブロウのように応えはじめている。おそらく、防衛本能が働いていたのだろう。わたしはなんとか動き続けることができた。だが、一息ついたことで、その本能も休息を取ってしまったのだ。

トモが、李威の手下たちがわたしを捜し回っている。それがわかっていてなお、目に映るもの、皮膚に触れる空気、すべてが現実味を失っていた。まるで大きなシャボン玉の内側に取り込まれて空中を漂っているかのようだ。目を閉じたが眠りは訪れなかった。将来のことを考えようとしたが、なにもかもが濃い霧に包まれていた。

考えるのをやめ、感じることもやめ、わたしはただ座り、時折煙草をふかした。喉が渇けば、蛇口から直接水を飲んだ。水道水を飲むのは久しぶりだったが、思いの外うまかった。

どれぐらいそうしていたのか、携帯電話がわたしを現実に引き戻した。公衆電話から——明に違いない。

「トモは歌舞伎町にいるらしい」

電話が繋がると同時に、明はまくしたてた。

「警察が捜してるのに？」

「警察は池袋を捜してるんだぜ。もちろん、歌舞伎町にも腐るほどおまわりはいるけど、考えようによっちゃ、池袋に戻るよりは安全かもしれねえだろう」

わたしは無意識に頷いた。

「まあ、トモがそこまで考えてるとは思えねえけどな。おっさんを狙ってるんだよ。おっさんの喉切り裂かない限り、どこにも行かないって決めてるんだ。怒ると見境がねえからな、トモは」

ならば、わたしも新宿に足を向けなければいいだけのことだ。トモが殺されるまで。あるいは、トモが逮捕されるまで。この部屋にじっと潜んで、時が来るのを待てばいい。有利なのはわたしの方なのだ。なにも恐れる必要はない。

「笑加の具合は？」

「朝よりはましになってるみたいだけど……まだ寝てる。あのネックレス手にとって、にやにやしてるよ。おっさんが選んだのかよ？」

「いいや。トモが選んでくれた」

「笑加にやるって言ってないんだろう？」

「もちろん」

「それを知ったら、トモのやつ、ますます頭に血がのぼるぜ」

「トモが知ることはない」

「浩たちが寂しがるけど、おっさん、しばらくはこっちには来ない方がいい」

「わかってる」

わたしは溜息を押し殺した。

「また、電話する」

電話が切れると、なにもない空虚な世界にひとり、放り出されたような気分になった。明たちの住む世界とわたしの世界は隔絶されており、携帯だけがあちらとこちらを繋ぐ唯一の手段なのだ。

馬鹿げている。なにもない部屋でだらだら過ごしているからららちもないことを考えるのだ。わたしは行動する人間だった。消防士だった時も、救命士に転じてからも、身体の内側で渦巻く粘液質の感情をごまかすために、遮二無二身体を動かしてきた。

なんでもいい。行動を起こすべきだった。

腰を上げ、充電器を抜いた携帯をポケットに押し込み、わたしは当惑した。行動するのはいい。だが、なにをしろというのか。今この瞬間、わたしにできること、わたしがなすべきことはなにひとつない。

迷子になった子供のように途方に暮れ、わたしはしばし立ち尽くした。

25

警察の捜査は遅々として進展していないようだった。トモは見事に姿を消し、仲間を使ってわたしを捜している――明からの情報はそうだった。李威の手下たちも、トモとわたしを捜し続けている。

何度も出張所から電話が入った。人手が足りない――出勤してくれ。わたしは空咳を繰り返し、熱が下がらないのだと嘘をついた。

アパートを借りてから二日が経っていた。借りた当日の夜に、スーパーでインスタント食品を大量に買い込んだ以外は、一歩も外に出ず、わたしは病人のように無気力に時の流れを眺めていた。

無為はわたしの精神を蝕み、蝕まれた精神は肉体にまでその影響を及ぼしていく。なにをするにも億劫で、わたしは怠惰な類人猿に退化していた。

田中から電話がかかってきた。また嘘をつかなければならないのか――溜息を漏らしながら電話に出た。

「すみません、隊長」

田中は泣いているような声を出した。

「どうしたんだ?」

「二時間前にシフト終わったんですけど、出張所を出て少ししたところで、中国人に囲まれて」

寝ぼけていた神経が一気に覚醒していく。

「隊長がどこにいるか知らないかって……最初は下手に出てきたんだけど、そのうち、人通りのない路地に連れ込まれて……」

田中は本当に泣いている。恐怖と後ろめたさに泣いているのだ。

「どうした？」

「あの店のこと、喋っちまったんです。隊長の知り合いの子が働いてた〈シンデレラ〉ってメイドイメクラ……」

わたしは絶句した。携帯を握る手が細かく震えていた。

「そいつらの仲間が〈シンデレラ〉に行ったんです。しばらくしたら電話がかかってきて、中に、やたら日本語のうまい若造がいたんですけど、急に怒りはじめちゃって。おれ、何度か腹を殴られて――」

トモの仲間が店内に貼ってある笑加の写真を見つけたのだ。

「田中、そのことは忘れろ、いいな？」

「隊長、あいつらなんなんですか？　隊長、なにしてるんですか？」

「忘れるんだ。そいつらはもう、二度とおまえの前には現れない。だから、忘れろ」

わたしは一方的にまくしたてて電話を切った。上着と鞄をひっつかみ、外に駆け出す。早稲田通りでタクシーを捕まえ、抜弁天に向かわせた。逸る気持ちをなだめながら彼らの部屋に電話をかけた。電話に出たのは秀文だった。

「明はどこだ？」

「仕事で出かけてるけど」

「辰秋か亮は？」

「みんな仕事だよ。今、ここにいるのは笑加姉ちゃんとおれと浩だけ。ねえ、織田さん、いつ来るの？　みんな織田さんの料理――」

「笑加に代わってくれ、今すぐに」

「う、うん。ちょっと待って――」

どたどたと走る音が聞こえてきた。笑加はあの日以来具合が思わしくなく、終日伏せっていると明から聞いていた。前園による診察はもうすぐだというのに、彼女の肉体に負担をかけることになる。笑加の声が聞こえてくるまで、わたしは唇を強く嚙み続けた。

「もしもし、織田さん？　どうしたの？」

笑加の声は物憂げだった。

「浩たちを連れて、すぐその部屋を出るんだ」

「どうして？」

「理由は後で説明する。おれは今、そっちに向かっている。若松河田駅のすぐそばにドトールがあるだろう？　そこで待っていてくれ。明や辰秋たちに連絡はつくかい？」

「明がいるところには電話があるから。でも、他の子たちは……」

「明に電話するんだ。あいつがおれたちの関係を知ったと伝えてくれ」

「あいつってだれ？　いったい、なにが起こってるの？」

「頼む、笑加。質問は後だ。とにかく、明に電話して、浩たちを連れてその部屋を出るんだ。今すぐ。マンションを出る時に、だれかに見張られてないか、注意して。身体が辛いだろうが、浩たちを守れるのは君しかいない」

「わかった。待ってるから」

電話が切れ、わたしは肺に溜まっていた空気を吐き出した。トモが笑加に危害を加えることはないだろう。血を分けた妹なのだ。だが、他の少年たちになにをするかはわからない。李威がいみじくも言ったように、トモは人の皮を被った獣なのだ。傷つき、怒りに燃える獣だ。なにをしでかすか、想像もつかない。

「急いでください」

のんびりと構えている運転手に、わたしは切迫した声を投げつけた。タクシーの速度がわずかに上がった。苛立ちが腹の奥で暴れている。わたしは右の拳で自分の太股を殴った。鈍い痛みも、苛立ちを鎮める術を持たなかった。

中野から抜弁天まで、順調なら二十分の距離だが、道は混んでいた。新宿へ近づけば近づくほど混雑は増していく。新宿駅の手前でわたしはタクシーを降りた。歩道を駆け、駅地下に潜ってさらに駆け続けた。

都営大江戸線に飛び乗り、荒くなった息を鎮めた。若松河田で地下鉄を降り、ドトールに向かった。

店の一番奥の席を笑加たちは占領していた。

「織田さん！」

真っ先にわたしに気づいたのは浩だった。不安に歪んでいた顔を輝かせて、わたしに抱きついてきた。秀文の他に亮と武がいた。わたしは浩の頭を撫でながら笑加に声をかけた。

「明たちは？」

「それが、明には連絡が取れなかったの。バイト先に電話かけたんだけど、出かけてて。わたしから電話があったことは伝えてもらえると思うけど。辰秋と輝和はもうすぐ来るわ」

わたしは携帯を取り出した。李威の仲間やトモからの電話に耐えられず、電源を落としたままにしていたのだ。背に腹は代えられない。電源を入れた。

「抜弁天の部屋の電話が通じなかったら、こっちにかけてくるだろう――」

「織田さん、なにがあったの？」

少年たちの視線がわたしに集中していた。おためごかしでごまかせるような雰囲気ではなかった。

「君のお兄さんだ」

わたしは言った。

「トモ？」

笑加の右の眉毛が吊りあがった。

「ああ。あることがあって、おれはトモを裏切った。トモはおれを狙っているんだが、おれと君が親しいことに気づいたようだ。多分、怒り狂っているだろう。なにをするかわからない」

「トモにはなんの関係もないわ！」

「彼にはそんな理屈は通じない。妹ならわかるだろう？」

マグカップを握る笑加の手、その華奢な指関節が色を失っていた。いや、関節だけではない。笑加はまるで蠟人形のようだった。痛々しく、見る者を切なくさせる。

「トモを裏切ったって、どういうこと」

「彼に死んでもらうはずだったが、しくじった」

笑加は唇をきつく結んだ。亮たちは一言も発せず、わたしたちの会話に聞き入っていた。どの目も、トモのことはよく知っていると語っていた。

「詳しい話は後だ」

わたしはメモ帳とボールペンを取り出し、テーブルの上で簡略な地図を描いた。

「辰秋たちが合流したら、ここへ向かってくれ。おれが借りているアパートだ。狭いが我慢してもらうしかない」

地図と部屋の鍵を笑加に渡した。

「織田さんは？」

「明を捜して、君たちと合流するよ」

「でも、織田さんもトモに狙われてるんでしょ？」

口を開いたのは武だった。

「おれは大丈夫だ」

精一杯、表情に威厳をこめた。通じたかどうかはわからない。だが、それ以上言葉を発する者はなかった。

「亮、武。笑加は病気だ。おまえたちと辰秋で笑加を守るんだ。いいな？」

わたしの言葉に、ふたりは生真面目に頷いた。

「じゃあ、おれは行ってくる」

みなに背を向け、足を踏み出そうとして、上着の裾を浩が摑んでいるのに気づいた。振り返ると、浩は涙の浮かんだ目でわたしを見上げていた。

「織田さんになにかあったら、ぼくがトモを殺すから」

震えてはいるが、浩の意志がはっきりと伝わってくる声だった。胸が詰まりそうになった。その口から発せられた言葉が、おおよそ子供らしからぬものであったとしても、浩がわたしに向けた気持ちは真っ直ぐだった。

わたしはしゃがみ、浩の顔を両手で挟んだ。

「心配することはない。すぐに、明を連れて行くから」

浩はわたしの言葉など聞こうともしなかった。ただ、わたしの表情を読んでいる。わたしが嘘をついていないかどうか、それだけを知ろうとしていた。

「大丈夫だ」

もう一度言って、わたしは腰を上げた。もう、浩もわたしを止めようとはしなかった。

＊　＊　＊

人目を避けながら明を捜すというのは難業だった。中国の言葉が風に乗ってくるだけで、脈拍が跳ね上がり、ねっとりとした汗が噴き出た。

酒屋に明の姿はなかった。店番をしている女性に尋ねると、二時間ほど前に店主と出かけていったらしい。今夜用事があるために、いつもより早く配達に出て行ったのだと女は言った。

店主の携帯に電話をかけ、織田という者が明を捜していると伝えてくれと女に頼み、わたしはゴールデン街に足を向けた。明から電話がかかってきたのは、区役所通りを横切る直前だった。

「どうしたんだよ、おっさん？」

「トモがみんなを捜してる」

わたしは左右に視線を走らせた。区役所通りの交通量はそれほどでもない。

「トモが？　なんで？」

「おれと笑加につながりがあることを知ったんだ」

「笑加たちは？　あいつ、笑加を連れて行くぞ」

明の反射神経は相変わらずナイフのように研ぎ澄まされていた。

「おれのアパートに逃げるように言ってある」

「だけど、笑加は――」

「おまえの弟分たちのことを信用しろ。どこかで落ち合えるか？」

「もうすぐ仕事が終わるから――」

「馬鹿野郎」わたしは怒鳴った。「仕事をしてる場合じゃない。今は逃げることが先決だ」

「わかった。十分後にマンモス交番の前は？　あそこなら、万一トモに見つかっても手出しされることはない」

「おまえはいいのか？」

職務質問をされただけで明の日本での未来は閉ざされてしまう。だが、わたしの杞憂は笑い飛ばされた。

「大丈夫だよ。あそこのおまわりたちは顔見知りで、おれは中卒のプータローで通ってる」

「わかった。おれはすぐ近くにいる。先に行って待ってるぞ」

「おれも十分はかからないよ」

電話を切り、わたしは区役所通りを横断した。ゴールデン街を突っ切って花園神社の裏手に出れば、マンモス交番はすぐそこだった。交番の真ん前に立って、警官たちの無遠慮な視線を浴びるのはご免だった。わたしは交番から少し離れたところに立ち、煙草をくわえた。くすんだ空が茜色に染まりはじめている。もうすぐ、歌舞伎町が目を覚ます。その前に逃げ出しておきたかった。

明は五分もせずにやって来た。頬が心持ち、赤らんでいる。

「どうしてトモの野郎が、おっさんと笑加の関係に気づいたんだ？」

「話せば長くなる。とりあえず、笑加たちのところへ急ごう。みんな、おまえを待ってる」

頷く明の背中を押し、わたしは靖国通りに足を向けた。タクシーを捕まえて乗り込んだ。腰を落ち着けると、思わず深い溜息が漏れた。

「トモをなんとかしなくちゃ」

明の呟きが、わたしを覚醒させた。

「そうだな。トモをなんとかしなければならない」

トモが警察に捕まらないかぎり、明たちの暮らしに先はない。あの執念深さで、トモはどこまでも明たちを追い詰めるだろう。わたしの居場所を知るためなら、実の妹の暮らしを破壊したところで意にも介さないはずだ。住むところを失えば、そもそものはじめから危うかった疑似家族はいともたやすく崩壊する。

「どうする？」

「捜し出して、警察に通報する。それしかない」

「見つけられるかよ」明は吐き捨てるように言った。「中国人にだってコネがなきゃ見つけられないんだ」

「それでも、見つけなきゃならない。そうしないと、おまえたちが――」

携帯が鳴った。反射的に手に取り、わたしは唾を飲み込んだ。トモからの電話だった。

「どうしたんだよ、おっさん？」

呆然と携帯を見つめていると、明に肩をつつかれた。

「あ、ああ――」わたしは曖昧な言葉を発し、着信ボタンを押した。「もしもし？」

「織田さん？　電話に出てくれるなんて珍しいじゃん」

言葉と共に含み笑いが耳朶をくすぐった。

「切るぞ――」

「亮と浩が必死になってあんたと明を捜してたよ」

わたしはもう一度唾を飲み込んだ。

「どういう意味だ？」

「言葉通りの意味だよ。亮と浩があんたたちを捜してたんだ」

電話を切った。携帯を胸に押し当て、自分に言い聞かせる――でたらめだ。はったりだ。亮たちは中野のわたしのアパートにいるはずだ。

「だれからだ？　なにがあった？」

明が肩を揺さぶった。

「部屋についたら話す」

「笑加になにかあったのか？　あいつらになにかあったのかよ？」

鋭すぎる明の勘をはぐらかすのは至難の業だ。

「おれを捕まえようと躍起になってる」

「トモからの電話だったんだな？　あいつ、なんて――」

「すぐに嘘だとわかるでたらめをくっちゃべっていただけだ」

わたしの心臓は早鐘を打ち続けていた。トモの声、余裕に満ちた含み笑い。耳に残る余韻がトモの言葉は真実だと告げていた。

「なにを言われたんだよ!?」

明の顔が迫ってくる。言葉を発するために開かれた口の奥で犬歯が光った。

「亮と浩を捕まえたそうだ」

「なんだって？」

「でたらめだ。おれを呼び出すために嘘をついてるんだ。亮も浩も、笑加と一緒におれのアパートにいる」

「いなかったらどうするんだよ？」

わたしはゆっくり頭を巡らせた。明の目が潤んでいる。その瞳に映るわたしの目もまた、明と同じように潤んでいた。

「その時は、連れ戻しに行くさ」

明の唇はわななないていた。犬歯が下唇に食い込み、鮮血が滲みはじめていた。

＊　＊　＊

少年たちは青ざめた顔を一斉に我々に向けた。六畳間の中央で、笑加が死体のように横たわっていた。靴を脱ぐのももどかしく、わたしは居間に駆け込んだ。もちろん、明の方はもっと素速い。少年たちをかき分け、笑加ににじり寄り、額に手を当てた。

「熱がある」

明の空けた隙間を通り、わたしも笑加のそばにかがみ込んだ。額に左手を当て、右手で脈を取る。明らかに体温は三十八度を超えていた。脈も弱い。

「なにがあった？」わたしは辰秋に声をかけた。「亮と浩は？」

亮も浩も姿が見えなかった。喉がからからに干上がり、汗が目に流れ込んでくる。

「ここに来る途中で笑加が具合悪くなって……タクシー摑まえて来たんだけど、亮たちは織田さんと明を呼んでくるって」

「どれぐらい前のことだ？」

明は辰秋の両肩を摑み、揺さぶった。

「一時間半ぐらい前かな……怒るなよ、明。おれだってさ――」

「怒っちゃいない。笑加の具合は？」

「貧血を起こしたんだろう。薬は？」

「昼飯食った後……ちょっとしか食べなかったけど、飲んだよ」

答えたのは秀文だった。わたしは唇を舐めた。舌もひからびており、舌先が荒れた唇に引っかかった。薬の効き目が確実に薄れている。このまま病状が進行していくのなら、笑加には入院するほか、選択肢はなかった。それはまた、彼女たちの小さな幸せの崩壊をも意味する。

わたしは財布から金を抜き出し、辰秋に渡した。

「薬局に行って、熱冷まし用のシートと解熱剤を買ってくるんだ。それから、枕と毛布を」

わたしの部屋には布団ひとつない。空虚な部屋を見渡し、わたしは自分を呪った。

「それから、みんなの食べるもの、飲むものを」

辰秋は頷き、輝和を伴って部屋を出て行った。

「それ以上、できることはねえんだろう？」

明が笑加を見つめたまま言った。質問ではない。事実を確認しているだけだった。わたしは頷くこともしなかった。

「ここは辰秋たちに任せて、亮たちを――」

「ちょっと待て」

わたしは明を制し、トイレに向かった。ドアを閉めて便座に腰を下ろし、トモに電話をかけた。

「ふたりはどこだ？」

「笑加に明、それにあんたと交換だよ、織田さん。明には貸しがあるんだ。返してもらういい機会だし」

トモは相変わらず笑っていた。

「笑加たちの状況は知ってるんだろう？　あの子たちは――」

「他のくそガキどもを食わせるためにさ、織田さん、どうして笑加が風俗で働かなきゃならないのかな？　なんなら、明が尻の穴を売って稼げばいいんだ。自分で稼げないなら、野垂れ死にすりゃあいいんだよ。それがルールってもんじゃない？」

「おれが行く。だから、ふたりを――」

「馬鹿言わないでよ、織田さん」含み笑いを伴ったトモの声は石のように固く、冷たかった。

「織田さんはとっくにおれのものなんだよ。今さら、だれかと交換はきかないよ」

「頼む。彼らには手を出さないでくれ」

目に見えぬトモに、わたしは頭を下げた。

「明と笑加に織田さんと交換。譲れないよ、織田さん。ね、考えてみなよ。明以外の連中はゆるしてやろうって言ってるんだ、おれは。皆殺しにされるよりよっぽどましじゃない」

「トモ――」

「もし、あのふたりをこっちに渡さなかったら、亮たちはとんでもない目に遭うよ。すぐに殺したりはしないからね、おれ。まず、ロリコンのおカマに売るかな。さんざんっぱら尻の穴に突っこまれて、クソまみれのちんぽ、口に押し込まれて――」

「トモ。おれを好きにしろ。それでいいだろう！」

押し殺そうとしても、声のトーンが次第に跳ね上がっていく。

「話にならないね。腹が決まったらもう一度電話してよ、織田さん。もっとも、それほど長くは待てないよ。今夜、零時までに返事がなかったら……おれは嘘はつかないからね」

「待て、トモ――」

電話は切れていた。わたしは携帯を握りしめ、押し寄せてくる破壊衝動になんとか耐えた。洗面台で顔を洗い、気を鎮める。ドアを開けると、明が立っていた。

「トモと取引なんてできるわけがないんだよ。捜そうぜ。亮たちを取り戻すんだ」

「あてはあるのか？」

「知り合いは大勢いる。トモと繋がってるやつや、トモを嫌ってるやつも」

わたしは明の肩に手を置いた。明は極度に緊張し、肩の筋肉も強張っていた。自分たちの生活が崩壊の危機に直面していることを、明はよく弁えていた。

「じゃあ、行こう」

「悪いな、おっさん」

「おまえたちのせいじゃない。自業自得なんだ」

わたしたちは肩を並べ、玄関に向かった。

「明兄ちゃん――」

残された武と秀文が不安そうな顔をこちらに向けていた。明は足を止め、毅然とした声を出した。

「笑加を守れ。そこらのガキとは違うんだ。できるだろう？」

少年たちは年に似合わぬ大人びた表情を浮かべ、力強く頷いた。

26

百円ショップで野球帽と安物のサングラスを調達し、我々は歌舞伎町に舞い戻った。親子と言い張って通じないこともないだろう。もっとも、野球帽の親子ならともかく、それにサングラスとなればいかがわしいだけでしかない。

わたしの携帯は明の右手に収まっていた。明は記憶を頼りに電話をかけては、少しずつ情報を集めている。

「今日の昼ぐらいまでは、トモのダチどもがあちこちで目についてたらしいけど、夕方過ぎからは雲隠れでもしたみたいだって」

「亮たちを捕まえたから引き揚げたんだ」

明は唇を嚙み、また、電話をかけはじめた。電話が繫がると、明の口から中国語が流れはじめる。明と中国語はどこか不釣り合いだった。

わたしたちが立っているのは、靖国通りと区役所通りが交わる交差点だ。ここから北へ一歩でも進めば、そこは歌舞伎町。トモの手下たちは姿を消したとはいえ、李威の手下どもが徘徊しているはずだった。

「トモは新宿にいる。間違いない」

電話をかけ終えた明がわたしに告げた。細められた目が区役所通りの奥に向けられている。なにひとつ見逃すまいという強固な意志を感じさせる目の光だった。

「トモはアーウェンってやつの下で働いてるんだ。池袋の大物のひとりだよ」

明は人差し指で宙に字を書いた——阿文。

「阿文は通り名だ。だれも本名は知らない。とにかく、阿文は歌舞伎町にもツテがあって、そいつと連絡を取り合ってる。そいつはトモを見つけて殺せって言われてるらしい」

「そいつらがトモを見つけると思うか？」

わたしは訊いた。明は頷いた。

「ああ。いつかは見つかる。でも、今夜までに見つけられるかどうかはわからない」

「なら、どうする？」

「辰秋の親父の力を借りる」

「もう、死んでるんだろう——」

「辰秋の親父に借りのある連中はまだ残ってるんだ」

そう言うと、明はまた携帯のボタンを押しはじめた。わたしは瞬きを繰り返した。区役所通りを北上する人混みの中に、頭ひとつ抜け出た巨漢の姿が見えた。裏路地でトモたちに囲まれた時の記憶がありありとよみがえった。巨漢はトモの手下だ。

わたしは明の肩を叩き、注意を促した。明は声を潜めて電話の相手と話し込んでいた。

「トモの仲間だ」

巨漢に顎をしゃくりながら言うと、明の目つきが変わった。早口で携帯になにかを捲したて、電話を切った。

「後をつけよう」

わたしの言葉が終わる前に、明は足を踏み出していた。

「あのでかいやつだよな？　間違いない？」

「ああ。見間違えるはずがない」

わたしたちは前後に並んで、巨漢を尾行した。明が敏捷な身のこなしで人の流れをかき分け、その後をわたしがついていく。巨漢は真っ直ぐ前を向いたまま職安通りに向かっていた。

明は獲物を追う獣だった。しなやかに動く四肢には無駄な動きが一切ない。男との距離を一定に保ったまま、人混みを苦もなくすり抜けていく。わたしはそうはいかなかった。年齢差だけでは言い訳が利かない彼我の差を嚙み締めながら、息を荒らげて明の後を追う。職安通りが近づくにつれて、人の数も少なくなっていった。わたしはほっと息をつき、足を速めた。わたしと明の距離は五メートルほどに開いていた。

職安通りの手前で明の足が鈍くなった。巨漢が道路を横切るタイミングを見計らっている。

「おっさん、道を渡ってあいつを追って。おれはこっち側から行く」

明の指示にわたしは頷いた。息が上がりかけている。たった数日の怠惰がわたしから体力を奪い取っていた。

車の流れが途切れると、巨漢はその身体に似合わぬ軽快な動きで道路を渡った。わたしはタイミングを逸し、歩道でたたらを踏んだ。そんなわたしには目もくれず、明は道ひとつ隔てて巨漢を追っていく。空車のランプをつけたタクシーの列がのろのろと走りながら道を塞いでいる。わたしは舌打ちをこらえ、巨漢に一分ほど遅れて道を渡った。わたしが道を渡り終えるのと、巨漢が路地を右に折れて行くのはほとんど同時だった。

わたしが合図するより早く、明は道を渡りはじめていた。わたしの横断が亀のそれなら、明は間違いなくウサギだった。

「どこへ向かってると思う？」

わたしに追いついた明が訊いてきた。

「わからん」

わたしは短く応じた。胃がきりきりと痛み、酸味の強い液体が喉をこじ開けて逆流しようとしている。口の中にへばりついたニコチンが恨めしかった。

巨漢は相変わらず脇目も振らず、ラブホテル街を突っ切っていく。口に溜まった唾液を吐き出そうとして、なにかが脳髄を突き刺した。

「龍玉だ」

わたしは呟いた。トモは〈龍玉〉から出てくるわたしを追いかけてきたのではなかったか。〈龍玉〉をずっと見張っていたのではなかったか。ならば、寝泊まりする場所を近場に確保していたはずだ。

「行き先の見当がついた」

「どこ？」

明は振り返らずに聞き返してくる。

「〈龍玉〉というプールバーを知ってるか？　李威の店だ」

明は頷いた。

「あの辺りに向かっているんだと思う」

「トモもそこにいる？」

「多分」

明は携帯を開いた。まるで長年親しんできた機械だとでもいうように、目を落とさずにボタンを押し、電話をかける。押し殺した中国語が淀んだ空気に流されて、わたしの足下にまとわりついた。

巨漢は大久保通りに辿り着き、道を渡るべく左右に視線を走らせている。

「トモと一緒にいるのは三人だって」

電話を切りながら、明が言った。トモを入れて四人。わたしと明の手には余る。できれば警察の手に委ねたいところだが、亮と浩が警察に発見されて困るのは明たちなのだ。

「だれも手を貸しちゃくれない」

明は唇を舐めた。巨漢が大久保通りを渡っていく。

「辰秋のお父さんに借りがあるやつらは？」

「トモが相手じゃ、危険すぎるってよ。みんな、根性なしだ」

「とりあえず、どこに潜んでるのかを確かめよう」

わたしは明の肩を叩き、足を進めた。巨漢はすでに大久保通りを渡りきっている。

「亮たちになにかあったら、ただじゃ済まさねえ」

明は暗い目で巨漢の背中を睨んでいた。

＊　＊　＊

巨漢が入っていったのは、〈龍玉〉のある雑居ビルの横手にある古いマンションだった。三階から上の部屋なら、雑居ビルに出入りする人間を見張ることができる。中まで巨漢を追っていくことは躊躇われ、わたしと明はマンションの周辺をぐるりと回った。

「どの部屋だ？」

明はぎらついた目をマンションの壁に向けた。五階建てのマンションで各階に三部屋ずつ。三階以上に限定するなら、可能性のある部屋は九つだが、それにしても我々には多すぎた。マンションの入口には郵便受けがあったが、部屋番号が記されているだけだった。

「ちきしょう。ここまで来たのに！」

やり場のない鬱憤を握りしめた拳を明は自分の太股に打ちつけた。

「みんなを部屋から焙り出そう」

わたしは言った。

「どうやって？」

「ドン・キホーテへ行って、発煙筒かなにかを買ってきてくれ」

わたしは薄くなった財布ごと明に手渡した。

「発煙筒？」

「火事を起こすんだ。警報ベルが鳴って、煙が充満すれば、みんな部屋から出てくる」

「そんなことができるのかよ？」

「救命士になるまえは消防だったんだ。火事のことはよくわかっている」

「わかった。すぐに行ってくる」

明はわたしに背を向けると勢いよく駆けだした。疲れを知らない身体がリズミカルに揺れ、遠ざかっていく。

わたしは自販機で缶コーヒーを買い、電柱に寄りかかって煙草をくわえた。コーヒーは砂糖をぶちまけた泥水のようだったし、煙草はただ苦いだけだった。吸いかけの煙草を足下に捨てようとして、人影に気づいた。路地の左右から、血相を変えた男たちが駆けてくる。

反射的に逃げようとしたが、逃げ道などどこにもなかった。トモとその仲間たちに囲まれたのと同じだ。わたしには学習能力がない。男たちには見覚えがあった。李威の手下たちだ。巨漢の後を追うのに夢中になって、自分がつけられていることには気づかなかった。

男たちは五人。わたしをぐるりと取り囲み、遠慮のない殺気を向けてくる。

「ここで、なにしてる？」

李威の運び屋をしていた時に何度か顔を合わせた男がつたない日本語を口にした。わたしは口を噤み、足下に視線を落とした。

「トモ、いるのか？」

顎に指をかけられ、無理矢理顔を上げさせられた。

「トモ、どこ？」

男の目に宿る殺気は、すぐにでもわたしを八つ裂きにしてやると訴えていた。

「あのマンションだ」

わたしは人差し指を突き出した。

「部屋は？」

「わからん」

わたしを詰問する男以外の全員が、トモが潜伏しているマンションを仰ぎ見ていた。

「言え。じゃないと、殺す」

「本当に知らないんだ」

わたしは男の目を見つめたまま小さく首を振った。男は唇を嚙み、マンションに視線を向けた。

仲間たちに語りかける中国語もまた、怒りと殺気に満ちていた。ひとりが携帯を取り出し、ふたりがマンションに向かって走っていった。

「子供がいるんだ」わたしは言った。「トモが誘拐した。わかるか?」

「子供。わかる」

男は頷いた。

「手荒なことをすると、子供たちに危害が及ぶかもしれない」

男の唇の両端が吊りあがった。

「子供、おれのじゃない」

わたしは大久保通りに視線を向けた。明が行って、まだ五、六分しか経っていない。戻ってくるまでにはまだしばらくかかるだろう。

携帯を使っていた男の声が途切れた。男は携帯を閉じながら早口の中国語でまくしたてた。その声に、男たちは一斉に頷いた。

わたしの目の前の男が左右の手の指を立てた。左手が四本、右手が二本。四〇二号室――男たちはなんらかのツテを使ってトモが潜んでいる部屋を知った。

「行くぞ」

腕を摑まれ、引きずられた。金属が擦れあう音に肌が粟立った。男たちは銃を持っている。

「銃はだめだ」

わたしは言った。むろん、聞き入れてもらえるわけもない。

「銃はだめだ!!」

わたしは叫んだ。腹の底から押し出した声は夜の静寂を引き裂いて虚空に吸い込まれていった。

いきなり、左頰を殴られ、わたしは膝をついた。視界の隅に映っていたマンションの壁――明かりの漏れる窓のひとつが暗くなった。四〇二号室だ。わたしの叫びがトモの耳に届いたのだ。

後頭部に打撃をくらい、わたしはアスファルトに転がった。男たちの慌ただしい足音が遠ざかっていく。痛む頭を抱えながら、わたしは立ち上がった。亮と浩に危険が及ぶ——わたしの痛みなどなにほどのこともない。

空気がざわついていた。わたしの叫びによって、部屋に潜んでいた人間どもが外に注意を向けている。荒事になったら、だれかが警察に通報するだろう。その前に、なんとしてでもふたりを救い出さなければならない。

つんのめりながら、男たちを追ってマンションに入った。入口にすでに男たちの姿はなく、階段を駆け上がる複数の靴音が響いていた。

凄まじい轟音が靴音を掻き消した。耳に銃弾を撃ち込まれたような衝撃があり、一切の音が聞こえなくなった。だれかが発砲したのだ。

血の気が引いた。アドレナリンが大量に分泌され、わたしは重力から自由になった。数段分を省略して階段を駆け上がった。

再びの衝撃——発砲があり、階上から男たちが三人、転げ落ちてきた。真ん中の男の胸に血が滲んでいる。他のふたりは煽りを食らっただけのようだった。

複数の衝撃が立て続けにわたしの耳を襲った。トモの陣営と李威の手下たちが撃ち合っている。亮、浩——叫んでいる。なのにわたしの声はわたしの耳に届かない。

わたしを詰問した男が腹を押さえながら階段を転げ落ちてきた。わたしが尾行していた巨漢が銃を握りしめ、虚空を睨みながら滑り落ちていく。くすんだ灰色だった階段がどす黒い血で染まっていく。

おののきながら階段をのぼっていく。銃声は途切れることがない。惰眠を貪っていた都会の一角が突如戦場に様変わりし、わたしは震えている。

記憶が雪崩《なだれ》を打つ。あの日、あの時の情景が事細かに再現されていく。ただただ放置された被害者たち。その側で泣き喚く人々。なにが起こっているのかもわからず、なにもできず呆然と立ち尽くす警官、消防士、救命士。あれは間違いなく戦場だった。阿鼻叫喚の修羅場だった。わたしはあそこにいたのだ。あそこですべてを失ったのだ。銃弾がなんだというのか。当たるなら当たれ。死ぬなら死ね。

亮と浩が待っている。恐怖に震えながら待っている。あの日、あの時、あの戦場でわたしは誓ったのだ。もう、だれも死なせないと。

残りの階段を一気に駆け上がった。空気の振動は収まっていた。撃ち合いは終わったのだ。四階のフロアにいくつもの死体が転がっていた。四〇二号室のドアが開いている。ドアの手前の壁にだれかがもたれかかっている。

トモだった。トモは浩を抱いていた。

「浩！」

「織田さん！」

突然、自分の声が聞こえた。

浩が叫び、もがき、トモが銃口を浩のこめかみに押し当てた。

「黙れ。一言でも口を利いたら、ぶち殺すぞ」

トモの恫喝に浩は口を閉じた。

「その子を放せ――」

「あんたがこいつらを連れてきたのか？」

わたしの声を、憎悪に彩られたトモの声が吹き飛ばした。

「違う――」

「おれは笑加と明を連れてこいと言っただろう!?」

「その子を放してくれ、頼む……亮は？　亮はどうした？」

「そこでぶっ倒れてるよ」

トモは四〇二号室の奥に顎をしゃくった。考える前に身体が動いていた。トモと浩の前を走り抜け、四〇二号室に飛びこむ。トモがわたしに銃を向けるのが視界の隅に入ったが、止まろうとは思いもしなかった。

亮は狭い廊下に倒れていた。右肩から顎にかけて血が飛び散っていた。

「亮！」

叫び、屈み、脈を取り、傷口を確かめる。肩の筋肉が抉られていた。出血は酷くはないがショック症状を呈している。脈は遅く、体温が低かった。

「亮、おれだ。織田だ。聞こえるか？」

声をかけると、亮の目が薄く開いた。だが、焦点は定まっていない。トモが部屋に入ってくる気配に振り返った。相変わらず浩を抱きかかえ、こめかみに銃口を押し当てている。左足を引きずっていた。

「逃げるぞ、織田さん」

「浩を置いていけ」

「あんたも一緒に来るんだ」

「馬鹿を言うな。怪我人がいるんだぞ」

わたしは亮に向き直った。いつも使っている鞄が手元にないことが恨めしかった。必要なものはすべてあの中に入っている。今のわたしには、亮の出血を抑えることすらできないのだ。

首筋に冷たい感触が食い込んできた。

「おれも怪我人だぜ、織田さん」

「おまえは自業自得だ」

「どこかでおれの手当を――」

「断る」

「なら、ここであんたを殺して、このガキも殺さなきゃ」

深手を負っていたとしても、トモはトモだ。的確にわたしの弱点を突いてくる。

「亮も連れて行く」

わたしは弱々しく言った。亮をここに置いていくわけにはいかない。いずれ警察が駆けつけ、救急もやって来る。治療が早く済めば、亮の怪我は命にかかわるようなものではない。だが、警察は亮の身元を確認する。

「だめだよ、織田さん。おれはこいつを抱えてるだけで手一杯だ」

うなじにかかる圧力はトモの殺意に比例して強くなっていく。

「おまえだってわかっているはずだ。この子は――」

「おれの知ったことじゃないよ、織田さん。おれと一緒に来るか、それとも、このガキどもと一緒にここで死ぬかだ」

わたしに選択肢はない。拳を握りしめながらわななくのが精一杯だった。

サイレンの音が聞こえた。

「ほら、急がないとサツが来る」

振り返らなくても、トモの指が引き金を引きつつあるのがわかった。ある瞬間を超えれば、撃鉄が落ち、わたしの脳髄が破壊される。

「亮、もうすぐ救急車が来る。頑張れ。いいな、頑張るんだ！」

明たちの生活が崩壊したことを知りながら、わたしはおためごかしを口にした。亮は助かるだろう。しかし、傷が癒えた後、彼が送り出されるのは見たこともない故国なのだ。

すまない——何度口の中で唱えたところで失われたものが戻ってくることはない。

立ち上がると、トモは浩をわたしに押しつけてきた。

「織田さん、亮は？　死んじゃうの？」

浩は泣いていた。涙を鼻から溢れさせていた。

「大丈夫。死にはしない」

「急げって」

後頭部を銃口で小突かれ、わたしは歩きはじめた。マンションには死臭が充満していた。

「どこへ行くんだ？」

「とりあえず外に出ろ。いい加減、口を閉じないとぶち殺すぞ」

わたしは浩の肩を抱いたまま階段を駆け降りた。

「速すぎる！　おれに合わせろ」

トモは足を引きずりながら苦労して階段を下りていた。ズボンの膝から下が血を吸って重く揺らめいている。撃たれたのは脛《すね》か、脹《ふく》ら脛《はぎ》の上部か。いずれにせよ、早く出血を止めなければ命取りになる。

マンションの外には野次馬が集まりはじめていた。サイレンの音も大きく響いている。

「どけ！」

トモが空に銃口を向け、引き金を引いた。乾いた銃声が空を引き裂き、野次馬たちが左右に割れた。

「こっちだ」

トモが銃口を振って行き先を示す。わたしは大久保通りに背を向けた。何度も振り返り、トモのスピードを確認する。トモの顔は血の気を失い、息遣いが荒かった。

「こんなんじゃすぐに捕まるぞ」

「その時は、織田さん、あんたたちも道連れだよ」

「出血が酷い。早く止血しないと――」

「そんなことはわかってる」

撃たれ、大量の血を失っていても、トモはトモであることをやめようとはしなかった。だれもがそうなのだ。自分であることをやめられる人間などいはしない。死の顎に噛み砕かれる寸前にあっても、人はその業から逃れられないのだ。あの日、あの時、わたしはそれを知った。

サイレンの音がどんどん近づいてくる。救急隊は現場に到着しただろうか。亮は手当を受けているだろうか。

浩は死なせない――わたしは誓った。誓った瞬間、それはわたしの意思となった。なんに対しても揺らぐことのない鋼《はがね》の芯を伴った意志だ。トモを殺さなければならないのなら殺そう。この身を投げださなければならないのなら、進んで投げだそう。二度と、あの時のような思いを味わうつもりはない。

振り返る。大久保通りの明かりが遠く、幻のように揺らいでいる。トモは目を吊り上げ、物の怪のような形相で必死に歩いている。血痕が点々と連なっていた。

遠くに人影を認めた。影は一定のリズムを保ちながら距離を詰めている。

明だ――わたしは直観した。明が獲物を見つけた肉食獣の俊敏さでこちらに迫っている。

トモに気づかれてはならない。わたしは前を向き、足を速めた。

「なにがあっても、おれから離れるな。いいな？」

わたしの小声に、浩ははっきりと頷いた。

「明兄ちゃんが来た」

わたしより先に気づいていたのかもしれない。浩は年に似合わぬふてぶてしい声で呟いた。

「なにをこそこそ喋ってる？」

トモの声がそれに続いた。それまでのものより幾分甲高く、幾分ヒステリックな声だった。

「なんでもない。怖くないかと訊いただけだ」

わたしは振り返った。明の顔がはっきりと視認できた。明は右手になにかを握っていた。あと数歩の距離で明はトモに肉薄する。トモはまだ気づいていなかった。

わたしの表情にはなにも浮かんでいなかったはずだ。だが、浩は違った。どれほど過酷な状況で暮らしていたとしても、十二歳は十二歳だ。浩の顔に期待と歓喜が浮かぶのがわたしの視界の隅に映った。当然、それはトモの目にも映った。

怪我人とは思えない素速さでトモが反転した。

「明！」

トモが叫ぶのと、銃口から炎が噴き出るのはほとんど同時だった。わたしの網膜に、銃弾を受ける明の姿が焼きついた。だが、明はトモが振り向く寸前に、真横に飛び退いていた。

「このクソ野郎！」

明は右手を振りかざし、握っていたものを振りおろした。トモが左手でそれを防いだ。街灯がふたりの横顔を浮かびあがらせていた。ふたりは双子のようにそっくりだった。

トモは銃口を明に向けようとしたが、明はトモの右腕を左手で押さえた。ふたりは絡み合い、もつれ合い、アスファルトの上に転がった。

わたしのすぐ目の前をなにかが駆けていく。浩だった。

「明兄ちゃん――」

わたしの身体がやっと反応した。浩を追い、手を伸ばす。だが、浩の小柄な身体はわたしののろい手の先を掠めてふたりに向かっていく。

「来るな、浩」

明が叫んでいた。叫びながらトモに馬乗りになろうとしていた。トモの顔は苦痛と憤怒に歪んでいた。形勢は明に有利に見えた。

「笑加をさらってこいと仲間に言っておいたぜ、明」

トモが声を張り上げた。明が虚をつかれた。銃身で喉を突かれ、顔面にまともに肘打ちを食らって転がった。トモが銃を両手で握った。

明が撃たれる――わたしは懸命に脚を動かした。だが、小柄な浩に追いつくこともできないでいる。

なにをしているのだ？　浩を守ると誓っただろう。もう、だれも死なせないという傲慢な誓いを立てただろう。なのにこのざまはなんだ？　なぜおまえは衰えた中年の肉体をかこって無様な姿をさらしている!?　唇を嚙んだ。歯を食いしばった。ありとあらゆる罵詈雑言を自分に浴びせた。だが、わたしと明たちの間には無限の闇が横たわり、わたしは間に合いそうになかった。

トモがこちらを向いた。トモは笑っていた。その氷のような目は明を撃つ意志などないと嘯《うそぶ》いていた。怪我を負った自分は明には勝てない。ならば、別の打撃を明に与えてやる――歪んだ心が選んだ標的は浩だった。

「浩、伏せろ」

わたしは叫んだ。喉が張り裂けた――トモの銃が火を噴いた。わずかに遅れて銃声。そして、浩がつんのめった。浩の背中が内側から弾けるのがはっきりと見えた。

「浩！」

血と肉と骨を撒き散らし、浩が回転しながら倒れた。健気な顔がわたしの方を向く。その目に、もはや命の輝きはなかった。

わたしは浩の横を駆け抜けた。明がトモの腰にしがみついていた。トモは笑っていた。

走る速度を殺さず、わたしはトモの顔に膝を叩きつけた。トモの手から銃が離れ、アスファルトの上を転がった。明を突き飛ばし、トモの胸ぐらを摑んで引き起こした。

「貴様――」

言葉が出てこなかった。渦巻く憤怒にわたしの思考は沸騰し、蒸発し、どす黒い感情だけが取り残されていた。

「あんたのせいだよ、織田さん」

トモが呟いた。わたしは右手をふるった。ただただ目の前の相手を殴り続ける機械と化して、右手をふるい続けた。トモの顔が潰れていく。鼻がひしゃげ、皮膚が切れ、瞼が腫れ上がり、折れた歯があちこちに飛び散る。それでも、わたしは殴るのをやめなかった。やめられなかった。

「おっさん――」

背中から誰かが抱きついてきた。わたしはそれを振り払い、トモを殴った。もとの形をとどめないほどに潰れていても、トモのあの笑みがその顔に張りついている。その笑顔を跡形もなく消し去ってやりたかった。

「おっさん、もういいって！」

また、背中にだれかが絡みついてくる。わたしは唸った。歯を剝いた。トモを殴り続けた。

「おっさん。浩が……浩が……」

浩の名前がわたしの呪縛を解いた。右手に鋭い痛みがあった。トモの顔と同様、わたしの右の拳は潰れていた。関節がひしゃげ、皮膚が裂け、肉と骨が顔を覗かせ、トモの折れた歯が親指の付け根に突き刺さっている。

胸ぐらを摑んでいた左手を放すと、トモは――トモだったものは地面に沈んだ。すでに事切れているのは明白だった。わたしは生者を死者に変え、死者をなおも鞭打っていたのだ。

「浩……浩ぃ」

明がわたしから離れ、四つん這いのまま倒れた浩ににじり寄っていく。わたしは明に続いた。身体が重かった。肉と骨と内臓の代わりに皮膚の内側に砂を詰められたようだった。

浩は目を開いたまま死んでいた。夥しい血が献花のように浩の身体の周りに広がっている。トモの放った銃弾は浩の華奢な左胸を突き破り、背中に貫通した。即死だったろう。痛みに苦しむ暇もなかった。浩の短い生は、無慈悲な一撃によってぷつんと断ち切られたのだ。

守れなかった――身をよじりたくなるような激痛を押しのけて、悔恨の念が押し寄せてきた。あれほど誓ったのに。そのために命を投げだすとまで決めていたのに、浩を守れなかった。死なせてしまった。

あの日、あの時以来、自分の目の前ではだれも死なせまいと、馬車馬のように動き回ってきたのに、肝心な時に、肝心な人間を救うことができなかった。

わたしは膝をついた。魂の抜け殻に覆い被さり、懺悔し、泣いた

27

「なにがあったんですか？」

わたしの右手に巻いた包帯を留めながら、前園はもの悲しげな目をわたしに向けた。その黒い瞳に、殺伐とした六畳間の部屋が映りこんでいる。わたしは唇を一文字に結んだまま、前園を見返した。前園は首を振り、溜息をついた。

「おそらく骨折しています。病院でちゃんとした治療を受けた方が――」

新聞もテレビも、昨日の事件を大きく取り上げていた。新宿浄化作戦以降、なりを潜めていた中国マフィアによる銃撃戦。銃弾による死者は八名、うち一名は少年。撲殺された者がひとり。重傷を負った少年がひとり。前園がわたしの怪我をあの事件と結びつけて考えているのは明らかだった。前園は明たちが中国の血を引いていることを知っている。

警察に通報されれば、わたしはそれでお終いだった。だが、前園はそうはしないという奇妙な確信があった。だから、前園をこのアパートに呼んだのだ。

「昔から一徹な人でしたけど――」

ひとりごちるように言って、前園は腰を上げた。鞄をぶら下げ、部屋の隅に横たわっている笑加のところに移動する。一通りの問診の後、前園は採血を済ませた。その横で明が前園の一挙手一投足を見守っていた。他の少年たちも部屋の隅で居心地悪そうに座っている。

「ちょっと、外で話せますか？」

前園の言葉にわたしは頷き、外に出た。

「思わしくありませんか？」

「入院治療が必要です。薬もほとんど効いていないようだし――」

「わかりました。少し、時間をください。彼女を説得してみます」

明たちとの生活がどれほど大切であったとしても、命で購《あがな》えるものなどなにもない。トモのせいで、すでにその暮らしも崩壊しつつあった。笑加は入院すべきなのだ。

「本当に大丈夫ですか、織田さん?」頷きながら前園は言った。「ぼくでお役に立てることがあったら――」

「彼女を診察していただけるだけで充分です」

わたしは深々と頭を下げた。前園にはいくら感謝してもしたりない。わたしにまだ無垢な部分があるのなら、そのすべてを捧げてもかまわないと本気で思っていた。

去っていく前園を見送り、その背中が人混みに飲み込まれるのを待って、わたしは踵を返した。おそらく、もう二度と彼に会うことはないだろう。

部屋に戻ると、少年たちが笑加を囲んでいた。前園の顔色を読み、笑加の病状を察したのだろう。だれもが神妙な顔つきをしていた。いや、元々神妙な顔はしていたのだ。亮が撃たれたこと、浩が死んだことを知り、朗らかだった少年たちの顔から笑みが消えた。今では、だれもが明と同じ、獣のようなぎらついた光を目に湛えていた。

「亮は手術も無事済んだそうだ。今はまだ麻酔が効いて眠っている」

わたしは出張所から仕入れた話を披露した。笑加の診察が終わるまではと封印しておいたのだ。

「障害が残ったりするようなことはねえんだろうな?」

暗い目をしたまま、明が呟くように訊いてきた。

「ああ。なんの問題もない。問題があるとすれば、この後だ。亮は警察の保護下に置かれている。口が利けるようになったら、質問攻めにされるはずだ」

「亮はなにも喋らないよ」

辰秋が言った。喧嘩を売っているような口調だった。

「前にみんなで話し合ったんだ」輝和が辰秋の言葉を引き取った。「もし、警察に捕まるようなことがあっても、仲間のことは絶対に喋らないって」

わたしは明を見た。明は笑加を見つめていた。笑加は起きている。青白い唇が微かに震えていた。

「そうだろう。みんな、仲間を裏切るような人間じゃない。だが、警察は大量殺人事件の捜査の一環として亮を尋問する。生半可な尋問じゃない。亮だって――」

「亮はなにも喋らないって言ってるじゃないか」

輝和が叫ぶように言った。少年たちは一丸となってわたしに抗議している。こうなったのはわたしのせいだと。わたしは口を噤むしかなかった。

「おっさんの言うとおりだ」

明が助け船を出してくれた。少年たちは驚きと疑心に満ちた目を明に向けた。

「亮が喋らなかったとしても、警察は亮の身元を調べる。殺し合いは大久保で起こったんだ。あの辺りを隈無く聞き込みしたら、だれかが亮のことを喋る。おれたちのこともだ。日本で生まれた中国人のガキ、戸籍のないガキだってことが、遅かれ早かればれるんだ。もう、あのマンションには戻れない。あのマンションがなくなったら、おれたちはもう一緒には暮らせない」

「やだよ、そんなの」

秀文が首を振った。その悲しげな顔に浩の横顔が被さり、わたしの胸は鈍く痛んだ。

「笑加も、多分、入院しなきゃならない。そうなったら、やっぱり身分を探られる。秀文、もう、戻れないんだ、おれたち」

明はなにかを抑えこむように、静かに、言葉を絞り出すように話していた。その抑制が逆に、明の心情を物語って余りあった。だれも周りにいなければ、明は慟哭していたに違いない。ただ、ボスとしての責任感に突き動かされているだけなのだ。

「じゃあ、おれたちどうするんだよ？」

辰秋が言った。相変わらず、誰彼かまわず喧嘩を売っているような口調だった。

「中国に行くさ」

「やだよ、そんなの」

秀文がさっきと同じ言葉を繰り返した。

「みんなだって嫌だよ、秀文。だけど、しょうがないんだ」

輝和は眼鏡を外し、レンズに息を吹きかけていた。紅潮した頬が、しかし、輝和の努力をあっさり裏切っていた。

だれもが今までの生活が続くことを願っている。切望している。だれもが、現実は自分の望むとおりに動かないことを理解している。体感している。

「都庁、壊そうよ……」

笑加の消え入りそうな呟きは、部屋にいた全員の耳にはっきりと届いた。

「あの時、みんなで話したみたいに。わたしたちをこんなふうにした都庁壊して、それで、さよならしよう」

「馬鹿を言うな」

口を開いたのはわたしだけだった。少年たちは、明でさえも、なにかに魅入られたような視線を笑加に向けていた。

「どう思う、みんな？」

笑加の口調は相変わらず弱々しかったが、その意志は明確に伝わってくる。

「爆発させせちゃおう」

輝和が言った。

「ぶっ壊そうぜ」

辰秋が言った。武と秀文は笑加と明の顔に交互に視線を走らせていた。

「待て。そんなことをしたら――」

少年たちを諌めようとして、わたしは言葉を失った。そんなことをしたらどうなるというのか。捕まる？　刑務所暮らし？　それと中国に強制的に送り返されることの間に、どんな違いがあるというのだ。言葉も理解できず、文化習慣も知らず、故郷という概念しか持たず、彼らにとってはそこも牢獄と同じだ。

そもそも、わたしこそが人殺しではないか。重い咎《とが》を背負った罪人ではないか。自らに誓った言葉すら守れなかった愚者ではないか。

都庁に爆弾を仕掛ける。万単位の人間が働く巨大な建物を吹き飛ばす。夥しい死傷者が出るだろう。地下鉄サリン事件に勝るとも劣らない血が流される。わたしはあの事件で多くを失い、それまでのキャリアを投げ捨てて救命に転身した。あの時の、サリンに冒された人々の苦悶の声が耳から離れなかったからだ。為す術もなく立ち尽くすしかなかった自分がゆるせなかったからだ。また同じことが繰り返される。家族を奪われる者が無数に生まれる。後遺症のため、死ぬより辛い余生を送らなければならない人間が怨嗟の声をあげ、絶望の涙を流す。

止めるべきだった。わたしは明たちを止めなければならなかった。

だが、あの日あの時に感じた怒りや絶望や無力感は、もはや他人事でしかなかった。わたしは妻子を失った。明たちを失いたくはなかった。矛盾していることはわかっている。明たちは離れ離れになる。わたしの目の前から消えていく。それでも、失いたくないという狂おしい感情にわたしは揺さぶられていた。

「明兄ちゃん……」

秀文が沈黙を保ち続けている明に声をかけた。明は笑加を見つめ続けていた。目尻が時折、神経質に痙攣している。わたしと同じように、明もまた自分を責めていた。亮と浩を守れなかった自分、笑加の病に手を拱《こまね》いていることしかできない自分を呪い、責め苦を受けたがっている。そんな必要はないのだと言ってやりたかった。おまえはおまえにできることをしっかりやって来たのだと慰めてやりたかった。だが、明の頑なな肩はそれを拒絶していた。すべての責任は群れのボスに帰するのだ。だれになにを言われようと、亮が群れから離脱したこと、浩が死んだことの責任は自分にあると明は決めていた。

「……いいのか？」

明の重い口が開いた。その声に、笑加が微笑みながら頷いた。

「ごめんね、明。トモのせいで……」

「あいつとおまえはもう無関係だ。あいつはおまえを捨てたんだ」

「でも、トモはわたしのお兄ちゃんだよ。わたしの家族が、わたしのもうひとつの家族をばらばらにしちゃった」

「おまえのせいじゃない。おれの——」

明は途中で言葉を飲み込んだ。他の少年たちは明と笑加のやりとりを見守っていた。わたしの入り込める隙間はどこにもなかった。

「明のせいでもないよ。明はずっと頑張って来たじゃない。わたしたちを守ってくれた。でも、もういいんだよ、明。自由になろう」

「いいのか、それで？」

明は声を押し殺していた。抑制し続けなければ破裂してしまう。それがわかっている。

「いいよね、みんな？」

笑加の声に、少年たちは一斉に頷いた。十三歳から十五歳までの少年たちが、自らの運命を直視し、無慈悲な手から逃れられないことを認識しながら、しかし、それに抗うことを決めたのだ。

「やろうよ、明。都庁を吹き飛ばすんだ」

輝和が言った。右手に握られた眼鏡が変形しかけていた。

「よし。やろう」

明が顔を上げた。明は少年たちの顔を順番に見つめ、最後にわたしに視線を向けた。

「おっさん、今まで、本当にありがとうな」

「おれもやるぞ」

わたしは言った。明の開きかけていた口が途中で凍りついた。

「ここまで来て、おれひとりを置いてけぼりにするなんて、酷すぎるじゃないか、明」

「だけどよ——」

「浩を助けたかった。幸せにしてやりたかった。おれにも男の子がいたんだ。ずっと前に死んでしまった。だから……」

いつの間にか、拳を握っていた。爪が掌に食い込み、鈍い痛みと共に血が流れ出る。その痛みは左手から右手に伝わり、包帯の下でわたしの手は熱を持った。

わたしはひとりだったのだ。あの日、あの時以来、孤独がわたしの伴侶だった。孤独だけがわたしの友だった。だが、わたしは彼らを知ってしまった。彼らを助けるために自らの人生を擲ってしまった。もはや孤独は敵でしかなかった。ひとりには戻れない。常に笑顔を向けてくれる家族がわたしには必要だった。

「いいよ、織田さん」

明の代わりに笑加が許可をくれた。

「織田さんも、わたしたちの家族だもん」

少年たちの目がわたしに向けられた。入り込む隙間もないと感じていた彼らの間に、なにか、形を伴った温かいものが流れていた。

「ありがとう」

わたしは頭を下げ、左の拳を開いた。

＊　＊　＊

亮の尋問がはじまるのはまだ先だ——自分にそう言い聞かせて抜弁天までの道のりを急いだ。一週間の契約でレンタルしたプリウスはまだ真新しく、塗料の匂いがかすかに残っていた。この車にしたのは、燃費を考えてだった。明たちにはもはやバイトで金を稼ぐ余裕がなく、わたしもまた無職だった。わたしが明たちに与えた預金をすべて下ろし、手元にあるのは百二十万と少し。出費は一円でも切り詰めたい。

助手席の明は中野のアパートを出た時からむっつりと黙りこくっていた。わたしは明たちのマンションの百メートルほど手前でプリウスを停めた。

「様子を見てくる」

明に声をかけ、車を降りた。全神経をマンションに集中させる。不審な気配は感じ取れなかった。だが、わたしは自分の感覚をあてにすることをやめていた。わたしに明なみの危険察知能力があれば、浩を死なせることもなかったのだ。

振り返ると明が頷いた。わたしは上着の襟を立て、自然な足取りでマンションに近づいた。周辺を歩き回る。やはり、不自然な人影や気配はなかった。プリウスに戻り、マンション脇の路肩に乗りつけた。すでに、明はドアを開けている。

階段を駆け上がっていく明を見上げながら、わたしはゆっくり後を追った。わたしが部屋に入った時には、明は目につく限りのバッグ類に笑加や少年たちの衣服を詰めこんでいた。

「必要最低限のものだけにしろよ」

「わかってる」

わたしは明を居間に残し、明たちの部屋――爆弾が隠してある部屋に足を踏み入れた。押入を開け、ボストンバッグを引きずり出す。ジッパーを開くと無数の目覚まし時計と電気コードに埋もれて粘土状の塊がふたつ、収まっていた。

都庁を爆破する。馬鹿げた夢想だ。だが、わたしの身体は震えていた。わたしの脳裏にはあの年の九月十一日、煙と轟音を立てながら倒壊していく世界貿易センタービルの姿がありありとよみがえっていた。彼らはハイジャックした飛行機でハイテクを駆使した巨大ビルに突っこんでいった。我々はお手製の時限爆弾で挑もうとしている。爆弾を手に入れるのも、時限装置を取り付けるのもロウティーンの少年だ。

「こっちはいいぜ」

居間から明の声が聞こえた。わたしは我に返り、ボストンバッグをぶら下げた。

「間違って爆発することはないのか？」

居間に戻り、わたしは訊いた。

「輝和の話だと、凄く安定してるんだとよ。信管がない限り、絶対に爆発しない。火をつけてもただ燃えるだけだって」

「そうか……これも車に積んでおいてくれ」

わたしは頷き、バッグを明の足下に置いた。

「おっさんは？」

「布団を積み込む。毎晩畳の上でごろ寝じゃ、みんなきついだろう」

ただでさえ六畳一間という狭い空間で七人もの人間が寝泊まりしなければならないのだ。布団があったところで気休めにしかならないだろうが、なにもないよりはましだった。

「あの車にそんなに積めるのかよ」

「なんとかする」

そうは言ったものの、布団を三組積むのが精一杯だった。プリウスのエンジンをかけると、明が窓を開け、首を出してマンションを見上げた。

「まだ時間はある。行ってこい」

わたしはそのうなじに語りかけた。無数の思い出が散らばっている場所なのだ。他の少年たちがいないところで、明が感傷に耽ったとしても責める者はだれもいない。

「五分だけ」

そう言い残して、明はマンションの中に消えていった。スニーカーのゴム底が階段を蹴るくすんだ音がかすかに聞こえた。わたしは煙草をくわえ、火をつけながら東京消防庁新宿署大久保出張所のある方角に目を向けた。もちろん、建物が見えるわけではない。

この二十年、消防に、救命に、自分のほぼすべてを捧げてきた。なんらかの感傷があって然るべきなのに、わたしの心は空っぽだった。あるのは浩を失ったことへの悔恨と、自分自身への呪詛だけだった。この期に及んでもまだ、わたしは傲慢な人間なのだ。

煙草を灰皿に押しつけていると、明が戻ってきた。マンションを見上げていた時のもの悲しげな表情は消え、いつもの肉食獣の獰猛さと機敏さを孕んだ目が街灯の明かりを受けて煌々と輝いている。

「行こうぜ、おっさん」

わたしは頷き、ギアレバーをドライブレンジに入れた。プリウスのデジタル燃料計はまだ、ひと目盛りも動いてはいなかった。

一度中野で荷物を降ろし、そのまま三鷹に向かって、日用雑貨をわたしのマンションから持ち運んでくる。

長い夜になりそうだった

28

「まだあった」

輝和がマウスを操作する手を止めた。午前中のインターネットカフェは客の姿もまばらだった。わたしはパソコンのモニタを覗きこんだ。左側に画像が並び、その他は漢字の羅列だった。それも、日本の漢字ではない。いわゆる簡体字——中国で使われる漢字だ。

「人民解放軍のだれかが、金稼ぎのために軍の武器を横流ししてるんだよ」

輝和は悪びれずにいい、また、マウスを動かした。マウスのポインタが中央にある写真の上に動いた。輝和がボタンをクリックすると画面が切り替わる。

「これがC４って呼ばれてるプラスティック爆弾。ひとつ、十五万円ぐらいかな」

「そんなに安いのか？」

「まあ、高くはないよね。それと、これ」

モニタ上でポインタが動き、また画像が切り替わる。

「信管。これがないと、プラスティック爆弾ってほんと、ただの粘土」

「詳しいな」

「調べたから」

輝和の頰がかすかに赤らんだ。遊びだと彼らはわたしに言った。閉塞した暮らしの中で鬱憤を晴らすために、妄想を弄んでいただけなのだと。嘘ではなかっただろう。だが、百パーセントの事実でもなかったのだ。妄想は現実を侵食し、明たちはプラスティック爆弾を手に入れた。信管も簡単に買えるのだ。それをしなかったのは、妄想が現実に完全に取って代わることを恐れたからだろう。銃を手に入れれば、人は撃ちたくなる。

「都庁を吹き飛ばすのに、爆弾はどれぐらい必要だ？」

「わかんないよ、そこまでは。物理ちゃんと勉強しないと……」

「信管はいくらするんだ？」

「ひとつ一万円」

わたしは暗算した。手元に残っている金から当座の生活費をさっ引いて、使える金は五十万前後。爆弾を三つ買い足し、信管を五つ買えば、ちょうどその金額に達する。

「爆弾五つで足りるか？」

「それだけしか買えないなら、それでなんとかするしかないよ」

「どうやって買うんだ？」

「歌舞伎町に、中国人向けの地下銀行があるんだけど、そこから送金するんだ。向こうに送金されるまで、二、三日かかって、それから国際郵便で送られてくる」

爆弾が我々の手元に届くまで、一週間近くかかるということだった。

「爆弾三つと信管五つ、買ってくれ」

「ＯＫ」

輝和は慣れた手つきでパソコンを操作した。わたしの名前と中野のアパートの住所が簡体字で入力されていく。

「中国語はあまりできないのかと思っていた」

わたしは呟いた。

「勘だよ、勘。話すのは少しできるけど、読み書きはほとんどだめ。でも、ネットのこういうサイトって、書いてあることが何語だろうとほとんど一緒だから」

また画面が切り替わり、画像が消えた。代わりに、簡体字と数字の羅列が表示される。

「銀行口座。これをプリントアウトしたら、もう終わりだよ。歌舞伎町に行って、お金、振り込もう」

わたしには頷くことしかできなかった。プリンタが吐き出した紙を手にとって、輝和とともにインターネットカフェを出た。駅に向かって歩いていると携帯が鳴った。ディスプレイに表示されたのは見覚えのない番号だった。

「もしもし?」

おそるおそる電話に出た。

「あ、織田さんですか?　消防庁の救命の方の?」

恐れていた訛りの強いものではなく、少々せっかちだが流暢な日本語がわたしの耳朶をくすぐった。

「そうですが……」

「わたしは警視庁新宿署捜査一係の田邊と申します。ちょっと織田さんにお聞きしたいことがありまして——」

わたしは電話を切った。

「だれから?」

動揺が顔に表れていたのだろう、輝和が不安そうにわたしを見上げた。

「間違い電話だ」

輝和は頷いた。納得したわけではない。ただ、これ以上頭を悩ませるのが嫌だという思いが態度に透けていた。

また携帯が鳴った。電源を落としたかったが、いつ明たちから連絡が入るかわからない。昨日のうちに明に型落ちの安い携帯を買い与えてある。この小さな筐体だけが、我々を繋いでくれる。着信音をマナーモードに切り替え、我々は電車に乗り込んだ。

「武と秀文だけで大丈夫かな?」

ドア近くの手すりに身体を預けながら輝和は独りごちるように言った。明と辰秋は都庁の下見に出かけている。一般人は最上階の展望台にしか出入りできないことになっているが、その展望台にあがっていくエレベーターはしかし、ボタンを押しさえすればどの階にも停まるのだという。明たちは降りる階を間違えたふりをして偵察してくると言って出て行った。アパートに残っているのは笑加と武、秀文の三人だけだった。

「なにかあったら電話がかかってくる」

「それはわかってるけど、もし、笑加姉ちゃんの具合が急に悪くなったら——」

「そういう病気じゃない。徐々に、少しずつ悪くなっていくんだ」

「わかってるよ」

輝和はふて腐れたように言い、そっぽを向いた。この数日、常に不安と背中合わせでいることを強いられている。いくら修羅場の中で生きてきたのだといっても、十四歳の少年の神経が摩耗して当然だった。

「笑加は大丈夫だ。これが終わったら、中国に戻って治療を受ける」

「ぼくは行きたくない」

輝和は俯いた。

「みんな行きたくなんかないさ」

わたしは輝和の肩を抱き、自分の言葉の空々しさにうなだれた。

ものの数分で電車は新宿駅のプラットホームに到着し、我々は人の流れの一部と化して地下通路を歩いた。上着のポケットの中で、断続的に携帯が振動する。田邊という刑事は相当にしつこい性格のようだった。そのしつこさに、わたしは怖気をふるった。こういう刑事こそ、だれよりも検挙率が高く、だれよりも犯罪を憎んでいるのだ。

地上に出ると、輝和は目を細めた。数日ぶりの歌舞伎町の空気を胸一杯に吸い込み、そっと吐き出している。わたしの人生が消防庁と共にあったのなら、輝和たちの短い人生は歌舞伎町と共にあったのだ。

輝和は自信に満ちた足取りで真昼の歌舞伎町に足を踏み入れた。わたしは田邊と名乗った警官の視線に怯え、落ち着きのない目を左右に走らせる。遠くに自転車に跨った制服警官の姿があった。わたしは輝和を促し、路地に逃げ込んだ。

「だれかがぼくたちのこと捜してるの？」

「いいや。ただの用心だ」

わたしはまた白々しい嘘を口にした。納得したのかしなかったのか、輝和は唇を噛んで先を進んだ。

地下銀行は区役所通りにほど近い、ラブホテル街の一角の雑居ビルの中にあった。地下という名称には不釣り合いなほどあっけらかんと営業している。狭いオフィスには職員用のデスクと粗末な応接セットがあるだけだった。担当者とのやりとりは輝和がおこなった。まだ幼い顔をした少年が相手でも、担当の男は真面目に受け答えをしていた。輝和は特別な顧客ではないということとだ。

輝和はインターネットカフェでプリントアウトした紙を男に手渡した。ついで振り返り、わたしに頷く。わたしは上着の内ポケットから封筒を取り出し、金を数えた。

「六十万ね」

「送金するのは五十万じゃないのか？」

わたしは金を数える手をとめた。

「手数料。ここは二割取るんだ。良心的だよ」

輝和の悪びれない口調に首を振り、わたしは六十枚の一万円札を手渡した。

担当の男が金を数え直す間、わたしと輝和は出されたまずい茶を口にした。

「受取はもらえるのか？」

「そんなもの、証拠になるだけじゃない。こういう商売はね、織田さん、信用でやってるんだよ」

自分の半分の年齢にも満たない少年に諭され、わたしは照れ笑いを浮かべた。田邊という刑事にもたらされた不安と焦りが、幾分和らいでいる。

金を数え終えた男が頷いた。謝謝——わたしにも聞き取れる中国語で輝和が言った。

「さ、行こう。笑加姉ちゃんが心配だよ」

「これで終わりか？」

「そう。これで終わり。お金はちゃんと送られる。この前もそうだったんだ」

また、携帯が振動した。心臓が止まるような驚きを、わたしは深い呼吸を繰り返すことでやり過ごした。輝和とともに部屋を出、階段を下りて雑居ビルを後にした。

「ねえ、電話だれから？　トモの仲間？」

区役所通りに出たところで、輝和が足を止めた。わたしを見上げる目には、明のものと同じ光が宿っている。嘘はゆるさない——揺らぐことのない意志が放つ光だ。

「警察だ」わたしは言った。「おそらく、亮とおれの繋がりを知ったんだろう」

「どうして？　亮が喋っちゃったの？」

「いや……」わたしは首を振り、言葉を探した。「亮が取り調べを受けるのは怪我がちゃんと治ってからだ。たぶん、聞き込みだろう」

「そうか……織田さんがぼくたちといるところを見た人、たくさんいるだろうからね」

輝和もまた、年齢以上に頭の回転が速かった。一を聞いて十を知る。そうしなければ生きてこられなかったのだ。

「大丈夫かな？」

「二度とこの街に近づかなければ大丈夫」

わたしは輝和の背中を軽く叩いた。

「ぼくたち、みんなここで生まれ育ったんだ」

「知ってる」

「織田さんは東京の人？」

「生まれたのは川崎だ」

携帯はポケットの中で振動と沈黙を繰り返していた。

「家族は？」

「死んだ」

わたしは答えた。これも小さな嘘というやつだ。母が長野の実家で暮らしている。札幌に嫁いだ妹はふたりの子をなしている。母も妹も、わたしの苛烈な性格を疎んでいた。連絡を取らなくなって、もう十年以上になるだろうか。

「そっか……」

「おれの家族はおまえたちだ。おまえたちみんな、おれの息子だ」

「ちょっと年取りすぎてるかな、織田さんの息子にしては」

「そんなことはないさ」

返事はなかった。輝和は半歩ほど遅れて、わたしの後をついてくる。何度も振り返りながら、歌舞伎町に別れを告げているのだ。

「浩が好きだったんでしょ、織田さん」

唐突な質問に、わたしは一瞬言葉を失った。

「……浩は死んだ息子に似てたんだ。だが、おまえたちみんなのことが好きだ」

輝和が頷く気配が伝わってきた。

「ぼくたち、だれにも迷惑かけないで生きてきたのに……トモが憎いよ。死体に唾吐きかけてやりたい。笑加姉ちゃん見捨てて、勝手にやってたくせに――」

「泣きたかったら、泣いていいんだぞ」

わたしは前を見たまま言った。今度は首を振る気配がした。

「明兄ちゃんに叱られる。泣いちゃ負けなんだって。泣いていいのは普通の子供たちだけだって」

凄絶な言葉を何気なく口にして、輝和は空を見上げた。

「みんなと、ずっと一緒に暮らしていけるんだって思ってたんだ」

わたしは答えなかった。輝和はただ、自分の中にある言葉を口にしているだけだった。

靖国通りに出て駅に向かう。はるか向こうに、傲然とそびえ立つ都庁が見えた。破壊を夢見るにはあまりに巨大で堅牢な建物だ。だが、未来永劫そこにあり続けるのだとニューヨーカーが理由もなく信じていた二つの塔は、今は跡形もない。夢を見続けた狂信者どもに完膚無きまでに破壊されたのだ。

わたしも狂信者だ。人を、人の命を救うことに帰依し、なりふり構わず前に進み続けた。他人の意見に耳を傾けることもせず、肉親にさえ呆れ果てられ、それでも立ち止まることができず、走り続けた。

夢を見よう。明たちと同じ夢を見よう。あの要塞を破壊するのだ。明たちから理不尽に、無慈悲に親を奪った想像力のかけらもない者どもの居城を、徹底的に破壊し尽くすのだ。

「なに考えてるの、織田さん？」

輝和の声に、わたしは我に返った。

「やろう」

ぽかんとする輝和に微笑みかけ、わたしは同じ言葉を口にした。

「やろう、輝和。おれたちにはできる」

＊　＊　＊

田邊のしつこさは筋金入りだった。三十分おきに携帯が振動する。わたしが音《ね》を上げるまで電話をかけ続けるつもりなのだ。

自分の行動を振り返る。あれだけの死者を出した事件だ。捜査本部が設けられ、本庁――警視庁からも人が派遣されているだろう。大がかりな捜査本部はマンパワーを駆使して事件の真相に辿り着こうとするものだ。わたしの背後に、捜査の手が迫っている可能性がある。

この部屋を借りる際にはキャッシュで払った。足がつくとしたら、クレジットカードだろう。

レンタカーを借り、日用雑貨を買うのにカードを使った。すべて、中野駅界隈。中野は目をつけられていると考えておくべきだった。

じりじりと行動範囲を狭められていく。あと数日の辛抱だ——わたしは自分に言い聞かせた。爆弾が届けば。爆弾を都庁の内部にセットすれば。後は捕まろうがどうしようが、気を揉む必要はなくなるのだ。

「展望台爆破したってしょうがないからさ」

明と輝和がパソコンのプリントアウトを睨んでいた。都庁のホームページに載っていた大雑把な見取り図だ。

「爆弾は五つしかないんだからさ、やっぱり、下の階に集中して仕掛けるべきだよ」

「別にビルを倒壊させなくてもいいんだよ、輝和。爆弾五つじゃ、そもそも無理だろう。象徴なんだ。あそこを憎んでるやつがいる。そいつらが爆弾を使った。世間のやつらにそれが伝わればいい」

「だけど——」

輝和は頬を膨らませ、眼鏡を外した。曇った眼鏡を神経質な手つきで磨き、またかける。

「展望台。食堂がある三十二階。防災センターがある八階。記者クラブがある六階。それに、都知事室がある七階だ」

明はプリントアウトの各所を指差しながら言った。ポケットの中で、また携帯が振動する。明も輝和も、他の少年たちもなにも聞こえないふりをしてくれる。笑加だけが眠りの中にいた。

炊飯器の米が炊きあがった。育ち盛りの若者が五人。一升炊きで炊いた米も一食分にすぎない。レトルトのカレーを鍋にぶちまけ、火にかける。一緒にレトルトの袋を空けていた辰秋が呟いた。

「織田さんのカレー食べたいな」

「そのうち、作ってやる」

紙の皿にご飯を盛り、カレーをかけ、貧しい晩餐がはじまった。食欲がないという笑加にはヨーグルトとカットフルーツ、それに野菜ジュースだ。辛いはずなのだが、笑加は表情には出さず、いや、それどころか微笑みさえ浮かべて団欒に加わった。その気丈さにはただ感嘆するしかなかった。明がこの家族を率いてこられたのも、笑加のサポートがあってこそなのだ。

また、携帯が振動した。

「電源、切っておけばいいじゃねえかよ」

明がカレーを頬張りながら面倒くさそうに言った。わかりきっていることだが、なぜだかわたしには電源を落とすことができなかったのだ。携帯を取り出し、ディスプレイに視線を走らせた。田邊ではなく、前園からの電話だった。慌てて着信ボタンを押した。

「もしもし？」

「織田さんですか？　やっと繋がった」

前園の皮肉混じりの声が耳に痛かった。

「すみません。他の人間からの電話と勘違いしていたもので……検査の結果が出たんですか？」

「いや、ちょっと別件で。今、おひとりですか？」

「ちょっと待ってください」

わたしは明に目配せし、外に出た。

「お待たせしました。なにか問題でも？」

「昨日から、新宿署の田邊という刑事さんから何度も電話がかかってきてるんです」

わたしは唾と一緒に喉元まで出かかった言葉を飲み込んだ。

「織田さんの居場所を教えて欲しいと……確信があるみたいなんですよ。ぼくが知ってるってね。

今までのところはなんとかごまかしてるんですが……」

「ご迷惑をおかけして申し訳ありません。身勝手なお願いですが、もう少し――」

「笑加ちゃんのことが大学にばれると、ぼくの立場がまずいことになるんですよ、織田さん。田邊という刑事、明日にでも大学に押しかけてきそうなんです」

わたしは再び唾を飲み込んだ。これ以上、前園に迷惑をかけるわけにはいかない。かといって、なにをすべきかもわからないのだった。

「田邊は織田さんと話をしたいだけだと言っています。すぐに逮捕とか、そういうことはないと約束させますから――」

「会えと?」

一瞬、間が空いた。

「織田さん、大久保で起こった事件、ぼくは別に織田さんがあれをやったとは思っていませんが、関わりはあると思ってます。口を噤んでいるのは織田さんの人柄を信じてるからですが、しかし、辛いんです。わかりますか?」

「ええ」

わたしは言葉を吐き出しながら大きく頷いた。前園は正義を信じている。法を信じている。泥棒と出くわしたら、とっ捕まえ、交番に突き出すタイプの男だった。わたしのことで口を噤んでいるのは、苦痛以外の何物でもないだろう。

「ぼくを楽にしてください、織田さん」

「わかりました。田邊にはこちらから連絡します」

「申し訳ない」

「先生が謝るようなことじゃありませんよ。全部、ぼくに非があるんです。笑加の診察をしてもらってるだけでもありがたいのに……」

「彼女の具合は？」

前園の口調が医師のそれに変わった。

「あまり芳しくありません。入院するよう、説得しているところです」

「検査結果が出次第、連絡しますよ」

「お願いします。それでは――」

わたしは電話を切った。

北風が首の後ろを撫でていく。しばし躊躇した後、わたしは携帯の着信履歴を開いた。田邊という刑事の番号に電話をかける。電話はすぐに繋がった。

「東京消防庁の織田さんですね？」

もうわたしの番号は頭に刻み込まれているのだろう。田邊は電話に出るなりそう言った。

「ちょっとお伺いしたいことがあるんですが、お目にかかっていただけませんでしょうか？」

「どういうご用件ですか？」

わたしは努めて平静を装った。

「先日の、新宿で起こった銃撃事件についてなんですが」

「銃など握ったこともありませんよ」

「それはそうでしょう。時間を作っていただくわけにはいきませんか。職場にも行ってみたんですがね、無断欠勤が続いているそうで」

「明日なら――」

「何時にしましょう？」

田邊はそつがなかった。わたしは苦笑し、意味もなく腕時計に視線を走らせた。

「九時半に、都庁の展望台では？」

「こりゃまた酔狂な場所を選びましたね」

「長く新宿で働いてますが、まだあそこに行ったことがなくて。こんな機会でもないと」

「わかりました。明日、午前九時半に都庁の展望台。必ずいらしてください。そうじゃないと――」焦らすような口調で田邊は言った。「重要参考人として指名手配をかけることになるかもしれません」

「脅しは利きませんよ」

わたしは電話を切った。また、北風が首の後ろを薙いでいく。新宿方向に目を凝らした。都庁はその輪郭を闇と同化させていた。

29

新宿駅で明たちと別れ、わたしはひとりで都庁へ向かった。笑加の看病には辰秋がついている。病状に変化があれば、わたしの携帯に連絡が入る手はずになっていた。

展望台へ向かうエレベーター前の手荷物検査はおざなりなものだった。係員はバッグの中をざっと視認するだけで、中になにが入っていようが知ったことではないという態度だった。プラスティック爆弾と信管を鞄の奥に潜ませておけば、気づかれる可能性は限りなく低い。

エレベーターの扉が閉まったのがちょうど九時十五分。田邊に先着するつもりだったのだが、展望台に到着したエレベーターのドアが開くと、愛想笑いを浮かべた中年男がわたしに右手を差し出してきた。

「織田さんですね？　田邊です。何度も電話をかけてしまって、申し訳ない」

「織田です」

わたしは当たり障りのない言葉を口にして田邊の手を握った。田邊の掌はさらさらだった。わたしの掌は汗でじっとりと湿っている。

「この時間だと、観光客の姿もまばらですね」

田邊は遣り手の営業マンのような声で言い、わたしを窓際に誘った。新宿の、いや、東京の街並みを見下ろしながら、わたしは唇を舐めた。高所恐怖症なのだ。消防の仕事をしていたころは、意志の力で恐怖をねじ伏せていた。だが、一歩仕事を離れると、途端に高いところが怖くなる。

これは仕事だ——わたしは自分に言い聞かせた。わたしは今、人命を左右する仕事の最中にいる。わたしの恐怖などものの数ではない。

「それで、話というのは？　あの銃撃事件に関してはなにも知らないんですが」

「ひとり、保護された少年がおりましてね」田邊はいきなり核心を突いてきた。「銃撃戦に巻き込まれて被弾、重傷を負った」

「そう言えば、新聞で読んだような気がしますね。怪我はそんなに重いんですか？」

「さすが、救命士だ。そこが気になりますか？」

田邊の目に、ナイフのような危険な光が一瞬浮かび、瞬きと同時にそれは消えた。

「ええ、職業病ですから」

「重傷は重傷ですが、命に別状があるわけではない。もう、口も利けますからね。しかし、なぜかこの少年、黙秘しているんですわ」

「黙秘？」

「そう。被害者だというのに、名前ひとつ教えてくれようとしないんです」

「いくつなんですか、その少年は？」

「十四、五ってところでしょうかね。現場でも同じ年頃の少年が死んでるんで、関わりがあると見て、いろいろ訊いてるんですがね。死んだ少年も身元不明なんですよ。仕方ないんで聞き込みです」

田邊はさりげない様子を装っていたが、必死でわたしの反応を探っていた。わたしはあえて眼下を見おろすことで自分を殺した。

「それでわかったんですがね。何人かの少年たちが、肩を寄せ合って暮らしていたようなんです。例の新宿浄化作戦ですか。あれで、両親が故郷に送り返されてね。どの子たちも日本人じゃない。戸籍がないんです。だから、あの撃たれた少年も口を噤んでいる」

「なるほど」視界が揺れていた。足下に広がる東京の街並みがうねっている。「わたしも新宿や大久保で働いてますから、そういう噂を耳にしたことはあります。戸籍のない子供たちが大勢いると。しかし、それとわたしになんの関係が？」

「その少年たちと一緒にいた男の目撃証言が複数取れているんですよ。証言を照らし合わせると、同一人物だと思われます」

「それが？」

わたしは顔を上げた。限界だった。そのまま視線を落としていれば、いずれ目眩を起こしただろう。

「あなたじゃないか、と睨んでいるんですがね」

「わたしが？　冗談でしょう？」

「似てるんですよ、姿格好が」

「でも、その人たちにわたしの写真を見せたわけじゃないんでしょう？」

「見せました」

田邊は薄笑いを浮かべた。スーツのポケットから一葉の写真を取りだし、わたしに突きつけてくる。制服姿のわたしが写っている。二年ほど前、東京消防庁から表彰された時の写真だった。交通事故で重態に陥った五歳の子供を救急病院に搬送した。その子は命を取り留めたが、担当医が救命の処置が良かったから助かったとメディアの前で公言したのだ。おかげで、わたしは窮屈な制服に腕を通す羽目になった。

「みなさん、あなたによく似ているとおっしゃる」

「わたしだと断言したわけじゃないんですよね」

田邊は苦笑した。

「職場で、織田さんは頑固で粘り強いと聞きましたが、まさしくその通りだなあ。そうおっしゃったのは田中さんなんですけどね」

顔が強張った。自然を装わなければと思えば思うほど、顔の筋肉が引き攣っていく。田中に口止めすることをすっかり忘れていた。田中はトモに会っている。トモに脅されて、笑加の働く風俗店のことを喋っている。

「どうしました、織田さん？」

「実は、高所恐怖症なんです」

なんとか声が出た。

「だって、あなたは救命の前は消防で――」

「仕事だと我慢できたんです」

わたしは後ろに下がった。うなじが冷や汗で濡れている。

「田中というのは、機関員の田中ですか？」

「え、ええ。しかし、高所恐怖症なのに、わざわざこんなところで待ち合わせなくても」

「一度訪れてみたかったんです。こんな機会じゃないと、自分からは行こうと思わないですから」

「まあ、そういうものかもしれませんな。それで、機関員の田中さん、銃撃事件の一方の首謀者に数日前に脅されておるんですわ。知ってましたか？」

「さあ」

「田中さんは知っているはずだとおっしゃってましたが」

「なら、田中の勘違いでしょう」

田邊はポケットからもう一葉の写真を取りだした。病床の亮が写っていた。

「この少年です。本当に見覚えはありませんか？」

「ありません」

亮は被害者だ。わたしが嘘をついているという確信を持っていたとしても、田邊がわたしを逮捕することはない。

「無断欠勤を続けてる上に、三鷹の自宅にも戻っておられない。織田さん、いったい、なにをなさっておられるんですか？」

「なにも。働くのが馬鹿馬鹿しくなって、ぷらぷらしているだけです」

「そうは思えませんなあ」

「あなたがどう思おうと結構。話が終わりなら、これで失礼します」

踵を返そうとして、腕を摑まれた。想像以上に強い力だった。

「織田さん、少年たちの身を案じているなら、心配には及びませんよ。まだ未成年だ。酷いことにはならないですから」

田邊にはなにもわかってはいなかった。明たちの暮らしの過酷さも、彼らの絆の深さも、なにひとつわかってはいない。ただ、お題目を唱えているだけなのだ。

「見ず知らずの人間の身を案じていられるほど、こっちも余裕があるわけじゃないんですよ、田邊さん」

わたしは田邊の腕を振りほどき、エレベーターホールに足を向けた。

「また、電話します。無視しないでいただけるとありがたいんですが」

「電話には出ます」

「その言葉を信じましょう」

背中に田邊の視線が突き刺さっていた。エレベーターに乗り込むまで、田邊はわたしを凝視し続けていた。

＊　＊　＊

一階では手荷物検査があったが、エレベーターは展望台に直行するというわけではなかった。エレベーター内に係員がいるわけでもない。階数表示のボタンを押せば、エレベーターはその階で停止する。なんともお粗末なセキュリティだった。

試しに、防災センターの入っている八階のボタンを押してみた。エレベーターに乗っているのはわたしひとりだ。エレベーターは静かに停止し、わたしはフロアに足を踏み出した。意外と狭い廊下の先にガラス張りの防災センターがあった。センターは無人だった。歩き続けても、立ち入り禁止の札ひとつない。突き当たりはスティール製の頑丈なドアだった。

ノブに手をかけようとしたその瞬間、ドアが開いた。わたしは凍りつき、生唾を飲み込んだ。ワイシャツにネクタイ姿の若い男が頭を掻きながら姿を現した。

「あ、この先は関係者以外立ち入り禁止ですよ」

都の職員なのだろう、男は傲慢な眼差しをわたしに向けた。

「あ、そうですか。じゃあ、防災センターは――」

「ここまでです」

「なるほどね……」

わたしは回れ右をし、来る途中にあったトイレに入った。若い職員もわたしの後についてくる。肩を並べて便器に向かい、放尿する。

「展望台に行くエレベーターは直行だと思ってましたよ」

わたしはなにげなく職員に語りかけた。

「本当は展望室って言うんです。職員用のエレベーターは他にあるんですが、来客があのエレベーターを使うこともあるので、それで……」

「どの階ででも降りられるんですか？」

「別に警備員がいるわけじゃありませんし……ま、警備員なんか雇ったら、税金を使ってるくせに都民をないがしろにするのかってどこかから文句が出ますよね。明らかに場違いだっていう人も、我々の立場だと、なにかご用ですかと声をかけるぐらいのことしかできませんし」

男は放尿と同じようにだらだらと喋った。先に終えたわたしは軽く黙礼し、便器を離れて手を洗った。職員が用を足し終える前にトイレを後にした。

なるほど、明たちが話していたように、都庁に爆弾を仕掛けるのは至極簡単な話なのだ。だれも警戒などしていない。だれも、都庁を爆破する計画を立てる人間がいるなどとは考えてもいない。九一一以降のテロの時代にあって、いや、地下鉄サリン事件という世界でも未曾有のテロ被害に遭っていながら、日本人は同じことが我が身に降りかかる可能性にてんで頓着していない。元来が喉元過ぎれば熱さを忘れるという脳天気な民族性だが、それにしても腹立たしかった。

都庁を出て、再び新宿駅へ向かった。明たちはまだ都庁内を偵察しているはずだ。先に中野へ戻り、インターネットカフェでプラスティック爆弾について勉強する心づもりだった。

総武線に乗り込み、空いている席に腰を下ろして、やっと、自分がくたびれ果てていることに気づいた。高層から下を見おろしての刑事との会話に、肉体はともかく神経が摩耗している。目を閉じ、田邊との会話を反芻した。田邊は確信を得ている。だが、確証を得ていない。だから、わたしには手を出せずにいるのだ。

そこまで考えて、わたしは目を開けた。相棒はどこにいた？　歌舞伎町の下品なネオンライトのように疑問符が頭の中で明滅した。

刑事は必ずふたり一組で行動する。ならば、どこかに田邊の相棒がいるはずだ。高所への恐怖と田邊に尻尾を握らせまいとあくせくするあまり、肝心なことを見落としていた。吊り広告を眺めるふりをして、わたしは視線を左右に走らせた。無駄な足掻きだった。向こうはプロでわたしは素人だ。たとえ尾行されているのだとしても、これぐらいのことで確認できるはずもない。

逸る心を抑え、わたしはもう一度目を閉じた。やがて電車が出発する。中野で降りる予定はキャンセルするしかなかった。わずかでも可能性があるのにあのアパートまでまっすぐ向かうのは無謀だった。

電車は加速し、すぐに減速に入った。東中野のプラットホームに滑り込んでいく。わたしは腰を上げ、戸口に立った。わたしの動きを注視する人間は見つけられない。電車が止まりドアが開くとホームに降り、なにかを思い出したような間抜けな仕種をしてからもう一度電車に飛び乗った。同じように動く人間はいない。田邊の相棒がわたしを尾行しているにしても、こんな間抜けな罠にはまるほどウブではないということだった。

腹を据えた。幽霊を相手に喧嘩を売っているようなものだ。遮二無二拳を振ったところでかすりもしない。幽霊が姿を現すまで、じっくり待つ他はない。

神経がちりちりと音を立てている。わたしは殺人者だ。裁きを受ける覚悟はできている。だが、都庁に爆弾を仕掛ける前に、明たちと最後の行動を共にする前に逮捕されるのは避けたかった。身勝手だと非難されてもかまわない。身勝手が故に、わたしは今、ここにこうしてある。

三鷹で電車を降りた。勝手知ったる我が町だ。てくてくと北へ向かって歩いた。どこまでもどこまでも歩いた。住宅街に入り、やがて人通りが途絶えれば、いやでも尾行者の存在が浮かびあがる。昼飯前の住宅街はただでさえひとけが少なかった。三十分も歩くと、前後左右、わたしの視界に入る人間はいなくなった。尾行者さえ見当たらない。真昼の陽光の下、わたしは間抜けな道化だった。

踵を返し、来た道を戻りはじめた。物陰や路地に隠れている不審者はどこにもいない。肩から力が抜けた。気を抜くと膝からくずおれてしまいそうだった。わたしは電信柱に寄りかかり、煙草を吸った。買い物かごをぶら下げた主婦が、わたしの吐き出す煙に顔をしかめながら脇を通り過ぎていった。

＊　＊　＊

明たちはすでに部屋に戻っていた。輝和と武が額を突き合わせてなにごとか話し込んでいた。珍しく、笑加が起き上がっている。窓際の壁に背中を押しつけて輝和と武の様子を見守っていた。

「遅いじゃねえか」

明が言った。

「すまん」

「刑事はなんだって？」

「おれとおまえたちの関係を知っている。もちろん、おまえたちに戸籍がないことも、おまえたちが一緒に暮らしてたこともだ」

「よく無事に帰してもらえたな」

わたしは狭い部屋のわずかな隙間に腰を下ろした。

「亮は被害者だ。被害者と関係があるからといって、逮捕はできん。トモと笑加の関係を知られたら話はまた違ってくるだろうが、今のところ、心配はない」

「亮はなにも喋ってないんだよね？」

辰秋が割り込んできた。わたしは頷いてやった。

「自分の名前さえ話してないそうだ」

「やっぱり」

辰秋は得意げな顔をだれにともなく向けた。

「都庁の様子はどうだった？」

「どの階にもトイレがある」

わたしが訊いたのは明にだったが、答えたのは輝和だった。

「普通の階にも降りてみたけど、職員に見つかっても、ここは入っちゃいけないところだから戻りなさいって言われただけだったよ」

秀文が言った。

「時計でタイマーを作って、それを信管と連動させたら、いつでも実行可能ってことだよ」

輝和はパソコンのプリント用紙を見つめていた。そこに設計図らしきものを書き込んであるらしい。

「織田さん、お願いがあるんだけど」

笑加のか細い声がわたしの鼓膜を揺さぶった。

「なんだ？」

「今日はちょっと気分がいいの。久しぶりに散歩に行きたいんだけど、付き合ってくれない？」

「おれでいいのか？」

笑加は微笑みながら頷いた。

「明と出かけたってつまらないし、他の子たちだとわたしが気を遣わなきゃならないから」

「だったら行こう」

わたしは腰を上げ、笑加に手を貸した。くたびれてはいたが、笑加の頼みとあっては断るわけにもいかなかった。

部屋を出ると、笑加は深呼吸を繰り返した。発育盛りの若者たちが狭い中でひしめきあっている部屋の空気はいつも濁り、淀んでいた。

「もっと広い部屋を借りられたらいいんだが」

わたしの言葉に笑加は首を振った。

「織田さんにはよくしてもらってるもの。これ以上望んだら罰が当たるわ」

「具合は？」

「あんまりよくない」

そう言いながら、笑加の顔から微笑が消えることはなかった。わたしたちは注意して階段を下り、駅とは反対側に歩きはじめた。

「いつもいつも身体が怠くて重いの。自分の身体が自分のものじゃなくなったみたい」

「入院すればよくなる。前園先生も、ちゃんと治療さえすれば、これ以上悪化することはないと言っていたし——」

「みんな、楽しそうでしょう？」

笑加は唐突に話を変えた。わたしはその突然さについて行けず、口ごもった。

「まるで遠足に行くみたい。っていっても、わたしたち、遠足なんか行ったことないんだけど」

わたしは静かに頷いた。あの部屋に籠もっている熱気は確かに、大きな行事の前に子供たちが発散する熱気と酷似していた。顔つきは違う。明たちは真剣そのものだったが、遠足前の子供たちの表情はだらしなく緩んでいる。それでも、その日を心待ちにしているという一点で、彼らは酷似していた。

「最初で最後の遠足か……」

わたしは嘆息と共に言葉を吐き出した。

「そ。最初で最後。輝和なんか、真剣そのもの——」

笑加の身体が揺れた。わたしは慌てて腕を伸ばし、彼女を支えた。

「大丈夫か？　戻ろうか？」

「まだ大丈夫」

笑加は気丈に微笑み、わたしの腕に自分の腕を絡めてきた。わたしは笑加を気遣いながら、ゆっくり歩いた。

「織田さん、結婚したことはないの？」

「ある」

「子供は？」

「いたよ」

「どうしちゃったの？」

「妻も子供も死んだ。地下鉄サリン事件って知ってるかい？」

「オウム真理教の？」

「そうだ。あの事件で死んだ。それまで、おれは消防士だったんだ。その後で、救命士に仕事を替えた」

「そうだったんだ……」

「生きていれば、浩と同じくらいの年だった」

「まだ引きずってるの？　他の人と結婚しようと思ったことはないの？」

「ないな。頑固な人間なんだ」

「そうね。それはよくわかる」

笑加は屈託なく笑った。だが、その笑顔は月が雲に隠れるように消えていった。

「だから、わたしたちにこんなにしてくれるのね」

「子供の件は理由のひとつだ。それだけじゃないんだよ、笑加。ひとりでいるのがきつくなった。年を取ったんだ」

「でも、わたしたち、いなくなるわ」

「おれもだ。おれは刑務所に行く」

笑加の足が止まった。

「理由はどうあれ、相手がどんな悪党であれ、おれは人を殺した。都庁を爆破するにしても、だれかが責任を取らなければならない。君たちにそんなことを押しつけるわけにはいかない」

「でも、もし、都庁で大勢人が死んだら、織田さん、刑務所だけじゃなくて死刑になるわ」

「わかっててやってるんだ、笑加。君たちが気にする必要はない」

「でも――」

「いいんだ」

わたしは笑加を抱きしめた。自然な感情の発露に伴った、至極自然な動作だった。父が娘を抱きしめるのと同じだ。笑加はされるがままになっていた。

「君も明も辰秋たちも、おれの娘で息子で友達だ。自分のしたことを後悔してはいない。だから、気にするな」

「……もっと前に織田さんに逢ってたらな。織田さんの養女になれてたらな。こんなに怖い思いしなくて済んだかも」

静かな言葉に、ありあまる感情をこめて笑加は言った。強い精神力で自分を抑えこみ、気丈に振る舞ってはいる。だが、病気に対する恐怖が消えるわけではない。自分より幼い家族たちへの責任感だけで、笑加は自分を支えてきたのだ。

通行人が奇異の目をわたしたちに向けてきた。好きなだけ見るがいい。おまえたちに、これだけの深い感情の交流が持てるか。極限状況の中で互いに信じ合える相手がいるか。人目をはばかることなくお互いを労りあえる相手がいるか。いはしまい。いるはずがない。だからこそ、親が子を殺し、子が親を殺す世界が出現したのだ。自分は無関係だと高を括り、そのくせ、自分のことしか考えたことのないおまえたちがこの世界を造りあげたのだ。

突然の激情に噎《む》せ返りそうになった。わたしの腕の中で笑加が震えていた。

「すまない」

わたしは腕をほどいた。笑加は駄々を捏ねる子供のように首を振った。

「いいの。ちょっと痛かっただけだから。もう一回抱きしめて。お願い」

わたしは笑加の望みを叶えた。

「泣いてもいいんだぞ。明たちには黙ってるから」

「うん」

笑加はわたしの胸に顔を埋めた。わたしのシャツが涙で濡れるまで、それほど時間はかからなかった。

30

部屋に戻ると、床に工具や部品が散乱していた。現場監督よろしく指示の声を飛ばしているのは輝和で、他の少年たちは黙々とそれに従っていた。

目覚まし時計を分解している最中だった。まだ、インターネットで買ったプラスティック爆弾と信管は届いていないが、準備は先に済ませておくべきだった。

明の姿がなかった。笑加を布団に横たわらせてから、わたしは辰秋に訊いた。

「明は？」

「なんだか気になるって言って、さっき出てったよ」

「気になるって、なにが？」

辰秋は首を傾げた。

「明兄ちゃん、時々わけのわからないこと言い出すから。犬みたいだって亮が言ってたけどさ」

明の本能がなんらかの危険を察知したということだろうか。だとしたら、その危険は田邊の相棒だということにならないだろうか。だれも、このアパートのことは知らないのだ。

「出て行ったのはいつだ？」

「二十分ぐらい前かな」

わたしは頷き、部屋を出た。携帯を取りだし、明に電話をかける。電話はすぐに繋がった。

「なにかあったのか？」

「おれたちを見張ってるやつがいる」

呼吸が止まった。ありとあらゆる神経、筋肉がわたしの意志を無視して活動を止めた。

「おっさん、聞いてるのか？」

「あ、ああ。どこに？」

「勝手に動くなよ。気づいたことがばれるから。なにか買い物する振りしてセブンイレブンに来てくれよ。そこで待ってるから」

「わかった」

わたしは電話を切った。肉体が意志の制御下に戻ると同時に冷たく粘ついた汗が噴き出てきた。やはり、田邊の相棒に尾行されていたのだ。素人考えで尾行はないと決めつけ、明たちの身を危険に晒してしまった。今さら遅いとはわかっていても、歯嚙みする他なかった。

左右に彷徨《さまよ》いそうになる視線を意志の力で押さえつけ、わたしはセブンイレブンに向かった。明が雑誌コーナーで立ち読みしているのが見える。明の偽装は完璧だった。漫画雑誌を読みふけっているとしか思えない。そのくせ、時折外に向けられる視線は狩人のそれなのだ。

入口付近にあった買い物かごをぶら下げて、わたしはカップ麵や菓子パンを適当に放り込んだ。雑誌コーナーの近くにある棚で日用雑貨を品定めする振りをした。手を伸ばせば届くところに明の背中があった。

「道の向こう、左斜め。ホンダのセダンが停まってる。わかるかい？」

明の声が流れてきた。わたしは明から距離を取って雑誌コーナーに向き合い、車雑誌を手に取った。視界の隅にシルバーのセダンが映った。運転席の窓が十センチほど開き、望遠レンズの先端が顔を覗かせている。レンズはわたしの顔を捉えているようだった。

「わかった。シルバーのセダンだな」

雑誌に目を落としたまま、わたしは答えた。

「おれはまだおっさんの連れだとは気づかれてない。警察か？」

「多分……おれが連れてきてしまったんだ」

「こうなっちまったのはしょうがないだろう。どうするか考えようぜ」

「相手は警察だ。迂闊なことはできない」

「だからって放っておいたら、都庁に爆弾仕掛ける前におれたち捕まっちまうんだろう？」

明の言葉に耳を傾け、雑誌に目を落としながらわたしは脳細胞をフル回転させた。

セダンの男はわたしたちのアパートのことを田邊に伝えただろうか――イエス。

セダンの男はなにを写真に撮ろうとしているのだろうか――アパートに出入りする人間に決まっている。

セダンの男が持ち帰る情報をもとに、田邊はなにをするだろう――明たちの保護。

田邊は田邊なりのやり方で明たちの身を気遣っているように思えた。戸籍のない子供たち。日本人ではないのに日本で暮らす子供たち。然るべき部署にその事実を伝え、保護させるというのは田邊には至極当然の論理だろう。

セダンの男の目を盗んで、全員でどこかに移動する――ノー。笑加の肉体はこれ以上の不安に耐えられないだろう。それに、わたしに残された金では、他の部屋を借りるにしてもホテルを押さえるにしても足りなすぎる。

ならばどうする？

「おまえは気づかれてないと言ったな？　どうやってアパートを出た」

「塀を乗り越えて裏道に出たんだよ」

あのアパートは二階建ての古い建物だった。正面は通りに面しているが、出入り口以外はコンクリブロックの塀で囲まれている。我々の部屋は一階で、腰を屈めさえすれば塀に遮られて外からの視線をかわすことができる。

また、脳細胞が動きはじめた。

わたししか確認できないとして、セダンの男はいつまであそこで見張っているだろうか？——せいぜいが二、三日。戸籍のない子供たちを確認できないのなら、張り込みを続ける意味がなくなる。

わたしと笑加の散歩はセダンの男に見られただろうか——微妙だ。男は徒歩でわたしを尾行してきたはずだ。セダンと望遠レンズ付きのカメラは後で調達したに違いない。わたしと笑加はわたしの帰宅直後に外に出た。見られているかもしれないし、見られていないかもしれない。

わたしは腹を決めた。

「今後は部屋を出る時は必ず塀を乗り越えて裏に出るようにしよう。二、三日もすればいなくなるはずだ」

「ドアをノックされたら？」

「居留守を使え。それほど辛抱しなくても、じきに爆弾が届く」

「じゃあ、みんなに伝えてくる」

明はさりげなく雑誌を棚に戻し、店を出て行った。わたしは車雑誌に目を通すことで時間を潰した。活字はなにひとつ頭に入ってこなかった。充分に時間が経ってから顔を上げた。望遠レンズはすでにわたしではなく、アパートの出入り口に向けられていた。

＊　＊　＊

頭蓋骨の奥に神経を集中させた。とりとめのない記憶の羅列の中に求める数字を捜した。情報が欲しかった。喉から手が出るほど欲しい。もはやわたし自身の判断に身を委ねることはできない。わたしは消防士としては有能だった。救命士としてはもっと有能だったと自負している。だが、犯罪者としては下の下だ。

ようやく、曖昧ではあるが数字の羅列を記憶の渦から引き上げることができた。電話番号が変わっていたら、わたしの努力は無意味になる。だが、今はその古い番号に縋るしかなかった。

呼び出し音が数度鳴り、やがて回線が繋がった。

「はい、橋本ですが」

老年の域に差しかかった女の声が出た。

「橋本巌さんのお宅でしょうか？　わたし、織田と申しまして、昔、消防で橋本さんにお世話になった者ですが」

「織田君？　本当に織田君なの？」

女の声が幾分若返った。

「ご無沙汰しております。織田です」

「あらまあ、珍しい。最近じゃ、消防時代の人から電話がかかってくることも滅多にないのよ」

橋本巌は消防時代のわたしの大先輩だった。消防のいろはを習い、給料日前には自宅に招いてもらい、豪勢な食事をご馳走になった。妻の妙子も面倒見のいい女性で、わたしはひとかたならず世話になっていた。

「あの事件の後、救命に転身したんですって？」

「ええ。いろいろ考えることがありまして」

「橋本は残念がっていたわよ。優秀な消防士だったのに、それまで築いてきたキャリアを棒に振ってって。ゆくゆくは消防庁の幹部になれたものを――」

「奥さん、橋本さんは？」

心苦しかったが、妙子の思い出話に付き合っている時間はなかった。

「あら、ごめんなさい。まだ、仕事なのよ。携帯の番号、教えましょうか？」

「お願いします」

わたしは妙子が口にする番号をメモ用紙に書き留めた。丁寧に礼を言って電話を切り、太い息を吐き出した。妙子を前にすると柄にもなく緊張するのだ。あけっぴろげな好意を示してくれる相手に、わたしはなぜか照れてしまう。

自分で書いたメモを漫然と眺めた。橋本は定年前に消防庁を辞め、仲の良かった新宿署の刑事とセキュリティコンサルタント会社を設立した。刑事が防犯を、橋本が防災部門を担当し、会社の業績はゆるやかではあるが確実に上向いていると、その昔、風の噂で耳にしたことがある。

会社のことはどうでもいい。問題は橋本のパートナーだ。今でも新宿署には顔が利くという話だった。退職した時の階級は警部補。捜査一係で辣腕をふるっていた。

しばし逡巡した後、書き留めたばかりの番号に電話をかけた。呼び出し音が鳴るか鳴らないかのうちに回線が繋がり、わたしは苦笑した。橋本はせっかちな男だった。

「はい、橋本ですが——」

「橋本先輩、ご無沙汰しております。織田です」

緊張に声が震えた。橋本の前ではなぜか直立してしまうのが当たり前だった。

「織田か……やっぱり、電話をかけてきたな」

「やっぱり？」

「二、三日前、遠山から電話があった。おまえが無断欠勤しているとな」

橋本は大久保出張所所長の名前を口にした。遠山所長も橋本の薫陶を受けた消防士のひとりだった。

「みんな、おまえのことを心配しているぞ、織田」

「わけがあるんです」

「そりゃそうだろう。おまえが伊達や酔狂で任務を放棄するとは思えんからな。深いわけがあるんだろうよ。いずれ、仕事に戻るつもりはあるのか？」

「いいえ。戻りたくても戻れないんです」

一瞬、間が空き、橋本の溜息が遅れて聞こえてきた。

「まったく、昔から頑固で融通の利かん男だったが……」

「申し訳ありません」

「まあ、いい。おまえが決めたことだ。おれがなにか言ったところで、決心が揺らぐわけでもなかろう？　なんの用だ？」

「実は、橋本さんの共同経営者の方にお願いがありまして」

「杉下に？」

胃がきりりと痛んだ。引き返すなら今だ——頭の奥でだれかが叫んでいる。わたしは首を振った。引き返すにはもう遅すぎる。わたしはとうの昔に一線を越えてしまったのだ。ただ、わたしの身勝手な暴走に橋本を巻き込むことが心苦しくてしかたない。

心苦しくても、結局は懇願するんだろう——引き返せと叫んだだれかがわたしを冷笑する。その通りだった。どれだけ自己正当化を試みたところで、わたしが自己中心的な人間であることを隠すことはできない。

「はい。厚かましいお願いなんですが」

「言ってみろ。杉下に頼んでやるかどうかは、後で決める」

「新宿署の捜査一係に田邊という刑事がいます」

わたしは一気にまくしたてた。橋本の返事はない。ただ黙ってわたしの言葉に耳を傾けている。

「彼の動向を知りたいんです」

「織田よ、おまえはなにをやっているんだ？」

「言えません。勘弁してください、橋本さん」

「理由ひとつ教えずに、おれの相棒に新宿署の内情を探れと言うのか、おまえは？」

「橋本さんしか頼れる人がいないんです」

わたしは言った。橋本は他人に頼られて嫌と言える男ではない。それを重々承知して、わたしは彼の弱みにつけ込んでいる。

「新宿署、捜査一係の田邊だな？」

「はい」

「なにを探らせればいいんだ？」

「ありがとうございます。橋本さん」

「おれはおまえを信じる。おまえの人間性をな。おまえが悪党にはなれんことはよく知っている。だから、裏切るなよ、織田」

「もちろんです」

わたしはしゃあしゃあと嘘をついた。もう、胃が痛むこともない。

「田邊という刑事のなにを探らせればいいんだ？」

「彼は今、同僚を使って、中野にあるアパートを監視しています。彼がそのアパートに踏み込むつもりかどうか。踏み込むとして、それはいつか」

「直前になるまでわからんだろう」

「それでもかまいません。動きがわかればいいんです」

「杉下に頼んでみよう。うんと言うかどうかはわからんぞ。あいつももとは警察官だったんだ。おそらく、断られるだろうがな」

「その時は諦めます」

　橋本がわたしのために杉下を説き伏せてくれることはわかっていた。橋本夫妻の面倒見の良さは病的と言ってもよかった。かつて、橋本家には十匹以上の猫がいた。橋本も妙子も、野良猫を見つけると保護欲を掻き立てられていてもたってもいられなくなる。今のわたしは、橋本にとっては野良猫と同じだろう。

「後で電話する。表示された番号にかければいいのか？」

「ええ。この番号で大丈夫です。本当にありがとうございます」

　わたしは目に見えない橋本に向かって深々と頭を下げた。頭を上げた時には電話が切れていた。

＊　＊　＊

　二時間後に電話が鳴った。少年たちはわたしがセブンイレブンで買ってきたカップ麺で早めの晩飯を食べ終えたところだった。着信音が鳴ると、だれもが身構えた。

　橋本からの電話であることを確認し、わたしは身振りで安全を告げた。少年たちは肩から力を抜いた。明がひとり、着信音に心乱されることもなく、笑加に薬を飲ませていた。

「はい、織田です」

「田邊という刑事だがな」前置き抜きで橋本は話しはじめた。「とりあえず、中野のアパートは監視しているだけだそうだ」

「杉下さんが協力してくれたんですか？」

「説得するのは手こずった。だが、最終的に、おれが信じる人間を信じると言ってな」

「ありがとうございます」

「田邊の直属の上司が、かつて杉下の部下だった男なんだ。その線から話が聞けた。おれとおまえの関係と同じで、向こうも杉下になにか頼まれたら嫌とは言えないらしい」

「ありがとうございます」

わたしはまた同じ台詞を口にした。橋本の磊落《らいらく》な笑い声が聞こえた。

「他になにか言えないのか。馬鹿のひとつ覚えみたいに……なにか動きがあったら、杉下のところに連絡が来ることになっている」

「ありがとうございます」

それしか言葉が浮かばなかった。

「自分を大切にしろよ、織田」

橋本はそう言って電話を切った。わたしは携帯を握りしめ、少年たちに告げた。

「しばらくはこのアパートにいても安全だ。ただし、さっき言ったように、出入りする時は塀を乗り越えて裏道から。他の住人に見つからないように気をつけてな」

「わかってるよ」

声に出して答えたのは秀文だけで、他の少年たちはむっつりと押し黙ったままだった。監視されているという現実が、彼らの口を重くしていた。

「さあ、寝るぞ」

明の一言で、少年たちは机をどけ、布団を敷きはじめた。明るいままだと笑加の眠りが浅くなり、少年たちもじっと息を詰めていなければならない。それならば、笑加と一緒に眠った方がいい。

わたしは武と秀文と肩を並べ、歯を磨いた。わたしたちが布団に入ると、残りの三人が流しに立った。六畳一間の部屋は七人にはあまりに狭すぎた。だが、少年たちは文句ひとつ言うでもなく、おのおのの寝場所を確保して目を閉じる。

「じゃあ、おやすみ」

ぶっきらぼうな声で言って、明が明かりを消した。闇が瞬く間に世界を覆った。通りを行き交う車の音が空気を揺さぶっているのがはっきりとわかる。五人の少年とひとりの少女と、ひとりの中年男の思念が宙を飛び交っている。

ある者は爆破される都庁を夢見、ある者は離れ離れになる運命の家族に思いを馳せ、ある者は笑加の身を案じ、ある者は自分の将来に不安を感じ、震えている。全員を抱きしめてやりたかったが、それはかなわない。

わたしたちの眠りは安眠とはほど遠かった。

31

だれかに身体を揺すられ、目が覚めた。滲んだ視界に明の顔が映っていた。

「おっさん、笑加の様子がおかしいんだ」

一気に覚醒した。わたしは跳ね起き、笑加の寝床ににじり寄った。顔色が悪く、額が汗で濡れている。額に手を置いて、わたしは顔をしかめた。高熱だ。四十度近くありそうだった。

「タオルを濡らしてこい」

わたしは明に指示を出し、携帯に手を伸ばした。いつの間にか、少年たちは全員が起き出していた。だれもが一言も発せず、祈るような目を笑加に向けていた。

「大丈夫か、笑加？」

声をかけても反応がない。わたしは前園に電話をかけた。呼び出し音が鳴り続ける。その間に、明が濡れタオルをふたつ用意し、ひとつを笑加の額に置き、もう一つで汗を拭きはじめた。はだけたパジャマの胸元から、小振りの乳房が垣間見える。笑加の皮膚はどこもかしこも青白かった。

やっと電話が繋がった。前園の寝ぼけた声が聞こえてくる。

「先生、朝早くにすみません。織田です。笑加の容態が急変しました」

「症状は？」

前園もプロ中のプロだった。一気に覚醒し、声に張りが出る。

「高熱。意識混濁。肌の色に血の気がありません」

「すぐにうちの病院に搬送できますか？」

「今すぐ、車で」

「救急車の方が――」

「車で運びます」

この界隈の救命士には顔見知りが多い。彼らに今の自分を見られたくなかった。

「わたしもすぐに病院に向かいます。入院することになりますよ」

「仕方ありません。それでは、後ほど」わたしは電話を切り、明に顔を向けた。「病院に運ぶぞ。おれは車を取ってくる。笑加を車に運ぶ準備を」

「わかった」

明は余計なことは訊かなかった。わたしは部屋を飛び出た。レンタルしたままのプリウスは徒歩で五分ほど離れたコインパーキングに停めてある。シルバーのセダンが昨日とほぼ同じ位置に停まっていた。望遠レンズは見当たらず、運転席にいるはずの刑事の姿も見えない。シートをリクライニングにして仮眠を取っている様子だった。

そのまま寝ていろ——祈りながらわたしは走った。駐車料金の精算をするのももどかしく、アクセルを踏みすぎそうになる自分を抑制するにも一苦労だった。アパートの出入り口にプリウスを横付けし、わたしは車を降りた。部屋のドアが開き、笑加をおぶった明が出てくるところだった。

後ろのドアを開け放ち、明の背中にもたれかかっていた笑加を抱きかかえ、そっとシートに横たえた。

「笑加、聞こえるか?」

うっすらと目が開いた。おぼつかない視線がわたしと明を捉え、唇がわなないた。

「喋らなくていい。これから病院に行く……みんなとはお別れだ」

「……いや」

笑加はなけなしの力を振り絞り、首を振った。まだなにか言いたげだったがそれ以上、言葉は続かなかった。大きく見開いた目で我々に懇願している。

行きたくない、行きたくない、まだみんなと一緒にいたい。

「みんなのことはおれに任せろ、笑加」

明がわたしを押しのけ、車内に身体を突っこんだ。

「おまえは自分の身体を治すことだけ考えてればいいんだ。生きてれば、絶対にまた会える。そうだろう、笑加? 浩にはもう二度と会えないけど、おまえは違うんだ。頼む。病院に行こう」

笑加の手が伸びて、明の頬を撫でた。明はその手を摑み、自分の胸に押し当てた。ふたりに恋愛感情があるとは思えない。車内に立ちこめているのは濃密な家族愛、あるいは同志愛だった。

「行くぞ、明」

わたしは運転席にとって返した。救命士としての職業意識がわたしの感傷を塗り潰していく。命を救うために優先させなければならないのは感情ではない。明が助手席のドアを閉めるのと同時にわたしは車を発進させた。頭の中で病院までのルートを組み立て、最短コースを選択する。まだ、朝焼けが空を染めていた。どの道路も空いているはずだ。

明はシートベルトもつけず、笑加の様子を見守るために後部座席に身を乗り出していた。助手席の足下に、小振りのスポーツバッグが収まっているのにわたしは気づいた。笑加の着替えかなにかが詰められているのだろう。

「写真に撮られたぜ」

明が言った。

「なんだって?」

「あのセダンだよ。昨日みたいに窓からレンズ突き出して、こっちを撮ってた」

がりがりと、なにか固いものが削れるような音が耳の奥でした。わたしの歯が擦れる音だった。わたしが車を取りに行っている間に、刑事は目覚めたのだ。この車のナンバーも確認しただろう。警視庁に要請してNシステムでわたしの車を追うこともできる。わたしの目的地——笑加の入院先が田邊にばれてしまう。わたしが戸籍のない子供たちと暮らしているという確証を田邊に与えることになってしまう。

だが、背に腹は代えられなかった。

「明、辰秋に電話しろ。おれたちが戻るまで、部屋から一歩も出るな。だれかが訪ねてきても、絶対に応じるな。居留守を使うんだ」

明はシートに座り直し、わたしから受け取った携帯を使った。辰秋に的確な指示を出し、電話を切り、また後部座席に身を乗り出す。

「笑加の様子は？」

「寝てる」

「熱冷ましシートは？」

明は足下の鞄を開けた。呪詛とも絶望の声ともつかぬ唸りをあげた。

「ちきしょう。忘れた」

「あそこのコンビニで買ってこい」

わたしは財布を明の膝の上に投げた。コンビニの前に車を停めた。明がシートを買いに行っている間に、笑加の脈を診た。速い。呼吸も浅かった。

「笑加、聞こえるか？　目を開けてくれ」

何度か呼びかけると、また笑加の目がうっすらと開いた。

「少し胸をはだける。いいか？」

笑加は頷かなかった。しかし、二度、瞬きした。イエスの返事だと決めつけ、わたしは笑加のパジャマのボタンを外した。ブラはつけていない。明の持ってきた鞄を開け、毛布代わりに衣類をすべて笑加の身体にかけた。

「もう少し、我慢してくれ。いいね？」

「行きたくない」

わななく唇の奥からか細い声が流れてきた。

「でも、行かなきゃだめだ」

「もう、みんなに会えないの？」

「生きてれば会える。明はそう言っただろう」

「……いつもの織田さんじゃないみたい。冷たいのね」

「今のおれは救命士だ。さあ、目を閉じて。少しは呼吸が楽になったかい？」

笑加は頷いた。わずかな会話ですら、彼女の体力を消耗させる。

明が戻ってきた。買い物袋の中には熱冷ましシートとミネラルウォーターのボトルが入っていた。

「早く出して」

明はわたしをせっつき、もどかしげに包装を破いてシートを笑加の額に貼りつけた。笑加の看病は明に任せ、わたしはステアリングにかぶりつくようにして車を運転した。神経を前後左右に張り巡らせる。覆面パトカーが近くにいれば、わたしの神経は間違いなく反応するはずだ。

運転するロボットと化して、わたしはアクセルを踏み、ステアリングを操った。だれにもこの車を停めさせるつもりはなかった。

＊　＊　＊

病院まであと五分というところで前園に電話を入れた。

「あと五分で到着します」

「救急の方に回ってくれますか。正門ではなく。すでにこちらの準備は整っています」

「了解。患者は相変わらずの高熱。脈拍百十五。血圧その他はわかりませんが、意識は回復しています」

電話を切り、ステアリングを握りなおした。病院のシルエットが空に浮かんでいる。西の方に黒く厚い雲が広がっていた。午後には雨が降るのだろう。

救急車専用の通路にプリウスを乗りつけ、救急外来の正面に車を停めた。ストレッチャーが用意されており、前園と看護師たちが緊張した面持ちで我々の到着を待っていた。車が完全に停まるより先に明が飛び降りた。後ろのドアを開け、笑加を抱きかかえる。

「前園先生、笑加を、笑加をお願いします」

明はあらん限りの声で叫んでいた。わたしが覚えている限り、明が前園に対して口を開くのはそれが初めてだった。診察の時も、いつもむっつりと黙り込んでいるのが常だったからだ。

わたしも車を降りた。すでに笑加はストレッチャーに横たえられ、ベテラン看護師が脈と熱を測っていた。前園は他の看護師たちにてきぱきと指示を飛ばしている。

「先生、お願いします。彼女の今後のことも」

わたしは前園の背中に深々と頭を下げた。

「わかっています。この後のことは、治療も含めてわたしに任せてください」

前園は肩越しに振り返り、煩わしそうな表情を見せた。すでに、意識は笑加の治療に向けられているのだ。

ストレッチャーが動き出した。明がそれを追った。

「頑張れよ、笑加。絶対、絶対にまた会うんだからな、おれたち。死ぬんじゃねえぞ」

笑加を追い続けようとする明を、看護師のひとりが押しとどめた。明の背中に殺気が宿る。わたしは後ろから明を抱き留めた。

「これ以上は迷惑だ。先生たちに任せろ」

歯を剝きながら明は振り返った。憤怒の表情はすぐに駄々っ子のそれに代わり、明は喉を震わせた。

「これでさよならなんだぜ。こんなのありかよ」

「最初からわかってたことだろう。今さら泣きごとを言うな」

「冷てえな、おっさんはよ」

「さっき、笑加にも同じことを言われたよ」

「大人になったら、おっさんみたいになれるのか？」

「おれはろくでもない大人だ」

笑加を乗せたストレッチャーは廊下の奥を曲がっていった。

「さ、帰るぞ。まだ、辰秋たちにはおまえが必要だ」

わたしは明の肩を抱いた。明は根が生えたように立ち尽くしていた。

「なりたくてなったわけじゃねえんだよ」

「なにに？」

「あいつらの兄貴にさ。おれが一番年上だった。それだけだ。しょうがねえじゃねえかよ。親が突然いなくなって、しょうもねえガキだけが取り残されて、みんな、今にも死にそうな顔してたんだ」

「おまえは充分にやってるさ」

わたしは明の肩を抱く腕に力をこめた。やっと明が歩き出した。

「最初は、おれと亮だけだったんだ。家が近所で、親が強制送還されたのも同じ頃だったからよ」

一緒に歩きながら、わたしは明の喋るがままに任せた。

「亮が輝和と武を連れてきた。それから、笑加とトモだ。トモはすぐに出てったけど、今度は笑加が秀文と浩を連れてきた。最後に辰秋だ。笑加が男だったら良かったんだ。おれより、あいつの方がなんでもうまくできる」

明の言葉が途切れた。

「愚痴はそれでおしまいか？」

わたしは言った。

「愚痴なんか言ってねえよ。ほんとのことを喋ってるだけだ」

「おまえが群れのボスだ。どれだけ愚痴っても、それは変わらないぞ。責任を放棄することもできない」

「わかってるよ」

「だが、今だけなら泣いてもいいぞ。みんなには黙っててやる」

「ばっか野郎。だれが泣くかよ！」

明はわたしの腕を振りほどき、唇を嚙みながら車に駆けていった。わたしが運転席に着いた時には、すでにその横顔にはいつものふてぶてしい表情が張りついていた。

「武と秀文が寂しがる」

車を発進させると、明が口を開いた。

「ふたりとも、笑加に懐いていたからな」

「秀文は一番仲が良かった浩まで死んじまったからな……おっさんがいるから我慢してるけど、そうじゃなきゃ、泣き喚いてる」

「おれのせいじゃない。おまえが泣くなって教えたからだ」

わたしは言った。明は目を丸くしていた。

「おれが？　泣くなって？」

「だれかが言ってたぞ。泣いていいのは普通の家に育ったやつらだけだ。おまえたちは泣いちゃだめだって言われたってな」

「そんなこと、言ったかな……」

「昔、言ったんだろう」

来た時とは違って、戻る道は混雑しはじめていた。わたしは窓を開け、煙草をくわえた。

「おれにも一本くれよ」

明に説教するには、わたしは不適格な大人だった。煙草のパッケージとライターを黙って渡した。

「笑加、すぐに中国に送り返されるのかな？」

慣れた手つきで煙草に火をつけながら明は言った。

「すぐにということはないだろう。重病人だ。病状が落ち着くまでは、病院が保護してくれる」

「見舞いには――」

「諦めろ」

わたしはぴしゃりと言った。明は肩をすくめ、煙を吐き出した。携帯が鳴った。前園からだった。

「とりあえず、容態は落ち着きました。しばらく様子を見て、さらに治療を続けていくことになると思います」

「それはよかった。ありがとうございます」

わたしは明に目配せした。明は火をつけたばかりの煙草を灰皿に押しつけた。

「しかし、身元不明ということで、地元の警察に通報しなければなりません」

「すべて、先生のご一存にお任せします」

「いいんですか？」

「彼女が先生の病院に担ぎ込まれたことは、おそかれ早かれ新宿署の刑事たちが嗅ぎつけますし」

「やはり、あの事件に関係しているんですか、織田さん？」

「あの事件に巻き込まれて死んだ少年と重傷を負った少年が彼女と一緒に暮らしてたんです」

前園は言葉を失ったようだった。荒い息遣いだけが聞こえてくる。

「警察は少年たちの身元を確認しようと動いています」

「他の少年たちは？」

「親元に帰ることになるでしょう」

「そうですか……」

明が電話に出たそうにしていた。ちょうど、停まっていた車列が動きはじめたところだった。わたしは携帯を明に渡した。

「先生。笑加のこと、よろしくお願いします。おれ、先生のこと信じてますから」

言いたいことを言って、明は前園の言葉に耳を傾けた。神妙な面持ちは去っていく笑加への思いを語って余りあった。

話が終わると明は前園に感謝の念を伝え、黙って携帯をわたしに突き返してきた。

「先生」わたしは堅苦しい口調で言った。「いろいろご迷惑をおかけしました」

「いいんですよ。ぼくは迷惑だなんて思ってませんから」

「彼女のこと、よろしくお願いいたします」

わたしは電話を切った。前園の屈託のない言葉が、それが彼の本音だとわかるだけに心苦しくてしかたがない。

電話が終わるのを待ちかねていたというように、再び携帯が鳴った。今度は橋本からだった。

「相方から連絡があった」

橋本は前置き抜きでいきなり切り出してきた。

「田邊という刑事が目白の北洋総合病院に向かったそうだ」

「やはり、そうですか」

「知ってたのか？」

「予想はしてました。ありがとうございます。もしかすると、今日中に動きがあるかもしれません。どうか、よろしく――」

「いいさいいさ、こんな時間に叩き起こされたところで、年寄りは早起きなんだ、気にするな」

「それでは、失礼します」

だれもかれもがわたしに好意を向けてくる。それに値する人間ではないというのに、彼らはいつだって無償でわたしを助けてくれる。いい人間に限ってわたしにはあけっぴろげな愛情を示してくれるのだ。だが、わたしにはそれに応える術がない。どうすればいいのかがわからない。だから、わたしは彼らに背を向けた。心を閉ざした。わたしは幼稚な愚か者にすぎないのだ。

南下するにつれ、渋滞は酷くなっていく。明はシートの背もたれに身体を預けていつしか眠っていた。わたしは新しい煙草をくわえ、さざ波を立てている自分の心にニコチンを送り込んだ。道は相変わらず混み合い、行きは二十分の道程だったが、帰りは優に一時間を超えそうだった。

32

結局、中野には八時過ぎに戻ってきた。同じコインパーキングに車を停め、明とふたり、徒歩でアパートに向かった。シルバーのセダンの姿が消えていた。

「笑加のところに行ったのかな？」

わたしは頷いた。

「もしかすると、警察署に戻っただけかもしれない」

「信じてないこと言うなよ」

明は不機嫌に首を振り、わたしを置き去りにして駆けだした。警察が見張っているからと自分を抑えていたのだ。一刻も早く少年たちのもとに戻り、笑加の無事を告げたかったに違いない。

わたしは昨日と同じセブンイレブンに立ち寄り、少年たちと自分の分の弁当を買った。笑加のためにとヨーグルトを買い物かごに入れ、もう必要はないのだと気づいて棚の前で立ち尽くした。溢れ出そうになる涙を堪えながら支払いを済ませ、店を出た。

西から広がってきた雲が空一面を覆っていた。低く垂れ込めた黒い雲は禍々《まがまが》しい殺気を宿しているようでもあり、道を行く人々は閉じたままの傘を手に、恨めしそうな目で空を見上げていた。

ぽつりと雨垂れが頬を打ち、次の瞬間、雨音が他のすべての音を掻き消した。アスファルトは瞬く間に黒ずみ、人々が傘を広げた。わたしは雨に濡れたまま、てくてくと歩いた。雨がなんだというのだ。濡れることがなんだというのか。

『雨に唄えば』をハミングしながらわたしはアパートを目指した。おそらく、笑みが顔に浮かんでいただろう。行きすぎる通行人が亡霊にでも出くわしたという顔つきをして、わたしから遠ざかっていった。

少年たちは明を中心にして車座に座っていた。すでにほとんどの報告は終わっていたようで、少年たちの表情はわずかながら緩んでいた。

「だれかこの部屋に来なかったか？」

わたしは輝和に訊いた。輝和は首を振った。

「だれも来てないよ」

「ねえ、じゃあ、病気が治ったら、笑加姉ちゃん、戻ってくるの？」

輝和の声に被さったのは秀文の声だった。わたしも明もそれには答えなかった。秀文は自分の生きている世界を弁えている。それでいながら、現実から目をそらすために無邪気な振りをしているのだった。

「ちゃんとさよならを言いたかったな」

武が呟いた。他の少年たちの口は重い。そう遠くない未来に自分たちに訪れる運命に思いを馳せている。

「おれたちは普通じゃないんだ」明が静かに言った。「だから、別れる時にさよならも言えない。めそめそしたってだれかが助けてくれるわけじゃない」

「織田さんは助けてくれたよ」

秀文が言った。

「めそめそしてたから助けたわけじゃないぞ、秀文」

わたしは買ってきた弁当を畳の上に並べた。辰秋が真っ先に手を伸ばし、目当ての弁当を確保した。この少年たちの中で、もっともタフな神経の持ち主は辰秋なのかもしれない。

「さあ、食べよう。人間、腹が減ってるとろくでもないことばかり考えるようになる」

辰秋が弁当の蓋を開いた。甘い香りが漂い、だれかの胃が鳴った。そうなると、もう抑制は利かない。畳の上の弁当は瞬く間にそれぞれの手の中に移動し、割り箸を割る音がそこここで響いた。残っているのは少年たちの間では人気薄の海苔弁がふたつ。それは明とわたしのものだった。

無言で弁当を食べ終え、無言で後片付けをした。輝和が部屋の隅からスポーツバッグを取ってきて中身を畳の上に出した。プラスティック爆弾とコード、目覚まし時計、それに豆電球。コードは目覚まし時計と豆電球に繋がっていた。

「タイマーがちゃんと作動するかどうか、これで確かめようと思うんだ」

輝和は目覚まし時計に電池を入れ、タイマーを十分後にセットした。

「これで十分後に電球が光ればＯＫ。爆弾も爆発させることができる」

「なんで十分後なんだよ。五分後でいいじゃないか」

武が言った。

「黙ってろよ」

辰秋が武を睨んだ。わたしは煙草をくわえた。明同様、この部屋では笑加の体調を気遣って喫煙を控えていたのだ。だが、もうそんな必要はない。灰皿がないことに気づき、わたしは台所の流しに灰を落とした。

二本目の煙草を灰にしたところで豆電球が光った。

「やった！」

辰秋がガッツポーズを作って小躍りした。輝和の顔にはまんざらでもない笑みが浮かんでいる。武と秀文は顔を見合わせていた。明はむっつりと腕組みしたままで、わたしは肩から力が抜けていた。爆弾は爆発するのだ。都庁を爆破するというのは夢物語ではないのだ。本当に爆弾と信管が届けばの話ではあるが——。

ドアがノックされた。空気が凍りつき、時が止まった。わたしも少年たちも、息をするのさえ忘れてドアを凝視していた。

再び、ノック。続いて、声。

「織田さん、ご在宅ですか？　郵便ですが」

呪縛が解けた。わたしは明と視線を交わした。警察がこんな小細工をするとは思えない。だが、念には念を入れるべきだった。

明が戸口に立ち、外の様子を窺った。なにか不審なことがあれば、彼の中にある危険探知機が作動するはずだ。わたしは他の少年たちに、口を開くなと身振りで示した。

「織田さん、いらっしゃいませんか？」

その声にあわせるように、明が頷いた。危険はないという合図だ。

「ちょっと待ってください」

わたしは声をあげた。

「国際郵便小包が届いてます」

今度は輝和と目を合わせる番だった。

「意外と早かったね」

輝和が呟いた。わたしは玄関に向かい、ドアを開けた。郵便局の制服を着た小太りの男が愛想笑いを浮かべている。彼の肩越しにシルバーのセダンが見えた。監視はまた再開されたのだ。

「ここに印鑑かサインをお願いします」

郵便局員は五十センチ四方ほどの段ボール箱を抱えていた。わたしはボールペンを借り、サインを済ませ、段ボール箱を受け取った。すかさず明がドアを閉め、鍵をかけた。

段ボールには中国語が印刷されている。不安が顔に表れたのか、輝和がおかしそうに笑った。

「どれだけ乱暴に扱っても爆発はしないよ、織田さん。信管を取り付けて電流を流さない限り安定してるんだ」

わたしは頷き、段ボール箱を輝和に渡した。輝和はポケットから小振りのナイフを取りだし、手際よく梱包を解いていく。だれもが固唾を飲んでいた。

「よし、注文通り。どきどきもんだったんだよ。金だけ受け取ってばっくれるやつも多いらしいからさ」

輝和は箱の中身を畳の上に並べた。C４と呼ばれるプラスティック爆弾の塊が三つ。信管が五つ。プラスティック爆弾は相変わらず、粘土の塊にしか見えなかった。

「時計と信管をコードで繋いで、信管を爆弾に埋め込めば、準備完了だよ」輝和はなにかを宣言するように高らかに言った。

「いつでも、都庁は爆破できる」

＊　＊　＊

携帯が鳴った。田邊からだった。わたしは無視した。

少年たちは一心不乱にコードを繋いでいた。わたしも手先は器用な方だが、少年たちのそれにはかなわない。ただ見守るだけだった。

また携帯が鳴った。しかし、着信音が違う。メールが届いていた。わたしは訝しがりながらメールを開いた。携帯であろうがパソコンであろうが、わたしはまず、メールは使わない。

『織田様、ご相談したいことがあります。至急連絡をください。ちなみに、このメールアドレスは大久保出張所の方にお聞きしました』

警官らしい簡潔で無愛想な文体だった。わたしはメールを返信する代わりに、田邊に電話をかけた。電話すれば事足りるのに、わざわざメールを打つ連中の気が知れない。

「わざわざすみませんね、織田さん」

これっぽっちもすまないとは思っていない口調で田邊は電話に出た。

「今日、北洋総合病院に運ばれた少女のことで、ちょっとお話を聞きたいんですが」

「いつですか？」

「できれば今すぐ」

「それは勘弁してください。こっちにも都合がある」

「今、お宅の前にいるんですがね」

「警官にしてはものわかりのいい人だと思っていたんですが、間違いでしたね。警官は警官だ」

「面目ない」

田邊は悪びれることなく言った。

「少し待っていてください。すぐ、出ます」

「お待ちしてますよ」

わたしは電話を切り、振り返った。

「爆弾をしまって、いつでもここから出られるよう準備をしておけ」

「警察か？」

明の問いかけに、わたしは頷いた。余計な情報を与えて少年たちを怯えさせたくはない。

「十五分経ってもおれが戻らなかったら、ここから逃げろ。塀を伝ってだ」

わたしは財布の中に入っていた札と銀行のキャッシュカードを明に渡した。

「任せたぞ、明」

明は頷いた。余計な質問を発することも、取り乱すこともない。少年たちに背を向け、時間をかけて靴を履いた。素速くドアを開閉して外に出る。道路の向こう、シルバーのセダンに田邊が寄りかかっていた。車列が途切れるのを待って、わたしは道を渡った。

「あの少女はだれですか？」

慇懃な笑みを浮かべたまま田邊は単刀直入に訊いてきた。わたしは肩をすくめた。

「同居人がどこかから連れてきた女の子ですよ。突然、具合が悪いと言い出したので、病院に運びました。それだけです。病院のことを知ってるなら、彼女に直接訊けばいいじゃないですか」

「訊きましたよ」田邊は頭を掻いた。「安藤ひなと名乗りましてね。自宅は世田谷の経堂。所番地まではっきりと教えてくれましたよ。しかし、すべて嘘だった」

ひなというのは、風俗店で働いていた時の笑加の源氏名だったはずだ。

「嘘じゃないかと問い詰めると、今度はだんまりです。撃たれた少年と一緒だ。ところで、同居人と言いましたね？　一緒に彼女を病院に運んでいった少年ですか？」

わたしは頷いた。

「何者で？」

「甥です。親と喧嘩して家出してきましてね。しばらく預かっているんです」

「織田さん、そろそろ本当のことを話してもらえませんかね。あれだけの事件です。警視庁も本腰を入れて捜査している。捜査本部に人手を集めて、人海戦術で聞き込みもやってるんですよ。あの事件で死んだ人間の中に、トモって呼ばれてるやつがいましてね。ワル中のワルなんですが。こいつも、両親が強制送還されたクチなんですが、このトモとそのワル仲間と一緒にいる織田さんらしき人を見たという証言が出てきてるんですよ」

「人違いでしょう」

わたしは田邊の目を見据えたまま言った。

「これからも、あなたに不利な証言が出てきますよ。約束してもいい」

「出ませんよ。わたしは無関係です」

「ちょっと、部屋の中を見せてもらえませんか？」

「捜索令状があるなら、お好きにどうぞ」

「甥っこさんと話をするのは？」

「甥は警察が嫌いなんです」

「困りましたな。そうまで頑なだと、本当に令状を取ることになりますよ」

田邊の目にぎらついた光が宿った。刑事という職業に就いた者が犯罪者かそれに類する者に向ける目つきだ。

「どうぞ」

わたしは肩をすくめた。

「残念ですよ、織田さん。あなたと面識のある警察官にも話を聞いてみたんですが、だれもが真面目で信頼のおける救命士だと言っているんですが」

「彼らが正しいんですよ」

「そういうことにしておきましょうか。貴重なお時間を取らせていただいて、ありがとうございます」

田邊は馬鹿丁寧に頭を下げ、セダンの助手席に滑り込んだ。運転席にいるのは少年の面影を残した若い刑事だった。わたしに会釈し、車を発進させた。だが、すぐに車は停止し、田邊が窓から顔を突き出した。

「ああ、ひとつ訊き忘れていました。さっき届いた小包はなんですか？　郵便局員によると、中国からの国際郵便らしいですが」

「今度、中国食材の商売をはじめようと思ってるんです。届いたのはその見本ですよ」

考える前に口が動いていた。田邊は唇を嚙んでいる。もはや、わたしに対しては礼儀は必要ないと判断したようだった。

「必ず後悔するぞ、織田」

「仕事をしなさい。わたしにかまけていたって、捜査は進展しない」

今度は会釈抜きでセダンが走り去った。

＊　＊　＊

輝和たちはまだ作業を続けていた。

「ここを出る支度をしろと言っただろう」

わたしは明に詰め寄った。

「ぎりぎりまでここで作業したいって言うからよ。車の中とかじゃ、いろいろやりづらいだろう？」

明と輝和、それに武が、コードを時計に繋げていた。畳の上には工具やハンダが散乱している。時計への接続が終われば、次は信管へ繋ぐのだろう。

「後どれぐらいかかる？」

輝和が顔を上げ、明と武の作業のはかどり具合を確認した。

「三十分から一時間ってとこかな」

令状を持った田邊が舞い戻ってくるにはまだしばらくの時間がかかるだろう。わたしは頷き、辰秋と秀文に顔を向けた。

「おまえたちは支度を済ませておけ」

「もうやってるよ」

辰秋が足下のスポーツバッグを指差した。バッグは三つ。五人の少年たちの、それがすべての所持品だった。

「来るのかよ、警察」

「ああ、来る」

秀文の顔が歪んでいた。不安が喉まで迫りあがってきているのだろう。ただ、他の仲間の手前、必死で自分を抑えている。浩がいた時は年長者として振る舞うことで不安を封じ込めていたのだ。だが、今は秀文が最年少だった。わたしはさりげなく秀文のそばに立ち、肩に手をかけた。

「笑加姉ちゃんに会いたい」

秀文は他の少年たちに聞こえぬよう囁いた。

「逃げたいか？　都庁なんかどうでもいいか？」

わたしの声に、秀文はきっぱりと首を振った。

「ぼくもやるよ。ぼくだったら、どこにでも行けるって」

明はもとより、他の少年たちも過酷な環境下で生きてきたせいか、実際の年齢より大人びて見える。秀文と浩だけが実年齢に近い表情を浮かべていた。年長の者たちに守られて来た分、魂が擦れる度合いも少なかったのだろう。秀文なら、間違えましたと一言口にするだけで、都庁のどんな場所にも入っていけるだろう。

「怖くないか？　怖かったらおまえはやめてもいいんだぞ」

わたしの声は聞こえているはずだったが、明たちはなんの反応も見せず、黙々と作業に没頭していた。辰秋だけが中途半端な視線を宙に漂わせていた。

「怖くなんかないさ。明兄ちゃんが一緒だもん」

明の口元が歪むのをわたしは見逃さなかった。離れ離れになる悲しみと、重圧から解放される喜びと、明にとってはどちらが大きいのだろうか。

「ねえ、織田さん」辰秋が口を開いた。相変わらず視線は宙をさまよっている。「今夜はケンタッキー食べたいな」

「フライドチキンか？」

「ケンタッキーのフライドチキン。笑加が好きだったんだ」

輝和が辰秋の言葉を補った。今夜は狭い車の中で寝泊まりすることになるだろう。どこかの公園の駐車場にでも乗りつけて、キャンプよろしくファストフードで盛り上がるというのも悪くはない。

明日、我々は都庁に爆弾を仕掛ける。その後は離れ離れになるのだ。

携帯電話が鳴った。わたしはトイレに入り、電話に出た。

「田邊がさっき署に戻ってきて、おまえのアパートの捜索令状を申請したそうだ。なにがどうなってるんだ?」

相変わらず前置き抜きで、橋本は喋りだした。

「令状はすぐに出そうなんですか?」

橋本の問いかけをわたしはあえて無視した。

「そりゃなんとも言えんが……織田、本当に大丈夫なのか?」

「なにがあっても、責任は自分自身で取ります」

答えにはなっていない。だが、橋本にはそれで充分だった。

「気をつけるんだぞ。また情報が入ったら連絡する」

「ありがとうございます」

電話を切り、トイレを出た。少年たちはまだ、作業に没頭していた。わたしは玄関に立ち、ドアを少しだけ開けた。セダンの姿はない。ここを引き払うなら、今しかなさそうだった。

「時間切れだ」わたしは少年たちに告げた。「今すぐここを出るぞ」

「もう少しなんだけど――」

「だめだ」

輝和の呟きをわたしは却下した。

「おれは車をとってくる。支度をしておけ」

そう言い捨てて、わたしは駐車場に向かった。

33

作業スペースがいる——輝和の一言で、秀文は荷室で背を丸めていた。辰秋が助手席で、他の三人は後部座席で時計や信管と格闘していた。

「明、車を盗んだことはあるか？」

中野通りを南下しながら、わたしは訊いた。

「おれはねえけど、辰秋は何度かやってる」

驚いて助手席を見た。辰秋は照れ笑いを浮かべていた。

「昔、ちょっとね」

「鍵のかかってない車を盗んだのか？」

「仲間と何人かで。明兄ちゃんたちと一緒になる前だよ。金が欲しかったんだ」

「今でもできるか？」

「古い車なら」

「よし」

わたしは車の進行方向を郊外に向けた。この車のことはすでに田邊たちの知るところとなっている。早急に車を替える必要があった。

「よし、できた」

武の雄々しい声が車内に響いた。コードで繋がった目覚まし時計と信管を誇らしげに掲げている。明の作業ももうすぐ終わりそうだった。

「織田さん、どこかでさ、シガーソケットから家庭用コンセントに繋げられるアダプター買って欲しいんだけど。ハンダごて、まだ使うから」

「後でな」

青梅街道を西へ進み、武蔵野市を横切り、やがて郊外特有の大型ショッピングセンターが目に入った。三階建ての店舗の周辺と屋上が駐車場になっている。そのショッピングセンターに乗り入れ、屋上の駐車場の隅に車を停めた。

「車はどれぐらい古ければいいんだ？」

「イモビライザーのついてないやつ」

わたしは眉をひそめ、辰秋の肩を軽く叩いた。

「一緒に来い。明、工具を使って別の車のナンバープレートを外してきてくれ。だれかに気づかれないようにな」

「ＯＫ」

駐車場には三十台ほどの車が停まっていた。車はショッピングセンター入口近くに集中しており、そこで盗むのは難しい。

「あ、あれならいけるかも」

辰秋は南の方角を指差した。四、五台の車が間を置いて停まっている。その中に、一目で古い型だとわかるボルボのワゴン車があった。下回りからドアにかけて、泥がこびりついており、運転手の愛情の薄さが窺える。辰秋は小走りで近づき、ボルボの周辺をぐるりと回った。なにやら大人びた表情で頷きながらこちらに戻ってくる。

「あの車ならいける」

「じゃあ、やってもらおう。必要なものは？」

「輝和の工具の中にあるよ」

わたしたちはプリウスに戻った。明はプリウスのすぐ近くの小型車のナンバープレートを外しているところだった。

「それが終わったら、ナンバープレートをあのボルボのところに持ってきてくれ」

辰秋は輝和から針金とニッパーを借りてきた。

「それだけでいいのか？」

「まあ、見ててよ」

歩きながら、辰秋は針金の先端を器用に曲げ、小さな輪っかを作った。針金の長さは七、八十センチはあるだろうか。それでドアの鍵を開けるつもりなのだろう。

すぐにも作業に取りかかろうとする辰秋をわたしは身振りで制した。今時の駐車場には多かれ少なかれ、監視カメラが取り付けられている。すでに、出入り口の近くにひとつ、カメラがあるのは確認してあった。

目を細めて周辺を観察する。駐車スペースにして十五台ほど向こうにカメラがあった。だが、そのレンズはボルボまではカバーしていない。

「いいぞ」

辰秋が針金を窓と窓枠の間に押し込んでいく。わたしは少し離れた所に立って、見張りについた。すぐにショッピングカートを押した買い物客が出入り口に姿を現した。中年の主婦だ。ボルボの持ち主とは思えないが、わたしは小さく口笛を吹いた。辰秋の気配が凍りつく。

主婦は出入り口の近くに停めてあったミニバンに荷物を放り込みはじめた。そのすぐ横で、ナンバープレートを外していた明が息を潜めている。

その主婦が引き金を引いたとでも言うように、続々と買い物客が姿を現した。それぞれが出入り口近くに停めた車に荷物を積んでいく。明の潜んでいる真横の車のところにも持ち主が戻ってきた。

気が気ではなかった。だが、明も辰秋も落ち着き払っている。こういうシチュエーションには慣れっこになっているのだろう。

十分ほどで、駐車場に戻ってきた客たちは車に乗って去っていった。

「急げ」

わたしの声に、辰秋が動き出す気配がした。明はすでに作業を再開している。車のロックが外れる音がして、わたしは振り返った。辰秋はすでに車の中に潜り込んでおり、ステアリングの下に顔を突っこんでいた。

じりじりと時が過ぎていく。また、買い物客が姿を現し、わたしは口笛を吹いた。だが、辰秋が動きを止める様子はなかった。明は外したナンバープレートを抱え、何気ない素振りでこちらに向かってくる。

潜り抜けた修羅場の数が違うのだ。わたしは明たちの判断にすべてを任せた。

今度の客はすぐに駐車場を後にした。それとほとんど同時に、ボルボのエンジンが息を吹き返した。

「これ、付け替えればいいのか？」

「気休めにしかならんだろうが、そうしてくれ。おまえ、運転はできるか？」

わたしの言葉に、明は薄笑いを浮かべた。

「自転車乗れるかって訊いてるようなもんだぜ、おっさん」

明は慣れた手つきでボルボのナンバープレートを外していく。辰秋が得意満面の笑みを浮かべて降りてきた。

「どう？」

「よくやった」

「でも、この車、めちゃくちゃ煙草臭いよ。長く乗ってると悪酔いしちゃいそう」

「我慢してもらうしかないな」

明がナンバープレートの付け替えを終えた。

「これはあっちの車に付けておけばいいんだな？」

「ああ。それが終わったら……ここに来る手前に、カー用品店があっただろう？」

明が頷いた。

「そこの駐車場で待ってる。プリウスを運転してきてくれ」

明の返事を待たず、わたしはボルボに乗り込んだ。ガソリンはまだ半分がた残っている。マニュアルシフト車だった。久しくこの手の車は運転していない。わたしはクラッチレバーを踏み、昔の感覚を呼び戻した。

「じゃあ、後で。スピードを出しすぎるな」

ギアを一速に入れ、慎重にアクセルを踏む。ボルボは駄々を捏ねる子供のように身震いし、静かに前進しはじめた。

＊　＊　＊

確かにボルボは煙草臭かった。臭すぎる。喫煙者のわたしでも、その匂いには辟易させられた。

明たちと合流し、カー用品店で輝和が欲しがっていたコンバーターと芳香剤を買った。

危惧した通り、芳香剤は気休めにもならなかった。ニコチンやタールが長年にわたって充満し、内装の隅々にこびりついている。プロに清掃を頼まない限り、この匂いが消えることはないだろう。少年たちは顔をしかめていた。窓を全開にして走ってようやく、胸がむかつく匂いのことを忘れることができた。

ボルボの荷室は塞がっていた。相変わらず助手席にいるのは辰秋で、他の四人は後部座席で肩を寄せ合って座っている。荷室に積まれているのは渓流釣り用の道具だった。伸縮式の釣り竿に糸、リール、懐中電灯、長靴、クーラーボックス、テントにアウトドアグッズ、その他、使い道の推理のしようもない細々としたものが乱雑に積まれている。どこかに捨てようにも、昼間ではどうにもならなかった。

グラブボックスの中には、カセットテープとケースが押し込まれていた。どれもこれも、七〇年代に流行ったハードロックのアルバムをダビングしたものだった。この車の持ち主の輪郭は曖昧なままだ。

わたしはラジオをNHKに合わせた。ニュースが流れるたびに耳を澄ませた。戸籍のない子供たちを引き連れた救命士のニュースが流れることはない。

「どこに向かってるんだよ?」

後ろから明の声がした。

「どこかの河原だ。キャンプする道具もある。途中でケンタッキーに寄ってフライドチキンを買おう」

「そんな気分じゃねえよ」

「それでも、そうしなくちゃならないんだ。警察がおれたちを捜している。都内に戻れば身動きが取れなくなるかもしれない」

「でも、都庁に行かなきゃならねえだろう」

「爆弾を仕掛ける時にはな。それまでは、こうしてドライブだ」

ボルボは八王子市に差しかかろうとしていた。時刻は午後二時を回ろうとしている。朝、コンビニの弁当を腹に詰めこんだだけだった。だれもが空腹なはずだが、それを訴えてくる者はいなかった。

携帯が鳴った。前園からだった。わたしはルームミラーとサイドミラーに視線を走らせ、パトカーや覆面パトカーらしきものが周囲にいないことを確認してから電話に出た。

「織田です」

「いったい、なにをなさってるんですか？」

「別になにも……」

言葉の歯切れが悪くなる。しかし、それ以外に答えようがなかった。

「さっきまで、新宿署の警官が彼女を質問攻めにしてましたよ。仲間はどこにいるんだって」

「田邊刑事ですか？」

「ええ……」

「笑加たちに戸籍がないことに気づいたんですよ。保護しようとしてるようです」

「それだけじゃありませんよ。警察は、例の銃撃事件に織田さんが関わっているという証拠を摑んだようです」

前園の声が低くなった。

「わたしが？」

「あの事件は対立する不良中国人グループの撃ち合いだったそうで……そのうちの一方の仲間が捕まったんだそうです。それで、織田さんが事件で死んだ李威という中国人グループのボスの下で働いていて、別のグループのボスをおびき出す役を担っていたと証言したそうです」

いずれはばれると思っていた。それが早まっただけだ。わたしは自分に言い聞かせた。

「指名手配されるそうですよ」

「そうですか」

「それだけですか？　なにか、わたしに言うことは？」

「先生にご迷惑はおかけしません。約束します」

「どうしてしまったんですか、織田さん？　あの優秀な救命士がどうして――」

「彼女たちを守りたかったんです。それだけです」

間が空いた。前園はなにかを考えているらしかった。

「わたしに警察の情報を流したということが知られたら、先生の立場もまずくなります。これで――」

「待ってください。電話したのは他に理由があるんです。彼女が、笑加さんがみんなにお別れを言いたいと……」

「警察は？」

「先ほど帰りました。制服警官が見張りに立っていますが、わたしは主治医ですから、短い時間ならなんとかなります」

「すぐに代われるんですか？」

「ええ」

「それでは、お願いします」

わたしは携帯を辰秋に渡した。

「笑加からだ」

辰秋は唾を飲み込み、携帯を耳に押し当てた。秀文がシートの背もたれ越しに身を乗り出してきた。

「もしもし？　笑加？」

辰秋の頬が一気に紅潮した。目は微かに潤み、唇をきつく結んで笑加の言葉に耳を傾けている。最愛の母を目の前にした幼子のような表情だった。

「うん、おれは大丈夫だよ。みんなもいるし、織田さんも……その後のことはわからないけど、大丈夫だから。心配しなくていいよ。笑加は自分の病気が治るよう、頑張らなきゃ」

辰秋は再び笑加の声に耳を傾け、最後に「さよなら」と言った。右の目尻から涙がひとしずく、こぼれ落ちた。泣き顔のまま振り向き、秀文に携帯を押しつけた。

秀文から武、武から輝和、そして輝和から明へと携帯はリレーされていった。秀文は人目をはばからず泣いていた。武と輝和は辰秋と同じように涙を必死でこらえている。

明が話を終えると、携帯はわたしのもとに戻ってきた。

「具合はどうだ？」

「よくなった。前園先生のおかげね。もう、歩き回れるぐらいに回復してるの。先生は無理しちゃだめだって言うし、その通りなんだろうけど」

確かに、笑加の声には張りが戻っていた。

「無理は禁物だ」

「はい。言うとおりにします」

笑加は少女らしい笑い声を出した。だが、その笑いはすぐにやんだ。

「織田さん、いろいろとありがとうね。みんなのこと、もう少しだけお願いします。織田さんと行った、二回の散歩、ほんとに楽しかった。日本人にこんなに感謝することになるなんて、想像もしてなかったわ」

「おれはやりたいことをやっただけだ」

「いつか、日本に戻ってきたら、また会いたいな」

その時は、わたしは刑務所の中だ。いや、爆発によって死者が出れば、絞首台の露と消えているだろう。

「いつでも待っているよ」

笑加の夢に水を差すつもりはなかった。

「さようなら、織田さん。自分のこと、もっと大事にしてね」

「さよなら、笑加。病気と闘って、必ず勝つんだぞ」

「うん……」

笑加の声がフェイドアウトし、電話が切れた。わたしは携帯を胸に押し当てた。

＊　＊　＊

結局、相模湖畔のキャンプ場に車を乗り入れた。ボルボに積まれていたふたつのテントを設置し、買ってきたフライドチキンとサラダをみんなで食べた。冷めたフライドチキンはただ脂っぽいだけで、自然の中の食卓は沈黙に支配された。

だれもかれもが、先ほどの笑加との電話に思いを馳せていた。西に傾いた陽が少年たちを優しく包み込んでいる。

「さ、飯食い終わったら、作業再開だ」

輝和がいち早く食事を終え、他のみんなを促した。わたしはトイレに行くふりをしてテントから離れた。橋本に電話をかける。

「どこにおるんだ？」

橋本の怒鳴り声に、思わず携帯を耳から離した。

「おまえに逮捕状が出たんだぞ」

「知ってます。罪状はなんでしょう？」

「殺人幇助、銃刀法違反、その他だ。おい、織田、おれはおまえのことを信用してるが――」

「なら、信用し続けてください。人殺しの手助けをしたこともなければ、銃に触れたこともありません」

「だったらなんで警察は――」

わたしは携帯を耳に当てたまま、目の前にはいない橋本に深く頭を下げた。

「わがままを聞いてくださってありがとうございました。これ以上、橋本さんには迷惑をかけられません。この電話を切ったら、ぼくのことは忘れてください」

一気にまくしたて、電話を切り、さらに携帯の電源を落とした。しばらく携帯を見つめ、ついで、近くを流れる小川に投げ込んだ。もう、わたしには必要のないものだった。

少年たちの元に戻ろうと踵を返し、すぐそばに明が立っているのに気づいた。激しく狼狽し、わたしは視線を足下に落とした。明が近づいてくる気配がまったく読めなかった。この一週間で自分の危機察知能力は飛躍的に高まっていると感じていたが、明の前ではまだ赤子同然だった。わたしたちの社会はわたしたち自身をスポイルする。生まれた時に備わっていたはずの能力が、成長するにつれて次々と剝離していくのだ。

「聞いてたのか？」

「罪状ってなんのことだよ？」

誤魔化しは通じない。わたしは軽く肩をすくめた。

「逮捕状が出てるんだ」

「だれに？」

「おれにだよ」

「だって、おっさん、なにもしてねえじゃねえか」

「トモを殺した」

「そんなのねえよ。あいつが悪いんじゃねぇか」

「もういいんだ、明。どっちにしろ、都庁に仕掛けた爆弾が爆発したら、おれは犯罪者だ」

「おれたちだけでやるよ。おっさんはもう――」

「これはもう、おまえたちだけの問題じゃないんだ」わたしは明の言葉を遮った。「おまえたちのためにやるんじゃない。おれ自身のためにやることだ。おまえに余計な口出しをされる筋合いはない」

「だけど――」

「おまえが気にする必要はないんだ」

わたしは明の肩を抱き、歩きはじめた。武の声が聞こえた。また、時限爆弾がひとつ、できあがったらしい。

「おれはおれが嫌いだ」わたしは囁いた。「おれという人間を作ったこの世界も嫌いだ。だから、壊したい」

明は返事も頷くこともしなかった。ただ、わたしの歩調に合わせて歩き続けた。

34

翌日の午前中までにすべての時限爆弾が完成した。コードで時計と繋がれた五つのプラスティック爆弾はそれと知らない人間が見れば、未完成の荒削りなオブジェとしか思えないだろう。だが、粘土状の固まりが内に秘める禍々しさは明らかだった。

「おい、おっさん！」

ボルボの助手席に座っていた明が声を張り上げた。その声が含む緊張に急かされて、わたしは駆けた。

「これ、おっさんのことだろう？」

スピーカーからラジオのニュースが流れていた。

「おまえらは来なくていい」

わたしの後についてきた少年たちを明が静止した。ノイズ混じりの音声に、わたしは耳を傾けた。滑舌のいいアナウンサーの話を要約すればこうだ。警察はわたしに対する逮捕状を請求し、ついでに、全国に指名手配をかけた。

ニュースは明たちの存在には一切触れていなかった。

「どうすんだよ？」

明がわたしの顔を覗きこんできた。

「どうもしない」

「指名手配くらってるのに、新宿に戻るつもりかよ？　おまわりやデカが街中うろついておっさんを捜してるんだぞ」

「指名手配されたってことは、新宿近辺にはいないと判断されたということだ。帽子を被ってサングラスをかければ、すぐに気づかれることはないさ」

「楽観主義だとは知らなかったよ」

「これ以上悪いことは起こりっこない。そうだろう？」

「おっさんは親に捨てられたことがないからな」

空気を和らげようとした軽口が裏目に出た。わたしは肩をすくめ、ボルボに背を向けた。

「おまえたちも、女房と子供を失ったことはないだろう」

明の返事はなかった。

「釣りにでも行こうか？」

疑心暗鬼の表情を浮かべている少年たちにわたしは言った。

「釣り？」

まっさきに反応したのは秀文だった。

「ああ、車の中に釣り道具がある。この周りには河も湖もある」

「織田さん、釣りのやり方知ってるの？」

武が言った。

「知らん。でも、みんなでやればなんとかなるだろう。釣り、やってみたくないか？」

わたしは訊いた。秀文だけではなく、輝和を除いた全員が頷いた。

＊　＊　＊

少年たちの笑い声に湖面が揺らめいた。久しぶりの心の底からの笑いだ。ああでもない、こうでもないと竿に糸をつけ、針にそこら辺で見つけてきたミミズを突き刺して糸を垂らす。釣果はゼロだったが笑い声や嬌声が絶えることはなかった。浮きになにも反応がないと言っては笑い、ミミズだけを食われたと言っては笑い、土を掘って巨大なミミズを見つけては笑う。明までもが唇の端に笑みを湛えていた。

キャンプだ。我々は男だけのキャンプを堪能していた。木漏れ日が湖面にきらめき、風は優しくうなじを撫で、土と木々と湖の匂いが鼻孔を満たし続ける。キャンプはおろか、遠足にも行ったことのない少年たちだった。日頃の斜に構えた態度はどこかに消え失せ、純粋にレジャーを楽しんでいる。

わたしは煙草をくわえ、車に足を向けた。釣果が期待できないとなれば、どこかで食料を確保してこなければならない。

「織田さん、買い物？」辰秋が駆けてきた。「ぼくも一緒に行くよ。料理当番だからね、こう見えても」

「じゃあ、行こう」

辰秋を助手席に従え、わたしは車を発進させた。車内にこびりついた煙草の匂いは相変わらずで、窓は全開だった。

「だれもなにも言わないけどさ、みんな腹ぺこで限界に近いよ」

窓から吹き込んでくる風に目を細めながら辰秋は言った。

「昼飯はコンビニの弁当だな」

「あのさ、弁当、ふたつ余計に買っちゃだめかな？」

考える前にわたしの眉が吊り上がった。辰秋は慌てて弁明をはじめた。

「亮と浩の分。お供えってわけじゃないけどさ、あいつらも今日、ここにいたら楽しかったろうなって思うと……」

「じゃあ、余分に三つ買おう。笑加の分も」

「そ、そうだね」

「どうせ、笑加たちは自分の分はいいからみんなで分けて食べてって言うさ。お供えが終わったら、食べてしまえばいい」

「おれ、そんなつもりで言ったんじゃないよ」

「わかってる。わかってるよ、辰秋」

わたしは辰秋の肩を叩いた。まだ幼さの残るはずのその肩には、しっかりとした筋肉がついていた。

二十分ほど走るとコンビニが見えてきた。駐車場に車を停め、念のため、野球帽をかぶり、サングラスをかけた。辰秋はすでに店に入り、弁当の並んだ棚で品定めをはじめていた。弁当のチョイスは彼に任せ、わたしは朝刊に手を伸ばした。気が急いたが、店内で新聞を広げるのは躊躇われた。どの弁当がいいかと訊いてくる辰秋に生返事を返し、精算を済ませるとそそくさと店を出た。

運転席につくなり、新聞を広げた。銃撃事件どころか逮捕状が請求されたという記事さえ載っていなかった。民衆やマスコミにとって、あの事件はもう旬をすぎたということなのだろう。

拍子抜けしたまま新聞を後部座席に放り、エンジンをかけた。ギアをリバースに入れながらルームミラーを覗きこんで、わたしは凍りついた。三台のセダンが相模湖方面に走り去っていく。三台目の助手席に座っていたのは間違いなく田邊だった。

思考を寸断しようとするパニックを意志の力で押さえつけ、わたしは深呼吸を繰り返した。なぜだ？——疑問符が頭の中で渦を巻く。田邊はどうやってわたしたちの足取りを摑んだというのだろう。ヘマはしなかったはずだ。

とりあえず明に至急連絡しなくては——そこまで考えて、わたしは唇を嚙んだ。携帯は捨ててしまった。昨日、橋本にかけたのが最後だった。橋本がわたしを見限ったとしたら。わたしの携帯の電波を田邊たちが調べていたとしたら。電波の中継基地からある程度の居場所は特定できるはずだ。

「織田さん、どうしたの?」

わたしの緊張を察知した辰秋の顔が不安に塗り潰されていた。

「今、通っていった車、気づいたか?」

「三台続いて走ってった?」

わたしは頷いた。

「警察だ。明たちのところに向かっている」

「どうしよう……」

辰秋は、なぜ? とは口にしなかった。起こってしまったことに頭を悩ませていても仕方がない。起こってしまったことにどう対処するか、それが彼らの思考形態だった。過酷な環境が彼らにそれを強いたのだ。

「電話は使えない」

わたしは言った。

「ぼくたちもあそこに戻ったらやばいよね?」

辰秋はグラブボックスに手を伸ばした。中に使い古した道路地図が入っている。わたしは首をひねった。警察はわたしが携帯を使った場所を正確に把握したのだろうか。それとも、おおよその場所を摑んだに過ぎないのか。

「まだ、この車のこと、ばれてないかな?」

地図を睨みながら辰秋が言った。

「それは大丈夫だろう」

「だったらさ、見つからないように注意してこの道進んで——」

辰秋はわたしに見えるよう、地図を持ち替えた。辰秋の指先は国道を指していた。国道はしばらく先で県道と二手に分かれる。国道は北へ、県道は南西へ。県道の北側に森が広がり、その一部がキャンプ場になっていた。

「キャンプ場の入口通り越して、この辺りでぼくを降ろしてくれないかな。ぼく、森を抜けて様子を見てくるよ」

いつもはだらけた喋り方をする辰秋の声が変わっていた。鋼を呑んだような強い響きが混じりこんでいる。

「ひとりで大丈夫か？」

「織田さんが一緒に来るより、ぼくひとりの方がもし警察に見つかっても、なんとでも言い訳できるからさ」

辰秋の横顔は大人のそれだった。いくつもの修羅場をかいくぐり、生き抜く術を身につけた野生動物に似た精悍さが宿っている。

「よし」

わたしは車を発進させた。制限速度を守り、前後左右に神経を張り巡らせた。応援のパトカーがやってくる気配はない。ここは神奈川県警の縄張りだった。警視庁所属の田邊が犬猿の仲と言われる県警に応援を要請するはずもないし、何台もの警察車両を従えて越境してくる可能性も低い。

我々を捕縛するためにやってきたのは、あの三台のセダンだけだ——わたしは断じた。断じなければ行動に移ることができない。

キャンプ場の入口を通りすぎた。前方に三台の姿はない。キャンプ場を目指したのだと考えざるを得なかった。わたしは唇を噛み、明たちの危険察知能力に望みをかけた。彼らは並の少年たちとはわけが違う。警官の匂いを嗅ぎ分けられなければ生きていけない世界に身を置いていたのだ。

しばらく走ると、右手に林道が見えた。道は森の中へと続いている。強引に右折し、林道に乗り入れた。百メートルほどで道は途切れ、森が視界を塞いだ。

「キャンプ場はあっちの方角だ」わたしは右手に顎を振った。「おれはここで待ってる。まずいと感じたら、すぐに戻ってくるんだ」

辰秋が首を振った。

「それはやばいよ。警察が捜してるのは織田さんでしょ？　近くにいない方がいいよ。見つかったら、それでおしまいだもん。そうだな……腕時計、貸してくれる？　織田さんは車についてる時計でいいでしょ？」

ボルボのデジタル時計は五分ほど狂ってはいるものの、きちんと時を刻んでいた。

「ああ」

腕時計を受け取りながら、辰秋はまた地図を睨んだ。

「ここ」辰秋は国道を少し戻ったところに記された寺を指差した。「ここに二時間後？　それとも三時間後？」

ダッシュボードのデジタル時計は午前十一時三十五分を示していた。

「午後一時から、一時間おきにこの寺の前を通る。おまえたちが姿を現すまでいつまでもだ。だから、焦るな」

「わかった。一時から、一時間おきだね。ちょっと待って」

辰秋はビニール袋の中から弁当をひとつ取りだし、上蓋を外した。

「腹が減っては戦はできぬ、か」

「腹ぺこなんだよ」

「ゆっくり食え」

わたしの言葉には耳を貸さず、辰秋は弁当を頬張った。白米からおかずから、手当たり次第に口に運んでいく。頬が普段の倍以上に膨らんでいた。わたしはウーロン茶のペットボトルの栓を開けてやった。驚いたことに、辰秋の食事は三分で終了した。

「じゃあ、行ってくるね」

わたしからペットボトルを受け取り、辰秋は車を降りた。

「気をつけるんだぞ」

「織田さんも、警察に見つからないようにね」

辰秋は振り返りもせずに森の中に踏み込んでいった。わたしは置き去りにされたような気分になり、舌打ちしながら車をUターンさせた。

＊　＊　＊

キャンプ場から遠ざかるように車を走らせ、辰秋と別れてから正確に四十分経過したところでUターンした。掌からとめどなく噴き出てくる汗でステアリングが幾度となく滑った。キャンプ場が近づくにつれ、発汗量は増していく。田邊たちの三台のセダンも、パトカーも赤色灯も視界には入ってこない。

キャンプ場の様子を知りたくて、神経を集中させてみたがなにもわからなかった。わかるはずがないのだ。それでも、試みないわけにはいかなかった。

辰秋が指差した寺が左手前方に見えてきた。国道から少し奥まったところに小さな駐車スペースがあり、その先に階段があった。駐車場に車を乗り入れた。時刻は午後一時五分前。辰秋たちの姿も気配もなかった。

車を降り、辺りの気配を窺った。警察が見張っている様子はない。わたしは煙草をくわえ、火をつけた。根元まで吸い終える頃には、一時が過ぎていた。階段をのぼり、寺の境内を一周してみたが、辰秋たちの姿もない。肩を落として車に戻り、行くあてのないドライブに復帰した。森の中へ踏み込みたいという無謀な欲求を抑えるのに、パッケージに残っていた煙草すべてが必要だった。

煙草を買おうとステアリングを切った。辰秋と弁当を買ったコンビニに辿り着く前に自販機を見つけた。小銭を捜していると、品川ナンバーのセダンが二台、キャンプ場の方角に走り去っていった。

今ではわたしにもわかる。警察車両だ。田邊が応援を呼んだのだろう。つまり、明たちはまだ捕まっていないということだ。沈んでいた気分が高揚した。帽子を目深に被り直し、サングラスの位置を直してわたしは車に乗り込んだ。

明たちが警察に簡単に捕まるわけがない。彼らは野生動物なのだ。危険を敏感に察知し、身を隠し、やり過ごす。辛抱強く待っていれば、彼らはかならずこの寺にやってくる。

確信を得たわたしは大胆にアクセルペダルを踏んだ。古びたボルボが苦しそうに喘いだ。サイドブレーキを解除しようとして、キャンプ場の方からこちらに向かってくるミニバンに気がついた。

見覚えがある。我々とは少し離れた場所でキャンプを張っていた親子連れだ。三十代後半とおぼしき夫婦に小学生の息子。ミニバンが近づくにつれ、運転席と助手席に座っている夫婦の顔がはっきりと視認できた。ふたりとも、苦虫を嚙み潰したような表情を浮かべている。

わたしは反射的にミニバンの後を追った。彼らと会話を交わせば、キャンプ場の様子を垣間見ることができる。

どこかで停まれ——そう念じながら、わたしは適当な距離を取ってミニバンを尾行し続けた。ミニバンのナンバープレートには練馬の文字が刻まれていた。いずれは中央道に乗り、東京方面へ走り去っていく。その前にどこかで停まってくれなければ話を聞くことができない。

わたしの祈りを聞き届けてくれる神などいない。わたしはいつだって神に背を向けて生きてきたのだ。それでも、ミニバンのウィンカーが点滅した。例のコンビニだった。後部座席の子供が助手席に身を乗り出していた。

一台分のスペースを間に置いて、ミニバンの左にボルボを停めた。ミニバンの家族が店内に姿を消すのを待って、車を降りた。

母親は飲み物を見繕い、父親は雑誌コーナーで漫画雑誌を物色していた。子供の姿がない。警察がわたしの顔写真を見せた可能性がある以上、父母に声をかけるわけにはいかなかった。

トイレに向かう。男子用トイレは個室がひとつあるだけで、扉は閉まっていた。すぐに水を流す音が聞こえてくる。わたしは洗面台の鏡に向き直った。扉が開き、子供が姿を現した。手を洗いたいのだが、わたしがいるので躊躇していた。

「どうぞ」

わたしは身体を開き、子供に洗面台を明け渡した。

「ありがとうございます」

子供は朗らかに言い、蛇口をひねった。

「おや、君、キャンプ場にいただろう？」

鏡の中に語りかけると、子供は瞬きを繰り返した。

「おじさんも同じところでキャンプしてるんだ」

「あ、大勢で釣りしてた」

「そう。もう、帰るのかい？」

子供は唇を尖らせて頷いた。

「警察が来たんだ」

「警察？」

「うん。悪い人が来てるんだって。それで、ぼくたち、もう一日キャンプするはずだったんだけど、帰らなきゃならなくなったんだよ」

「悪い人は捕まったのかい？」

子供は大きく首を振った。その拍子に、水道の水が跳ねて服を濡らした。わたしは個室のトイレットペーパーを手に取り、濡れた箇所を拭いてやった。

「ありがとう」

「いいんだよ。それより、おじさんと一緒にいたお兄さんたち、覚えてる？」

「うん」

「お兄さんたちも警察に追い出されたのかな？」

「お兄ちゃんたちはさ、警察が来る前にいなくなったよ。パパとママも警察に聞かれてたけど、どこに行ったかは知らないって」

「警察はまだいるのかな？」

「悪い人捜して、森の中に入っていったよ」

「そうか。じゃあ、おじさんはお兄さんたち迎えに行ってこなきゃ。ありがとうな」

わたしは子供の頭を撫でた。子供は照れながら笑った。

「手を洗ったら、ちゃんと拭くんだぞ」

「はーい」

子供をその場に残し、トイレを出た。父親は相変わらず漫画雑誌を立ち読みし、母親は菓子類の品定めをしていた。注意を惹かないように店を出、わたしはそっとボルボに乗り込んだ。

35

午後二時五分前、わたしは再び階段下の駐車スペースに車を乗り入れた。先ほどから警察車両とおぼしき品川ナンバーのセダンが国道を行き来していた。明たちを捕捉できずに、田邊が焦っているのだと自分に言い聞かせた。

「織田さん」

車を降りようとドアを開けた時、階段の上で声がした。辰秋と輝和が境内の左を覆う林の中から顔を覗かせていた。

「警察は？」

わたしは掌を下に向け、待てと合図した。煙草をくわえながらボルボの後ろに回り、国道に視線を走らせる。神経に引っかかるものはなかった。

「大丈夫だ」

わたしが声を放つのと同時に、少年たちが林から躍り出て階段を駆け降りてきた。

明の姿がない。

少年たちは次々に車に乗り込んだ。訊きたいことは山ほどあったが、今はこの場を速やかに立ち去ることが重要だった。わたしは運転席に戻り、車を発進させた。よほど飢えていたのだろう、少年たちは無言のまま弁当に手を伸ばし、割り箸を割る暇も惜しいと言わんばかりの勢いで食べはじめた。

「明はどうした?」

「警察を引きつけるって言って、ひとりで別の方向に行っちゃったんだ」

豚の生姜焼きを口に放り込みながら武が言った。

「いつのことだ?」

「一時間半ぐらい前かな」答えたのは輝和だった。「ぼくたちに北へ行けって言って、自分はひとりで南の方に」

「連絡方法は?」

辰秋を除いた全員が一斉に首を振った。

「とにかく、これを持って逃げることが先決だって」

輝和は足下に置いたナップザックに視線を走らせた。プラスティック爆弾が入っているのだろう。

「もし、明兄ちゃんが捕まっても、計画は中止するなって」

秀文が鼻を啜った。

「あの寺を待ち合わせ場所にしたことも、明は知らないんだな?」

「辰秋と会う前に、行っちゃったからね」

輝和は食べ終えた弁当を丁寧にビニール袋にしまった。

明はまだキャンプ場近辺の森の中にいる。国道を慌ただしく行き来する警察車両のことを考えれば、それは明白だった。計画を中止するなという明の言葉の裏に隠されているものもまた、明らかだ。おれのことは放っておけ——明はわたしにそう告げたのだ。

それがわかっていてなお、わたしには彼を見放すことができなかった。Uターンできる場所を探して目が慌ただしく動くのを止めることができないでいる。

車の鼻先を突っ込めるスペースを見つけ、ステアリングを切ろうとした瞬間、視界の隅に明滅する赤いランプが入ってきた。パトカーが数台、数珠つなぎになってこちらに向かってくる。車体には神奈川県警の文字があった。

田邊はプライドをかなぐり捨てたのだ。明を——明だという認識はないだろうが、森に潜む何者かを捕まえるために、神奈川県警の協力を仰いだ。

わたしはUターンを諦めた。このままキャンプ場に戻れば藪蛇になる。臍《ほぞ》を嚙みたい思いだったが、明の生存能力の高さに望みを賭ける他なかった。

「地図を出してくれ」

助手席の辰秋にわたしは言った。

「どこに行くの？」

「東京だ。ただ、普通のルートは検問が敷かれている可能性がある。遠回りになってもかまわん。高速や国道を使わないルートを探したい。できるか？」

「できるけど……明兄ちゃんは？」

膝の上に置いた地図を辰秋はきつく握りしめていた。

「今までも大丈夫だったし、これからも大丈夫だ。そうだろう？」

わたしの言葉は少年たちに向けたものだったが、その実、自分自身に言い聞かせるための言葉だった。

「あいつは必ず戻ってくる」

「戻るって、どこへ？」

「おまえたちがずっと暮らしていたあの部屋だ。他にどこがある？」

車内に沈黙が降りた。陰鬱なそれではない。それぞれがそれぞれの過去と未来に向き合っている。

やがて、辰秋が地図を開いた。

「五百メートルぐらい進んだら交差点があるから、それを右に曲がって」

「わかった」

わたしは頷き、背後に残した危惧を振り払ってアクセルを踏んだ。

計画は中止するな——それが明の意志なのだ。

＊　＊　＊

真夜中を幾分回った頃、ようやく神奈川と東京の県境を越えた。途中、給油と食事のために停まっただけで、あとはノンストップのドライブだった。身体のあちこちが悲鳴を上げていた。

少年たちはみな、眠りこけている。ラジオのチューナーはＮＨＫに固定したままで、ボリュームも最低限のレベルに抑えていた。

明が捕まったというニュースが流れることはなかった。もっとも、明は未成年だ。万一捕まっていたとしても、すぐにマスコミにその情報が流れることはない。

品川駅近くの大きな地下駐車場に車を停め、わたしも少年たちに混じって眠りを貪った。浅い眠りであり、リクライニングも満足にできない車中では身体の凝りがますばかりだった。

午前五時に目覚めた。少年たちはまだ夢の中にいた。起こさぬようにそっと車を降り、駐車場を出てコンビニでトイレを借りた。お握りとサンドウィッチ、飲み物を見繕い、少年たちの元に戻った。辰秋と輝和が目を覚ましていた。武と秀文を起こし、車内で粗末な朝食を摂った。

時限装置を取り付けたプラスティック爆弾はふたつのナップザックに分けられ、荷台に無造作に置かれている。

「さあ、行こう」

食事を終えると、わたしは車を降りた。

「行くって、この車は？」

「もう盗難届が出ているだろう。いつまでもこの車に乗っていたら危険だ」

「じゃあ、電車？」

武の言葉に、わたしは頷いた。ラッシュアワーまでにはまだ時間がある。今すぐ電車に乗れば、混雑するまでに新宿駅に着いているはずだ。駐車料金は踏み倒すことになるが、だからといってわたしの良心が痛むこともない。

「みんなでぞろぞろ歩いているといつ、警察の目にとまるかわからん。二組に分かれよう。辰秋と輝和。おれと武、秀文だ」

そう言って、わたしは輝和に一万円札を渡した。財布の中身はもうそれほど残っていない。

「花園神社の境内で集まろう。いいな？」

頷いた辰秋と輝和をその場に残し、わたしたちは駐車場を先に出た。プラスティック爆弾の入ったナップザックは、ひとつをわたしが、ひとつを輝和が背負った。

「明兄ちゃん、大丈夫かな」

駅へ向かう道すがら、秀文が呟いた。わたしが答えるより早く、武が口を開いた。

「大丈夫だよ。明兄ちゃんが大丈夫って言って、大丈夫じゃなかったことあったか？」

「ないよね」

ふたりの明に対する絶大な信頼はわたしにはまばゆかった。

「でもさ――」秀文が続けた。「亮ちゃんも浩も、笑加姉ちゃんもいなくなっちゃった。今まで、こんなことなかったじゃん」

「明兄ちゃんは大丈夫だよ」

「わかってるけど……」

若い秀文の不安を武は敏感に感じ取っていた。だが、その不安を払いのけてやる方法を知らないのだ。その役目はいつだって明が担っていた。

駅の構内に入る前に、少し遠回りして近くの交番のそばを通った。指名手配犯の写真の中に、制服を着たわたしが混ざっていた。五年ほど前の写真だった。今のわたしは写真より老け、体重は減り、髪も長い。無精髭も奔放に伸びている。この写真と実物のわたしの類似性を見つけるにはかなりの観察眼が必要だろう。わたしが気をつけるべきは警察関係者だけなのだ。

駅で三人分の切符を買い、山手線の外回りに乗った。客の入りは五分といったところだ。東京はまだ寝ぼけ眼で欠伸をしている。ドアの上のモニタに文字だけのニュースが流れていた。政治家の汚職絡みのニュース、株価低迷のニュース、親が子を殺したというニュース、子が親を殺したというニュース。わたしの名前も明の名前もどこにもなかった。

少年たちは空いている席に腰を下ろすと、すぐに眠りに落ちた。やはり、車中では深い睡眠を得ることができなかったのだろう。

「お母さんはいないの？」

突然、背後から声をかけられ、わたしは狼狽した。初老の女が立っており、武たちを見つめていた。言葉の意味がわからず、わたしは意味のない咳払いを繰り返した。

「男手ひとつで大変なのはわかるけど、お洋服ぐらい、ちゃんと洗濯してあげなきゃ」

確かに、彼らの着ているものは薄汚れていた。中野のアパートに移ってから、洗濯などまともにしていないのだ。

「山遊びに行ってきた帰りなんです」言わずもがなの言い訳が口をついて出た。「確かに、薄汚れてますね」

「母親がいないからというのは言い訳にならないのよ。どんな理由があるのか知らないけど、親としての責任を全うしたいなら、まず、身なりからね」

「ええ、ありがとうございます」

わたしの会釈に満足したのか、女は別の車両に移っていった。他の客が我々の会話に注意を向けていた気配はなかった。だが、女の指摘はもっともだった。乗客の少ない車内にあって、武と秀文の洋服の汚れは嫌というほど目立つ。それは辰秋たちも同じだろう。どこかで服を買ってやる必要があった。目立つことは極力避けなければならないのだ。やせ細りつつある財布には酷な話だが、いずれ、金など必要のない世界に足を踏み込むことになる。残り少ない金を後生大事に懐にしまい込んでいても意味はない。

「今のおばさん、ぼくたちのこと親子だと勘違いしてたね」

武が片眼を開いた。

「寝てなかったのか？」

「寝ようとしてたら、声が聞こえたんだよ」

わたしは秀文に視線を移した。こちらはすっかり眠りの世界に浸っていた。

「もしだよ、もし時間がたっぷりあったらさ、笑加姉ちゃんだけじゃなく、ぼくたちのことも養子にしてくれた？」

武は上目遣いにわたしを見た。

「おまえたち全員をか？　それじゃ、稼ぎが足りないな」

「ぼくたちも働くからさ」

「だったら、ありだな」

わたしは微笑んだ。現実問題などどこかにうっちゃっておけばいい。武は夢を欲していた。ならば与えてやるだけだ。

「浩や秀文と話したことがあるんだ。笑加姉ちゃんが織田さんの養子になるって話が出た時さ。織田さんが本当の父さんだったらなって」

武の言葉に耳を傾けながら、わたしは別のことに思いを巡らせていた。明や笑加を除く少年たちの言葉遣いだ。みな、似通っている。今時の少年らしいぞんざいな言葉遣いがその口から放たれることはほとんどない。明の物言いと、その下の少年たちの言葉遣いには天地ほどの違いがあった。同年代の者たちと隔絶した世界で生きてきたからというよりは、明と笑加の教育の賜物なのだろうという気がした。学校に行けない彼らのために読み書きを教え、父母代わりとなって言葉遣いにも厳しく当たったのだ。

明と笑加にはできたことがわたしにはできない。彼らの洋服の汚れにさえ、他人に指摘されるまで気づかなかったのだ。

「織田さん？」

武に声をかけられ、わたしは我に返った。

「そうだな、時間がゆるしてくれたなら、みんなで一緒に暮らせたたな」

だが、時間はゆるしてはくれなかった。世界は彼らにあまりに辛辣だった。

「なあ、武、みんなが明みたいな口の利き方をしてたらどうなる？」

わたしは訊いてみた。

「明兄ちゃんにぶん殴られるよ」武は即答した。「辰秋なんか、昔はすごい言葉遣いが悪かったんだ。明兄ちゃんに何度もぶん殴られて、直ったんだ。明兄ちゃんは口の利き方悪いのにって、いつも愚痴言ってたよ」

わたしは何度も頷いた。

「笑加姉ちゃん、大丈夫かな」

武が呟いた。笑加の体調は心配しても、明のことはこれっぽっちも案じてはいない。武たちにとって、明は超人と変わらないのだった。

＊　＊　＊

代々木で電車を降り、徒歩で新宿に向かった。途中、ユニクロの店舗を見つけた。武たちには好きなように服を選ばせ、他の三人の分はわたしが見繕った。今時の若い連中の服装センスは、新宿で働いている分、同世代の人間よりわかっているつもりだった。それでも、わたしが選んだ服を見て、武たちは眉をひそめた。

「これじゃだめか？」

「ぼくたちに任せてよ」

武がそう言い、わたしが選んだ服を秀文が奪い取った。わたしは傷つき、そんな自分が馬鹿らしくなって唇を嚙んだ。

少年たちの選んだ服をレジで精算し、店員にトイレで着替える許可を得た。真新しい衣服に身を包んだ彼らを見て、どれだけみすぼらしかったのかに合点がいった。東京であれば、ホームレスの姿は珍しくない。だが、ホームレスじみた少年となれば話は別だ。泥まみれの半ズボンにすりむけた膝小僧、鼻水といった少年像はとうの昔に破り捨てられている。薄汚れた少年はそれだけで目立つのだ。

わたしは頭の中で、電車で会った女性に感謝した。彼女が話しかけてくれなければ、間違いなくわたしは警官に職務質問されていただろう。

真新しい服を着た少年たちの足取りも、心なしか軽くなったように見える。わたしは爆弾の入ったナップザックを肩に担ぎ、服の入った手提げ袋を左手からぶら下げて少年たちの背中を追った。

辰秋たちはすでに花園神社に到着していた。

「遅いよ」

苛立ちを隠そうともせず、輝和がわたしたちを睨んだ。

「途中で服を買ってたんだ。おまえたちもどこかで着替えてこい」

わたしは手提げ袋を辰秋に渡した。二人は袋の中を覗きこみ、それぞれにシャツを選んで着替えはじめた。文句は出なかった。これは辰秋、これは輝和と、武たちが選んだ柄は間違ってはいなかったのだ。袋の中には明用のシャツが入っていた。おそらく、明が文句を言うこともないのだろう。

「辰秋、武」

着替え終わるのを待って、わたしは口を開いた。

「抜弁天のあのマンションまで行ってきてくれ。まだ、警察が見張っているかもしれないから、近づく時には慎重に――」

「わかってる。警察がいなかったら、あそこで明兄ちゃんを待つんだね?」

辰秋が言った。わたしは首を振った。

「警察がいようがいまいが、もう、あの部屋には戻らない」

「じゃあ、明兄ちゃん、どこで待つんだよ?」

「都庁だ」

わたしの言葉に、少年たちは首を傾げた。

「なにか、符牒みたいなものはないか？」

「ふちょう？」

秀文の目が宙をさまよった。

「おまえたちと明の間だけで通じるものだ。暗号とか目印とか……」

「明兄ちゃんに、ぼくたちが都庁で待ってるってことが伝わればいいんだよね？」

輝和が腕を組んだ。眼鏡の奥の瞳が答えは簡単に手に入ると告げていた。

「辰秋、落書き、覚えてる？」

「おれも今、それ考えてた」

辰秋が両手を振り回した。

「落書き？」

わたしは訊いた。

「あのマンションにみんなで住みはじめた時、秀文や浩、まだ子供でさ、マンションの裏の壁に色がつく石やなんかで落書きして、よく大家に注意されたんだ」

「明兄ちゃんとおれでその落書き、よく消したんだよ」

輝和の言葉を辰秋が引き取った。その横で、秀文が顔をしかめている。

「明兄ちゃんと笑加姉ちゃんに散々叱られたのにさあ、こいつら、懲りずに落書き続けたんだよ。ばれないように、こっそり。それも馬鹿らしい落書き。二時にコンビニで、とか。直接口にすればいいのに」

「刑事ごっこしてたんだよ」

秀文が怒ったような声で言った。

「まあ、こいつらの悪戯もそのうち収まったんだけど、それ以来、明兄ちゃん、あのマンションに戻るたびに、落書きないかどうか確かめるのが癖になっちゃったんだ。今でも、その癖、直らない」

「じゃあ、明があのマンションに来たら――」

「真っ先に落書きの場所、見るよ」

わたしは頷いた。

「目立たないようにしなきゃならん」

「大丈夫。普通の人なら、そんなとこに落書きあるなんて思わないから。叱られた後で、こいつら、それなりに考えたんだ。マンションの入口に郵便受けあるでしょ？」

記憶が鮮明によみがえる。エントランスを入ってすぐの左手にステンレス製の郵便受けが部屋の数だけ並んでいた。

「あの郵便受けのすぐ下の壁。わざわざ屈んで見ないと、絶対にわからないんだ」

「よし、行ってこい」

わたしはナップザックの中からボールペンを取りだし、辰秋に渡した。

「織田さんたちはここで待ってる？」

「いや、都庁で会おう。輝和ともう一度下見をしておく。用が済んだら、おまえたちも都庁に来るんだ」

「ＯＫ」

「気をつけるんだぞ」

「わかってる」

辰秋は武を誘って境内から走り去っていった。

歌舞伎町や大久保方面は避けようと、わざわざ新宿通りを経由して西新宿に出た。制服警官の姿がやたらと目につく。もちろん、わたしの思い過ごしだ。交番や街角で普通に勤務している警官たちの姿に視線が吸い寄せられてしまうだけだ。

*　*　*

緑が深い森からやって来たわたしの目に、新宿の高層ビル群は空々しく、排気ガスで汚れた空気は粘ついて感じられた。

都庁は無表情に我々を迎え入れ、我々は展望台に昇って東京を見おろした。わたしは十八で上京してきた。生まれ育ったのは信州の佐久という宿場町。新幹線に飛び乗れば一時間半で帰り着くことができるが、この十年、故郷に足を向けたことはない。人生の半分以上をこの東京で過ごしてきた。江戸っ子が聞けば笑い飛ばすかもしれないが、もはや、わたしは東京人なのだ。田舎の記憶はすっかり色褪せ、東京の変化だけが深く記憶に刻み込まれている。

この都庁ができたのはいつのことだったか。日付はうろ覚えだが、防災時のためにと、いくつもの書類を読まされたことは覚えている。都知事室が低い階層にあるのに首を傾げ、それが梯子車の梯子が届く階に設定されたのだと知って奥歯を噛んだ。言い訳がいくつも並べ立てられていたが、要するに、知事が真っ先に逃げ出すことが前提なのだ。膨大な税金を注ぎ込んでこの双子の建物を造った男は、職員たちの安全より、自分の命を最優先にさせたのだ。

しかし、わたしはその憤りを胸の奥にしまい込んだ。いや、毎日のように双子の高層タワーを見上げているうちに、憤りを忘れたのだ。

再びその憤りが目覚めたのは十数年が経ってからだ。都庁ビルは早くも老朽化が進み、雨漏りがはじまった。世界的な名声を誇る日本人建築家の手になる、当時最先端のデザイン、建築技術を駆使して造られたはずの都庁が、わずか十年足らずで雨漏りに悩まされることになったのだ。雨漏りを防ぐための改築工事はしばらく行われる予定がない。なぜなら、一千億に近い金が必要だとの試算が出たからだ。総工費が数千億。改築費が一千億。いくら脳天気な都民といえども、その浪費に頷くことはないだろう。

都庁ができた当時、バブルの落とし子だと揶揄した連中は大勢いたが、まさしく、都庁はバブルが産んだ出来損ないなのだ。

破壊してやればいい——東京を見おろしながらわたしは呟いた。日本を未曾有の恐怖に陥れたあのカルト教団も、元はといえば東京都によって宗教法人認可を得たのだ。妻子を失ったわたしには罰を下す権利がある。都庁爆破はもはや、明たちだけの願いではなかった。わたし自身の心の奥から発せられる願いにすり替わっていた。

「織田さん、ここで待っててくれる?」輝和が言った。「ぼくたち、仕掛ける予定の場所、下見してくるから。大人がいない方が都合がいいし」

「わかった。ここにいなかったら、一階下の喫煙所にいる」

「じゃあ、後で」

輝和は秀文を促してエレベーターに足を向けた。彼らに注意を払う者はひとりとしていない。だれも、都庁がテロの対象になるとは考えてもいないのだ。

笑いの発作が突然、襲いかかってきた。発作に耐えながらわたしは階段に向かった。ニコチンを体内に入れて、昂揚した気分を鎮める必要がある。自身の神経が常軌を逸しはじめているのを、わたしは自覚した。だれよりも正気を保っていなければならない。わたしには明たちを守るという責務がある。だれでもない、自分自身に課した義務だ。

喫煙所には数人の中年がいた。だれもかれもが虚ろな目で自分が吐いた煙の行方を追っている。

わたしはそこで二本の煙草を灰にし、階上に戻った。輝和たちはまだ戻っていなかったが、辰秋と武がわたしを待っていた。

「いないのかと思ったよ」

「煙草を吸ってたんだ。輝和たちは下見に行っている。落書きは?」

「ちゃんと書いてきた。もし、明兄ちゃんがあのマンションに戻ったら、必ず気がつくよ」

「警察の見張りは?」

「ぼくらが行った時は、なかったよ」

武が答えた。

「確かなんだろうな?」

「十分ぐらい、物陰に隠れて様子を見てたんだ。間違いないよ」

「よし。後は、明がここに来るのを待つだけだ」

「来なかったら?」

辰秋がわたしを見上げた。他意はない。ただ、訊いただけだ。

「その時は、おれたちだけでやる」

「明兄ちゃんを捜しにいかないの?」

武の声はかすかに震えていた。

「時間がない」

わたしは冷たく言い放ち、再び東京を見おろした。乱立するビルのひとつひとつが頭の中で木に置き換えられていく。わたしが見おろしているのは巨大な森だった。傲慢なまでに育った巨木の合間を明が駆け抜けていく。その背後に警官隊が迫っている。

もちろん、幻覚だ。不安が心に投影されている。

窓際を離れようとした瞬間、幻覚の中の明がわたしを仰ぎ見た。わたしは唇を舐め、首を振った。明は不敵な笑いを浮かべていた。

36

夜になっても明は姿を現さなかった。

「どうするの？」

秀文が不安そうに周囲を見回した。

「とりあえず、下に降りよう」

わたしは少年たちをエレベーターに乗せた。他の客がいるせいか、少年たちはむっつりと押し黙った。

「明兄ちゃん、捕まったのかな？」

都庁の外に出ると、また秀文が口を開いた。

「明兄ちゃんが警察なんかに捕まるかよ」

武がそう言って空を仰いだ。日が落ちて、藍色の空が東京を覆っている。

「腹が減っただろう」

わたしは新宿駅の方角に足を向けた。

「織田さん、明兄ちゃん、待たないの？」

「待つ。でも、その前に飯を食おう。なにが食いたい？」

「焼き肉」

答えたのは辰秋だ。わたしは頷き、記憶にある焼き肉屋の場所を思い浮かべた。個室がある焼き肉屋だ。個室を押さえることができれば、我々の人相を他の客に覚えられることもないだろう。

「相模湖の時と同じだ」心配そうな表情を崩さない輝和にわたしは語りかけた。「一時間ごとに明が来ていないかどうか、見に来る」

「明兄ちゃん、どうしたんだと思う？」

「金がないんだ。警察からうまく逃れたにしても、東京に戻ってくるには金を手に入れなきゃならない。だから、時間がかかってるんだ」

わたしの説明に納得したのか、少年たちがそれ以上明のことを話題にすることはなくなった。年上の者たちは不安を心の奥に押し込め、場を明るくしようと努めはじめた。家族の中における義務と権利を彼らは弁えている。彼らは本物の家族ではない。だが、この国の本当の家族の間で起こっている殺戮行為とは遠く離れたところで暮らしてきたのだ。

焼き肉屋は甲州街道から一本、代々木よりに入った路地の一角にあった。個室は空いていた。食べ放題一人前三千八百円というコースを人数分頼み、しばし、目の前の現実を忘れて腹を満たすことに専念した。

少年たちの食欲は凄まじかった。空の皿が瞬く間に積み上げられ、それでも飽きることなく肉を焼いていく。野菜を食えというわたしの言葉も空しかった。

食事が終わると、我々は新宿中央公園に移動した。公園の外れ、ホームレスもやって来ないような暗がりに身を潜め、都庁を見上げた。

「展望室の閉まる時間は？」

「十一時」

わたしの問いに、輝和が即答した。都庁に関する情報は、すべてその頭の中に叩きこまれている。わたしは腕時計を覗きこんだ。午後七時四十八分。

「よし、これから、八時、九時、十時と、一時間ごとに都庁とその周辺を見て回る。おまえたちだけだと目立つから、おれともうひとりでペアになる。他の者たちはここで待機。もし、二十分経ってもおれたちが戻ってこなかったらトラブルがあったということだ。輝和、これはおまえに任せる」

わたしは自分が背負っていたナップザックを輝和に押しつけた。

「使うか使わないかはおまえの判断に任せる」

「使うよ」考えることもなく、輝和は即答した。「笑加姉ちゃんがいなくても、明兄ちゃんがいなくても、織田さんがいなくなっても、やる。決めたんだ」

「わかった」わたしは頷いた。「秀文、おいで。一緒に明を捜しに行こう」

秀文の肩に手を置き、輝和たちに背を向ける。華奢な肩に思わずおののいた。同じ世代の少年たちに比べて、やはり栄養が足りないのだろう。秀文の身体は、儚さを感じさせるほどに痩せていた。

都庁は夜の闇の中に屹立して、相変わらず傲慢に辺りを睥睨している。南側の展望室は早い時間に閉まる。わたしと秀文はエレベーターで北側に昇った。

明の姿はなかった。

再びエレベーターに乗り込み、外に出て都庁の周囲をぐるりと回った。

秀文が肩を落とした。

「いないね」

「そうがっかりすることはない」

そう言いながら、わたしは周囲に視線を走らせた。明るい間はあれほど目についた制服警官の姿に惑わされることもなかった。わたしは落ち着きを取り戻している。

「織田さん」

信号を渡ろうと足を踏み出した瞬間、背後から霞のような声が流れてきた。幻聴かと思った。それぐらい線の細い、かすれた声だった。わたしより先に秀文が振り返った。その横顔に気色が溢れ、秀文はいきなり走りはじめた。

「笑加姉ちゃん！」

舌打ちしたくなるぐらい緩慢な動作でわたしも振り返った。植え込みの陰で若い女が座り込んでいる。笑加だった。

「どうして？」

口ごもりながら、わたしは秀文の背中を追った。笑加が立ち上がり、秀文を抱きとめた。

「調子がいいの」

秀文の肩越しにわたしを見つめながら、笑加は歌うように言った。

「病院を抜け出してきたのか？」

「前園先生には申し訳ないと思ったんだけど――。ここで待ってれば必ず会えると思ったの。みんなは？」

笑加は最後の言葉を秀文に向けた。うまく言葉が出てこないのか、秀文はもどかしげに中央公園の方角を指差した。

「笑加、病院に戻ろう。みんなとは別れの言葉を交わしただろう？　調子がいいと言っても、それは一時的なことで――」

「一時的でいいの。わたし――」笑加は都庁を見上げた。「これが壊れるところ、この目で見たい」

笑加の横顔は道を行き交う車のヘッドライトを浴びてシルエットになっていた。細部を失った輪郭からは少女の面影が消え失せている。すべてを失いながら、しかし死を前にしてなにかに執着せずにいられない老人のようだった。

「行こう」

それ以外にかける言葉を見つけられず、わたしは笑加たちを促した。一日や二日、治療を中断したところで死ぬわけでもない──屁理屈が頭の中でこね上げられていく。

「織田さんならゆるしてくれると思ってた」

「本当の父親じゃないからな」

わたしは冷たく応じた。笑加はそれで口を閉じた。

「明兄ちゃんがいないんだ」

秀文が言った。笑加の気を引こうと躍起になっている。

「明が？　どうして？」

歩行者用信号が青になるのを待つ間、わたしは経緯を説明した。車用の信号が黄色から赤に変わり、笑加の横顔を照らした。笑加は自信に満ちた笑みを浮かべていた。

「明なら大丈夫よ」

笑加の声に、秀文の顔が真夏のヒマワリのように輝いた。

＊　＊　＊

笑加の出現に、だれもかれもが浮き足だった。辰秋と武は満面の笑みを浮かべ、輝和は足下の二つのナップザックをしっかりと抱えた。笑加の体調に関する質問と、彼女が不在だった間の出来事が交互に飛び交い、気がつけば一時間が経過していた。

「武、行くぞ」

少年たちから距離を取っていたわたしは、腕時計を覗きこみながら武に声をかけた。武はびくりと肩を震わせ、許可を得るように笑加を見た。笑加はなんの反応も示さなかった。慈母のような笑みを少年たちに向けているだけだ。

武と共に遠回りして都庁に向かい、エレベーターで北側の展望室に昇った。エレベーターを下りると、うなじの肌をざらついた舌で舐められたような感覚に襲われた。足を止め、目を細め、あらゆる方向に視線を飛ばした。思い過ごしだと自分を納得させるしかなかった。田邊の姿も、刑事とおぼしき人間も見当たらない。そもそも、展望室にいる人間の数が極端に減っていた。午後九時。家族連れや観光客はとうに帰り、夜景をロマンスのおかずにしようと考えるカップルがやって来るまでにはまだ間がある。

展望室をぐるりと一周し、再びエレベーターの前に戻ってくると、明が腕組みをして立っていた。別れた時とは違う服装で、髪も短くなっていた。

「明――」

わたしが口を開こうとすると、明が小さく首を振った。ちょうど到着したエレベーターに無言で乗り込んでいく。わたしは武の肩を摑み、エレベーターの扉が閉まるのを見守った。

「今の明兄ちゃんだよ。どうして？」

「静かに」

わたしは武に沈黙を命じ、次のエレベーターがやって来るのを待った。エレベーターに乗ったのは、わたしと武、それに中年のカップルが一組だった。カップルの会話に耳を傾ける。どこに食事に行くか――男は魚が食いたいと、女はイタリアンがいいと言い争っている。

一階でエレベーターを降り、わたしと武はカップルが遠ざかっていくまで、エレベーターの周りをうろついた。武は一言も口を利かなかった。わたしがなにを考えているのか、完璧に把握している。

「明はどこだ？」

カップルの姿が見えなくなると、わたしは武に訊いた。

「多分、こっち」

理由はいらない。武は明の行動様式を知っている。ただ、それだけだ。武は都庁を出ると、迷うことなく裏手に足を向けた。五十メートルほど先をゆっくり歩いている明の背中が見えた。武に促され、わたしは明の歩調に合わせた。やがて、交差点の一角で明が足を止めた。武の歩みが速くなる。

「嫌な感じがする」

我々が追いつくと、明は明後日《あさって》の方角を見つめたまま口だけを動かした。歩行者用の信号は赤だった。

「警察はちゃんとまいたはずなんだ。それなのに……」

「警察はいないぞ」

わたしはさりげないふりを装って左右に視線を走らせた。尾行者どころか、人影がない。

「わかってるけどよ」

「どうやってここまで？」

「森を出て、しばらく歩いてたら、小さな街に出たんだ。そこで、ちゃらちゃらしてる高校生を脅して金巻き上げた」

明は悪びれずに言った。

「その髪の毛と服はそれでか」

「少しは身なり変えた方がいいと思ってよ。結構持ってやがったんだ、その高校生。電車に乗って別の街まで行って、そこで一日潰してから東京に向かった。あとは尾けられてないはずなんだけど……」

展望室でうなじを襲ったあの感覚を思い出し、わたしは身震いした。

小説やドラマの中では、日本の警察は硬直した組織であり、その捜査力も地に落ちたと描かれることが多いが、実際に現場に立つ捜査官たちには優秀な人材が多い。その割合が過去に比べて低くなっているとしても、少なくともわたしが知っている刑事たちは優秀だった。明の嗅覚をかいくぐって尾行を続ける人間がいてもおかしくはない。

わたしは再び周囲を見渡した。暗がりと人工的な明かりの間をときおり人が通り過ぎていくだけだった。

「大丈夫だろう。それらしき連中は見当たらない」

「おれもそうは思うんだけどよ……だから、ここに来る前にもいろいろ遠回りしてみたんだ」

「だけど、だれも見つけられなかった」

わたしは言った。明にというより自分に言い聞かせた言葉だった。

「そうだな……」

明は小さく頷いた。

「行こうよ。笑加姉ちゃんが待ってる」

武が明の腕を引いた。

「笑加が？」

「病院を抜け出してきたんだって」

明はわたしを睨んだ。

「あれが崩れるところを見たいんだとさ」

わたしは都庁を見上げた。

「あの馬鹿。どこにいるんだ？」

「こっち」

武が明の腕を引いたまま、中央公園に足を向けた。わたしは肩をすくめ、ふたりの後を追った。

＊　＊　＊

明の帰還に色めき立った少年たちは、しかし、すぐに息を飲んだ。明の顔には表情がなかった。もし、少年たちに尾があれば、それは股間で丸まっていただろう。

「なんでここにいるんだ？」

明は笑加の前で仁王立ちした。笑加は太い木に背中を預け、膝を抱えて座っていた。なにも言わず、ただ明を見上げる。

「さよならを言っただろう。おまえだけが辛かったわけじゃないんだぞ」

明は言い募った。笑加は相変わらず口を開かなかった。

「ガキじゃねえんだ。黙ってたってゆるさないぞ」

「終わったら戻る」

笑加がぼそりと呟いた。

「なんだって？」

「終わったら病院に戻る。だから、もう少しわがままゆるして」

拳を握った明の右手が揺れていた。普段であれば——笑加が病気でなければ、頬のひとつやふたつ、張り飛ばしているのかもしれない。

「くそっ」

明の肩が落ちた。一瞬、笑加が微笑むのが見えた。

「その髪型、似合うよ。明」

「うるせえ」

明は笑加から離れ、少年たちの真ん中に腰を下ろした。少年たちは極力、明と視線を合わせないようにしている。明は髪を掻きむしり、空を見上げた。樹木の合間に星々が弱々しく瞬いている。

「爆弾は？」

「ちゃんとあるよ」

明の言葉に輝和が応じた。

「明日だ。明日で全部お終いだ」

明は星を見上げたまま言った。

「ほんとにもう、みんなと一緒に暮らせないのかな？」

秀文のか細い声が夜空に吸い上げられていく。だれもそれには答えなかった。

37

夜の静寂に亀裂が走った——そう感じて、わたしは眠りから現実世界へと立ち戻った。少年たち全員が起き上がっていた。見張りに立っていた辰秋と武がこちらに向かって駆けてくる。新宿中央公園はまだ闇に閉ざされていた。
腕時計を覗きこんだ。横になってからまだ三十分と経っていない。何者かが漏らした気配がわたしの神経を刺激したのだ。わたしも明たち並みの反応速度を手にしかけている。

「今のは——」

明に声をかけようとして、口を手で塞がれた。

「警察だ。やっぱり、おれがつけられてた」

耳元で押し殺した声がする。だれもが息を飲んでいた。口から手が離れていった。

「どこにいる？」

「あの向こう」明が指差した先には木立があった。「油断させて、こっちの様子を探ろうとしやがった」

わたしは神経を集中させた。だが、なんの気配も感じ取ることができなかった。尾行のプロとは気配を断つプロでもある。

「すぐに応援が来るな」

「もう、来てるさ。多分、おれたちを取り囲もうとしてる」

「どうする？」

「なんとしてでも逃げなきゃ。向こうはおれと笑加とおっさんの顔しか知らないはずだ。爆弾は辰秋と輝和に持たせて、ばらばらに逃げる。明日の朝、都庁で落ち合うんだ」

「笑加をひとりにするわけにはいかんぞ」

明が唇を嚙んだ。だが、躊躇も一瞬のことだった。

「辰秋、輝和。おまえら、武と秀文連れて、別々に逃げろ。爆弾、忘れるな」

「どこに行ったらいい？」

「明日の朝、都庁で。捕まるなよ」

「わかってるよ」

辰秋と輝和は他のふたりを招き寄せ、刑事たちが潜んでいるのとは反対側の木立に姿を消した。

「笑加はおれが連れて逃げる。おっさんは――」

「だめだ。笑加になにかあったら、ひとりじゃ助けきれない。おれたちは三人で行動するんだ」

「それじゃ、見つかっちまうだろう」

「笑加が死ぬよりはましだ。おれたちが捕まっても、後のことは辰秋と輝和がちゃんとやってくれる」

「どうやって逃げる？」

明の決断は早かった。

「おれが警察を引きつける。おまえたちはその間に逃げろ。金はまだあるか？」

「どこで落ち合う？」

明は頷きながら言った。

「代々木公園、わかるな？　あそこにドッグランがある。その近くで」

「わかった。笑加、行けるか？」

「気分がいいの。どこまでだって走っていけそう」

「馬鹿なこと言うな」

「よし。行くぞ」

わたしは立ち上がった。煙草をくわえ、火を点け、何気ない素振りで歩きはじめる。木立の向こうで息を飲む気配が立ち上がった。その気配に足を向けた。

ジーンズにジャケット姿の男がふたりいた。どちらも三十代半ば。わたしの姿に躊躇し、やがて意を決して近づいてくる。

「すみません。織田さんですね？　消防士の。我々は新宿署のものですが――」

ふたりはジャケットのポケットからバッジを取り出した。

「新宿署？」

わたしはバッジを覗きこむふりをした。刑事たちは油断していた。右手に摘んだ煙草を左の刑事の顔に投げつけ、右の刑事の喉元に腕を叩きつけた。相手がうずくまるのを視界の隅に捉えながら、踵で左の刑事の膝を蹴った。

十二社《じゅうにそう》通りに向かって走った。振り返るな――自分にそう言い聞かせ、ひたすらに走った。通りに出ると左手に明滅する赤色灯が見えた。まだこちらには気づいていない。通りを横切り、路地に駆け込んだ。

わたしを追ってくる足音が聞こえた。走る速度を上げげた。仕事柄、身体はそれなりに鍛えてある。しかし、十歳近く若い、それも現職の警察官に勝るはずもない。息が上がり、肺が燃えていた。それでも、走り続けた。

路地をでたらめに駆け、とりあえず北を目指す。明たちから少しでも遠ざかりたかった。警察の目をわたしに引きつけなければならなかった。

足音が近づいてくる。着実に確実に追いついてくる。遠くでサイレンが鳴りはじめていた。闇に潜んで我々に接近していた警察がその牙を剝いたのだ。膝に痛みが走った。視界がちらつきはじめていた。

殺気を背中に感じ、振り返った。喉に腕を叩きこんだあの刑事が憤怒に顔を歪めてわたしに腕を伸ばそうとしていた。考える暇もなく、反射的に腰を落とした。刑事はたたらを踏んだ。そのがら空きになった脇腹に、体当たりをぶちかました。刑事は民家の壁に激突した。

立ち上がり、走る。刑事がすぐ背後に迫っていることさえ気づかなかった。わたしは自分を過信していた。明たちと同じ領域に立っているのだと驕っていた。なんのことはない。ただの中年男に過ぎないのだ。過信や傲慢の末に明たちを危険に晒したら、わたしはわたしをゆるすまい。

いくつにも重なり合ったサイレンの音が近づいてくる。警笛が聞こえる。わたしは走る。身体が限界を訴えても走り続ける。なにかが胃から逆流してきた。わたしは吐きながら走った。民家のコンクリート塀に自転車が立てかけてあった。後輪がかすかに回っている。だれかが降りた直後なのだ。鍵はかかっていなかった。

自転車に跨った。振り返った。刑事の代わりに制服警官が数人、わたしを追っていた。自転車はいわゆるママチャリだった。ペダルを漕いだ。苦痛から解放されたと早合点していた太股の筋肉が軋んだ。かまわず漕ぎ続けた。目の前の四つ辻を左に折れた。このまま北を目指せば大きな通りに出る。そうなれば、制服警官ではなくパトカーに追い回されることになるだろう。狭い路地がわたしの味方だ。

ブレーキレバーを握るたびに甲高い音が夜の住宅街に響いた。警官たちとの距離は開いているが、この音がするたびに方角を悟られる。歯噛みしながら、しかし、わたしは自転車を漕ぎ続けた。サイレンの音が周囲をぐるぐる回っている。警笛が近づいては遠ざかっていく。たぶん、無線電波も飛び交っているのだろう。

不意に、前方に制服警官が現れた。ふたり——わたしに向かって駆けてくる。左右に逃れる術はなかった。

サドルから腰を上げた。全体重を両ペダルにかけて漕いだ。叫んだ。チキンレースだ。度胸があるならわたしを止めてみるがいい。

先頭の警官の顔が視界一杯に広がっていく。その顔は驚愕に歪んでいた。衝突する直前、警官は右に避けた。後ろの警官は間に合わなかった。前輪と警官の脚が接触した。ハンドルを強く握り、わたしは衝撃をしのいだ。警官の押し殺した叫びが遠ざかっていく。

掌にざらりとした感触があった。ハンドルの握りの部分が濡れていた。先ほどの衝撃で左の掌の皮がめくれていた。夜目にも鮮やかな血が掌を染めていた。時間が経つごとに痛みが増していく。リアブレーキをかけるのが困難だった。前輪が地面の凹凸を拾うたびに剣山を突き立てられるような痛みが掌に襲いかかってきた。

わたしは自転車を南に向けた。警察はわたしが中央公園から遠ざかろうとしていると思っているはずだ。その裏をかいてやる。右手だけでハンドルを握った。

機械になりたかった。ただ自転車を漕ぐだけのロボットと化したかった。だが、肉体がわたしの願いをことごとく裏切っていく。太股の筋肉が限界だと訴えていた。皮のめくれた左手が休息を求めていた。トモを殴った時の傷が癒えていない右手が熱を帯びていた。

なぜだ？　なぜだ？　なぜだ？　ありとあらゆる身体のパーツが喚いていた。

なぜこんなに苦しまなければならない？　都庁がなんだというのだ。見ず知らずの少年たちなど放っておけばよい。

いやだ。わたしは応じる。いやだ、いやだ、いやだ。理由など知ったことか。いやなものはいやなのだ。

わたしは家族が欲しかった。妻と子を愛し、妻と子から愛され、その愛の中で老いさらばえてもなお、日だまりの中にいるような暖かさを感じていたかった。

突然の、無慈悲で圧倒的な暴力がわたしのささやかな夢を奪っていった。あの日から、わたしはわたしであることをやめた。新しい家庭を築くことに背を向け、キャリアを捨て、ただ自分の妄念が命じるままに生きてきた。

だが、わたしはあの子らに巡り会った。わたしと同じように、権力という名の無慈悲な暴力に家族を奪われ、しかし、わたしとは違って新たな家庭を作りあげ、健気に生きてきたあの子らと出会ってしまったのだ。

わたしは再び夢を見た。父親として振る舞う自分を夢見た。新しい家族を手に入れるという夢を手にした。

夢は夢だ。幻よりさらにあやふやなものでしかない。それが証拠に、明日にでもわたしとあの子らは離れ離れになる。だが、手に入れるために死に物狂いの努力をしなくて、どうして夢を掌中に収めることができるというのか。無理を無理と承知でそれに手を伸ばすことで初めて、夢は形をなすのではないか。たとえ離れ離れになったとしても、この身を獄中に置くことになったとしても、わたしは父親なら当然するだろうことをするだけだ。あの子らにどう思われようとかまいはしない。わたしはただ、わたしがしたいことをする。

突然、視界が開けた。行き交う車のヘッドライトがわたしの目を灼いた。

再び十二社通りに出ていた。左右に視線を走らせる。熊野神社の向こうに赤い光が見えた。甲州街道方面にパトカーや警官の姿はない。車列が途切れるのを待って、わたしは道を横断した。わずかに逡巡して、中央公園とパークハイアットの間の通りに進んでいった。

＊　＊　＊

新宿ワシントンホテル内にあるコンビニで消毒液と包帯を買った。応急手当を済ませると、再びサドルに跨った。一度は遠ざかっていた警察車両のサイレンがまた、近隣を行き来しはじめている。わたしを見失ったことで捜査範囲を広げたのだろう。汗と血で濡れた上着を脱ぎ、腰に巻き付けた。変装にもならないがなにもしないよりはましなはずだ。

再び通りに出てペダルを踏んだ。しかし、わずかとはいえ、一度休憩を取った肉体が再び活力を取り戻すことはなかった。乳酸が溜まった筋肉は不平しか訴えず、掌の傷は消毒液が染みて痛みの塊と化している。ハンドルを握ることさえままならなかった。

わたしはくたびれきっていた。

それでも、わたしは行かねばならなかった。明と笑加が待っている。

パトカーが通り過ぎるのを待って、甲州街道を渡った。文化服装学園の脇の路地を通って代々木駅に通じる小さな通りに出た。この辺りでは、パトカーのサイレンは遠くで聞こえる雑音に過ぎなかった。このまま右に進めば、西参道との交差点近くに派出所があるはずだった。わたしは通りを越え、再び住宅街の路地に分け入って代々木公園を目指した。

小田急線の線路沿いを進み、気がつくと西参道に出ていた。自転車を降りてしばらく歩道に佇んだ。相変わらず、北の方でパトカーのサイレンが鳴り響いていた。

警官の姿は見当たらなかった。再びサドルに跨り、わたしはペダルに足をかけた。下り坂を漕がずに駆けていく。オリンピックセンターを過ぎたところで自転車をとめた。過敏になった神経がないものまで探そうとしていた。ここには警察はいない。彼らは十二社近辺に張りついている。

気が緩んだのか、坂が終わった道を再び自転車で進む気力がわかなかった。下半身はとうに感覚を失い、左手には重い痛みが住み着いている。わたしは自転車を捨て、徒歩で先を進んだ。駐車場の先から公園に入ると、段差のある緩やかな坂がわたしを待ち受けていた。溜息をこぼし、膝に手をついてわたしは坂を登った。

登り切ったところで左に折れ、ドッグランを目指した。ただ歩いているだけだというのに息が荒い。

「おっさん」

ひとけがないと思っていた売店の方から明の声がした。わたしは反射的に左右に首を巡らし、こちらに注目している人間がいないことを確認した。

「おっさん」

明の声は切迫していた。笑加になにかあったのだ——わたしは悟り、駆けだした。売店にはベンチと机が備え付けられている。一番奥のベンチに笑加が横たわっていた。

「どうした？」

「急に目眩がするって言い出して……」

明は瞬きもせずに笑加を見おろしていた。全身が汗で濡れている。笑加を担いでここまで歩いてきたのだろう。笑加に意識はあった。うっすらと目を開け、わたしを認識すると弱々しく微笑んだ。彼女の手首に手を伸ばし、脈を診た。

「大丈夫。少し横になってたら楽になるから。わかってるの」

「黙って」

わたしは言った。脈はしっかりしていた。おそらく、軽い貧血を起こしただけなのだろう。だが、予断は禁物だった。笑加は病院で治療を受けているべきなのだ。

「病院に戻ろう、笑加。今、救急車を呼ぶから」

脈を診ていた手を冷たく華奢な手に握られた。

「いや。明日まで待って」

笑加はわたしの腕をたぐり、起き上がろうとした。その肩を明が摑み、押し戻す。

「急に容体が変わるかもしれない。この病気を甘く見ちゃいけない」

「そうだよ、笑加。おれたちだけでちゃんとやるから——」

「一緒にいたいの。一緒にやりたいの。わたし、みんなのために嫌な仕事だってずっとやって来た。それなのに、どうして最後の最後にみんなと別なところにいて、ベッドで寝てなきゃならないの？」

「笑加……」

明が困惑していた。笑加の突然の激情を浴びせられてうろたえている。

「こんな身体なんてどうなってもいいんだから。知らない男の精液いっぱい浴びて……我慢したのはみんなのため。みんなで一緒に暮らしていくため。明や辰秋たちがちゃんと働けるようになるまでだって自分に言い聞かせてたの。ほんとは嫌だった。死にたいぐらい嫌だった。それなのに、どうして最後にわたしを見捨てるの、明？　いつもみたいに、おれに任せておけって、どうして言ってくれないの？」

明は答えなかった。闇の中で小さな子供のように震えていた。

「わたしも連れて行ってよ、明。明が十八になったら結婚して、ふたりで働いてみんなの面倒見るんだって約束したじゃない。忘れたの？」

「忘れちゃいない」

「だったら――」

「おまえが死んだら、おれはどうしたらいいんだよ!?」

明が吠えた。人目もはばからず、叫んだ。今度は笑加が黙り、子供のように震える番だった。

「おまえがいたから頑張ってたんだ。そうじゃなきゃ、あんなやつらの面倒なんか見るか。赤の他人のために苦しい思いなんか、わざわざするかよ」

わたしは拳を握りしめて立っていた。凍えてしまいそうな疎外感をやり過ごそうとなんとか踏ん張っていた。辰秋たちが明にとって赤の他人だというなら、わたしはただの通りすがりにすぎない。彼らの濃密な関係からすれば、わたしの独りよがりな思いなどただのゴミくずだった。

それでも、わたしはここにいなければならなかった。掌の痛みと徒労感に苛まれながら、しかし、わたしはどこにも行くことができなかった。そもそも、わたしには行くべき場所がないのだ。

「ごめんね、明。でも、わたし、みんなと一緒にいたい。あれが壊れるところ、この目で見たいの」

笑加は精一杯腕を伸ばして指先で明の頰に触れていた。明は彫像のように微動だにしなかった。

「連れてって、明。約束する。明日、あれが壊れるところ見たら、ちゃんと病院に戻ります。病気治して、必ず明に会いに来る。だから――」

「わかったよ」

明は首を振った。最初から勝てる見込みのない戦いだったのだ。

「おっさん……」

振り返った明に、わたしは頷いた。

「おまえたちが決めたことだ。おれはなにも言わない」

「ありがとう、織田さん」

笑加が微笑んだ。慈しみに満ちたその笑顔はわたしの喉の渇きを募らせるだけだった。

「しばらくここで休んで、笑加の体力が回復したら別の場所に移動しよう」

「どこに？」

「原宿だ。あそこならおまえたちも目立たない」

わたしはベンチに腰を下ろした。肉体も精神もくたびれきっていた。

38

夜が明ける前に笑加が身体を起こした。

「もう大丈夫」

「無理はするなよ」

「無理なんかしてないわ」

明はまた小さく首を振った。笑加に背を向けて地面に膝をついた。

「自分で歩けるよ。それに目立つじゃない」

笑加は助けを求めるようにわたしに視線を向けてきた。わたしはなにも言わなかった。

「公園を突っ切るまでだ」

笑加は唇を舐め、明の背中に身体を預けた。明が腰を上げた。笑加の体重を感じさせない滑らかな身のこなしだった。実際、笑加は瘦せこけている。

わたしたちは公園の中央にある広場を横切った。東の空が白みはじめ、中天の濃紺へ繫がる緩やかなグラデーションを描いていた。視界に入るのは公園の樹木とホームレス、それにジョガーやサイクリストだけだ。新宿の方からかすかに流れてきていたサイレンも今では聞こえない。

「織田さん、左手どうしたの？」

明に背負われた笑加がわたしの左手を見つめていた。包帯に血が滲んでいた。

「ちょっと怪我をしただけだ」

「ありがとう。わたしたちのために」

「いいんだ」

公園を出ると、明は壊れ物を扱うようにそっと笑加を降ろした。笑加は一歩一歩、アスファルトを踏みしめるように歩いた。二十四時間営業のファミレスを見つけ、席に着いた。

「なんでも好きなものを食え」

最後の晩餐のつもりでわたしは言った。明は首を振った。

「おれはいらない。辰秋たちも腹を空かしてる」

「じゃあ、わたしも」

「おまえは食べろ。食べなきゃだめだ」

明に一喝され、笑加はメニューに手を伸ばした。

「辰秋たち、大丈夫かな？」

「あいつらはしっかりしてる。大丈夫さ」

そう言って、明はトイレに向かった。途端に笑加の顔から血の気が引いていった。

「君こそ大丈夫か？　明の前で強がってるだけだろう？」

「うん。少し辛い。でも――」

「いいんだ。おれは止めない。だが、本当に辛くなったら――」

「その時は正直に言う」

「ここで少し休んだら、タクシーで新宿に向かおう」

「織田さん、そんなにお金使ったら……」

「持っていてもしょうがない金だ。気にしなくていい」

笑加の右手がわたしの左手に重なった。

「わたし、絶対この病気に勝つから。必ず日本に戻ってきて、織田さんに逢いに来るから」

「明と一緒に？」

茶化すつもりだったが笑加の目は真剣だった。わたしは咳払いをして気まずさをごまかした。

「みんな感謝してる」

わたしが欲しいのは感謝ではない。だが、それを口にするにはわたしはくたびれすぎていた。

明がトイレから戻ってきて、笑加はオムライスを頼んだ。明はコーラ、わたしはアイスコーヒー。食欲はまったくなかった。笑加はオムライスを半分だけ食べた。残りを明に食べさせようとしたが無駄だった。

会計を済ませ、駅前に出てタクシーを拾った。都庁に直接向かうのは躊躇われる。かといって、あまり離れた場所で降りても笑加の身体に負担がかかる。結局、新宿駅西口と運転手に告げた。

笑加はすぐに目を閉じた。早朝ということもあり、道は空いていた。新宿には十分ちょっとで到着し、笑加は浅い眠りから現実に引き戻された。明が手を貸して、ふたりはタクシーを降りた。ダッシュボードのデジタル時計が六時二十分を示していた。あと二時間半ばかり、警察の目につかないようにしていなければならない。

小田急駅の構内に入り、地下に降りた。まだ開いている店はなかった。我々はまた地上に戻った。

「おっさん、笑加、寝かせてやりたいからさ、山手線に乗らないか？」

明が言った。わたしは頷いた。この時間なら、山手線はまだ混雑していない。座席に座って都内をぐるぐる周り、通勤ラッシュがはじまる前に電車を降りれば笑加を休ませることができる。

「その前にさ、おれ、ひとっ走りして都庁の様子見てくる。笑加、頼むよ」

笑加をわたしに押しつけ、明は止める間もなく走り去っていった。笑加の顔に苦笑が浮かんでいた。

「立っていられるか？」

「大丈夫。明、きっとすぐに戻ってくるわ」

「そうだろうな――」

我々の傍らを通り過ぎようとしていたサラリーマン風の男がわたしに一瞥をくれた。次の瞬間、その顔が凍りついた。

「なにか？」

声をかけると、男は逃げるように歩み去っていった。胸の奥がざわめいた。男が歩いてきた方角には交番がある。

「ちょっと待っててくれ」

笑加をその場に残して、わたしは交番に足を向けた。意識しなくても俯きがちになってしまう。中の警官に気づかれぬよう遠回りして近づき、交番の側壁に作られた掲示板を盗み見た。

溜息が漏れた。わたしの指名手配書が貼られていた。制服を着たわたしがわたしを見つめていた。あの男はこれを目にしたのだ。夜の間にサングラスは外していた。うかつだった。

駆け出しそうになるのをこらえて笑加の元に戻った。さっきの男は警察に連絡するだろうか？　それとも面倒ごとに巻き込まれるのを嫌うタイプだろうか？　後者であってくれと神に祈った。

「どうしたの？」

「指名手配書が貼られている。ここにいるとまずい」

「でも、明が……」

「君はここで明を待て。明が戻ってきたら山手線に乗るんだ。おれは九時までに都庁に行くから――」

わたしの声は突然わき起こったサイレンに掻き消された。パトカーではなく、屋根に赤色灯を乗せた黒塗りのセダンがこちらに向かってくる。途中までサイレンを鳴らさずに接近してきたのだ。

わたしは笑加の手を握った。警察は笑加の顔を知っている。見つかれば保護されるだろう。ひとりにするわけにはいかない。

「走れるか？」

笑加は頷いただけで、わたしと一緒に駆けた。だが、その速度はあがらなかった。

セダンから刑事がふたり降りてきた。距離は五十メートル。すぐに追いつかれる。わたしは笑加を抱えた。抱えたまま走った。

「織田さん、無理だよ。わたしを置いて逃げて」

「だめだ」

わたしは手近にあった階段を駆け降りた。膝関節が悲鳴をあげたが、耳を貸したりはしなかった。脳裏に新宿駅地下の見取り図のようなものが浮かんだ。わたしは公衆トイレを目指した。通路の先を曲がってすぐにある。

「君は女子トイレに隠れていろ。あの場所には戻るな。明のことだ、すぐ察する。時間を稼いで、九時に近くなったら都庁に向かうんだ。いいね」

わたしはただ前を見て走っていた。笑加が頷く気配が伝わってきた。角を曲がる。笑加を降ろす。笑加はすぐに女子トイレに駆け込んだ。わたしはまた走りはじめた。

明たちと出会うまでは週に三日のジョギングが日課だった。重篤の患者をストレッチャーに乗せるのも体力勝負だ。若い連中に負けたくなかった。実際、体力面では若い連中にひけはとらなかった。だが、わたしは確実に年を取っていた。数週間の怠慢が、取り返しのつかない衰えとなって肉体を直撃している。昨日酷使されたばかりの下半身がわたしの意志に逆らおうと痙攣しはじめていた。

「警察だ。待て！」

思いの外近くから声がした。わたしと刑事たちの距離は確実に狭まっている。唯一の救いは、彼らが女子トイレには目もくれなかったことだ。彼らの目にはわたししか映っていない。

かすかな希望がわたしに活力を与えた。太股の痙攣が止まり、走る速度があがる。リズムだ。リズムがすべてだ。リズムが狂えば息があがる。筋肉への負担が大きくなる。リズムを保てば、すべてを意志でコントロールできる。

新宿駅の東西を結ぶ地下通路に出て、わたしは走り続けた。規則正しい呼吸を続けているうちに、ランナーズハイが訪れた。どこまでも走れるような気がした。永遠に捕まらないという過信が生まれた。

振り返る。刑事たちはわたしより若かった。わたしと彼らの距離はまた狭まっていた。昂揚しかけていた気分が一気に沈んだ。走れ、走れ、なにも考えずに走れ。落ち込む必要はない。わたしは捕まるのだ。ただ、明のため、笑加のために時間を稼げればそれでいい。

わたしは彼らの父親にはなれなかった。どこまで行っても他人でしかなかった。それでも、自分にできることをすべきなのだと内なるわたしが叫んでいる。他者と交わりたいと思ったその気持ちを忘れるなと叫んでいる。

まったき孤独からわたしを救ってくれたのはあの子らなのだ。たとえそれがまやかしに過ぎなかったとしても、わたしは彼らといることで安らぎを得た。

だから、走れ。走り続けろ。力の続く限り、どこまでも走るのだ。

「織田！」

声が追ってくる。足音が追ってくる。刑事たちの息遣い、鼓動までもが聞こえるような錯覚を覚える。

丸ノ内線の改札の横を駆け抜けた。通行人が立ち止まってわたしたちの追いかけっこを眺めていた。通路はまだ続いている。

振り返った。ひとりの刑事が走るのをやめていた。携帯でだれかと話している。もうひとりの刑事は走り続けていたが、わたしとの距離は開きはじめていた。彼の顔は歪んでいた。呼吸が乱れていた。執念と諦念が彼の内部で戦っていた。

立ち止まった刑事は応援を呼んでいるに違いなかった。このまま地下通路を走り続けては、やがて包囲されることになる。わたしは伊勢丹の手前の階段を駆けのぼった。呼吸が乱れ、足がもつれた。それでも走る速度は変えなかった。

紀伊國屋書店の裏の路地をかけた。近くでサイレンが鳴っている。何台ものパトカーがわたしを捜してこの辺りをうろついている。

笑加は無事逃げただろうか。明と落ち合っただろうか。辰秋たちは無事だろうか。

とりとめのない考えが浮かんでは消えていく。わたしは意を決して靖国通りに足を向けた。アドホック前の交差点で、歩行者用の信号が点滅していた。振り返りながら走る速度をあげた。刑事の姿はまだ見えない。大ガードの方からこちらに向かってくるパトカーがあった。だが、わたしを認識しているわけではあるまい。

交差点を突っ切って、ゴールデン街の手前を通る遊歩道に駆け込んだ。道の脇の植え込みに、ホームレスたちの段ボールハウスが点在している。わたしはそのひとつに飛びこんだ。

「な、なんだ?」

飛び起きたホームレスにわたしは財布を差し出した。

「しばらくここにいさせてくれないか?」

ホームレスは怯えた目をしたまま財布を受け取った。まだ、一万円札が数枚入っているはずだ。

「それから、服を貸して欲しい」

わたしの言葉に、ホームレスは小刻みに頷いた。段ボールに染みついた饐《す》えた匂いとわたしの汗が入り交じって、段ボールハウスはなんとも言えない匂いを放ちはじめていた。

39

落ち着きを取り戻したホームレスはやたらと愛想が良かった。こちらから頼んだわけでもないのに、頻繁に段ボールから抜け出ては警察の様子を調べに行ってくれた。

彼の報告によれば、靖国通りは警官だらけだった。制服私服問わず、無数の警官がわたしを血眼で探している。昨日の今日だ。彼らの面子がかかっているのだろう。

彼が買ってきてくれた缶コーヒーで喉を潤し、わたしはしばしの休息を貪った。彼の一張羅だというよれよれのフレンチコートを羽織り、段ボールハウスを出たのは午前八時過ぎ。彼は「頑張れよ」とわたしを励ましてくれた。

遊歩道を明治通り側に抜け、ラブホテルの建ち並ぶ路地を突っ切って職安通りに出た。警官やパトカーの姿は見当たらなかった。わたしは俯き加減で、右足を引きずりながら歩いた。くたびれたホームレスに見えるようにと念じながら。実際、わたしはくたびれていたし、右の膝に鈍痛があってまともに歩くには歯を食いしばらねばならなかった。

明たちはもう、都庁周辺に集まっているだろう。都庁が開くその時を今や遅しと待ちかまえているに違いない。早く合流したかった。彼らとの最後の時を思う存分味わいたかった。

後ろから走ってきたセダンが、突然、わたしの真横で停まった。助手席から男が降りてきた。田邊だった。

「やっぱりこっちだった」田邊はにやついていた。「職場に近いですしね。あなたは必ず職安通り方面に向かうと思って、網を張っていたんですよ――」

田邊の言葉が終わる前にわたしは走り出した。自分を激しく罵りながら駆けた。

「無駄です」

背中に田邊の声が浴びせかけられる。それが合図だったというように、前方の路地から数人の警官たちが躍り出てきた。わたしは身体を反転させた。背後にも警官たちがいた。わたしは袋の鼠だった。

「あなたは潔い人だと同僚たちが言ってますよ。諦めなさい」

諦めるわけにはいかなかった。手に入れた幸せに背を向けるには、わたしはあまりにも傲慢だった。

叫んだ。叫びながら警官隊の中央に突っこんでいった。頑強な身体に跳ね返され、わたしはアスファルトの上に転がった。

「織田さん！」

田邊の声が耳を素通りしていく。倒れてもなお、わたしは叫び続けていた。獣のように跳ね起き、再び警官たちに突進した。また跳ね返され、立ち上がる前に身体を押さえこまれた。何人もの体重がわたしにのしかかり、肺が圧迫され、わたしの叫びは中途でかき消えた。右腕を摑まれ、冷たい金属が手首に押し当てられた。

「確保！」

頭上で声があがった。腕をねじられ、左の手首にも手錠をはめられた。

「確保しました。織田を逮捕！」

誇らしげな警官の叫びを聞きながら、わたしは唇を嚙んだ。口の中に血の味が広がった。

＊　＊　＊

押し込まれたパトカーの中で、水が飲みたいとわたしは呟いた。しばらくすると、田邊が冷えたペットボトルを手渡してくれた。捕まった時は後ろ手にかけられていた手錠も外された。

「もう、馬鹿なことは考えませんよね？」

隣に座った田邊に頷き、わたしは水を飲んだ。目はダッシュボードのデジタル時計に向けていた。八時四十七分。明たちはどこにいるのか。笑加は無事なのか。

答えてくれる者はいない。わたしはまた、傲慢な孤独の底で生きていくことになる。そこが刑務所の中であろうと一般社会であろうと関係はない。

「おい、出せ」

田邊が運転席の警官に命じた。パトカーはゆっくりと動き出した。通勤時間を過ぎ、道は混みはじめていた。

「なぜ？」

田邊がわたしの横顔を見つめていた。わたしは答えなかった。

「あなたのような人がなぜ、こんなことに」

わたしは水を飲み干した。

「煙草をもらえませんか？」

「あいにく、煙草を吸う人間は乗ってません。あの子たちはどこにいるんです？　あなたが病院を抜け出した少女を逃がそうとしたことはわかっています。他の少年たちは？」

「彼女は保護されたんですか？」

田邊の口がへの字に曲がった。わたしはそっと息を吐き出した。

「どこにいるんです？」

「知りません」

「サイレン、鳴らしましょうか？」

助手席の刑事が振り返った。田邊と行動を共にしていた刑事だった。小滝橋通りは渋滞していた。

「いや。身柄は確保したんだ。いたずらにサイレンを鳴らせば、また、課長にどやされる」

「しょうがないですか……」

デジタル時計が九時ちょうどを表示した。都庁の中に入っていく明たちの幻影がわたしの脳裏に広がった。

「新宿浄化作戦の煽りを食らって親に捨てられたそうですね、あの子たちは」

「捨てられたわけじゃない」

「いろいろあるでしょうがね、やっぱり、親元に帰すのが一番だと思いませんか」

「彼らは日本で生まれ育ったんだ。日本語しか話せない。日本の文化しか知らない。中国は異国でしかないんだ」

「だからってあなたひとりになにができるんです？　現にあの子たちは犯罪に巻き込まれたじゃありませんか」

田邊はわたしを左がかった愚か者と断じたようだった。わたしは口を閉じた。

「あなたのことは調べさせてもらいました。地下鉄サリン事件で奥さんとお子さんを亡くしていらっしゃる。あの子たちに関わるのは罪滅ぼしのつもりですか？　あなたにはなんの罪もない。悪いのはあの連中じゃないですか」

「君にはわからないよ」

わたしは徒労感に押し潰されそうになりながら答えた。銃撃戦の恐怖も、人を殺したことへの畏れや嫌悪も今となっては懐かしい。間違いなく、明たちと過ごした日々は充実していた。だが、彼らはわたしの手から遠く離れて行ってしまう。

「あの子たちの居場所を教えてください、織田さん。それがあなたの責任じゃないですか。中国に送り返されるまでは、わたしが彼らのことに責任を持ちますから」

わたしは笑った。乾いた笑いが口から漏れた。

「あなたはいい警官だ、田邊さん」

田邊の眉が吊り上がった。だが、すぐにからかわれたのではないと気づいたのだろう、表情が緩んだ。

「しかし、これから先、わたしは黙秘します」

わたしは微笑んだまま、唇を結んだ。小滝橋通りは完全に昇りきった太陽に照らされて、車のボンネットや屋根が光を乱反射させていた。まるで、人工物で作られた歪《いびつ》な海のようだった。

＊　＊　＊

九時四十分過ぎに、わたしを乗せた車は新宿警察署の正面に停まった。再び手錠をかけられ、わたしは田邊に庇護されるように車を降りた。ずっと口を閉じていたせいで舌が口蓋に張りついていた。新宿署の陰になって都庁の姿を見ることはできなかった。

「すみません、田邊さん」

強張った口を開いた。

「なんですか？」

「中に入る前に、都庁を見たいんですが」

「都庁を？　どうして？」

「新宿に他に見るべきものはないでしょう。富士山を見たいと言ったって、通るわけもない。妙な真似はしません」

「そんなこと、思っちゃいませんよ」田邊は相棒に頷き、わたしの肩に手をかけた。「こっちへ――」

田邊に肩を押された次の瞬間、大地が揺れた。わたしの唇が緩んでいく。田邊と相棒の刑事は驚愕していた。

「地震？」

新宿署の角を出た途端、都庁が見えた。二本の巨大な塔が震えていた。火柱は見えない。塔が崩壊することもない。だが、間違いなくその内部で爆発は起こっている。

二度、三度と立て続けに轟音が響き、少し遅れて揺れが来た。

「なんなんだ!?」

田邊が叫んでいた。わたしは虚《うつ》けたように都庁を見続けた。わたしと同じように、明たちもどこかで揺れる都庁を見上げているはずだった。轟音に耳を傾け、揺れを体感しているはずだった。明を感じることができた。笑加を感じることができた。辰秋を、輝和を、武を、秀文、亮を感じることができた。死んでしまった浩の息吹さえ感じた。

田邊がなにかを叫んでいる。顔を歪めてわたしに詰め寄っている。わたしにはなにも聞こえなかった。なにも見えなかった。ただ、明たちを感じるだけだった。

また都庁が震えた。視界が滲んでいた。わたしは泣いていた。

馳 星周

1965年、北海道生まれ。横浜市立大学文理学部卒業。

出版社勤務を経て、フリーライターとなる。

96年、『不夜城』でデビュー。

98年、『鎮魂歌（レクイエム）不夜城Ⅱ』で日本推理作家協会賞長編部門、
99年、『漂流街』で大藪春彦賞を受賞する。

主な著書に、『M（エム）』『生誕祭』『約束の地で』『弥勒世《みるくゆー》』『やつらを高く吊せ』など多数。

9・11倶楽部《クラブ》

２００８年７月３０日　第１刷発行

著　者　馳《はせ》 星周《せいしゅう》

発行者　庄野音比古

発行所　株式会社　文藝春秋

〒102－8008　東京都千代田区紀尾井町3-23
電話　03-3265-1211

印刷所　凸版印刷

製本所　加藤製本

万一、落丁・乱丁の場合は送料当方負担でお取替えいたします。

小社製作部宛、お送り下さい。定価はカバーに表示してあります。


ISBN978-4-16-327240-5